나를
봐주세요

나를 봐주세요 2

초판 1쇄 찍은 날 | 2015년 5월 14일
초판 1쇄 펴낸 날 | 2015년 5월 21일

지은이 | 연우
펴낸이 | 서경석

편집책임 | 최고은
편　　집 | 주수지
디 자 인 | 신현아

펴낸곳 | 도서출판 청어람
등록번호 | 제387-1999-000006호
등록일자 | 1999. 5. 31
어람번호 | 제11-00018호

주소 | 경기도 부천시 원미구 부일로 483번길 40 서경B/D 3F (우) 420-822
전화 | 032-656-4452 팩스 | 032-656-4453
http://www.chungeoram.com
E-mail | chungeorambook@daum.net

ISBN 979-11-04-90223-9 04810
ISBN 979-11-04-90221-5 (SET)

2 연우 장편 소설

나를 봐주세요

도서출판 청어람

목차

21.
유기적 관계

가방을 쥔 손이 부르르 떨려 진희는 다시 한 번 손에 힘을 주었다. 어느 때건 한 번은 치러야 할 홍역과도 같은 일이었지만, 막상 닥치고 보니 숨이 조여오는 게 보통 긴장되는 일이 아니었다.

—긴말할 거 없이 나오거라.

서균의 어머니는 그녀의 목소리는 듣기 싫으셨던지 간단한 메시지와 함께 약속 장소를 통보했는데, 그 장소가 예상치 못한 의외의 곳이었다.

진희는 자신이 맞게 온 건가 싶어 메시지를 다시 한 번 확인했다.

'왜 하필 웨딩숍에서 만나자고 하셨을까.'

잠시 망설이던 진희는 웨딩숍 문을 열고 들어섰다. 돈 좀 있는 집안의 결혼은 전부 이곳에서 이루어진다고 해도 과언이 아닌 유명한 웨딩숍. 서균의 어머니가 정한 장소였다.

"어머, 사모님! 정말 오랜만이세요. 그간 안녕하셨죠?"

안으로 들어서자마자 친절한 웃음을 입가에 건 직원이 반색하며 나타났다.

"네, 참 오랜만인데 어떻게 한 번에 알아보셨네요."

반가워하는 직원의 얼굴이 어쩐지 낯이 익다 했더니, 예전 승조와의 결혼식을 이곳에서 진행했을 때 그녀를 담당했던 매니저였다.

"그럼요, 당연히 기억하죠. 사모님이 어디 쉽게 잊혀질 만한 미모이신가요?"

차라리 잊어주는 게 좋을 뻔했다는 말이 나오려 했지만 꾹 참았다. 지금 이곳 어딘가에 서균의 어머니가 계실지 모르는데 모험을 하고 싶진 않았다.

"약속이 있어 왔어요."

"네. 그래서 기다리고 있었답니다."

약속이 있으니 자리를 비켜달란 뜻에서 한 말이었는데 직원은 예상치 못한 답변을 해왔다.

"네?"

"이서균 씨 어머님 되시는 분께서 제게 사모님 안내를 부탁하셨거든요."

태연하게 말하는 직원의 태도에 그녀의 심장이 불안감으로 마구 두근거렸다. 앞서 걷는 여자를 붙잡아 일의 전후 사정을 따져 묻고 싶었지만 간신히 참았다.

"여기입니다."

"이곳은……."

직원이 안내한 곳은 예비 신부들에게 웨딩드레스 샘플을 보여주고, 주문 제작한 드레스를 입어보는 공간이었다.

"그럼 말씀들 나누세요."

안내만 부탁받았던 듯 직원은 곧 사라졌고, 그 공간에 그녀 혼자만 남았다. 가슴이 주체할 수 없을 정도로 두근거려 왔다.

'여긴 어떻게 아셨고, 날 담당했던 매니저는 어찌 아신 걸까? 이게 우연의 일치일까?'

소파에 앉긴 했지만 마음이 불편해선지 전혀 편안함을 느낄 수가 없었다.

좌르르르륵.

그때, 예비 신부들이 드레스를 입는 곳의 커튼이 열리며 서균 어머니가 그곳에서 나왔다.

"넌 전혀 모르겠지만 너와 나는 이곳에서 만난 적이 있단다. 물론 그때는 네가 이 자리에 서 있었다만."

"그게 무슨……."

"더 정확히 말하면 네 결혼식이 있기 전, 네 시어머니와 함께 드레스 가봉을 위해 이곳에 왔었다. 그때 넌 바로 이곳에서 커튼을 내린 채 드레스를 입고 있었고 나는 네 시어머니와 함께 바로 그 자리에서 대화를 나누고 있었지."

서균 어머니의 말에 진희는 그날의 일을 바로 떠올릴 수 있었다. 꽤 오래전 일이지만 또렷이 기억하고 있었다. 왜냐하면 바로 그날 시어머님이 본가에서 나와 친정으로 가버리셨고, 결혼식이 끝나자마자 바로 미국으로 떠나셨기 때문이다.

"궁금하지 않더냐? 서로 잘 지내는 것 같던 시부모님이 어째서 서로 남남인 양 바뀌었는지 말이다."

무척 즐거운 일이라도 회상하는 듯 서균 어머니의 얼굴에 미소가 가득 들어찼다.

"네 시어머니와 내 남편은 오랜 불륜 사이였다. 둘은 잠깐의 외도 정도로 그치지 않고 둘만의 보금자리를 만들어 집을 나갔고, 그걸 차마 볼 수 없던 네 시아버지께서 계책을 내어 둘을 헤어지게 만들었지. 하지만 네 시어머니는 남편이 계책을 썼다는 것을 몰랐었어. 미련한 내 남편이, 사랑이 끝나 헤어진 것으로 알게끔 행동했었거든. 그래 놓고 정작 본인은 그 상실감에 슬퍼하다 결국 병들어 죽었지. 죽는 그 순간까지도 네 시어머니의 이름을 불러대면서 말이야."

서균 어머니가 주변을 거닐며 마치 남의 말 하듯 가볍게 쏟아내는 무서운 진실 앞에 진희의 얼굴은 하얗게 질려 버렸다.

"남편이 세상을 뜬 게 서균이 스무 살. 그때부터 승조 아버지의 도움을 받아왔지만 난 별 불만이 없었다. 승조가 결혼을 한다며 환하게 웃음 짓는 네 시어머니를 우연히 마주하기 전까진 말이야!"

서균 어머니의 표정이 순식간에 서늘하게 바뀌었다.

“내 남편은 죽는 그 순간까지도 네 시어머니를 그리워하다가 죽었는데, 그 여자는 모든 것을 다 잊고 행복한 듯 보이더구나. 난 그게 진저리 나게 싫었다. 그래서 이곳저곳 수소문한 뒤 이곳에서의 일정을 알아내어, 바로 이 자리에서 모든 진실을 말해주었지. 그때의 그 표정이란…… 하하하하.”

서균 어머니는 예전 그날의 일이 생생히 기억나는지 온몸을 떨며 잔인한 쾌감에 젖어 있었다. 하지만 그 눈빛만큼은 측은한 마음이 들 정도로 애달프고 또 슬퍼 보였다.

“……지금 내가 너를 붙잡고 이런 이야기를 하는 이유를 아느냐?”

마음이 어느 정도 진정된 서균의 어머니가 진희의 맞은편 소파에 앉았다.

“모르겠습니다.”

“이런, 이런. 모르면 안 되지. 네 행동에 따라, 내가 휘두를 칼날이 서균이를 치느냐 마느냐가 결정되는데.”

“그게 대체 무슨 말씀이세요?”

고개를 설레설레 저으며 웃는 서균 어머니의 모습에 진희의 불안감은 기하급수적으로 증폭했다.

“서균이랑 헤어지거라. 그 이유는 네가 더 잘 알 게야. 그리고 네가 내 말을 들어야만 하는 이유는 서균인 이러한 사실들을 하나도 모르기 때문이란다. 제 아버지가 승조 어머니와 어떤 사이였는지도 모르고 있지. 하지만 아둔한 녀석은 아닌지라 아버지의 갑작스러운 죽음을 이상하게 여겼고, 그래서 승조 아버지가 원인 제공을 했다는 것까진 알려주었었지. 그래야 그 여자의 아들인 승조와 가깝게 지내지 않을 테니까 말이다. 하지만 그 이상을 묻진 않더구나. 아니, 물을 수가 없었다고 해야겠지. 승조 아버지의 경제적 도움을 받아야만 했으니까. 아버지에 대한 사랑이 남달랐기에 그 상처는 더 컸을 게야."

"헤어지지 않으면…… 모든 것을 서균 씨에게 말씀하시겠단 건가요?"

떨리는 마음을 감추고자 진희는 자신의 손을 꽉 움켜쥐었다.

"이해가 빠르구나. 난 그 여자를 닮은 난아도 싫었지만, 지금은 난아보다 네가 더 싫다."

마치 '사탕도 싫지만, 초콜릿은 더 싫다'라고 말하는 사람처럼 서균의 어머니는 담담한 어조였다.

"헤어질 수 없다면 어떻게 되나요?"

말을 하면서도 스스로의 목소리가 이상하게 들렸다. 그저 지금 이 상황이 실감 나지 않았다.

"서균이가 무너지는 것을 보게 될 게다. 남편은 뺏겼어도, 아버지에 대한 감정만큼은 지켜주고 싶었기에 그간 진실을 숨겨왔었거든. 남편으로는 별로였지만 아버지로서는 완벽에 가까운 사람이었으니 서균이가 받을 타격이 얼마나 클지 알겠지?"

"어, 어떻게……."

어머니의 잔인함에 진희의 음성은 기어이 흔들렸다.

"어떻게 아들에게 그렇게 할 수 있냐고? 그러는 너는 그 지경까지 갔으면서 어떻게 서균이를 욕심낼 수 있니? 나는 그런 네가 더 용납이 안 돼!"

고요히 흐르는 물처럼 담담하던 서균 어머니가 목소리를 크게 돋우었다. 눈빛도 퍼렇게 얼어붙어 상대방을 얼려 버리고도 남을 것 같았다.

"……이달 안으로 깔끔하게 마무리 지어야 할 게야."

서균의 어머니는 더 이상의 대화는 무의미하다는 듯 자리를 떠났고 진희만 홀로 남겨졌다.

한참을 멍하니 앉아 있던 그녀는 떨리는 몸을 추슬러 집으로 왔다. 서균과 약속이 있었지만, 지금 상황에서는 그의 목소리만 들어도 눈물이 날 것 같아 전화조차 할 수가 없었다.

예상은 하고 있었지만 너무도 차갑게 돌변해 버린 어머니의 태도가 그녀의 마음을 할퀴었다. 신다가 더러워져 아무 데나 벗어놓은 양말과도 같은 존재가 된 것 같아 무척 비참해졌다.

그의 어머니가 준 시일은 고작 8일. 그 짧은 시간 동안 무엇을 어떻게 정리해야 할지 난감하기만 했다. 3년 넘게 숨겨진 여자처럼 지내왔을 때도 정리가 안 되었던 마음이, 과연 8일 안에 정리가 될까 싶었다.

—저녁 약속 못 지킬 것 같아요. 급한 약속이 생겼어요. 미안해요.

진희는 서균에게 메시지를 보냈다. 아파서 못 나간다고 하면 집으로 찾아올지도 모르니, 차라리 다른 약속이 생겼다고 하는 게 나았다.

그녀는 침대에 가만히 누워 눈을 감았다.

"그러는 너는 그 지경까지 갔으면서 어떻게 서균이를 욕심낼 수 있니?"

뇌리에서 확성기를 틀어놓은 듯 커다랗게 메아리치고 또 메아리치는 말. 틀린 말이 아니란 것에 마음이 들쑤셔졌다. 머리로는 상처받을 것 없다고 골백번 생각해 봐도, 가슴엔 있는 대로 생채기가 났다. 머리로 이해하는 것과 가슴이 받아들이는 것에는 이렇게도 큰 차이가 있음을 매번 겪어왔으면서도 이번은 특히 더 아픈 느낌이었다.

아마 그도 마찬가지이리라. 그와 헤어지지 않으면 그는 무서운 진실에 분명 엄청난 고통을 느낄 것이다.

진희는 자리에서 일어났다. 주어진 시간이 얼마 안 남았기에 할 일도 많았다.

❀

월요일 외박 사건 이후, 어른들의 눈치를 며칠 보긴 했으나 별 탈 없이 한 주를 마감하는 난아의 기분은 꽤 좋았다. 이번 주 최대의 난제였던 체육대회도 무사히 마쳤고, 이제는 여름방학만이 남아 있는 상황이라 제법 마음의 여유도 생겼다. 그래서인지 하교할 준비를 하는 아이들을 바라보는 난아의 시선은 그저 한없이 밝기만 했다.

“자~ 모두 주말 즐겁게 보내고, 아무 탈 없이 월요일에 또 만나요.”

교실을 나서는 아이들을 하나하나 지켜보던 난아는 유라에게 시선이 멈추었다. 분명 아까까지만 해도 괜찮았던 아이의 얼굴에 그늘이 잔뜩 져 있는 게 마음에 걸렸다.

“유라야?”

“선생님…….”

조용히 다가가 아이의 결 좋은 머리카락을 쓰다듬자 유라는 금세 울먹이는 표정을 지었다.

“유라야, 무슨 일 있니?”

난아는 자세를 낮추고 유라와 시선을 마주했다.

“엄마가 오늘도 만나재요. 그런데…… 만나기가 싫어요.”

작은 입술을 앙다무는 유라는 울음을 참는 표정이 되었다.

“요즘 엄마 자주 만나서 신나는 것 같더니 갑자기 왜 만나기가 싫어졌는데?”

사나흘 연속으로 엄마를 만난다고 신나 하던 유라가 왜 이러는지 궁금해졌다.

“만나면 자꾸만…… 엄마가 없을 때 어떻게 해야 하는지만 이야기해요. 나는 엄마가 없을 때 어떻게 해야 하는지 알고 싶지 않은데……. 자꾸만, 자꾸만 이야기하니까 무서워요. 그걸 다 알고 나면…… 엄마가 없어질 것 같아서 싫어요.”

유라의 맑고 커다란 눈에는 어느새 눈물이 그렁그렁 고여 있었다. 아직 어리지만 무언가를 예감하고 두려워하는 모습에 난아는 마음이 아려왔다. 그녀는 우는 유라를 꼭 끌어안고 등을 토닥여 주었다.

"유라야, 무서워하지 마. 오늘 선생님이 아빠 만나면 엄마에게 무슨 일이 있는지 잘 물어보고 이야기해 줄게. 알았지?"

얼마 전, 난아는 아이의 일기장을 통해 유라가 아빠에게는 엄마의 일을 묻거나 말하지 않는다는 것을 알게 되었다. 엄마에 대해 말을 꺼낼 때마다 아빠의 표정이 좋지 않음을 알고 있기에, 엄마 일이 궁금해도 어린 마음에 꾹꾹 참고 있었을 것이었다.

'에휴, 애가 무슨 죄라고.'

마음이 애잔했던 난아는 승조를 만나면 유라 엄마에 관해 물어봐야겠다고 다짐했다. 아직 유진희를 떠올리면 마음이 껄끄럽긴 했지만 유라가 있는 이상 유진희와의 대면은 필연적이었다. 그리고 서균과도 마주할 수밖에 없었다.

'뭔 놈의 인생이 한 치 앞도 볼 수가 없는 거냐…….'

생각할수록 그들의 관계는 꼬인 매듭 같았다.

"휴……."

땅이 꺼져라 한숨을 내쉰 난아는 축 처진 뒷모습으로 교실을 나서는 유라를 가만히 지켜보았다.

*

한동안 부모님 심기를 거스르면 안 된다고 난아가 일찍 들어가는 바람에 만나지 못하다가, 오늘에서야 만나게 되었음에도 승조는 만남에 집중을 못 하고 있었다.

"뉴욕에서 디자인 공부를 다시 시작하려고 해요. 4~5년 정도 예상하고 있지만 더 길어질 수도 있어요. 유라에게는 내가 잘 말할게요."

화요일 점심 때 만났던 진희와의 대화가 자꾸만 떠올라서였다.

'서균이랑 무슨 일이라도 있는 건가?'

솔직히 둘 사이에 어떤 일이 있고 없고는 그에게 있어 중요하지 않았다. 다만 그녀에게 무슨 일이 있을 경우, 유라가 상처받는 일이 생길까 봐 그것이 염려될 뿐이었다. 진희는 이러니저러니 해도 유라 엄마이기에 행복했으면 하는 바람도 있었다. 그녀가 행복하고 아무 탈 없어야 결국 유라에게도 좋은 일이었다. 그녀와 비록 남남이 되었다곤 해도, 유라가 있는 한 완전히 연을 끊고 살 수 없는 유기적 관계였다. 그렇기에 난아에게 더 미안했다.

어느새 난아와 만나기로 한 약속 장소에 도착했지만 불편한 마음을 가라앉힐 시간이 필요했던 그는 차에서 내리지 않고 그대로 차 안에 있었다.

"휴……."

승조는 짙은 한숨을 길게 내뱉었다. 요 며칠 엄마와 매일 만난다고 신이 난 아이에게 오랜 시간 떠나 있을 거란 말이 남길 상처의 크기가 얼마나 클까 싶어 걱정이 되었다.

똑똑.

갑자기 차창을 두드리는 소리에 승조는 깜짝 놀랐다.

"무슨 일 있어요? 무슨 생각을 그렇게 골똘히 해요?"

난아가 차 안을 들여다보며 활짝 웃고 있었다.

"별일 아닙니다."

차에서 내린 승조는 아무렇지 않게 대꾸했다.

"아닌데, 별일이 있어도 단단히 있는 표정인데요? 실은 한참 동안 승조 씨 들여다보고 있었는데 내가 창문을 두드리기 전까지 전혀 몰랐잖아요."

난아는 그가 고민하는 무언가가 유라 엄마와 관련된 일일 거라는 강렬한 예감이 들었다.

"혹시…… 유라 엄마 일이에요?"

"……이번에도 그냥 느낌이 왔던 겁니까?"

아니라고 부인하며 다른 이유를 댈 수도 있었지만, 그는 그렇게 하지 않았다.

"오늘 유라가 의미심장한 말을 했거든요. 그래서 혹시 유라 엄마에게 무슨 일이라도 있는 건가 물어보려고 했어요. 그런데 무슨 일이 있긴 한 거군요?"

둘은 일식집으로 들어갔고, 직원의 안내를 받아 조용한 룸으로 들어갔다.

"혹시 엄마가 오랜 시간 떠날 거라는 걸 유라가 벌써 알고 있습니까?"

아침에 등교할 때까지만 해도 아무것도 모르는 기색이었기에 승조는 난아의 말에 깜짝 놀랐다.

"유라 엄마가 공부하러 떠나요? 얼마 동안이나요? 혹시 멀리 가는 거예요?"

오히려 그의 말에 놀란 난아가 한꺼번에 질문을 해댔다. 쏟아지는 그녀의 질문에 유라가 그 사실까지 알고 있는 건 아니구나 싶어 승조는 안도했다.

"……뉴욕에 4년에서 5년, 디자인 공부하러 간다고 합니다."

"세상에. 유라의 예감이 맞았던 거네요. 엄마가 자꾸만 엄마 없을 때 어떻게 해야 하는지만 이야기해서 무섭다고 했거든요. 엄마가 진짜 없어질 것 같다면서."

"……."

승조의 침묵이 마음이 아파서임을 잘 아는 난아는 그의 맞은편에서 옆자리로 옮겨 앉아 그의 손을 살며시 잡아주었다.

"쉽게 말한다고 할지도 모르겠지만요. 결국 벌어질 일이라면 유라가 감당할 수 있게끔, 엄마에 대한 그리움을 덜 느끼게끔 노력해 봐요. 저도 엄마 역할까진 못하겠지만 적어도 친구 역할쯤은 해보도록 할게요."

"당신이 현명한 여자인 게 참 좋습니다."

엄마의 빈자리로 인해 생길 아이의 상처만 걱정했지, 그것을 어찌 채워줘야 할지는 미처 생각하지 못했다. 그 허점을 난아가 콕 짚어준 것이다.

"제가 보통 이렇다니까요~"

오늘 처음으로 그의 얼굴에 희미하게나마 웃음이 걸리자, 난아는 더욱 익살맞은 표정을 지으며 잡고 있던 그의 손을 토닥였다.

"아무리 그래도, 지금처럼은 하지 않는 게 좋겠습니다."

"뭘요? 뭘 지금처럼 하지 말아야 하는데요?"

이 남자가 또 무슨 말을 하려고 이러나, 그녀는 긴장이 되었다.

"자꾸 그러면…… 이렇게 하고 싶어지거든요."

난아가 붙잡고 있던 손을 풀어낸 승조는 그녀의 손을 잡아 확 끌어당겼다. 그러자 그녀의 몸이 기울었고, 그는 아주 손쉽게 그녀를 품에 안았다.

"자꾸 그러면…… 나도 따라 하고 싶어지거든요."

승조의 품에서 고개만 살짝 든 난아는 그의 뺨에 베이비키스를 하고는 아무 일 없었던 것처럼 다시 그의 품으로 파고들었다.

"자꾸 이럴 겁니까?"

그의 스킨십을 훌륭하게 받아쳤다고 만족하던 난아는 그의 품에서 거칠게 떼어내졌다.

"어라? 혹시 기분 나빴어요? 분명 시작은 당신이 먼저……."

쏘아지듯 다가오는 그의 눈빛에 움찔해서 변명을 늘어놓던 난아의 입술에, 강렬한 눈빛과는 다른 부드러운 입술이 머물렀다가 떠났다.

가벼운 접촉이 둘에게는 하나의 도화선이 되었다. 두 사람은 누가 먼저랄 것 없이 서로를 끌어당겼다. 서로의 입안을 번갈아 드나들며 달콤한 타액을 주고받던 둘은 갑자기 시작했던 것처럼 급작스럽게 끝을 맺었다.

타박타박, 드르르륵.

조용한 발자국 소리와 함께 일식집 미닫이문이 열렸다. 예민한 그가 소리를 듣고 빠르게 행동을 멈추었다는 것을 직감하면서도, 달달한 것을 먹다가 빼앗긴 것 같은 아쉬움이 들어 난아는 그를 말없이 올려다보았다.

직원이 음식을 차려놓고 문을 나가자 승조는 그녀를 좀 전보다 한층 더 가까이 끌어당겼다. 두 사람의 젖은 혀가 또다시 얽혀들었다.

"하아……."

나긋나긋 부딪쳐 오는 말캉한 몸이, 한숨처럼 흘러나오는 여린 소리가 그에게는 기폭제가 되어 그녀를 더욱 몰아붙이게끔 하는 원동력이 되었다.

"배고프지 않습니까?"

몸에서 일어나는 불길 그대로 몸을 맡길 만한 장소가 아니었기에 그녀를 놔주어야 할 때였다. 승조는 못내 아쉬운 손길을 거두었다.

"배는…… 괜찮은데……."

난아의 목소리는 떨려 나왔다.

'몸이 괜찮지가 않네요.'

아무리 솔직한 그녀라도 이 말만큼은 할 수가 없었다. 만약 그가 적시에 멈추지 않았다면 오히려 그녀가 더 매달릴 뻔했다.

'밥이나 잘 먹을 수 있을지 모르겠네.'

아랫배가 확 조여오는 듯한 느낌과 온몸에 전율이 흐르던 순간의 기억들이 아직도 온몸에 남아 있는데 과연 음식이 잘 들어갈까 의심스러웠다.

"……서균을 만나야 할 것 같습니다."

그는 아무런 영향도 받지 않은 사람처럼 음식을 그녀의 접시에 덜어주고 있었다. 그 모습이 좀 얄밉고 자존심도 상해서 난아는 그의 옆자리에서 맞은편 자리로 옮겨 앉았다.

"서균이를 만난다고 하니까 기분이 좋지 않은 겁니까?"

그런 그녀의 행동을 유심히 바라보던 승조는 피식 웃고 말았다. 어찌 매 순간 이렇게도 사랑스러울 수 있을까 싶었다.

"승조 씨가 서균 씨를 만나든 말든 전혀 상관없거든요. 어차피 둘은 친구인데 아주 안 만나고 살 순 없지 않겠어요?"

그의 웃음에 더 기분이 상했다. 평소에는 귀신같이 눈치가 빠른 남자가 왜 이번만 포인트를 못 잡나 싶었다.

"그럼 진도를 더 나가지 않은 게 기분 나빴던 겁니까?"

"……!"

방심하고 있던 난아는 그의 직설 화법에 거칠게 숨을 들이마셨다.

"여기는 바람직한 장소가 아닙니다. 내가 최대한 자제력을 발휘한 것에 고마워할 줄 알았는데, 도리어 실망했군요. 다음에는 자제력을 발휘하지 않을 것을 약속합니다."

당황을 넘어 경악으로 붉게 달아오른 난아의 얼굴을 보며 승조는 꽤 진지하게 굴었다.

"그, 그딴 약속 하지 말란 말이에요!"

"하하하하."

승조의 청아한 웃음에 그제야 그가 자신을 놀리고 있었다는 것을 알게 된 난아의 얼굴이 붉어졌다. 그가 그녀를 놀리고 있다 해도 좋았다. 그에게 저토록 큰 즐거움을 줄 수 있는 사람이 자신이란 것에 만족감이 느껴졌다.

"……서균을 만나려 하는 건 유라 엄마 때문입니다."

"설명하지 않아도 괜찮아요. 둘은 친구잖아요. 내게 말하지 않고 만난다 해도 상관없는걸요. 그런데 예전에도 물어본 적 있지만, 서균 씨와는 오랜 친구면서 유라 엄마랑 가까운 사이란 것을 알고도 정말 괜찮았어요?"

그동안 궁금했지만 차마 물어볼 수 없었던 말을 조심스레 꺼냈다.

"이혼을 결정짓고 난 후의 일인 데다 유라 엄마가 누구를 만나건 그건 그녀의 자유니까요. 단지 그 상대가 내 친구였을 뿐입니다."

그의 목소리는 담담하고 솔직했다.

"네, 무슨 말인지 알겠어요."

난아는 고개를 끄덕이며 얼굴을 붉혔다. 그의 눈빛에 담담한 목소리와는 다르게 못다 한 열정이 고스란히 배어 있어 무척 뜨거웠다. 그래서 그녀의 심박수는 자동으로 올라갔다.

"……다음에는 아무래도 자제력을 기대하지 않는 게 좋겠습니다."

여전히 높낮이가 없는 어조였지만 난아는 그 말의 의미를 곧 깨달을 수 있었다.

"저한테도 자제력을 기대하지 않는 게 좋을 거예요."

질세라 답하는 그녀의 얼굴이 복사꽃처럼 붉디붉었다.

*

난아와 저녁을 함께하고 그녀를 집까지 데려다준 승조는 서균에게 전화를 했다. 그리고 당장 만날 약속을 잡았다.

약속 장소에 먼저 도착한 승조는 음악 소리가 크게 들리지 않는 자리에 앉았다. 서균과 만날 때면 종종 오던 곳이라 둘이 즐겨 마시는 술을 주문하고, 조금은 나른한 기분이 되어 오늘 난아와 함께 있었던 일들을 떠올렸다.

시간이 갈수록 점점 더 사랑스럽게 느껴지는 난아와 더 오래 함께하고픈 욕심이 커져 가고 있었다. 하지만 함께하자고 하면 선뜻 나서줄지가 의문이었다. 그러기에는 아무래도 걸리는 게 너무 많았다.

"좋은 일이라도 있었나?"

언제 왔는지 서균이 서서 그를 바라보고 있었다.

"앉지."

왠지 자신만 간직하고 싶은 무언가를 들킨 것 같은 민망함에 승조는 짧게 말했다.

"본론부터 듣지. 이 시각에 갑자기 만나자고 한 이유가 뭐지?"

서균은 승조가 갑자기 만나자고 한 이유가 궁금했기에 앉자마자 질문부터 했다.

그와 진희의 사이를 해명 내지 설명해야 하는가 잠시 고민했으나, 그러지 않기로 했다. 이미 진희가 유라 아빠인 그에게 말을 했을 게 분명해서였다.

"유라 엄마가 디자인 공부를 위해 오래 떠나 있을 거라고 하더군. 혹시 알고 있었나?"

"……!"

"역시 모르고 있었던 건가?"

놀라는 서균의 기색에 승조는 자신의 예감이 절반은 들어맞았음을 느꼈다.

"이달 말까지 모든 준비를 마치고 다음 달 초쯤 떠날 예정이라던데."

"……확실한 거야?"

서균의 목소리가 무언가를 참는 듯 착 가라앉아 있었다.

"하긴 확실하겠군. 유라 엄마로서 유라 아빠 되는 사람에게 통보한 것일 테니."

서균은 질문에 대한 답을 스스로 말함으로써 승조와 진희 사이가 그저 단순히 아이의 엄마와 아빠 사이일 뿐이란 것을 명확히 구분 짓고 있었다.

"그렇다고 봐야겠지."

승조는 말없이 고개를 끄덕였다. 오랜 친우의 얼굴은 그가 그동안 보지 못했던 일면을 보여주고 있었다. 난아에 관한 일을 말했을 때보다도 더 큰 열망이 담겨 있어서 조금 낯설기까지 했다.

"오늘은 이만 가야 할 것 같군. 이 빚은 다음에 갚도록 하지."

서균의 얼굴은 딱딱하게 굳어 있었지만 말투만큼은 평소와 같았다. 서균이 감사의 말을 에둘러 표현하고 있음을 모를 승조가 아니었기에 그의 표정도 느긋하게 풀어졌다.

"그리고…… 어련히 알아서 하겠지만…… 난아를 잘 부탁해."

들릴 듯 말 듯 덧붙이고는 자리를 뜨는 서균을 보며 승조는 피식 웃었다. 이로써 진희가 떠날 확률이 대폭 줄어들겠다는 생각이 들었다. 그렇게 되면 유라가 상처받을 일 또한 사라진다고 봐도 무방하기에 한결 마음이 여유로워졌다.

승조는 앞에 놓인 술잔을 바라보다가 피식 웃어버렸다. 이젠 술병만 봐도 난아가 떠올랐다. 자신에게는 그녀의 주사도 한없이 귀엽게만 보였다. 그것을 감추려고 애쓰는 모습마저도 사랑스러웠다. 아무래도 남들이 말하는 콩깍지라는 것이 시야를 완전히 덮어버린 모양이었다.

그는 이런저런 생각을 하며 간만에 여유롭게 혼자만의 시간을 즐겼다.

✻

승조와 헤어진 서균은 진희의 현관문 앞에서 예전 그녀가 눌렀던 비밀번호를 떠올렸다. 비상한 기억력의 그는 단순한 조합의 네 자리 번호를 쉽게 기억해 냈다. 집주인 몰래 들어가는 게 실례인 건 알지만 왠지 초인종을 누르면 집에 없는 척이라도 할 것 같은 느낌에 그로서는 어쩔 수 없는 선택이었다.

삐삐삐삑, 삐삐삑.

번호를 누르자 신호음과 함께 잠금장치가 해제되었다.

살그머니 문을 열고 들어서 주위를 살핀 서균은 곳곳에 늘어져 있는 박스들을 보고 눈매를 매섭게 좁혔다. 승조의 말이 거짓이라고 여기진 않았지만 직접 눈으로 확인하니 새삼 진희에 대한 분노가 치밀었다.

서균은 조용히 발을 떼었다. 거실과 주방 그 어디에도 인기척은 없었고, 조도 낮은 스탠드만이 공간을 채우고 있었다.

그는 침실로 이어지는 복도로 향했다. 침실 문틈으로 밝은 빛이 새어 나오는 것으로 보아 진희는 그곳에 있는 게 분명했다. 문 가까이 다가가자, 말소리가 두런두런 들려왔다.

"……유라야, 엄마가 정말 미안해. 울지 말고……. 그럼, 자주 올게. ……아니, 그렇진 않아. 늦었다. 잘 자고 또 통화하자."

침대에 걸터앉은 채 유라와 통화를 하는 진희의 목소리는 떨렸고, 얼굴은 방금까지도 운 듯 얼룩져 있었다.

똑똑똑.

서균은 진희가 놀랄까 봐 먼저 노크를 하고는 안으로 들어갔다.

"여, 여긴 대체 어떻게!"

침대에서 벌떡 일어난 그녀는 습윤한 눈가를 황급히 비볐다.

"무엇에 놀란 거지? 내가 이 집에 어떻게 들어왔는지 놀란 건가? 아니면, 나 모르게 떠나려고 했던 게 들통 나서 놀란 건가?"

비딱하게 기대서서 차갑게 질문을 던지는 서균의 눈동자는 서늘하면서도 불을 삼킨 양 뜨겁게 빛나고 있었다.

진희는 그의 눈빛에 아무 말도 할 수가 없었다. 서균 모르게 떠나려던 것이 물 건너간 셈이었다.

"당연히 전자 아니겠어요?"

"후자가 맞을 텐데."

기대서 있던 문에서 몸을 뗀 서균은 그녀에게 다가갔다.

"그건 당신 바람일 뿐이죠. 난 내가 떠나고 싶을 때 언제, 어디든 자유롭게 갈 수 있어요."

진희는 그가 다가올 때마다 뒤로 물러서고 싶었지만 꾹 참았다. 여기서 뒷걸음질 치면 그의 수에 말려들 게 뻔했다.

"딸을 몇 년이고 못 볼 각오로 먼 곳으로 떠날 수 있단 말인가? 모성애가 그렇게까지 바닥인 줄은 몰랐는걸?"

서균은 일부러 그녀의 속을 긁었다. 유라가 그녀에게 있어선 너무도 아픈 손가락이라는 것을 잘 알고 있기에 나온 행동이었다.

"아무것도 모르면서 당신이, 당신이 어떻게 그런 말을……."

참고 참았던 눈물이 떨어져 내렸다.

"그러니 좀 알려달라고, 대체 내가 뭘 모르고 있는 건지."

진희의 목소리가 떨리기 시작할 즈음, 눈물이 막 쏟아지기 직전 서균은 그녀를 품에 안고 토닥이기 시작했다. 봇물 터지듯 터져 나온 그녀의 눈물이 가라앉을 때까지 등을 다독여 주었다. 소리 내어 우는 게 아닌 속으로 사리무는 울음이라 한없이 애잔해서 마음이 아팠다.

"……당신이 모르는 건 없어요. 난 그저 하고 싶던 공부를 하러 가는 것뿐이에요."

"어머니가 그렇게 말하라고 시키시던가? 기어이 내가 어머니를 만나러 가야만 말을 할 건가?"

고집을 피우는 진희의 행동에 서균은 그녀를 품에서 떼어내고 문을 향해 걸어갔다.

"그냥…… 날 놔두면 안 돼요? 그럼 모두가 편해져요."

진희는 마음이 조급해졌다. 그를 말려야만 했다. 그가 어머니께 가서 따져 묻는 건 예상에 없던 행동이었다.

"모두라……. 그 모두에 내가 포함되어 있긴 한 건가? 지금 당신 행동에 내가 편해질 수 있을 것 같진 않은데."

회의에 젖은 그의 말에 진희는 마음이 잘게 잘려 나가는 것 같았다.

"어머니를 만나러 가도 답을 들을 순 없어요!"

'어머니께서는 내가 떠나기 전까지 그 어떤 말도 하지 않으실 거라고요.'

진희는 이미 현관에 다다른 그의 등 뒤에 대고 외쳤다.

"그럼 그 답을 당신이 말해주면 되겠군."

신발을 신은 채 뒤돌아선 서균이 진희를 똑바로 응시했다.

"대체 나보고 어쩌라고 이래요. 그냥…… 아무것도 묻지 말고, 그냥 내가 당신을 위해 할 수 있는 것을 하게끔 놔두면 안 되는 거예요?"

간곡한 부탁. 그녀는 온몸으로 애원하고 있었다.

"미안하군. 그럴 수는 없어."

진희의 애원을 뒤로하고 서균은 바로 어머니 집으로 향했다. 시간이 늦긴 했지만, 워낙에 늦게 주무시는 분이니 별 상관 없을 성싶었다.

진희가 다소 걱정되었지만, 더는 그녀에게서 그 어떤 답도 들을 수 없음을 깨달았기에 뒤돌아보지 않았다. 해결을 봐도 원인을 제공한 어머니와 결판을 내야 할 것 같았다.

—아무 생각도, 걱정도, 그 어떤 것도 하지 말고 있도록.

진희에게 메시지 하나를 보낸 서균은 어머니 집의 비밀번호를 누르고 들어섰다.

"네가 이 시각에 어쩐 일이냐?"

어머니는 거실에서 TV를 보고 계셨던지 바로 말을 걸어오셨다.

"진희에게 뭐라 하셨습니까?"

이미 그에게는 빙빙 돌려가며 말할 여유가 없었기에 본론부터 꺼냈다.

"난 아무 말도 하지 않았다."

"물론 아무 말도 안 한 것으로 하라고 말하셨을 테지요."

서균은 한 치도 물러서지 않았다.

"……거래를 했다. 절대 거절할 수 없는 거래를 제안했고, 그 앤 받아들였어. 단지 그뿐이야."

"그 거래를 있게 한 품목이 저였을 테고요."

"뭐, 부인하진 않으마."

어머니는 여전히 TV에서 눈도 떼지 않고 계셨다.

"그렇게 예뻐하시더니 그 마음을 어찌 그리도 쉽게 잘라내십니까?"

"난 너를 위해 더한 짓도 했다."

바로 옆에서 테러가 벌어져도 꿈쩍도 하지 않을 어머니의 태도에 서균은 이를 악물고 어머니의 아킬레스건을 건드렸다.

"……어머니의 그런 무정함이, 서늘하다 못해 시린 그 냉정함이 아버지를 평생 외롭게 했다는 것을 정녕 모르시는 겁니까?"

"네 아버지는 나를 탓할 자격조차 없는 사람이다."

드디어 어머니의 시선이 그에게로 옮겨왔다.

"아버지는 어머니께 그런 말씀을 들을 이유가 하등 없단 말입니다."

일단 감정이 격해져야 안 나올 말도 나오는 법. 서균은 어머니의 심화를 더욱 돋웠다.

"과연 그럴까? 네 아버지는 백번 죽었다 깨어나도 갚지 못할 빚을 내게 지고 있는데?"

그 빚이 무엇이냐 묻고 싶었지만 여기서 그 질문을 했다가는 어머니가 답을 해주지 않을 것을 잘 알기에 꾹 눌러 참았다.

"그딴 건 궁금하지도, 알고 싶지도 않습니다. 아버지는 아버지로서 완벽한 분이셨습니다. 아들의 여자와 아들을 미끼로 거래 따위를 하는 어머니와는 다르다 이겁니다."

그는 일부러 궁금하지 않은 척 화제를 바꾸면서 어머니의 감정을 더 상하게끔 긁었다.

"오냐, 난 어미로서 자격 미달인지라 네가 좋아하는 여자와도 널 두고 거래했다. 승조 엄마와 바람나 가정을 버리려 했던 네 아버지의 허물까지도 너를 위해 덮고 숨겼던 나인데, 그까짓 일쯤이야 우습지 않겠니?"

"……!"

'승조 엄마와 바람나 가정을 버리려 했던 아버지?'

독하게 풀어놓는 어머니의 말에 서균은 순간 망치로 머리를 한 대 얻어맞기라도 한 듯 멍해졌다.

"서균아. 그, 그건 말이지……."

아득한 표정을 짓는 서균의 모습에 아차 싶었으나 이미 엎질러진 물이었다. 감정이 격앙되어 진희가 떠나든 떠나지 않든 절대 밝히지 않아야지 했던 말이 튀어나와 버렸다.

"지금 이 상황에서 한 말씀이 거짓같이 들리진 않네요. 사실을 전부 다 말씀해 주세요. 아니면 승조에게 가서 들을 수밖에 없겠군요."

"그건 안 된다!"

어머니는 서균의 앞을 온몸으로 막아섰다. 승조는 서균과 다르게 모든 사실을 알고 있을 터였다. 진실을 아냐고 대놓고 물어본 적은 없지만 서균을 바라보는 눈빛에서 종종 일말의 미안함, 동지애, 혹은 아득한 절망감을 스치듯 봐왔기 때문이다. 알아도 이미 오래전에 알았으리라.

"그럼 어머니가 말씀해 주세요."

마음의 동요를 최대한 감춘 서균은 침착함을 온몸에 두르는 데 성공했다.

"하……."

소파에 앉아 기다리듯 바라보고 있는 서균의 모습에 어머니는 한숨을 내쉬었다. 하지만 별다른 수가 없었던 어머니는 서균의 맞은편에 주저앉았다. 어디서부터 어떻게 말해야 할지 깜깜했지만 기왕 일이 이렇게 된 거, 가감 없이 사실만 말해줘야 그나마 상처가 덜할 것 같았다.

'내가 상처받았다고 해서 그것을 아들에게까지 대물림할 순 없어.'

그동안 악착같이 숨겨온 것을 한순간의 감정으로 인해 터뜨리긴 했지만 서균이 상처받길 원하진 않았다. 그저 진희를 겁박할 수단으로 사용했을 뿐, 애초에 밝힐 생각 자체가 없었다.

"승조 엄마와 너희 아버지는……."

이야기의 서두를 꺼내놓는 어머니의 얼굴이 그새 십 년은 더 나이 들어 보였다. 포기, 절망, 아픔, 수치. 이 모든 감정이 종합적으로 담긴 이야기를 아들에게 풀어놓는 게 결코 쉽지는 않았다. 어머니의 이야기는 긴긴밤 끊어질 듯 계속되었다.

22.
어머니의 역습

최근 승조의 아침 일상은 조금씩 변해가고 있었다.

아침에 눈을 뜨자마자 운동하고, 아침을 먹은 후 출근 준비를 마치면 남는 시간 동안 서재에 틀어박혀 지내곤 했었는데, 요즘은 유라와 정원을 산책하거나 책을 읽어주며 함께 시간을 보냈다. 처음에는 어색하고 낯설었지만 지금은 그가 퍽 즐거워하는 시간이 되었다.

하지만 오늘만큼은 즐겁지가 않았다. 울다 잠든 것이 분명한 아이의 모습에 그는 마음이 헤집어지는 듯했다. 차마 아이를 깨우지 못하고 나온 그는 심 여사에게 유라를 맡기고 자신의 방으로 들어갔다. 아침을 먹을 생각도 들지 않아 방에 들어온 그는 재킷을 챙겨 입고 전화기를 살폈다.

—과음한 건 아니지요?

난아에게서 온 메시지가 바닥에 가라앉아 있던 그의 기분을 조금 좋게 만들어주었다. 그는 한결 가벼워진 기분으로 그녀에게 전화를 걸었다.

[어제 술 많이 마셨어요?]

전화를 받자마자 다짜고짜 질문하는 모양새가 그의 연락을 꽤 기다린 모양이었다.

"기다렸습니까?"

승조는 의자에 편히 앉았다. 그녀의 목소리에 마음이 꽤 느긋해졌다.

[그럼요~ 어제 일이 궁금하기도 하고, 혹 과음을 한 건 아닌가 걱정도 되고요.]

"별일 없었어요. 술 마시는 것을 그리 좋아하지 않아서 과음도 안 했습니다."

[……뭐, 저도 술을 썩 좋아하거나 하지는 않아요. 뭐랄까…… 술이 좀 약해요.]

변명하듯 웅얼거리는 난아의 모습이 상상되어 승조는 웃음이 나왔다.

"……여행 갑시다."

[네? 여행이요? 지금 여행이라고 했어요?]

깜짝 놀라는 그녀의 반응에 그는 은은한 미소를 지었다. 무엇을 상상하고 저리 놀라는지 짐작이 갔다.

"네, 분명히 여행이라고 했습니다."

[싫어요. 저번 소풍도 넘치게 과했는데 이젠 여행이라고요?! 그건 또 얼마나…… 승조 씨! 잠깐만요. 내가 나중에 다시 전화할게요.]

*

통화를 하던 난아는 문가에 서서 그녀를 쳐다보고 있는 엄마의 모습에 기겁하고는 황급히 전화를 끊었다.

"왜, 계속 통화하지 않고?"

얌전히 개켜진 옷가지들을 손에 들고 다가오는 엄마의 표정이 사뭇 밝아서, 난아는 움찔하곤 뒤로 한 발짝 물러섰다.

"어, 엄마. 다, 다 들었어요?"

"그럼 다 듣다마다. 우리 큰딸, 연애하는 거 맞지?"

들고 있던 옷가지를 책상 한쪽에 올려두고, 침대 끝에 걸터앉은 엄마는 그녀도 앉으란 신호를 보내고 계셨다.

"연애는 무슨……."

난아는 엉거주춤 엄마 근처에 앉았다.

"뭘 또 그렇게 부끄러워하고 그래? 엄마는 참 다행이다 싶은데. 서균이를 오래 만나서 잊는 데도 그만큼의 시간이 걸리는 건 아닌가 내심 걱정했거든."

엄마는 무거운 짐을 내려놓은 사람마냥 홀가분한 표정을 짓고 계셨다.

"……그런 거 아니에요……."

괜히 죄지은 사람처럼 몸이 움츠러들었다.

"어떤 사람이야? 그 사람하고 소풍? 뭐, 그런 것도 다녀온 거야?"

엄마가 도리어 흥분이 되시는 모양이었다.

"그냥…… 좋은 사람."

"여행 얘기도 나오는 거 보면 그냥 좋은 정도는 넘어선 것 같은데?"

"여행 안 간다니까욧!"

눈을 반짝이는 엄마의 모습에 난아가 음성을 높였다.

"너, 엄마를 아주 고리타분한 사람으로 생각하는 모양인데, 엄마 그렇게 꽉 막힌 사람 아니다."

"진짜 그런 거 아니에요!"

그녀를 놀리는 듯한 엄마의 표정에 난아는 난감하기만 했다.

"그래, 그래, 소풍은 갈지언정 여행은 안 가는 그런 사이인 걸로 알고 있을게."

"엄마!"

"오냐. 나간다, 나가!"

엄마는 춤을 추듯 흥겹게 나가셨고 난아는 엄마의 그런 뒷모습을 멍하니 바라보았다.

몸이 떨려왔다. 아니, 어쩌면 마음이 떨리는 것인지도 모르겠다. 엄마가 눈치를 채셨으니 아빠도 곧 알게 되실 터였다. 언제든 알게 되실 거라 짐작은 했지만 이런 식으로 밝혀질 줄은 몰랐다.

'지금은 그저 만나는 사람이 있다는 것을 알게 된 수준이지만 언제고 모든 것을 알게 되실 텐데.'

그때의 일을 상상하는 것만으로도 정신이 아득해져 왔다. 이제야 자신이 처한 현실이 피부에 처절하게 와 닿았다.

"언니!"

두근거리는 마음을 가라앉히고 출근 준비를 하던 난아는 문이 벌컥 열리며 초아가 들어오자 화들짝 놀랐다.

"엄마가 언니 만나는 사람, 혹시 아냐고 물어오셨어. 설마 벌써 들킨 거야?"

초아는 문을 걸어 잠그더니 목소리를 한껏 낮추었다.

"승조 씨랑 통화하는 걸 들으셨나 봐."

"집에선 좀 더 조심했어야지!"

정신이 나간 난아에게 초아가 타박을 했다.

"그러게……."

"쯔쯔. 이제야 좀 실감 나냐?"

기운이 하나도 없어 보이는 난아를 본 초아가 딱하다는 듯 혀를 찼다.

"정신 좀 차려. 아직 시작도 안 했는데 이렇게 멍하게 기운 빼고 있으면 어떻게 해?"

"초아야, 나 너무 무서워. 막상 닥치고 보니 막 떨리고 겁이 나."

난아는 생명줄이라도 되는 것마냥 초아의 가는 손을 꽉 붙잡았다.

"모르고 시작한 거 아니잖아. 짐작했던 거 아니었어? 그렇게 겁나고 떨리면 지금이라도 늦지 않았으니까 싹 정리하던지."

초아는 난아의 손을 맞잡아주면서도 말은 시큰둥하게 했다. 난아가 이렇게 죽는시늉을 하다가도 마음만 먹으면 그 누구보다 단단하고 강해지는 것을 경험으로 잘 알고 있었다.

"그렇게는 못 하겠으니까 무서워 죽겠다는 거잖아!"

"어쨌든 정리하고 관두는 것보다 무서운 게 낫다는 결론인 거네."

엄마가 아셨다 해도 달라지는 건 아무것도 없음을 난아도 알고는 있었다. 어쩌면 그 사실을 다른 사람의 입을 통해서라도 확인받고 싶었던 건지도 모르겠다.

"냉정한 것!"

난아는 잡고 있던 초아의 손을 장난스럽게 뿌리쳤다. 동생의 말에 조금은 마음이 편해지는 것 같았다.

"흥! 냉정한 손을 먼저 잡은 게 누구더라?"

초아도 난아의 심경 변화를 눈치챘는지, 같이 아옹다옹 투닥거리기 시작했다. 힘든 사랑을 시작한 난아가 걱정되었지만, 슬기롭게 이 상황을 잘 헤쳐 나가리란 믿음이 초아에게는 있었다.

❀

집에 어떻게 돌아왔는지 기억도 안 날 정도로 멍해 있던 서균은 습관적으로 출근해서 일을 하고 있었다. 하지만 그의 정신은 사무실이 아닌 엉뚱한 곳을 헤매고 있었다.

"휴……."

겉보기에는 너무도 멀쩡한 모습이었지만, 간혹 내뱉는 한숨의 깊이는 땅을 파고들 정도로 묵직했다.

부모님 사이가 서로 좋지 않았다는 것은 알고 있었지만 그 정도일 줄은 몰랐다. 결혼을 했으면 사정이 어찌 되었건 가정을 지켜야 하건만, 불륜을 저지른 아버지를 도저히 이해할 수가 없었다.

'고승조, 이 자식…….'

그 오랜 시간, 아무 말도 하지 않은 승조가 답답했다. 따지고 보면 승조나 그나 둘 다 같은 입장이었다. 조금만 더 일찍 이런 사실을 알았더라면 그 긴 시간 동안 그를 원망하지도, 아버지의 갑작스러운 사망 원인을 밝혀내지 못한 스스로를 자책하지도 않았을 텐데, 하는 안타까운 감정이 그를 더 답답하게 만들었다.

"휴……."

서균은 한숨을 쉬며 전화기를 들었다 놓았다 반복했다. 승조와 진희, 둘 다 만나야 했지만 마음의 준비가 필요했다. 두 사람 모두 과정이야 어찌 되었건 자신을 위해 진실을 말하지 않은 사람들이었다.

퇴근 시간이 되려면 아직 더 있어야 했지만 앉아 있기가 답답해진 그는 사무실을 나와 차에 올라탔다. 굳이 어디로 갈지 정하지 않고 움직였건만 어느새 진희의 집 근방에 다다른 그였다. 이왕 이렇게 된 거 진희부터 만나는 게 낫겠다 싶어진 그는 차를 세우고 그녀에게 전화를 걸었다.

[전화는 대체 왜 안 받는 건데요?]

전화를 받자마자 다짜고짜 따지고 드는 진희의 새된 목소리에 그는 묘하게 마음이 안정되었다.

"걱정…… 했나?"

[지금 그걸 말이라고! 휴…… 어디예요? 괜찮긴 해요?]

"5분만 더 걱정하고 있으라고."

그는 그 말만 하고는 전화를 끊어버렸다. 분명 기막힌 얼굴로 전화기를 노려보며 성질을 부리고 있을 그녀가 눈에 보이는 듯해 이 상황에서도 웃음이 나왔다. 웃을 여유라도 있다는 게 어딘가 싶었다. 서균은 약속한 5분을 지키기 위해 서둘러 움직였다.

"휴……."

진희는 서균의 예상과는 다르게 끊어진 전화를 보며 안도의 한숨을 내쉬었다. 짓궂게 굴 정신이 있는 걸 보면 모든 사실을 알게 되었다 해도 조금은 안심해도 되지 않을까 싶었다.

'아무것도 듣지 못한 거라면 더욱 다행이고.'

진희는 차 한 잔을 가져와 거실 소파에 앉았다.

거실은 어제보다 더 정리된 상태였다. 각종 물품이 담긴 박스들도 나름 줄 맞추어 한구석에 두었고, 가구들도 쓰임이 적은 것부터 무명천을 덮어두었다. 이 집에 정이라도 든 건지 마음이 허하고 쓸쓸했다.

차를 한 모금 머금었을 때였다.

삑삑삑삑, 삐삐삑.

현관에서 들려오는 도어록 소리에 진희는 자리에서 벌떡 일어났다.

"뭐예요! 아주 이젠 자기 집처럼 막 들어오……."

현관문이 열리고 서균이 들어서자 뭐라 한마디 하려던 그녀는 성큼성큼 다가와 자신을 끌어안는 그의 행동에 할 말을 다 잇지 못했다.

"잔소린 나중에……. 지금은 잔소리가 아닌 위로가 필요하니까."

떨림이 느껴지는 그의 목소리에 결국 모든 것을 알게 되었구나, 하는 확신이 들었다. 진희는 내려뜨린 손을 들어 그의 등을 가볍게 토닥였다.

"……이렇게 등을 두드리는 건 딸에게나 하고 내겐 다른 것을 해줬으면 좋겠는데……."

서균은 진희의 어깨를 잡아 몸에서 떼어놓듯 간격을 벌렸다. 그러자 그녀의 손은 자연히 그의 등에서 멀어졌다.

"뭘 해줬으면 좋겠는데요?"

의아한 시선으로 그를 바라보던 진희는 그가 소파 쪽으로 이끌자 순순히 따랐다.

"짐 싸놓은 거 제자리에 놓고, 저 천들도 좀 치우고, 비행기 표도 취소하고, 하려던 공부도 관두고. 아니, 공부를 하고 싶거든 여기서 했으면 좋겠고."

진희를 소파에 앉힌 서균은 옆자리에 앉으며 나직하게 말을 늘어놓았다.

"그만. 대체 언제까지 계속 말할 건데요?"

진희는 서균의 말을 중간에서 끊었다. 제지하지 않으면 하루 종일이라도 떠들 것 같았다.

"당신이 내 말에 오케이할 때까지?"

장난스럽게 말을 나열하던 그가 갑자기 진지하게 표정을 굳혔다.

"그건 안 돼요."

잠시 망설이던 진희가 냉정하게 굴었다. 잠시 망설였지만 그가 모든 사실을 알게 되었다고 해서 곁에 있을 수 있는 건 아니었다.

"옆에서 상처받은 나를 위로해 주면 안 되는 건가?"

"……어머님과의 약속도 약속이지만, 이쯤에서 관둬야지만 서로 힘들지 않을 것 같아요."

솔직히 진희는 무서웠다. 당신 상처를 숨기면서까지 아들이 상처받을까 봐 진실을 덮으셨던 분이, 자신을 밀쳐 내기 위해 그것을 무기로 삼았다는 것 자체가 무서웠다. 이번 일은 이렇게 끝이 났다 해도, 또 다른 일을 만들어서라도 그녀를 겁박할 터였다.

"두려운 건가?"

"……솔직히 말해 무서워요. 도저히 어쩌지 못하는 내 과거로 인해 어머님 앞에 마냥 죄인이 될 수밖에 없는 상황도, 결국 초라하게 퇴장해야 될 일이 또 생길 것 같아서……."

감정이 북받치는지 진희의 말은 뒤로 갈수록 흐려지고 있었다.

"다 이해한다고는 말 못 해. 하지만 이해하려고 최대한 노력하지. 그것만으로는 안 되는 건가?"

진희를 품에 다시 안은 그는 그녀의 두려움을 없애기라도 하려는 듯 등을 쓸어주었다. 그 따스한 움직임에 그녀의 가슴에 쌓여 냉기를 발산하고 있던 무언가가 차츰 내려가는 것만 같았다.

그녀는 한동안 그 자세 그대로 그의 손길에 몸을 맡겼다.

❀

회의를 하면서도 승조의 생각은 다른 곳을 헤매고 있었다.

—별일 아니었으니 신경 쓰지 말아요.

아침에 전화를 급작스레 끊고 나서 도착한 난아의 메시지가 자꾸만 마음에 걸렸다.

시계를 흘끔 보니 난아가 퇴근하고도 남았을 시각이었다. 학교에 있을 때는 전화받기를 저어하는 듯해서 연락을 못 했고, 그녀의 퇴근 시간 무렵부터는 그가 회의에 참석해야 했기에 연락을 할 수가 없었다.

'진짜 별일 아닌 건가…….'

"……님? 사장님!"

자신을 부르는 자그만 소리에 현실로 돌아온 승조는 자신을 의아하게 바라보고 있는 직원들의 모습에 정신을 차렸다.

“네, 좋습니다. 말씀하신 대로 진행하되, 최선을 다하십시오. 만족스럽지 못한 결과를 가져올 시에는 반드시 책임을 묻도록 하겠습니다.”

서늘한 그의 말에 모두의 표정이 동시에 어두워졌다.

그가 자리에서 일어서자 다 같이 따라나서면서도 그들은 일체의 웅성거림 하나 없이 고요했다. 하지만 오직 김 비서만이 앞서 걷고 있는 승조의 뒷모습을 바라보며 고개를 갸웃거렸다.

‘어째 오늘도 조금 이상하신데…….’

“사장님, 혹 컨디션이 안 좋으신 겁니까?”

“아닙니다. 이후 일정 없는 것 같은데 맞습니까?”

갑작스러운 비서의 질문에 간단히 답한 그는 일정을 확인했다.

“네, 그렇습니다.”

“퇴근들 하세요. 전 먼저 갑니다.”

승조는 바로 난아의 집을 향해 출발했다. 러시아워에 걸려 평소보다 더 오랜 시간을 들여 난아의 집 근처에 도착한 그는 전화를 할까 말까 잠시 고민했다. 시간은 어느새 9시가 넘어 있었지만, 기왕 여기까지 왔으니 얼굴만이라도 보고 가자는 마음에 결국 전화를 걸었다.

[이제 집에 왔어요?]

“집은 집인데, 우리 집이 아니고 난아 씨 집 근처입니다. 괜찮다면 잠깐 보도록 하지요.”

[네?]

갑작스러운 그의 출현에 깜짝 놀란 듯 보이는 난아의 반응에서 어쩐지 꺼리는 기색마저 느껴져 승조는 본의 아니게 인상이 차갑게 굳어졌다.

"혹시…… 나오기 불편한 상황입니까?"

하지만 역시 판단이 빠른 그였다.

[그건 아니고요…… 일단 나갈게요. 차 안에서 나오지 마시고 계셔야 해요.]

유난히 조심스러워하는 그녀의 목소리가 차에서 내리지 말란 말까지 하고 있었다. 승조는 갑자기 답답해져 와 목에 맨 넥타이를 느슨하게 풀었다.

승조의 전화를 끊은 난아는 방문을 조금 열고 가만히 귀를 기울였다. TV 소리가 들리는 것으로 보아 거실에 누군가가 있긴 한 것 같았다.

'제발 초아만 있기를…….'

발자국 소리를 줄이고 다가가니 엄마 혼자 TV를 보고 계셨다.

'하필이면…….'

난아는 최대한 아무렇지 않은 척 엄마를 지나쳐 현관으로 향하려 했다.

"큰딸! 어디 가?"

"네? 펴, 편의점 가는데 뭐 필요하신 거라도 있으세요?"

가슴이 아주 널뛰듯 요동을 쳤지만 제법 자연스럽게 응대할 수 있었다.

"난 됐다."

TV에 집중하셨는지 자신을 쳐다보지도 않고 답변하는 엄마 모습에 난아는 안심이 되었다.

잽싸게 신발을 신고 밖으로 날 듯이 뛰어 나온 난아가 주변을 열심히 살폈다. 이 동네에서 승조의 차는 눈에 띄었기에 금세 찾을 수 있었지만, 지금은 그 사실마저도 그녀를 불안하게 했다. 이젠 동네 사람들의 시선조차도 신경이 쓰였다.

'동네 사람들한테 듣는 것보다 차라리 내 입으로 먼저 밝히는 게 나을지도.'

승조의 차 옆으로 다가간 난아는 좌우를 살핀 후, 창문을 두드렸다. 미끄러지듯 창문이 내려가고 준수한 그의 얼굴이 보였다.

그의 얼굴을 마주한 순간, 머릿속을 정신없이 오가던 심란한 생각들이 일시에 사라지는 것 같은 느낌에 난아는 배시시 웃었다.

"안 탑니까?"

그녀는 탈 생각이 없는지 열린 창문을 붙잡고 허리를 구부리고만 있었다.

"금방 들어가 봐야 해서요. 걱정 많이 했어요? 그런데 진짜 별일 아니에요."

"조심스럽게 행동해야 할 이유라도 생긴 겁니까?"

모든 것을 간파한 것 같은 날카로운 질문에 난아는 움찔했다. 매번 느끼는 일이지만 그에게 뭘 숨긴다는 것은 참으로 어려운 일이었다.

"그게 그냥 좀……."

"……난아야?"

별안간 들려온 목소리에 난아는 돌이 되어버렸다.

난아의 표정이 굳어지자 승조는 백미러에 비친 중년 여성을 살폈다. 그러곤 곧바로 지금의 상황을 눈치챘다.

그는 잠시 고민했다. 길을 물어보는 척해야 하나 싶었지만, 그런다고 현재의 상황이 나아질 것 같지 않았다. 그는 차에서 내려 아직도 창문에 구부린 자세 그대로 굳어 있는 난아 곁으로 다가가 섰다.

난아도 그가 옆에 서자 눈을 질끈 감고는 구부렸던 몸을 바로 했다. 그리고 감았던 눈도 떴다.

"엄마……."

의미심장한 엄마의 눈빛이 바로 앞에 보였다.

"누구…… 시니?"

질문을 던지는 엄마의 눈빛은 기대감으로 반짝이고 있었다.

"인사가 늦었습니다. 고승조라고 합니다. 난아 씨와 좋은 감정으로 만나고 있습니다."

놀라고 당황해서 굳어 있는 난아보다는 자신이 나서는 게 낫겠다는 판단이 든 승조는 정중히 인사를 했다.

"아, 네. 난아 엄마예요. 지금은 좀 그렇고…… 나중에 난아랑 밥 한번 먹으러 와요."

"엄마!"

어색하게 마주 인사하면서도 승조가 마음에 드셨는지 넌지시 초대의 말을 건네는 엄마 때문에 난아는 선 채로 기절이라도 할 것 같았다.

"얘는 갑자기 왜 소리는 지르고 그래? 놀라고 당황해서 그러는 건 이해하는데 엄마도 알 권리 있다. 안 그래요, 고승조 씨?"

승조가 인사하면서 건넨 명함을 주머니에 조심스럽게 넣은 엄마는 그 누구보다도 환하게 웃고 계셨다.

"당연합니다."

"거봐라~ 그건 그렇고, 넌 꼴이 이게 뭐니? ……호호, 얘가 평소에 이렇게 꾀죄죄하게 있는 애가 아닌데, 오늘은 가는 날이 장날이라고 상당히 그러네요."

완벽한 모습의 승조를 흐뭇하게 바라보던 엄마는 그 곁에 나란히 서 있는 난아의 차림새에 화들짝 놀라셨는지 괜히 멋쩍게 웃으셨다.

"집에 있는데 굳이 차려입고 있을 필요가…… 읍!"

엄마의 손이 그녀의 팔뚝을 광속으로 한 번 쥐어뜯고 멀어지는 모습을 난아는 멍하니 바라보았다.

"호호. 그럼 다음에 꼭 들러요. 난아, 너는 좀 더 있다 오든지 해라. 그리고 아무리 급해도 다음엔 절대 이렇게 입고 나다니지 말고!"

승조에게는 햇살같이 웃어 보인 엄마가 그녀에게는 눈을 부라린 후, 발걸음도 가볍게 사라지는 모습에 난아는 어이가 없어졌다.

"동생은 어머님의 외모를, 난아 씨는 성격을 물려받은 모양입니다."

엄마 모습이 시야에서 완전히 사라지자 승조가 한마디 했다.

"……미안해요. 많이 놀랐지요? 아침에 승조 씨랑 통화하는 걸 엄마가 듣고 눈치채셔서 조심한다고 한 건데, 일이 이렇게 되었네요."

그가 그녀의 마음을 가볍게 해주려고 꺼낸 말임을 알면서도 사과를 할 수밖에 없었다. 자신도 이렇게 놀랐는데, 그는 오죽할까 싶었다.

"난아 씨가 미안해할 일이 아닙니다. 당당할 수 없는 내 상황들이 난아 씨를 좌불안석으로 만들었을 거란 거 압니다."

담담한 그의 말에 난아는 마음이 조여오듯 아파왔다.

"그렇게 말하면 난 속상한데……."

난아는 아픈 표정을 그에게 숨기려는 듯 고개를 살짝 수그려 시선을 떨어뜨렸다.

그는 그녀의 얼굴을 두 손으로 조심스럽게 감쌌다.

"각오는 되어 있습니까?"

"무, 무슨 각오요?"

건조한 목소리와는 다르게 따뜻한 눈빛과 함께 뺨에 와 닿는 그의 온기에 난아는 움찔해서 사방을 마구 두리번거렸다. 지금 이곳은 로맨스 영화를 찍을 수 없는 안타까운 장소였다.

"어머님 초대에 대한 각오가 되었냐는 뜻이었습니다."

그런 그녀의 모습에 불쑥 장난기가 든 승조는 일부러 난감함을 담아 말했다.

"무, 물론 저도 그런 뜻으로 말했던 거거든요."

난아의 얼굴이 금세 당황으로 물들었다.

"네, 당연히 그랬겠지요. 설마하니 이런 곳에서 내가 뭘 어쩔 거란 상상은 안 했겠지요……."

"안 했어요! 그런 상상은 절대, 절대 안 했어요."

그가 끝말을 의도적으로 흐리자, 난아가 두 손까지 휘저으며 부정에 부정을 했다.

"그거 참 아쉽군요. 난 그런 상상을 기대했는데."

"아, 승조 씨는 했었…… 엑? 뭘 했다고요?"

그의 말을 무심코 따라 했다가 이상함을 느낀 난아는 눈을 동그랗게 뜨고 반문했다.

"이런 거, 혹은 이런 거?"

이마에 한 번, 코끝에 한 번 닿았다 떨어지는 감촉에 화들짝 놀란 난아는 이번에도 또 그의 페이스에 말려들었음을 깨달았다.

난아는 그의 손에서 벗어나 잽싸게 그의 차 안으로 쏙 들어갔다. 승조는 갑작스러운 그녀의 태도에 의아함을 느꼈지만 일단 자신도 차에 올라탔다.

"의외로 학습 능력이 좋지 않군요! 분명 예전에 자꾸 이러면……."

제법 심각한 표정으로 말하던 난아는 승조의 넥타이를 확 잡아당겨 그가 했던 그대로 이마와 코끝에 가볍게 입술을 댔다가 떼었다.

"……따라 하고 싶어진다고 했을 텐데요? 하하하하."

살짝 당황한 그의 표정에 왠지 모르게 후련한 기분이 된 난아는 소리 내어 까르르 웃었다.

그녀의 웃음에 승조도 안색이 밝아졌다. 자신으로 인해 많은 것을 감내해야 하는 그녀를 조금이라도 더 감싸주고 위로해 주고 싶었는데, 오히려 이번에도 그녀에게서 위로를 받은 것 같았다.

'계속 이렇게 서로를 위로하고 위로받을 수 있기를…….'

난아를 바라보는 그의 시선에 한없는 따스함이 감돌았다.

한편 집으로 돌아온 난아 엄마는 집에 들어서자마자 큰 소리로 초아를 불렀다.

"초아야, 초아야!"

초아는 자신의 이름을 부르는 엄마의 목소리에 깜짝 놀라 방에서 나와 거실로 향했다.

"초아야, 지금 막 난아가 만나고 있는 남자, 봤다!"

"뭘 봤다고요? 남자를 봐요? 언제요? 지금요?"

상기된 표정으로 밝게 말하는 엄마의 얼굴과는 판이하게 초아의 낯빛은 파랗게 질렸고, 목소리는 떨렸다.

"뭘 그렇게까지 놀라고 그래? 엄마가 못 볼 사람 본 것도 아니고."

초아의 유난스러운 반응에 어머니는 조금 서운함을 느꼈다.

"아니, 저도 궁금해서 그러죠. 아깝다, 나도 볼 수 있었는데!"

'그렇게 조심하라고 했건만. 어쩌자고 들통이 나냐고!'

엄마에게 어색한 변명을 하면서도 속으로는 난아의 조심성 없는 행동거지를 탓했다.

"글쎄, 난아가 수상쩍은 모습으로 나가길래 몰래 따라 나갔다가 딱 마주쳤지 뭐니? 아주 훤칠하니 잘생겼더라."

'생긴 걸로만 따지면 언니는 그 반도 따라갈 수 없긴 하지요.'

엄마의 무용담에 초아는 떨떠름한 표정을 지었다.

"그래서 어떻게 하셨어요?"

"어떻게 하긴, 저녁 식사에 초대했다!"

"초, 초대요? 우리 집에 그 사람을 오라고 했단 말이에요?"

너무 빠른 전개에 초아는 기겁했다. 어떻게 교제 사실이 들통 나자마자 바로 초대란 말인가. 그를 초대한 날의 상황이 머릿속에서 그림 그리듯 펼쳐져 초아는 현기증이 날 것만 같았다.

"그게 뭐 어때서? 난아가 서균이 못 잊고 궁상떨까 봐 내내 마음에 걸렸는데, 다행히도 번듯한 사람 만나고 있어서 엄마는 얼마나 마음이 놓이는지 몰라. 어쨌든 네 아빠에게도 빨리 알려야겠다. 여보! 난아 아버지!"

아이처럼 얼굴을 물들인 채 안방으로 사라지는 엄마를 보며 초아는 다시 한 번 아찔해졌다.

'아이 딸린 이혼남인 거 알면 차라리 궁상떠는 게 백번 낫다고 하실 게 뻔한데.'

초아는 현관을 바라보며 발을 동동 굴렀다.

'어쩜 언니의 연애는 매번 이렇게 스릴이 넘치냐. 서너 번만 더 연애했다간 아주 내가 말라 죽겠어.'

거실 소파에 털썩 주저앉은 초아는 이 난국을 어찌 해결해야 할지 고심하기 시작했다. 언니의 문제가 어느새 그녀의 문제가 되어버렸다.

23.
호랑이 굴로의 초대

평소보다 일찍 퇴근한 승조는 드레스룸에서 꽤 오랜 시간 동안 옷을 고르고 있었다. 옷을 손가락으로 쓸어보는 그의 얼굴에 수심이 한가득이었다.

"초아와 이야기해 봤는데요. 아무래도 승조 씨가 건넨 명함이 마음에 걸린다고, 부모님이 오래 생각할 시간을 안 드리는 게 나을 것 같다고 해서요."

그녀의 어머니와 마주한 그다음 날, 난아는 굉장히 어렵게 말을 꺼내었다.

그녀의 말도 일리가 있었다. 명함을 드렸으니, 마음만 먹으면 그에 관한 것을 얼마든지 알 수 있는 상황이었다. 타인을 통해 말을 전해 듣느니 차라리 먼저 밝혀 최악의 상황을 막아볼 생각이었지만, 직접 밝히는 것 또한 쉬운 일이 아니었기에 승조의 마음은 한없이 착잡했다.

"아빠! 어디 가요?"

유라가 앙증맞은 머리를 쏙 내밀었다.

"선생님 댁에 저녁 식사 초대를 받았거든."

"우와~ 유라도 가면 안 돼요?"

기대감으로 반짝이는 유라의 눈동자가 총총히 빛나고 있었다.

"아빠도 오늘 처음이니, 유라는 다음에 같이 가자."

유라와 함께 가는 날이 과연 올까 싶은 회의적인 생각이 들었지만, 그는 이내 고개를 저었다. 이런 부정적인 생각은 애써 잡아놓은 평정심만 흔들 뿐이었다.

"약속!"

"그래, 약속!"

약속까지 받아낸 유라는 신이 난 얼굴로 드레스룸을 떠났다.

승조는 옷을 고르면서 시간을 체크했다. 지금 나서면 여유 있게 도착할 것 같았지만 마음이 조급해선지 자꾸만 서두르게 되었다.

그가 마음을 가라앉히고 출발한 시각, 난아는 퇴근해서 집에 와 있었다. 초아도 밀려오는 불안감에 손님맞이 음식 준비를 돕겠다는 명목하에 일찌감치 들어와 있었다.

"엄마, 음식 너무 많이 하는 거 아니에요? 이걸 누가 다 먹어요?"

"누가 다 먹긴, 너무 많다 싶으면 좀 나눠주면 되지."

콧노래까지 흥얼거리며 바쁘게 몸을 움직이는 엄마는 누가 봐도 신이 난 표정이었다. 그에 비해 난아의 낯빛은 시간이 갈수록 안 좋아지고 있었다.

'하긴, 걱정이 안 되는 게 더 이상하지.'

초아는 시시각각 어두워지는 난아의 얼굴을 바라보며 혀를 찼다.

자매의 우려대로 부모님은 M쇼핑몰 대표이사라는 승조의 명함을 보고 한바탕 난리가 났었다. 약간의 기대도 하고 계셨지만, 전반적으로 걱정이 더 많으셨다. 주관적으로 봤을 때는 어디 내놔도 빠지지 않는 딸이지만, 객관적으로 비교하자면 난아가 많이 빠지는 모양새인 건 사실이었으니까 말이다.

'어쩌면 그래서 오늘의 이 난리가 벌어지게 된 것이지만.'

난아의 부족한 부분을 음식으로 메우려 작심하신 듯 부엌과 식탁 사이를 정신없이 오가는 엄마를 보며 초아는 속으로 한숨을 내쉬었다.

"휴……."

초아는 옆에서 들려오는 커다란 한숨 소리의 주인공을 흘끗 바라보았다.

"걱정돼?"

"그렇지, 뭐."

난아는 희미하게 웃었다. 웃고 있어도 웃는 게 아닌 이상한 표정이었다.

"잠깐 나와 봐."
초아는 난아의 손을 붙들고 현관을 벗어나 정원으로 나왔다.
"아빠는?"
초아는 사방을 살핀 후 목소리를 한 톤 낮추었다.
"시간 맞춰 오신대. 에휴……."
나오는 건 오로지 한숨뿐인 듯 난아는 울상이있다.
"고승조 씨는?"
"약속은 칼인 사람이니 시간 맞춰 올 거야."
"설마…… 아이를 데리고 오는 건 아니겠지?"
가장 걱정되는 부분을 거의 속삭이는 듯한 목소리로 질문했다. 오늘 대화가 어디까지 진행될지는 모르지만 처음부터 너무 세게 진도를 나가면 안 되지 않나, 걱정이 앞섰다.
"그런 말 없었어."
"다행이다. 암, 충격의 강도를 점진적으로 늘려야지. 갑자기 확 하면 안 되지."
일단 급한 불은 껐구나 하는 심정이 되었다.
"별로 도움은 안 되는 말이지만, 너무 걱정하지 마. 엄마 아빠 그렇게 약하시진 않을 거야."
'부디 강하셔야 할 텐데…….'
말은 그렇게 하면서도 속으로 걱정하던 초아는 난아의 어깨를 두어 번 두들겨 준 후 집으로 들어갔다.
"아무 일도 없어야 할 텐데."
대문을 한 번 바라본 난아는 한숨을 섞어 자신의 바람을 가만히 읊조렸다. 비록 아직도 끊임없이 갈등 중이었지만, 만약에 모든 것을 밝혀야 할 순간이 오면 숨기지 않고 밝히리라 마음먹었다. 그와 헤어지지 않는 이상, 언제고 한 번은 치르고 넘어가야 할 일이었다.

난아네 집 바로 앞에 차를 세운 승조는 잠시 망설였다. 괜히 넥타이를 고쳐 매보고, 커프스핀과 넥타이핀 매무새까지 확인하고도 쉽게 밖으로 나가기가 꺼려졌다. 하지만 언제까지 이러고 있을 순 없었다. 불안해하는 모습을 보일수록 난아가 힘들어할 것을 잘 알기에 마음을 다잡았다.

차에서 내린 그는 한달음에 대문까지 가서 초인종을 눌렀다.

"……승조 씨?"

빠르게 다가오는 발자국 소리와 함께 난아의 목소리가 들렸다.

"네, 접니다."

띠, 철컥.

문 열리는 소리가 유난히 크게 들리는 것을 보면 그의 감각이 평소보다 날이 서 있는 게 분명했다.

"승조 씨."

파리한 얼굴색, 굳게 다물린 입술 선이 어딘지 모르게 안쓰럽게 느껴지는 난아가 보였다.

"괜찮은 겁니까?"

"그럼요. 전 괜찮아요."

괜찮다 말하면서도 옅은 웃음조차 보이지 못하는 난아가 내심 안쓰러웠다. 그래서 긴장으로 꽉 움켜쥔 그녀의 손을 붙잡고 부드럽게 쓸어주었다.

"아무것도 말하지 않길 바라는 거라면 그렇게 하겠습니다."

그녀가 최대한 덜 상처받는 쪽으로 하고 싶었던 그는 부드럽게 말했다.

"그러면 후회하지 않을까요?"

딱딱하게 굳었던 난아의 얼굴이 다소 부드러워진 것을 보면 긴장이 조금 풀린 것 같았다.

"어떤 선택을 하건 후회는 할 겁니다. 하지만 무엇을 택하건 지금의 선택이 최선임을 믿고, 후회가 없도록 노력을 해야겠지요."

그의 목소리는 단호하면서도 다정했다.

"……질문을 하시면 솔직히 답하되, 일부러 감추고 숨기는 건 안 하기로 해요."

난아는 승조의 손을 마주 꽉 잡았다. 승조는 그런 난아에게 시선을 고정한 채 한 걸음, 한 걸음 차분히 마음을 가다듬으며 걸었다. 맞닿은 시선만으로도 서로에게 위안과 힘이 되는 지금 이 순간을 왠지 잊지 못할 것 같았다.

긴장한 사람은 난아와 승조뿐만이 아니었다. 난아가 승조를 맞이하러 나가자, 나머지 식구들 역시 현관 앞에 모여 서서 각자의 방식대로 긴장감을 풀고 있었다.

"이상하게 내가 다 떨리네."

초아는 긴장감에 손을 쥐락펴락했다.

"네 애인이 오는 것도 아닌데 뭘 그리 떨고 그러냐?"

초인종이 울린 순간부터 옷매무새를 가다듬고 계시는 아버지의 얼굴 역시 긴장으로 가득했다.

"그러게 말이에요. 아마도 제 애인이 아니라 그런가 봐요."

'아빠가 어찌 제 긴장감을 아시겠어요.'

초아는 심호흡을 깊이 했다. 오늘 무사히 잘 넘어가기만 했으면 싶다가도, 차라리 다 밝혀졌으면 하는 마음도 있었다. 적어도 모든 게 다 밝혀지면 이런 긴장감은 오늘로 끝일 테니까 말이다.

"그건 그렇고, 어째 못 들어온다니? 초아야, 네가 나가 봐라."

엄마도 긴장이 되셨는지 못내 초조해 보이셨다.

"언니가 나갔잖아요."

말은 그렇게 하면서도 초아는 신발을 신고 밖으로 나갔다. 넓지도 않은 정원을 가로질러 오는 데 무슨 시간이 이렇게 걸리나 싶어서였다.

'둘이 아주 영화를 찍네, 찍어.'

다정하게 시선을 마주하고 천천히 걸어오는 둘의 모습을 본 순간, 초아는 기가 막혔다.

"지금 속도로 오다가는 저녁밥을 내일 아침에나 먹을 수도 있겠는데요?"

갑자기 들려온 초아의 목소리에 난아와 승조의 시선이 동시에 그녀에게로 향했다.

"쯧, 어디 죽으러 가냐? 그냥 마음을 비워."

난아의 안색이 창백한 게 마음 쓰였던 초아는 지나가듯 한 마디

하고는 뒤돌아서 먼저 가버렸다.

"아무래도 초아 씨는 더 이상 중립이 아닌 것 같습니다."

"네?"

은은히 웃음 짓는 승조의 말에 난아는 의아해졌다.

"본격적으로 우리 편을 들어주기 시작한 것 같군요."

승조의 싱그러운 웃음에 난아는 초아의 어느 면을 보고 그가 그런 생각을 한 건가 싶어 고개를 갸웃거렸다.

"어서 와요."

현관문을 열고 들어서자 그녀의 부모님이 환한 미소로 반겼다.

"처음 뵙겠습니다. 고승조라고 합니다."

승조의 깍듯하고 반듯한 인사에 두 분은 흡족한 미소를 지으셨다.

난아는 승조를 이끌고 식탁으로 안내했다. 둘은 나란히 앉았고, 그녀의 맞은편에 초아가 자리를 잡았다.

"별로 차린 건 없지만 양껏 들어요."

"차린 게 없긴, 이 정도로 꽉 찬 식탁을 본 게 언제였나 싶은…… 아얏!"

초아가 일부러 눈치 없게 구는 건 아마도 모두의 긴장을 풀어주기 위한 것 같았다. 물론 엄마의 매서운 응징은 피할 수 없었지만 말이다.

"입에 맞을지 모르겠어요."

"맛있습니다."

승조가 음식을 집어 입에 넣기까지의 과정을 놓칠세라 지켜보던 엄마의 모습에도 그는 담담히 대꾸했다.

"우리랑 사는 게 워낙 달라 걱정했는데, 입에 맞다니 다행이네요."

엄마의 얼굴에 서린 안도감에 난아는 괜히 안타까워졌다.

"승조 씨 입맛이 얼마나 소탈한데. 전혀 별다를 게 없어요."

난아는 일부러 밝고 활기차게 말했다.

"벌써부터 편들고 나서기는! 엄마, 아빠. 이래서 딸자식은 키워봤자 헛일이라니까요!"

"그러는 넌 아들인가 보구나?"

초아의 말을 난아가 재치 있게 받아침으로써 식탁 분위기는 한결 부드러워졌다. 부모님 두 분 모두 긴장이 한결 풀린 모습이었고 승조의 입가도 느슨하게 풀어졌다.

"부모님께서는……."

분위기도 풀어졌겠다, 자연스럽게 질문이 나오기 시작했다.

"아버님은 돌아가셨고, 어머님은 미국에 계세요."

부모님의 질문이 채 끝나기도 전에 난아가 나서서 답을 했고, 승조는 그런 그녀를 바라보았다. 바짝 긴장하고 있는 그녀의 모습이 내심 마음에 배겼다.

"올해 나이가……."

"서른다섯이에요."

또다시 낚아채듯 답을 하는 난아의 행동에 두 분은 살짝 놀라신 듯했다.

"질문은 승조 군에게 했는데, 답은 딸이 하는군."

"아빠가 섭섭하시더라도 이해하세요. 원래 딸은 부모를 배신할 준비를 하고 세상에 태어난다고들 하잖아요. 그리고 호구조사는 밥 다 먹고 나서 하는 걸로~ 이런 분위기에서의 식사는 체하기 십상이겠어요."

초아가 이번에도 특유의 싹싹함으로 눈치껏 나섰다.

"그래요. 일단 밥부터 먹고 대화 나누도록 합시다."

엄마가 초아의 말에 힘을 실어주셨다. 난아는 남모르게 한숨을 내쉬다가 자신을 바라보는 승조와 눈이 마주쳤다. 그녀는 식탁 밑으로 손을 내려 그의 손을 살짝 잡았다가 놓았다.

식사를 마치고 난아에게 이끌려 거실로 나온 승조는 찬찬히 주변을 살폈다. 넓지 않은 공간이었지만 어딘지 모르게 정이 갔다.

"집이 좀 낡았지요? 오래전부터 살아서인지 집 안에 쌓인 먼지에도 정이 갈 정도라니까요."

난아는 그의 손을 잡고는 작은 액자들이 쭉 자리한 진열장으로 이끌었다.

"우리 집의 산 역사라고 할 수 있죠."

자매의 아기 때부터 현재까지의 성장 흐름을 보여주는 사진들을 바라보던 승조는 희미하게 미소 지었다.

"많이 속상해하시겠습니다."

사진에 담긴 자매를 향한 부모님의 애정이 그의 마음을 묵직하게 만들었다.

"이해해 주실 거예요."

승조의 속을 짐작한 난아는 그의 손을 말없이 더욱 힘주어 잡았다.

"앉아서 차 한잔 들어요."

등 뒤에서 엄마의 말이 들려왔다.

"네."

서로 닿아 있는 손으로 어머니의 시선이 옮겨가자 승조는 난아의 손을 놓으려 했다.

"자, 여기 앉아요."

하지만 난아는 상관없다는 듯 손을 놓지 않은 채 소파로 그를 이끌었다. 하지만 그녀의 손은 파르르 떨리고 있었다.

"궁금한 건 많은데, 뭐부터 물어봐야 할지 모르겠네요."

모두가 자리에 앉자 찻잔을 승조 앞에 놓아주며 그녀의 엄마가 먼저 서두를 꺼냈다.

"편하게 궁금하신 것들 다 말씀하십시오."

결코 길게 답하는 법이 없음에도 불구하고 그는 예의 바랐다.

"그럼 편하게 말하겠네. 오늘 이곳에 왔다는 건 난아와의 사이를 진지하게 생각하고 있다는 것으로 봐도 되겠는가?"

역시 결정적인 순간에 말문을 여는 쪽은 아버지셨다.

"네, 진지하게 생각하고 있습니다."

"결혼까지도?"

"네."

한 치의 망설임도 없이 답하는 승조의 모습에 아버지는 내색하진 않으셨으나 굉장히 흐뭇한 눈치였다.

"난아도 같은 생각이고?"

"그게……."

난아는 시선을 어색하게 다른 쪽으로 돌리며, 우물쭈물 말을 얼버무렸다.

"그럼, 다른 생각인 건가?"

"아빤 사람 곤란하게…… 승조 씨, 아빠 말 못 들은 걸로 해요."

얼굴을 붉게 물들인 난아는 자리에서 일어나 자연스럽게 주방으로 향했다. 아빠의 질문이 나오기 시작할 때부터 초아가 눈짓을 해왔기 때문이다.

"아무래도 난아도 같은 생각인 모양이고. 그래, 결혼은 대략 언제쯤 생각하고 있는가?"

"난아 씨에게 정식으로 프러포즈부터 한 연후에 상의드리겠습니다."

"모친께서는 반대하지 않으시겠는가?"

"반대 없으실 겁니다."

"그럼 다행이지만…… 봐서 알겠지만 우리 사는 게 이렇다네."

차이가 나도 너무 나는 경제적 격차가 내심 마음에 걸리셨는지 질문을 하시는 아버지의 표정도, 어머니의 안색도 밝지가 않았다.

"제가 오히려 난아 씨에 비해 가진 게 없습니다. 저를 채워주는 난아 씨의 넉넉함은 아무래도 부모님께 물려받은 것 같습니다."

부드럽게 미소 짓는 승조의 얼굴은 이제야 조금 편해 보였다.

"그리 생각한다니 고맙네. 그리고 이건 혹시나 해서 확인차 묻는 것이네만……."

뭔가 꺼내기 어려운 화제인 듯 아버지는 말끝을 흐리며 난감하다는 표정을 지으셨다.

주방으로 들어가면서도 뒤를 돌아 거실에 둘러앉은 모두의 면면을 살피던 난아는 조금 긴장했다. 어째 분위기가 묘하게 냉각된 것 같은 느낌이었다.

"왜 이제 와!"

"네가 눈짓하고 바로 일어났거든. 또 뭔데 그래? 빨리 말해."

난아는 계속 거실 쪽을 흘끔거리며 말했다.

"문제가 생겼어!"

"뭔데 호들갑이야? 지금 이 순간보다 더 심한 문제가 또 있을라고."

자신의 팔목을 잡고 자못 심각한 표정을 짓는 초아에게 난아는 자조적인 미소를 지었다. 지금도 살얼음을 걷고 있는 판국이었다.

"있어! 결단코 있어! 아까 언니가 고승조 씨랑 거실로 먼저 나갔을 때, 아빠가 엄마한테 뭐라 하셨는지 알아?"

"뭐라 하셨는데 그래?"

답답하다는 듯 가슴을 두드리며 그녀를 노려보는 초아의 험악한 기세에 난아는 그제야 동생을 심각하게 바라보았다.

"M쇼핑몰 사장이 결혼했다는 소문을 들었다고 하셨어."

"뭐? 그래서?"

혀를 깨물 정도로 놀란 난아는 초아의 멱살을 틀어쥘 기세로 다가왔다.

"엄마는 소문은 소문일 뿐이라고, 설마하니 언니가 유부남과 만나고 있겠냐며 웃어넘기셨지만, 아빠는 어딘지 모르게 미심쩍어하는 눈치셨어."

초아의 말이 끝나자마자 난아는 거실로 나가려 했다.

"그냥 가면 어떻게 해? 대책을 논의하고 나가든지 해야지."

초아는 난아를 잽싸게 붙들었다.

"대책은 무슨 대책! 아빠가 미심쩍어하셨다면서? 승조 씨에게 아마 대놓고 물어보실 거라고."

초아의 팔을 뿌리친 난아는 거실로 갔다.

"……기분 나빠 하지 말고 듣게나. 소문으로만 들은 것이지만 자식 둔 아비이기에, 설마 하는 심정으로 묻는 것이니."

때를 잘 맞춘 것인지, 그녀가 거실로 나왔을 땐 이미 아빠의 질문이 떨어진 상태였다.

"이이는…… 뭘 그런 소문까지 신경 쓰고 그래요."

불편한 낯빛으로 아빠를 말리고 계시긴 했지만, 엄마도 확답을 듣고 싶은 눈치였다.

"편히 말씀하십시오."

승조의 목소리는 담담하기만 했다. 난아는 잽싸게 승조의 옆에 앉았다. 무슨 질문이 나올까. 진짜 초아가 말한 내용이 나올까 싶어 심장이 미친 듯이 두근거렸다.

"딸과 교제 중인 사람이 평범한 사람이 아니란 것이 마음에 걸려 동료들에게 좀 물어보았다네. 그러다 듣게 되었네만, 자네가 유부남이라고 하더란 말이지. 물론 소문이란 게 다 믿을 건 아니지만 내 말했듯 자식 일이다 보니 계속 마음에 걸려서 말이야……."

꺼내기 어려운 말이었던 듯 아빠의 표정에는 미안함이 깃들어 있었다.

승조는 고개를 돌려 난아를 잠시 바라보았다. 그 눈빛에서 무언가를 읽은 난아가 고개를 끄덕였다.

"이혼한 지 5년 되었습니다."

날벼락과도 같은 말이 그의 입에서 나온 순간, 두 분은 약속이나 한 듯 어안이 벙벙한 표정이었다가 어느새 낯빛을 차디차게 굳히기 시작하셨다.

"……사별인 건가?"

"아닙니다."

"……."

"……."

승조의 답변에 무거운 침묵이 거실에 내려앉았다. 그 무거움에 질식할 것 같았지만 그 누구도 그것을 깰 수가 없었다.

"엄마, 아빠."

"……."

난아가 조심스럽게 말문을 열었으나 두 분 모두 난아의 시선을 외면했다.

"제가 이 사람을 참 많이 좋아해요. 고민 많이 하고 또 했지만, 놓을 수가 없어 시작했고 달려왔어요. 그러니…… 이 사람 탓은 하지 말아주세요."

두 분 모두 아무 말 없이 그저 아픈 눈으로 바라보기만 하셔서 난아는 눈가가 홧홧해져 왔다.

"제가 더 많이 사랑하고, 더 많이 아끼겠습니다."

난아를 한 번 바라본 승조가 두 어른을 향해 나직하지만 단호한 목소리로 약속했다.

"……자식 이기는 부모 없다고, 어쩌겠는가. 딸자식이 자네여야만 한다는데. 하지만 계속 지켜볼 작정이네."

아빠의 눈빛이 애잔하게 떨리고 있었다. 그 심정이 짐작되어 승조 역시 마음이 아팠다. 자식 둔 부모의 심정을 딸을 둔 그가 모를 수는 없었다.

"명심하겠습니다."

맹세하듯 말하면서도 차마 유라의 존재까지는 입에 올릴 수 없었다. 가뜩이나 충격받으신 두 분께 더 큰 짐을 안겨 드리고 싶진 않았던 그는 결국 입을 다물었다.

"난 좀 들어가 쉴게요. 갑자기 머리가 아파오네."

자리에서 일어나는 엄마의 얼굴이 창백했다.

"엄마는 내가 모실게."

주방에서 사태를 지켜보던 초아가 달려와 엄마를 부축하는 모습에 난아는 고개를 끄덕였다.

"애 엄마가 워낙 심약해서 그러니 기분 상해하지 말게나."

초아와 사라지는 엄마의 모습을 바라보던 아빠는 가라앉은 목소리로 사정을 설명했다.

"쓰러지지 않으신 것만으로도 다행으로 여기고 있습니다. 마음 쓰지 마십시오."

"이해해 준다니 다행이네. 그럼 쉬다 가게나."

한 십 년은 더 나이 들어 보이는 아빠도 자리를 떨치고 일어나셨다.

난아는 마음이 짠했지만 이런 사태를 맞아 더욱 상심했을 그가 걱정되었다.

"지금은 두 분 모두 저러시지만, 분명 나중에는 진심으로 좋아해 주실 거예요. 그러니 너무 섭섭해하지 말아요."

난아는 승조의 얼굴에 손을 가져다 댔다. 그의 안색이 까칠해 보이는 게 안쓰러웠다.

"난 괜찮으니 괜한 걱정까지 하지 말아요."

그는 괜찮다고 말하고 있었지만 전혀 괜찮아 보이지 않았다.

"아무래도 유라 이야기는 나중에 하는 게 낫겠어요."

난아는 그의 마음을 조금이라도 편안하게 해주기 위해 먼저 선수를 쳤다. 그런 그녀의 마음을 다 알기에 승조는 그녀를 웃음 띤 얼굴로 바라보았다.

"더 있어봤자 좋을 게 없으니, 우린 이만 나갈까요? 나가서 마음 편하게 차 한잔해요."

이제 겨우 한 고비 넘긴 것뿐인데도 온몸에 진이 다 빠져나간 듯했지만 지금 이 순간만큼은 답답한 공간을 벗어날 필요성이 느껴졌다.

"인사드리고 나가야지요."

"인사는 안 드리는 게 나을 것 같아요. 제가 나중에 잘 말씀드릴게요."

곤란한 듯이 미간을 찡그리는 그녀의 얼굴에 이번에는 승조가 손을 가져다 댔다. 괜찮다는 듯 희미하게 웃는 그녀의 미소에 승조의 마음이 헤집어졌다.

난아와 승조가 밖으로 나갔다는 것도 모를 정도로 안방의 분위기는 축 가라앉아 있었다.

"엄마, 괜찮아요? 약 좀 가져올까?"

초아는 머리에 손을 얹고 인상을 찡그리고 있는 엄마가 걱정스러웠다.

"약은 무슨, 됐다. 좀 누워 있으면 낫겠지. 그런데 초아 너는 다 알고 있었나 보구나. 전혀 놀란 얼굴이 아닌 걸 보면……."

"죄송해요. 제가 나서서 말씀드릴 만한 사항은 아닌 듯했어요."

초아는 침대에 쓰러지듯 눕는 엄마를 안타깝게 바라보았다.

"하긴, 그것도 그렇긴 하네. 그건 그렇고, 당신은 왜 따라 들어왔어요?"

"당신이 걱정되기도 하고……."

엄마의 말에 아빠가 말끝을 흐렸다.

"난아가 그렇게 좋다는데 내키지 않아도 어쩔 수 없잖아요. 다음에 볼 때는 지금보다는 편하게 해주세요."

아빠가 꺼내지 못한 마음속 말을 알아챘는지 엄마는 아빠의 손을 잡고 토닥이셨다.

"두 분 모두 기운 내세요. 이제 겨우 시작이잖아요."

"이제 겨우 시작? 지금 그 말은 기함할 다른 일이 또 있다는 뜻이냐?"

아빠의 날카로운 질문에 초아는 아차 싶었다.

"있긴 뭐가 더 있겠어요? 그냥 말이 그렇다는 거지요. 굴곡 없는 인생 없다고 하잖아요. 이보다 더한 일이 있을지도 모르고, 이로 인해 좋은 일이 생길지도 모르잖아요? 그러니 기운 내세요."

살살 웃어가며 얼버무렸지만, 등에서는 식은땀이 흘렀다.

"언뜻 보면 승조 군에 비해 우리 난아가 많이 기우는 것처럼 보일지 몰라도, 내겐 한없이 귀한 자식이니 이보다 더한 일은 아무쪼록 없었으면 좋겠구나."

어쨌든 잘 넘어간 듯 보여 한숨을 내쉬려던 찰나, 초아는 아빠와 정면으로 시선이 맞닿았다.

"좀 쉬세요. 둘이 굉장히 어색할지도 모르니, 전 나가 볼게요."

"그래, 너라도 가보렴. 손님 불러놓고 이렇게 몽땅 자리를 비우는 것도 예의는 아니지."

나가 보라는 말이 떨어지기 무섭게 초아는 부리나케 방을 나왔다.

"에휴……."

거실에 아무도 없자, 초아는 거실 소파에 털썩 주저앉아 한숨을 내쉬었다.

"초아야."

'헉!'

"네?"

별안간 들려온 아버지의 부름에 초아는 심장이 쪼개질 정도로 놀랐지만 애써 표정 관리를 했다.

"잠시 이야기 좀 할까?"

"엄마는 좀 어떠세요?"

그녀는 어떻게든 화제를 돌리려 했다.

"일단 두통약 먹었고, 누운 김에 눈 좀 붙이라고 했다."

"언니와 고승조 씨는 나갔는지 없더라고요. 데이트라도 갔나 봐요."

초아는 횡설수설하는 자신의 혀를 그만 꽉 깨물고 싶어졌다. 맞은편에 자리를 잡고 앉는 아버지의 모습이 어찌나 긴장감 있게 느껴지는지 엉덩이가 다 들썩였다.

"뭐가 더 있는 거냐?"

"무슨 말씀이세요?"

담담한 아버지의 음성에 초아는 눈앞이 캄캄해졌다.

"뭐가 더 남아 있기에 그러냐고 했다."

"아까도 말씀드렸지만 그건 그냥……."

"초아야."

"네?"

아버지의 은근한 부름이 공포심을 더욱 유발했다.

"기운 빼지 말고, 시간 끌지도 말고 요점만 말해라. 너희 엄마 나오기 전에."

쿠쿵. 심장이 바닥에 곤두박질치는 소리가 난다면 이런 소리지 않을까.

"……아빠."

"오냐."

"꼭 지금 들으셔야겠어요?"

"차라리 지금이 낫지 싶다만."

"휴, 그게……."

초아는 자포자기의 심정으로 한숨을 내쉬었다.

❀

승조와 밖으로 나온 난아는 초아에게서 계속 전화가 오는 바람에 결국 차 한 잔만 마시고는 집으로 돌아와야 했다. 집에서 멀지 않은 곳에 있었음에도 불안함에 걸음이 자꾸만 빨라지고 있었다.

'대체 또 무슨 일인 거야. 별일 아니기만 해봐라.'

이제 그녀는 뛰다시피 걸었다. 숨이 차올랐지만 멈출 수가 없었다.

이윽고 대문을 지나 현관문 앞에 다다른 그녀는 숨 고르기를 한 번 한 후에 문을 열고 들어섰다.

"왜 이렇게 전화를 안 받아!"

"무슨 일인데 그래?"

한껏 목소리를 낮춘 초아 때문에 난아도 자연스럽게 음성을 낮추었다.

"일단 내 방으로 가."

초아는 난아의 팔을 붙잡고 끌었다.

"대체 뭔데 그래?"

초아의 방에 들어오자마자 난아는 답답함에 다그쳐 물었다.

"……아빠가 알게 되셨어."

문까지 걸어 잠근 초아가 한숨 쉬듯 말을 꺼냈다.

"아빠가 뭘 알게 되셨는데?"

"고승조 씨에게 딸이 있다는 거."

"뭐라고!"

"목소리 좀 낮추라니까!"

난아는 자신도 모르게 큰 소리를 냈다가, 초아가 손으로 입을 틀어막는 바람에 숨까지 다 막힐 지경이 되었다.

"아빠가 그걸 어떻게 알게 되신 건데?"

"……아빠가 예리하게 눈치채시고 닦달을 하셨어."

"그래서?"

난아는 입안의 침이 바짝바짝 말라붙는 것만 같았다.

"뭐가 되었건 차라리 지금 알게 되는 게 낫다고 하셔서 어쩔 수 없이 말하게 됐어."

미안함에 초아는 눈을 질끈 감아버렸다.

"이, 이 미친…… 그걸 네 입으로 밝히면 어쩌자는 거야. 차라리 우리한테 직접 들으시라고 떠밀기라도 했어야지."

길 가다 벼락을 맞았다 한들 이보다 더할 순 없었다.

"미안해……."

"……그래서 아빠 뭐라고 말씀하셨는데?"

"그냥 바람 쐬러 간다며 나가셨어."

초아는 자신이 불러일으킨 파장이 이래저래 만만치 않음에 죄스러워 차마 얼굴을 들 수가 없었다.

"미안, 정말 미안해."

"……됐어. 이미 벌어진 일…… 어찌 수습해야 할지나 생각해야겠다."

휘청거리는 발걸음으로 방을 나서는 난아를 차마 붙잡을 수가 없어 망연자실 바라보던 초아는 전화기부터 찾았다.

'나 때문에 벌어진 일, 최대한 수습해야겠어.'

아무리 머리에 지진이 날 정도로 생각에 생각을 거듭해 봐도, 언니가 지금의 사태를 승조에게 알릴 것 같지는 않았다. 하지만 자매 둘을 합친 것보다 스케일이 큰 승조라면 분명 뾰족한 무언가가 나올 것도 같았다.

초아는 승조에게 전화를 걸어 전화로는 말할 수 없는 급한 일이 생겼으니 만나자는 뜻을 전했다. 그는 다행스럽게도 흔쾌히 수락했고, 초아는 수를 헤아리는 심정으로 약속 장소로 나갔다.

❀

'무슨 일인가.'

집에 거의 다 도착할 때쯤 초아의 전화를 받은 승조는 다시 차를 돌려 만나기로 한 곳으로 향했다.

함께 차를 마시는 동안 내내 초조한 표정이었던 난아와 갑자기 만나자고 청한 그녀의 동생. 분명 무언가 일이 터진 것 같은 느낌이었다.

빠르게 내달리다시피 해서 도착한 곳은 방금 전 난아와 차를 마셨던 곳이었다.

"여기요!"

급한 일이라도 있는 사람처럼 자리에서 벌떡 일어서는 초아가 보였다.

“무슨 일입니까?”

승조는 초아의 파리한 안색을 차분하게 살폈다.

“먼저…… 죄송해요.”

초아는 고개 숙여 사과부터 했다.

“……?”

“과정이 어찌 되었건 아빠가 알게 되셨어요. 승조 씨 딸의 존재를 말이죠.”

안전핀을 제거하자마자 바로 내던진 폭탄과도 같은 말의 파장이 얼마나 클지 내심 걱정되었지만, 본론부터 말하는 게 시간을 절약할 수 있는 길이었다.

“……그렇습니까? 어차피 밝힐 일이었지만, 그 시기가 다소 빠른 감은 있군요.”

“그게…… 끝이에요? 화, 안 내세요?”

기절이라도 할 것 같던 난아와는 너무도 다른 반응을 보이는 승조의 모습에 초아는 오히려 걱정이 되었다.

“이미 벌어진 일에 화를 내서 뭐 합니까? 화를 내는 것보다 그에 대한 방안을 마련하는 게 더 생산적입니다.”

“……죄송해요.”

의연한 그의 대응에 초아는 진심으로 감탄하면서도 부끄러웠다. 결국 일은 자신이 벌여놓고 해결은 그에게 떠미는 꼴이었다.

“당분간은 아버님만 알고 계시겠군요.”

"네, 아마도 엄마에게는 말씀을 안 하실 듯해요."

예리한 그의 판단력에 초아는 고개를 끄덕였다.

"난아 씨에겐 제가 모르는 것으로 해주십시오."

"네."

그의 얼굴은 들어왔을 때와 별반 다르지 않았다. 하지만 난아의 이름을 입에 올린 그 잠깐의 순간만큼은 단단한 가면이 깨지고 진심이 살짝 보였다.

초아는 바로 그 순간부터 진심으로 안정을 찾을 수 있었다. 이렇게 언니를 생각하는 그라면 100% 믿어도 될 것 같았다.

"……전 이제 중립 안 하려고요."

"그렇습니까? 그러면 호칭부터 바꿔야 하지 싶습니다만."

뜬금없는 초아의 말. 그 이면에 있는 속뜻까지 다 알아들은 듯 승조는 피식 웃었다.

"그럼요~ 호칭은 당연히 바꿔야 하는 거지요, 형부~"

민망함에 손발이 다 오그라들어 없어질 것 같았지만 이게 그가 바라는 답임을 초아는 확신했다.

"다음에 또 보지요."

희미하게 웃어 보인 그는 자리에서 일어나 밖으로 나갔다. 굳이 형부라는 말을 듣고 싶었던 건 아니었다. 다만 본의 아니게 진실을 말하고 죄책감에 휩싸여 있을 그녀를 위해 자신은 괜찮다는 뜻을 전하고 싶었다.

'형부라……. 꽤 듣기 좋군.'

그런데 막상 형부란 말을 들으니, 의외로 그 호칭이 참 마음에 들어 슬며시 미소가 지어졌다.

차로 향하던 그는 난아의 아버지에게서 언제쯤 연락이 올까를 가늠해 보았다. 빠르면 내일, 늦어도 모레까지는 연락이 올 성싶었다.

그가 기업을 경영하면서 깨달은 것은 불행은 혼자 오지 않는다는 점이었다. 하지만 불행의 또 다른 말은 기회이기도 했다. 그렇기에 지금의 이 상황을 자신에게 유리한 쪽으로 어떻게든 바꿔야만 했다.

24.
예고 없는 방문

유라는 아침부터 기분이 좋은 상태였다. 엄마와 만나기로 약속한 데다 멀리 떠나지 않을 거라는 말까지 들은 터라 얼굴에 웃음이 가득했다.

"그렇게 기분이 좋아요?"

심 여사가 유라의 머리를 매만지며, 거울 속에 비치는 반짝이는 눈을 들여다보곤 웃었다.

"네, 아주 많이 좋아요. 엄마가 어디 안 가고 계속 여기 있을 거라고 했거든요."

"그래서 오늘 엄마 만나면 무엇을 하고 싶은데요?"

"엄마 집으로 와서 뭐 할 건지 얘기하자, 하셨어요."

유라는 심 여사가 예쁘게 묶어놓은 머리를 이리저리 휘둘러 보고는 의자에서 일어났다.

"학교 다녀오겠습니다."

팔랑팔랑 뛰어 나가는 아이의 뒷모습을 바라보는 심 여사의 눈매가 곱게 휘었다. 한때는 하루가 멀다 하고 말썽을 피우던 아이가 언제 저렇게 고와졌나 싶었다.

심 여사는 유라의 방을 나와 세탁실에 들러 승조의 옷가지들을 들고는 한창 출근 준비로 바쁠 그에게로 향했다.

"유라 나갔습니까?"

들어오는 소리를 들었는지 드레스룸에서 승조가 물어왔다.

"오늘 엄마를 만나기로 했다며 아주 신나서 나갔답니다."

심 여사는 드레스룸 밖에서 잠시 대기했다.

"엄마가 떠나지 않는 건 다행인 일이지만, 그와는 별도로 다른 적응이 필요할지도 모르겠습니다."

"무슨 말씀이신지……."

깔끔한 모습으로 드레스룸에서 나온 승조를 심 여사는 의아하게 바라보았다.

"서균이랑 유라 엄마가 서로 진지하게 만나고 있습니다."

"어떻게 그런……!"

심 여사가 깜짝 놀라는 모습을 십여 년 만에 보는 듯해서 승조는 웃음마저 나왔다.

"사람의 연이라는 게 참 이상합니다. 난아 씨와 저, 그리고 유라 엄마와 서균이. 모두 보통 인연은 아닌가 봅니다."

담담히 말하고 있었지만, 그 속 한편에 자리한 아픔이 보여 심 여사는 마음이 짠해왔다.

"결국 악연도 인연이라는 말이 맞는가 보네요."

깊이 있는 심 여사의 말에 승조는 고개를 끄덕였다.

"이래서 사는 게 재미있다고 하는 건가 봅니다."

미소를 짓고 있는 승조를 바라보며 심 여사는 모처럼 마음이 훈훈해져 왔다. 오랜 세월 그를 둘러싸고 있던 차갑고 단단한 껍질이 조금씩이지만 떨어져 나가고 있었다.

❀

아침에 눈을 뜨고부터 집에서 나올 때까지 아버지의 눈치를 살피던 난아는 아무 반응이 없는 모습에 거의 피가 마를 지경이었다. 심지어 집에 들어가기가 싫고 두려울 정도였다.

'아빠에겐 이 일이 별일 아니었던 건 아닐까?'

아이들이 하나둘 하교하는 모습을 멍하니 바라보던 난아는 급기야 헛된 망상까지 하고 있었다.

"……선생님, 선생님!"

"어? 유라야, 선생님한테 무슨 할 말이라도 있는 거니?"

정신줄을 놓고 있었던 터라 부르는 소리에 간신히 답할 수 있었다.

"오늘 너무 좋은 일 있어요."

"그래? 무슨 일인데 우리 유라 얼굴이 이렇게 활짝 피었을까?"

얼굴에 홍조를 띤 채 눈을 빛내는 모습이 승조와 너무도 흡사해 난아는 절로 웃음이 나왔다.

"엄마가…… 어디 안 가고 계속 유라 곁에 있겠다고 했어요."

주위를 두리번거리며 혹시 누가 듣나 살피면서 말하는 모습까지도 앙증맞았다.

"우와! 유라는 너무 좋겠다."

"네네. 너무너무 좋아요. 헤헤~"

"그럼 지금 엄마 만나러 가는 거구나?"

난아는 유라의 머리를 가만히 쓰다듬었다. 유라만 보면 절로 웃음이 나오는 게 신기했다.

"네~ 엄마 집으로 오라 했어요. 아, 선생님!"

"응?"

"유라도 선생님 집 가고 싶어요."

어느새 화제는 엄마 집에서 선생님 집으로 바뀌어 있었다.

"어제 아빠랑 같이 선생님 집 오고 싶었었구나?"

유라의 말을 금세 알아들은 난아가 한층 더 밝게 웃었다.

"네. 하지만 아빠도 선생님 집이 처음이니까 다음에 같이 가자고 했어요."

"그래, 다음엔 꼭 아빠랑 같이 와."

"꼭 아빠랑 같이 가야 해요? 유라 혼자 가면 안 돼요? 엄마 집은 유라 혼자 다니는데……."

살짝 풀이 죽어 반문하는 아이의 발그레한 뺨을 살짝 어루만진 난아가 짐짓 심각하게 대꾸했다.

"당연히……."

"당연히?"
난아의 말을 따라 하며 다음 말을 기다리는 아이의 얼굴엔 긴장감이 서렸다.
"유라 혼자 와도 되지."
혼자 와도 된다는 그녀의 말에 유라가 햇살처럼 환한 웃음을 지어 보였다.
"진짜진짜죠? 우와! 신난다."
그 웃음에 난아도 우중충했던 기분이 밝아지는 듯했다.

✿

신나서 폴짝이다가 인사도 잊어버린 유라가 향한 곳은 진희의 집이었다.
딩동딩동.
"유라니?"
"엄마!"
반가운 엄마 목소리에 유라의 밝은 음색이 사방으로 울려 퍼졌다. 문이 열리며 엄마가 나타나자 유라는 다다다 뛰어 들어가 진희의 품에 폭 안겼다.
"유라 왔니?"
"……아저씨?"
조금은 어색한 표정의 서균이 보이자 유라는 어리둥절해졌다.
"안녕하세요, 해야지."

"안녕하세요."

진희가 인사를 시키자 유라는 예쁘게 머리 숙여 인사를 했다.

"그래, 유라도 잘 있었지?"

여전히 어색한 얼굴의 서균은 무릎을 굽힌 채 유라와 시선을 맞추었다.

"네."

"자, 엄마랑 아저씨랑 맛있는 거 많이 해놨으니까 어서 먹자."

진희는 서로 멀뚱멀뚱 바라보는 서균과 유라를 이끌고 주방으로 향했다.

"어디 갈지 결정하기로 했잖아요?"

"응? 그건 먹으면서 천천히 결정한 다음에 유라 학교 안 가는 날 가면 되지."

진희의 말을 이해한 유라가 주방으로 순순히 따라갔다.

"짜잔~ 어때, 유라가 좋아하는 것들만 준비했어요."

진희는 두 팔을 벌리고 밝은 목소리로 한껏 분위기를 띄웠다.

"자, 앉을까?"

편히 앉을 수 있도록 서균이 의자를 빼주자 그것을 지극히 당연히 받아들이며 앉는 유라의 행동에 그는 피식 웃었다.

'리틀 유진희로군.'

심지어 모녀는 음식을 먹는 모습까지도 닮아 있어 신기하기까지 했다.

"유라는 어디 가고 싶은데?"

유라의 접시에 음식을 덜어주던 진희가 아이의 눈치를 살폈다.

오늘은 유라의 심기를 최대한 맞춰야만 했다. 지난번 멀리 떠나네 마네 해서 마음 아프게 한 것도 있었지만, 이 자리에서 중요한 이야기를 해야 하기 때문이었다.

"놀이공원 가고 싶어요."

"그래, 그럼 놀이공원 가자. 서균 아저씨랑 함께!"

"아저씨랑은 왜요?"

얼굴색이 환해지던 유라는 엄마의 말에 의아해졌다. 무언가 조금 이상하다는 것을 눈치챈 모양이었다.

"이건 유라가 좀 이해하기 어려울지도 모르겠는데…… 엄마랑 아저씨랑 서로 사랑하는 사이가 되었거든. 그래서 엄마랑 아저씨는 유라와 함께 시간을 보내고 싶어."

말하면서도 진희는 옆에 앉은 서균을 바라보며 빙긋 미소 지었다.

"아저씨는 우리 선생님과 데이트했잖아요. 옛날옛날, 아주 옛날 미술관에서 만났을 때 아저씨가 그렇게 말했었는데요."

유라의 말에 진희의 한쪽 눈썹이 치켜 올라갔다.

"우리 유라 기억력이 아주 좋구나."

당황스러울 정도로 뛰어난 유라의 기억력이 놀라웠지만 서균은 대수롭지 않게 답했다.

"유라 머리 많이 좋아요. 그래서 학교도 빨리 갔어요."

칭찬에 표정이 밝아지는 모습이 아이다웠다.

"유라는 많이 똑똑하니까 아저씨 말 바로 이해할 거야, 그치?"

"네, 이해할 수 있어요."

유라는 비장한 기세로 주먹까지 꽉 쥐어 보였다.

"미술관에서 만났을 때, 유라 선생님과 함께 가긴 했는데 유라와 아빠랑도 함께 다녔으니까 결국 데이트는 아니었던 거야. 그렇지?"

"음…… 네."

"그래서 결론은 엄마랑 아저씨는 유라와 놀이공원도 같이 가고, 맛있는 것도 먹으러 다니고 하면 좋겠어. 아저씨 말 이해하겠니?"

서균의 말에 진희는 어이가 없었다. 아이가 아무리 어리다 해도 그런 황당한 논리가 통할까 싶었다.

"알겠어요."

고개를 끄덕이며 이해했다는 태도를 보이는 유라의 모습에 진희는 기가 막혔지만 난감했던 문제를 해결해 준 서균이 새삼 대단해 보였다.

"엄마랑 아저씨가 사랑하는 사이면 결혼도 해요?"

"유라가 허락을 해주면 할 수 있을 것도 같은데? 유라는 어때?"

윙크까지 하며 능글맞게 구는 서균의 모습에 진희도 결국 피식 웃고 말았다.

"그러면 이혼도 하겠네요?"

벼락 같은 유라의 말에 서균과 진희 모두 감전이라도 당한 듯 뻣뻣하게 굳었다.

"이혼도 유라가 허락하면 하는 거예요?"

어른들이 모두 답이 없자 유라는 답답했는지 다시 물었다.

"……유라는 어떻게 생각하는데?"

서균이 조심스럽게 유라와 시선을 마주했다.

"이혼, 결혼 두 개 다 싫어요."

"유라야……."

떨리고 갈라지는 진희의 목소리는 그녀의 심정을 대변하고 있었다.

"아저씨랑 엄마가 결혼하면 우리 아빠는요? 아빠는 결혼 안 했잖아요."

고집스럽게 입술을 다무는 아이의 모습에 서균도 마음이 착잡해졌다.

"유라 마음 상하게 하면서까지 결혼하고 싶진 않으니까 아저씨가 기다릴게."

서균이 유라의 머리를 쓰다듬으면서 뜻을 전했다.

"……유라 그냥 집에 갈래요."

잠자코 그의 손길에 머리를 맡기고 있던 유라가 자리에서 벌떡 일어섰다.

"갑자기 왜……."

아이가 무엇 때문에 마음을 다친 건지 짐작하면서도 불필요한 질문을 입에 올리고 있는 스스로가 우둔하게만 느껴졌다.

"아저씨랑 블록 쌓기 할까?"

"싫어요. 집에 갈래요."

그 좋아하는 블록 쌓기마저도 거절한 유라의 모습은 그 어떤 설득도, 회유도 불가능해 보였다. 서균은 진희의 안타까워하는 눈빛과 시선을 마주한 채 고개를 저었다. 여기서 더 밀어붙이지 말자는 뜻이었다. 진희는 체념한 듯 고개를 끄덕이고는 유라 전담 운전기사에게 연락을 했다.

얼마 지나지 않아 당도했다는 기사의 연락이 오자 유라는 뒤도 돌아보지 않은 채 집을 나왔다. 차에 올라탄 유라는 자신도 모르게 터져 나오는 울음 때문에 한참을 훌쩍였다. 대체 왜 이렇게 눈물이 나는지 어린 마음에도 이유를 알지 못해 답답했다.

이때, 울고 싶고 슬플 때는 기분 좋았던 일을 떠올리면 된다던 말이 갑자기 생각난 유라는 오늘 하루 있었던 일 중에서 가장 좋았던 순간을 머릿속에 그려봤다. 그러다 문득 선생님 집에 놀러 와도 된다는 난아의 말이 떠올랐다.

"아저씨, 우리 선생님 집 알아요?"

"그리로 갈까요?"

차에 타서 내내 훌쩍이던 유라가 신경 쓰였던 기사는 아이가 울음을 멈췄다는 것만으로도 반가워 잽싸게 답했다.

"네."

무슨 일이 있을 때마다 선생님과 얘기를 나눈 후 마음이 편해졌던 유라는 망설임 없이 답했다.

"선생님께 전화드리지 않아도 될까요?"

"아까 선생님이 유라 혼자 놀러 와도 된다, 했어요."

기사는 별 의심 없이 난아의 집으로 향했고, 유라는 마음이 한결 가벼워졌다.

*

살얼음판을 맨발로 딛고 올라선 듯한 불안감에 초아는 퇴근하자마자 바로 귀가했다.

승조가 이혼남이란 사실에 충격받은 엄마를 더 힘들게 하기 싫으셨던 아빠가 별다른 말씀을 안 하고 계셨지만, 언제 어느 순간 말을 꺼낼지 몰라 심장이 오그라들 것만 같았다.

"내가 언니 때문에 내 명에 못 살고 죽지, 죽어."

중얼중얼 혼잣말을 하며 소파에 몸을 묻은 초아가 엄마가 계신 주방과 현관 쪽을 번갈아 바라보았다. 아빠의 퇴근 시간이 점점 다가오자 TV에도 집중이 안 됐다.

"엄마! 아빠 언제쯤 오세요?"

"글쎄다, 오늘 저녁 약속 있다고 하셨는데. 근데 그건 왜?"

"그냥 오실 때가 된 것 같아서요."

괜한 불안감에 손을 꼼지락거리던 초아는 그제야 안도의 한숨을 쉬었다. 다행히 오늘 하루는 이대로 잘 넘어가나 싶었다.

'나 원, 하루살이도 이렇진 않겠네.'

초아는 그제야 마음 편히 TV로 시선을 돌릴 수 있었다.

딩동딩동.

그때 초인종 소리가 들려왔다.

"누구지? 오늘 올 사람도 없는데."

가족들 모두 열쇠를 가지고 다니므로 초인종을 누르지 않는데, 누군가 싶어 주방에 있던 엄마도 밖으로 나오셨다.

"그러게요. 제가 나가 볼게요."

초아는 슬리퍼를 끌고 밖으로 나갔다.

"누구세요?"

"……."

"누구세요?"

답이 없자 자신의 목소리를 못 들었나 싶어 더 크게 물었다.

"고유라예요."

난데없이 들려온 아이의 목소리에 초아는 대문을 빼꼼 열었다. 한 일고여덟 살쯤 되어 보이는 예쁜 여자아이였다.

"넌 누구니?"

"고유라요."

뭐 이렇게 예쁘고 앙증맞게 생긴 아이가 다 있나 싶을 정도로 아이의 미모는 매우 빼어났다.

"여긴 어떻게 왔는데?"

"김난아 선생님이 우리 선생님이에요."

초아는 앞의 아이를 다시 한 번 머리부터 발끝까지 쭉 훑었다. 옷과 신발, 심지어 머리 장신구까지도 럭셔리함으로 똘똘 뭉친 걸 보니 역시 예은사립초등학교 학생다웠다.

"우리 언니 찾아왔구나? 난 김난아 선생님 동생, 초아라고 해."

"안녕하세요."

초아의 소개에 곱게 인사하는 아이의 뒤통수가 참 어여뻤다.

"그런데 혼자 왔니?"

초아는 두서너 발짝 밖으로 나가 주위를 살폈다. 밖에는 아이 말고는 아무도 없었다.

"네. 선생님이 아까 혼자 놀러 와도 된다, 했어요."

"아, 그랬구나. 그럼 들어올래?"

난아가 아이를 초대했다는 뜻인가 싶어 초아는 대문에서 물러섰다. 설령 초대하지 않았다 해도 아이 혼자 밖에 둘 수도 없었다.

'뭐, 전화해 보면 되겠지.'

초아는 유라를 데리고 안으로 들어갔다.

"그런데 너 참 예쁘게 생겼다."

"아빠 닮아서 예쁘다는 말 많이 들어요."

예쁘다는 말을 아주 당연히 받아들이는 아이의 태도조차도 너무 귀여웠다.

"아빠가 정말 예쁘신가 보다."

싱긋 웃은 초아가 유라의 예쁘게 동여맨 머리를 쓰다듬었다. 언뜻 아이가 누군가를 닮았다는 느낌이 들었지만 워낙 예쁜 아이니 연예인이라도 닮았겠거니 대수롭지 않게 넘겼다.

"엄마, 손님!"

"어머! 이 예쁜 아이는 누구라니?"

손님이란 말에 쏜살같이 현관으로 나온 엄마가 유라를 보고는 크게 감탄했다.

"언니 제자인가 봐요. 언니가 놀러 오라고 했다네요."

"어쩜 예쁘기도 해라."

평소에도 아이들을 무척 예뻐하는 엄마는 눈에 하트를 매달고 유라를 바라보셨다.

"선생님 오기 전까지 저 언니랑 놀고 있으렴. 맛있는 거 해줄게."

엄마는 아이의 머리를 쓰다듬고는 다시 주방으로 사라지셨다.
"얘, 이리 와 앉아. 너희 선생님께 전화해 보자."
초아의 말에 유라는 냉큼 그녀가 있는 소파로 가서 곁에 앉았다.
[왜?]
"전화 참 예쁘게 받는다! 어디야?"
전화를 받자마자 심통이 난 듯한 난아의 목소리에 초아가 투덜거렸다.
[집에 가는 중. 아빠는?]
역시 난아도 아빠가 가장 걱정되는 모양이었다.
"늦으신대."
[다행이다. 그런데 설마 그거 알려주려고 전화한 거야?]
"아, 내 정신 좀 봐. 집에 언니 손님 왔어. 그것도 엄청 예쁜 꼬마 손님!"
옆에서 초롱초롱한 눈으로 자신을 보는 유라에게 윙크를 하던 초아가 능청스럽게 말을 건넸다.
[손님? 예쁜 손님? 누구?]
"얘, 네 이름이 뭐라 했더라?"
전혀 예상치 못한 난아의 말에 초아가 유라를 바라보며 질문했다.
"유라요, 고유라."
"유라래. 고유라. 그런데 우리나라에 고씨가 흔한 성인가 봐. 근래 들어 자주 보네."
또랑또랑한 눈빛의 아이가 예뻐 초아는 다시 한 번 머리를 쓰다듬었다.
[…….]
"언니? 언니! 뭐야? 전화가 끊겼나? ……아닌데. 언니?"
난아가 아무런 말이 없자 전화가 끊긴 건가 싶어 확인했으나 그건 아니었다.
[……흔한 성이 아냐. 유라는 승조 씨 딸이야.]
그때 다시 난아의 말이 이어졌다.
"뭐?!"
초아는 자기도 모르게 큰 소리를 외치며 자리에서 벌떡 일어섰다. 그러고는 스스로의 행동에 놀라 잽싸게 주방 쪽을 바라보았다. 다행히 엄마는 바쁘신지 별 반응이 없으셨다.
가슴을 쓸어내린 초아는 자신을 놀란 눈초리로 바라보는 아이를 바라보았다.
'확실히 닮았다, 고승조 씨랑! 대체 어쩌자고 그걸 몰라봤을까. 저렇게나 닮았는데.'
"이 사태를 어쩔 거야?"
유라에게 어색하게 웃어 보인 초아는 거실 한구석으로 물러나 목소리를 한껏 낮추었다.
[20분 후면 도착이야. 엄마에게 들키지 않게 조심하고.]
"알았어, 빨리 오기나 해."
초아는 격하게 두근거리는 가슴을 손으로 꾹 눌렀다. 그렇게라도 하지 않으면 심장이 밖으로 튀어나올 것만 같았다.
"선생님 집 근처라고 곧 오신대."

"어디 아파요?"

어색한 몸짓으로 소파에 다가간 초아를 유라는 걱정스러운 눈빛으로 바라보았다.

"아, 아니, 전혀 아프지 않아."

"초아야, 아이랑 같이 오너라. 우리끼리 먼저 저녁 먹자꾸나."

초아는 연신 주방 쪽을 흘끔거렸다. 그러다 엄마의 부름에 이젠 낯빛이 푸르딩딩하게 변했다.

"가서 밥 먹자."

입꼬리를 강제로 잡아당겨 웃음 비슷한 것을 만든 초아는 여전히 걱정스럽게 자신을 바라보는 유라의 손을 잡고 주방으로 갔다.

"우리 예쁜 공주님이 무엇을 좋아하나 몰라 해봤는데 맛있을지 모르겠네."

"잘 먹겠습니다."

자리에 앉은 유라는 감사의 인사를 하고는 맛있게 음식을 먹기 시작했다. 그 모습이 아이답지 않게 정갈해 '뉘 집 자식인지 식사 예절 한번 참 바르다' 라는 말이 절로 나올 정도였다.

"그런데 우리 공주님 이름이 뭐지?"

흐뭇한 듯 유라를 바라보던 엄마의 질문에 초아는 하마터면 쥐고 있던 숟가락을 놓칠 뻔했다.

"유라래요, 유라."

아이가 말을 하기도 전에 초아가 먼저 성은 빼고 이름만 말했다.

"유라? 이름도 참 예쁘구나. 유라야, 아줌마는 선생님 엄마야."

초아의 다소 수상쩍은 행동에도 엄마는 별반 의심을 품지 않는 듯 보였다.

"선생님 엄마요? 선생님은 좋겠네요, 엄마랑도 같이 살고."

유라는 손에 쥐고 있던 숟가락을 내려놓으며 시무룩한 표정이 되었다.

"유라야, 우리 선생님 마중 갈까?"

아이의 어두운 반응이 다소 이상했던 엄마가 무언가를 질문하실 것 같은 기세였기에 초아는 자신이 먼저 선수를 쳤다.

"네, 갈래요!"

난아 이야기가 나오자 아이의 얼굴이 금세 밝아졌다.

"아직 밥도 다 안 먹은 아이를 데리고 어딜 나가려고?"

"아까 언니가 금방 도착한다고 했거든요. 유라야, 다 먹었지? 그치?"

"네, 다 먹었어요."

다행히 유라는 의자에서 일어나 주었고, 그런 아이가 너무 고마운 초아였다.

"애 데리고 너무 멀리까지 나가진 말고. 유라야, 조심히 나갔다 오렴."

자리에서 일어나 무릎을 굽히고 유라의 머리를 쓰다듬는 엄마의 모습에 초아는 움찔했다. 잠깐 보긴 했지만 아이의 어두운 모습에 어지간히도 마음이 짠하셨던 모양이다. 하긴, 자신도 순간적으로 마음이 울컥했는데 부모 입장인 엄마는 오죽하셨으랴 싶었다.

초아는 유라의 손을 잡고 빠르게 집을 빠져나왔다.

'어쩌지, 어쩌지.'

초아와 통화를 끝낸 난아는 한동안 멍하니 전화를 바라보았다. 그러다 퍼뜩 정신이 들어 승조에게 전화를 걸려다 말았다. 지금 상황에서 승조가 유라를 데려가면 그건 화를 자초하는 일이 될 것 같았다.

'그렇게 했다간 그야말로 자폭일 테지.'

더구나 그는 중요한 약속이 있어 연락이 바로바로 안 될지도 모르겠다고 한 시간 전쯤 알려온 터였다.

"휴…… 어쩔 수 없지."

난아는 한숨을 내쉬며 집으로 향하는 발걸음을 더욱 부지런히 놀렸다. 언제 터질지 모르는 폭탄의 초침 소리가 귓가에서 울리는 것만 같았다.

"선생님~"

자신을 부르는 소리에 숙였던 고개를 번쩍 들었다. 자식 둔 엄마들이 '엄마' 소리에 반응하듯 난아도 선생님이란 호칭에 민감한 편이었다.

"유라니?"

자신을 향해 다가오는 존재는 분명 유라였고, 그런 유라를 정신없이 쫓고 있는 낯익은 인영은 동생 초아가 맞았다.

"선생님, 유라 혼자 놀러 왔어요."

자랑스럽게 말하는 아이의 얼굴은 뛰어와선지 발그레했다.

"헉헉! 심장 빠개지겠네. 뭔 아이 걸음이 이렇게 빠르냐……."

유라보다 조금 늦게 도착한 초아는 숨이 차서 딱 죽을 듯한 인상이었다.

"언니가 느린 거예요. 하하하."

그런 초아를 보며 유라는 신나게 웃어 보였다.

"유라야, 오늘 엄마 만나러 간다고 하지 않았어?"

헉헉거리는 초아를 무시한 난아는 유라의 손을 잡고 천천히 걸었다.

"엄마 집에 갔는데 아저씨가 있었어요."

"아저씨?"

조금은 심통이 난 얼굴의 유라를 난아는 가만히 들여다보았다.

"옛날옛날에 미술관에서 선생님이랑 데이트한 아저씨요."

"아, 그 아저씨! 그 아저씨가 왜?"

유라가 말하는 아저씨가 서균이라는 것을 짐작한 난아는 뒤에서 따라오고 있는 초아가 들을까 싶어 이름을 말하진 않았다.

"엄마랑 아저씨가 사랑한대요. 결혼하고 싶다고 했어요."

"……!"

난아는 둘의 사이가 그렇게 급진전되었나 싶어 깜짝 놀랐지만 크게 내색하지는 않았다.

"……아빠는 유라랑 한집에 사는데, 엄마는 유라 말고 아저씨랑 살고 싶대요. 결혼하면 한집에서 같이 사는 거지요?"

유라는 그 누구에게도 말한 적 없는 이야기를 난아에게만 털어놓고 있었다.

"유라는 그래서 뭐라고 말했어?"

"엄마랑 아저씨 결혼 싫다고 했어요."

조심스럽게 질문하는 난아의 말에 유라는 심드렁하게 반응했다.

"유라는 엄마랑 같이 살고 싶은 거니?"

"유라는 엄마랑 아빠랑 다 같이 살고 싶어요."

고집스럽게 답하는 유라는 금방이라도 울 것만 같았다.

"유라도 엄마랑 아빠가 더는 같이 살 수 없다는 거 잘 알지?"

"……네. 이혼해서 안 된다고 했어요."

울지 않으려고 한참을 노력하는 모습이 한없이 안쓰러웠다.

"유라는 엄마랑 함께 지내고 싶은 거구나."

난아는 자신이 정답을 말했음을 알 수 있었지만 아무것도 묻지 않고 걸었다. 뭔지 모르지만 심각한 둘의 분위기에 초아는 멀찍이 서서 뒤따라갈 뿐이었다.

"……아빠랑 많이많이 있었으니까 엄마하고도 있고 싶어요. 하지만 아저씨는 싫어요."

"아저씨가 왜 싫은데?"

서균이 왜 싫은지 별안간 궁금해졌다.

"아저씨가 엄마랑 결혼하면 엄마랑 같이 사는 거잖아요. 아빠도 엄마랑 같이 안 사는데…… 아빠는 결혼도 안 하는데."

아이답지 않게 아빠를 걱정하는 모습에 난아는 마음이 아팠다. 어쩌다 이렇게 어린 아이가 어른이 할 법한 걱정을 하게끔 되었나 싶었다.

"만약에 아빠가 결혼하면 아저씨랑 엄마, 결혼해도 되는 거야?"

난아는 질문을 아이의 수준에 맞게 낮추었다.

"우리 아빠가 결혼해요?"

엄청 놀랐는지 아이의 눈이 커다랗게 변했다.

"그러니까 만약에 결혼하면 어떨까, 머릿속으로 상상을 해보는 거야."

"아빠가 결혼하면……."

유라의 답변이 뭐라 나올까 바짝 긴장이 되었다.

"……싫어요."

난아에게는 청천벽력과도 같은 말이었다.

"왜, 왜 싫은 건데?"

자신도 모르게 난아는 유라에게 다그치듯 말했다.

"아빠랑 노는 시간이 적어지잖아요."

당연한 것을 왜 묻느냐는 투의 답변에 긴장했던 스스로가 무색해져 웃고 말았다.

"아빠랑 노는 시간이 줄어들 수도 있겠지만, 아빠랑 결혼한 사람과도 놀 수 있으니, 결국 아빠하고만 놀았던 때보다 더 즐거울 수도 있을 것 같은데?"

난아의 설명에 진지하게 뭔가를 헤아리던 유라가 고개를 끄덕이자 그녀는 왠지 마음이 놓였다.

"유라야, 오늘 선생님 집 놀러 온 거 아빠는 아시니?"

대화를 하다 보니 어느새 집 앞이었다.

"아니요. 엄마 집에 있는 줄 아세요. 말 안 했어요."

유라의 목소리는 점점 작아져 끝 부분 말은 잘 들리지도 않았다.

"혼자 또 놀러 와도 되지만, 아빠 걱정하시니까 다음에는 꼭 말씀드리고 와야 해. 알았지?"

난아는 걸음을 멈추고 무릎을 굽혀 유라와 시선을 마주했다.

"네."

"유라, 착하고 예쁘다."

그녀는 유라를 품에 꼭 안아주었다.

이기적인 어른들의 감정싸움에 가장 큰 피해를 본 유라. 그 때문에 또래 아이들보다 생각이 먼저 커버린 이 작은 아이가 난아는 사랑스럽고 안쓰러웠다. 유라가 앞으로 자신 때문에 혹은 승조로 인해 상처받아 아플 일도 분명 생기겠지만, 늘 아이의 입장에서 먼저 생각하기로 결심했다.

"오늘은 벌써 밤이 되었으니까 다음에 밝은 낮에 놀러 와서 오래 놀다가 가자. 알았지?"

"네. 유라 간다고 인사해야 해요."

"아, 우리 엄마한테? 그래, 그럼 그럴까? 먼저 기사 아저씨께 연락부터 드리자."

고개를 끄덕인 유라가 자신의 전화기를 난아에게 내밀었고, 난아는 그 전화로 근방 어딘가에서 대기하고 있을 기사에게 전화를 걸어 와달라는 말을 전했다.

"설마…… 들어가려고?"

어느새 가까이 다가온 초아가 기막히다는 얼굴로 그들 곁에 와 있었다.

"간다고 인사는 드려야지."

난아는 벌써 유라의 손을 잡고 안으로 들어서고 있었다.

"아주 점점 들키려고 용을 쓴다, 써. 어디서 간만 커지는 약을 먹고 오나."

고시랑고시랑 홀로 중얼거리던 초아는 후다닥 쫓아 들어갔다. 폭탄이 완전 제거될 때까지는 잠시도 마음을 놓을 수 없었다.

그렇게 30분쯤 지났을까, 사건 사고 없이 유라를 돌려보내는 데 성공한 난아와 초아는 정신적 공황 상태에 빠져 거실 소파에 나란히 멍하게 앉아 있었다.

"……이런 식으로 가다간 난 쭈그렁방탱이가 될 것 같아. 그러니 언니, 네가 책임져."

"지랄도 풍년이다. 내가 지금 너까지 책임질 깜냥이 어디 있냐? 난 내 발등에 떨어진 불만으로도 죽겠는 사람이야."

영양가 없는 대화를 나누고 있을 때, 안방에 계시던 엄마가 거실로 나오셨다.

"아까 그 예쁜 아이 말이다……."

"걔가 왜요?"

"걔가 뭘요?"

멍하니 소파에 늘어져 있던 두 딸이 동시에 달려들 듯 말하자 어머니는 어리둥절해졌다.

"얘들이 쌍으로 뭘 잘못 먹었나, 깜짝 놀랐잖니! 하여간 그 아이 이름이…… 그래, 유라. 걔가 너희 반에서 가장 골치 썩인다던 그 애 맞지? 너 걔 때문에 머리깨나 아프다고 했었잖아. 걔 혹시 또 오니?"

"말썽 피웠던 거야 다 예전 일인데요."

팔은 안으로 굽는다고 난아는 유라를 옹호하고 나섰다.

"걔가 여길 오긴 왜 또 와요?"

"초아, 넌 무슨 말을 그렇게 몰인정하게 하니? 갑자기 온 데다, 네가 마중 나가자고 꼬드기는 바람에 밥도 제대로 안 먹은 애를 끌고 나가놓고. 어쨌든 난아는 걔 언제 한번 데려오너라."

떨리는 시선과 마음을 감추고자 TV 리모컨을 들고 조물거리는 초아를 향해 곱게 눈을 흘긴 어머니가 난아를 똑바로 바라보았다.

"그, 그건 왜요?"

도둑이 제 발 저린다고, 난아는 시선을 어디다 둬야 할지 난감하기 짝이 없었다.

"그 어린것이 선생님은 엄마랑 같이 살아 좋겠다고 하더구나. 어째 그 눈빛이 자꾸만 맘에 걸리네. 집안에 무슨 사정이라도 있는 모양이야. 넌 뭐 아는 거 없고?"

"제가 아이들 가정 내 문제까지 어떻게 일일이 다 알겠어요?"

가장 합리적인 핑계를 끄집어내면서도 마음 한구석이 알싸하게 아파왔다.

"하긴 학생이 한두 명도 아니고. 어쨌든 다음에 데려올 일 있을 땐 미리 말해. 맛있는 거라도 해놓게."

난아의 설명에 납득이 가셨는지 어머니는 고개를 끄덕이며 자매가 앉아 있는 소파로 다가왔다.

"리모컨 좀. 요즘 아주 재미있는 드라마가 있던데……."

어머니는 금세 화제를 돌리셨지만 난아는 머리가 혼란스러웠다. 유라의 첫 방문이 어머니에게 예기치 못한 관심을 받았다는 게 좋은 일인지 나쁜 일인지 감이 오질 않았다.

'뭐가 되었건, 좋은 쪽으로 생각하자.'

벌어진 일은 그때그때 해결을 보자는 주의인 난아는 소파에 몸을 깊숙이 묻었다.

25.
담판

자그맣고 운치 있는 석등이 곳곳에 자리한 한정식집 마당을 거니는 승조의 손은 땀에 젖어 있었다.

[시간 괜찮으면 저녁이나 같이하세나.]

이미 마음의 준비를 하고 있었지만 막상 난아 아버지의 연락을 받은 이후부터는 명치끝이 꽉 조여드는 것처럼 긴장되었다.

—도착했습니다.

난아 아버지를 모셔온 기사가 보낸 메시지를 확인하고 나니 더욱 긴장감이 몰려왔다. 승조는 손을 쥐었다 폈다 하며 마음을 차분히 가라앉혔다.

이윽고 돌계단을 밟고 올라오는, 난아와 외모가 흡사한 중년의 남자가 보였다.

"많이 기다렸는가?"

난아 아버지의 모습은 지난번과는 다르게 웃음기라고는 전혀 없는 건조함 그 자체였다.

"아닙니다. 밤공기가 좋아 서성이던 참이었습니다."

미처 느끼지 못했던 현실감이 그를 잠식해 왔다.

"들어가세나."

"네."

나란히 선 둘은 직원의 안내를 받아 정원을 지나 예약된 자리로 향했다. 그곳에는 이미 음식들이 정갈하게 차려져 있었다.

"길게 돌려 말하지 않겠네."

"저도 그게 편합니다."

자리를 안내해 준 직원이 나가자마자 떨어진 난아 아버지의 말에 승조는 마음을 더욱더 차분히 가라앉혔다.

"자네는 우리와는 다르게 사회적 지위도, 재력도 있는 사람이니 난아보다 더 좋은 배우자를 만날 수 있으리라 여기네."

"그간 그럴 마음이 조금이라도 있었다면 그리 했을 겁니다."

예상에서 한 치 벗어남이 없는 말이었기에 그는 당황하지 않았다.

"마음이라는 것은 늘 바뀌는 게 아니던가? 자네가 전부인과 이혼했듯이 말일세."

"어른들이 정해주신 상대와 정략결혼을 할 때만 해도, 제 주변의 모든 사람이 그런 식으로 가정을 이루었기에 저 역시 잘 살 수 있으리라 자신했었습니다. 하지만 결혼이란 결국 마음 없이는 파국을 맞게 된다는 것을 깨닫게 되었죠."

여린 속을 도려내는 듯한 난아 아버지의 말에도 승조는 담담했다. 이 정도 말쯤은 충분히 각오한 일이었다.

"……마음 있는 난아와 결혼하면 사정이 다를 거란 말인가?"

자극적인 말에도 흥분하지 않고 차분히 답하는 승조가 내심 기특하게 느껴졌다. 확실히 인물은 인물인데, 딸자식 둔 아버지의 마음이 그를 쉽게 받아들이지 못하고 있었다.

"상황이 바뀌었으니 당연히 사정도 다를 거라 확신합니다."

"……그리 좋은가?"

그래도 딸이 그렇게나 좋다고 하니, 마음이 다소 말랑해지긴 했다.

"세상에 둘도 없을, 제게는 단 한 사람입니다."

난아를 떠올리기라도 했는지 담담하던 승조의 얼굴에 한줄기 미소가 자리했다. 그러자 놀라울 정도로 부드러워진 승조의 표정을 본 난아 아버지의 마음에 잔잔한 감동이 일었다. 바로 코앞에 벼락이 떨어져도 낯빛 하나 바뀔 것 같지 않은 사람이 여린 속살을 내보이는 것을 보면 그 마음만큼은 진실하지 않나 여겨졌다.

"딸은…… 몇 살인가?"

그에게 딸이 있다는 말을 들었을 뿐, 아는 것이라곤 하나도 없었다. 물론 딸이 있다는 그 사실 하나만으로 너무 큰 충격을 받아 다른 것까지 물어볼 여유가 없기도 했다.

"일곱 살인데, 초등학교에 들어갔습니다."

"예은초등학교 말인가?"

"네. 난아 씨가 담임선생님입니다."

"하…… 인연의 시작이 학부모와 선생님이라. 썩 좋지만은 않구만."

승조의 말에 아버지의 인상이 미묘하게 바뀌었다. 구설에 오르기 딱 좋은 관계였다.

"문제 생기지 않게 하겠습니다."

"사람의 일이란 그 어떤 것도 확신할 수 없는 법이라네. 자네와 난아가 서로 연이 닿을 줄 몰랐던 것처럼 말일세."

"주의하겠습니다."

난아의 아버지가 무엇을 염려하고 있는지 잘 알기에 승조는 확신을 담아 약속했다. 그녀에게 무슨 일이 생긴다면 자신이 더 못 견딜 것이었다.

"……들게나."

"네."

직원들 몇몇이 들어와 조용히 음식을 내려놓고 사라지자 아버지는 단정하고 바른 자세로 음식을 먹는 승조의 모습을 꼼꼼히 살폈다. 이혼했다는 것까진 어찌 용납이 되겠는데 아이까지 있다는 사실이 쉽게 받아들여지지 않았다.

"아이와 자네의 관계는 어떤가?"

부모가 이혼했을 경우, 대체로 부모 자식 간 사이도 좋지 않은 경우가 많았기에 다소 염려가 되었다.

"그간 바쁘다는 핑계로 아이와 감정 교류가 많지 않았었는데, 난아 씨 아이와 많은 소통을 하게 되었습니다. 그 점에 있어서는 난아 씨에게 무척 감사해하고 있습니다."

승조가 하는 말을 들을수록 아버지는 탐이 났다.

남자들의 바쁘다는 말은 아내와 아이들에게 소홀한 것을 돌려 표현하는 일종의 면죄부인데, 그는 이를 내세우지 않고 있었다. 스스로의 잘못을 인정한다는 것, 그것은 쉽고도 어려운 일이었다.

"좋은 아버지군."

"좋은 남편도 되고 싶습니다."

"하하하하."

난아의 아버지는 결국 호탕하게 웃어버렸다.

자신감 있게, 그렇지만 절대 과하지 않게 자신의 의견을 피력하는 사람은 그리 많지 않은데, 그는 그런 사람이라는 생각이 들었다. 결코 좋은 의도로 나온 게 아닌데도 그의 마음을 절반 이상 함락시킨 것을 보면 말이다.

"난아 엄마에게 잘하게나. 그 부분만큼은 나도 어쩔 수 없는 노릇이니."

"네, 그러겠습니다. 아버님께도 누를 끼치는 일이 없도록 하겠습니다."

시원한 웃음과 함께 꺼내놓은 부탁이 아버지에게 결코 쉽지 않은 것임을 그는 잘 알고 있었다. 하지만 그로서는 난관 하나를 뛰어넘은 것 같아 마음이 한결 가벼웠다.

"아이 이름이 뭔가?"

"유라, 고유라입니다."

"자네를 닮았으면 아주 영특하고 어여쁘겠구먼."

어느새 아버지의 표정과 목소리는 마당에서 마주했을 때와 판이해져 있었다. 주거니 받거니 대화를 이어 나감에 있어서도 전혀 거북함이 없을 정도였다. 물론 음식과 함께 곁들인 반주가 상당 부분 큰 역할을 하기도 했다.

승조는 그렇게 난아 모르게 그녀의 아버지를 만나 하나의 매듭을 지어가고 있었다.

❀

'휴…… 대체 내가 왜 이 자리에 와 있는 걸까.'

난아는 스스로의 행동이 도무지 이해되지 않았다. 분명 두 시간 전까지만 해도 승조를 만날 생각에 설레는 심정으로 퇴근을 기다리고 있었는데 말이다.

"그래, 요즘 어떻게 지내니?"

뜬금없이 연락해서 다짜고짜 만나자는 약속을 잡은 눈앞의 고운 중년 부인이 그간 자신이 알아온 분이 맞나 하는 의심이 들었다.

'눈 뜬 채 꿈을 꾸고 있는 건가…….'

설령 눈 뜨고 꾸는 꿈일지라도, 이분이 나오는 꿈은 절대 사절하고 싶은 그녀였다.

"잘 지내고 있습니다."

"저번 일은…… 내가…… 많이 미안했다. 잘 알아보지도 않고 너만 몰아세운 꼴이었더구나."

무슨 말을 어찌해야 할지 난아는 전혀 감이 오지 않았다.

"서균이와는 연락하고 지내고?"

눈앞에서 해사한 웃음을 짓고 계시는 분은 다름 아닌 서균의 어머니였다. 하지만 난아는 그 모습에 오한이 일 정도로 무서워졌다.

"아니요. 저흰 완전히 끝났어요. 그래서 더는 연락 같은 거 하면서 지내지 않습니다."

"어머! 쌀쌀맞기도 하지. 서균이가 잘못을 하긴 했지만, 너희 인연이 어디 보통 인연이니? 무려 7년을……."

"어머니! 대체 오늘 왜 보자고 하셨는데요? 제가 실은 중요한 약속이 있어서요."

예전 같았으면 어머니의 말을 도중에 끊는다는 건 상상도 못 할 일이었겠지만 지금은 두려울 게 없었다.

"너희들 결혼하거라. 내 허락하마."

"……!"

오뉴월 삼복더위에 눈이 온다는 거짓부렁을 들어도 지금보다 더 기가 막히진 않을 것 같았다.

"어머니, 다시 한 번 말씀드리지만 저흰 완전히 끝이 났어요."

"다시 시작하면 되겠구나. 원래 남녀 사이라는 게 찢어졌다 붙었다 하는 거라더라."

낯빛 하나 변하지 않고 천연덕스럽게 구는 어머니의 태도에 난아는 어이가 없었다.

"서균 씨에게는 이미 유진희 씨가……."

"그런! 불결한 이름 따위 꺼내지도 마라. 귀에 담고 싶지도 않구나."

강한 어조로 말을 끊는 어머니의 고집스러운 눈매가 얼굴만큼이나 딱딱하게 굳어져 있었다.

'모든 사실을 아신 건가…….'

난아는 어머니의 거센 반응을 보고 진희의 이혼 사실을 알게 되셨구나, 짐작했다.

"네가 다시 시작만 해준다면, 그렇게만 해준다면 서균인 마음을 돌릴 게야."

한 가닥 남은 생명줄을 붙잡고 있는 사람마냥 절박한 표정의 어머니 때문에 난아는 착잡해졌다. 예나 지금이나, 힘들고 불가능한 요구를 너무도 당연한 듯하는 어머니의 태도에 숨이 막혔다.

"그건 불가능합니다. 전 이미 만나는 사람이 있어요. 그 사람 많이 사랑하고요."

"너는 어찌 7년의 사랑이 그렇게도 쉽게 식을 수가 있다니?"

오히려 난아를 나무라는 어머니의 말씀에 속에서 부글부글 치밀어 오르던 울화가 혀끝까지 차올랐다.

'어른이시다! 어른이시다…….'

여기서 폭발하면 대형 사고를 칠 것 같아 난아는 필사의 노력으로 참아냈다.

"네가 정말 그럴 줄 몰랐다. 남자들이야 가끔 그렇게 자기 여자두고 딴마음 품을 수도 있다지만, 여자가 남자들이랑 똑같이 그래서야 쓰나."

'인내는 쓰고 열매는 달다……. 열매는 달다…… 달다…… 달다.'

난아는 이를 사리물고 폭발하려는 화를 눌렀다.

"홧김에 서방질한다더니, 네가 꼭 그렇구나."

'인내는 쓰고…… 열매는…… 열매도 쓰다!'

하지만 어머니의 도를 넘는 말에 난아의 인내심이 뚝 하고 끊어졌다.

"어머니! 말씀이 지나치시네요. 서방질이라니요? 막말로 제가 서균 씨랑 약혼을 했거나 사실혼 관계에 있었던 것도 아닌데, 무슨 바람난 사람 취조하듯 말씀하시네요? 그리고 7년의 사랑이 식은 게 어디 제 탓인가요? 시작은 엄연히 서균 씨가 했거든요! 이미 끝난 지 오래된 사이를 제삼자가, 그것도 이별에 큰 역할을 하신 어머님이! 이제 와 제게 이러시면 안 되는 거 아닌가요? 오늘 하신 말씀은 못 들은 것으로 하겠습니다. 더는 할 말 없으신 듯하니 전 이만 일어서겠습니다."

속에 담았던 말을 후련히 한 난아는 자리에서 일어서려고 가방을 들었다.

"일어서긴 어딜 일어선다는 거니! 앉거라!"

사나운 범과도 같은 일갈에, 일어서려던 난아는 도로 주저앉고 말았다.

"그래, 네 뜻이 그러하다니 더는 권하진 않겠다. 그런데 너, 고

승조와는 무슨 사이니?"

"네?"

갑자기 튀어나온 승조의 이름에 난아는 표정이 수습되지 않았다.

"그날, 무심하기로 정평이 난 승조가 대체 왜 너를 데리고 나갔을까 걸려서 물어본 건데…… 네 표정을 보아하니 뭐가 있어도 단단히 있는 모양이구나."

의심이 확신이 되었는지 서균 어머니의 표정이 살벌하게 변해갔고, 난아는 그 어떤 행동도 취할 수가 없었다.

"고고한 척, 순진한 척 굴더니 너도 참 앙큼하구나. 서균이 대신 고른 게 겨우 승조니? 나 원, 파트너 체인지도 아니고. 아니지, 파트너 한 번 바꾼 거 두 번이라고 못 하겠니? 하긴 한 번 더 체인지하면 각자 원래 자리로 돌아가는 셈이니, 그 꼴도 참 우습긴 하겠구나."

잔인한 말을 아무렇지 않게 하고, 한 마리 고고한 학처럼 우아하게 일어난 어머니는 멍하니 앉아 있는 난아를 놔두고 밖으로 나왔다.

차를 타고 집으로 돌아가면서 서균 어머니는 분기탱천한 마음을 가눌 길이 없었다. 백번 고민한 끝에 난아를 설득해서 아들을 움직여 볼 참이었는데, 이제는 그것도 못 하게 생겼다.

더군다나 곁에 있을 땐 발치에 굴러다니는 돌멩이처럼 하찮게 느껴졌던 난아가 승조의 짝이 될지도 모른다고 생각하니 속에서 천불이 일어났다. 남편을 승조 엄마에게 빼앗겼듯 난아도 승조에게 빼앗긴 것 같은 느낌에 분한 마음이 들었다.

'승조는 안 돼! 그럼 안 되고말고. 생각을 해보자, 생각을…….'

길가에 차를 세운 어머니는 현재의 상황을 차분히 돌아보았다.

하지만 생각하고 말고 할 것도 없이 바로 답은 나왔다. 자신이 유진희를 꺼렸듯 난아의 부모님 또한 마찬가지일 터였다.

'대를 이어 빼앗길 순 없지. 설령 빼앗긴다 해도 온전히 놔두지는 않아.'

서균 어머니의 음험한 미소는 어느새 내려앉은 밤의 색깔만큼이나 어둡고도 까맸다.

한편, 서균 어머니와 헤어진 난아는 바로 근처에 있는 일식집에서 승조가 오기를 기다리고 있었다.

'뭐라고 핑계를 대나.'

서균의 어머니와 길게 대화할 리 없다고 여겨, 만나기로 한 시각에서 딱 한 시간만 늦춘 거라 승조가 그 이유를 물을 것 같았다. 사실대로 말해도 상관없지만 왠지 그를 만나 이야기를 하다 보면 서균의 어머니에게 들었던 모진 말들이 떠올라 눈물을 쏟아내게 될까 봐 걱정되었다.

"난아 씨?"

"아……."

"무슨 생각 중이길래 사람이 들어와 앉도록 모릅니까?"

그의 목소리에 정신을 차려보니, 승조의 밝은 갈색 눈으로부터 더없이 다정한 빛이 흘러나오고 있었다.

그 순간 난아는 오늘의 만남을 말하지 않기로 결정 내렸다. 그의 환한 눈빛이 곱지 않은 말들로 퇴색되는 것을 바라지 않았다.

"내일 교과목이요."

"정말 열심히 일하는 선생님인데요?"

"두말하면 입 아프죠. 전 훌륭한 쌤이랍니다."

난아는 으스대며 말했다.

"자, 훌륭한 선생님인 건 충분히 알겠으니 이제 무슨 일이 있었는지 말해봐요."

평소보다 더 환하게 웃으며 얘기했지만 금방 그에게 들켰다.

"……."

"아버님 일 때문에 그럽니까?"

쓸데없이 감이 좋은 그에게 무슨 말을 어찌 할까 고민하느라 망설이던 사이 승조가 알아서 답을 내놓았다.

"네."

그가 던진 답을 덥석 물긴 했는데 아버지 일을 승조가 어찌 알았을까 의문이 들었다.

'이 깃털 주둥아리, 김초아!'

"초아가 말했군요."

답은 뻔했다. 초아가 아니면 입을 놀릴 사람이 없었다.

"더는 걱정 말아요."

"네?"

그의 미소가 한층 더 진해지자 난아는 이 와중에도 눈이 부시고 심장이 뛰었다.

"아버님 뵙고, 절반의 허락은 받았거든요."

"아빠 만난 건 왜 말 안 했었어요?"

난아는 일부러 타박하듯 입술을 쭉 내밀고 투덜거렸다.

"그래서 지금 말하고 있잖습니까? 그리고 또 다른 것도……."

그렇게 말하던 그가 갑자기 난아 바로 옆자리로 옮겨와 앉았다.

"갑자기 자리는 왜……."

그가 의식되면서 얼굴이 붉어졌다.

"무엇을 상상하든, 그 이상을 보게 될 겁니다."

"여, 여기서는 절대 안 되거든요!"

"……대체 뭐가 안 된다는 게냐?"

팔을 엇갈려 자신을 보호하듯 가슴에 올린 난아는 갑자기 들려온 귀에 익은 목소리에 그 자세 그대로 자리에서 벌떡 일어났다.

"아빠!"

"넌 왜 그러고 있니?"

"엄마!"

"아주 삽질에 소질 있어. 그냥 개그를 해라, 개그를."

"초아, 너도?"

부모님에 이어 초아까지 줄줄이 들어서자 난아는 혼이 빠져나갈 것 같았다. 전혀 예상하지 못했던 전개라 덜컥 겁이 났다.

"언니가 한 시간이나 약속을 뒤로 미루는 바람에 한참 기다렸잖아! 마음에서 우러나오진 않지만, Happy birthday to you!"

심드렁한 초아의 말에 난아는 움찔했다.

"생일 축하한다, 우리 딸."

"생일 축하해, 큰딸."

근래 어마어마하게 속을 썩인 자신을 향해 미소 지으며 축하를 해주는 부모님의 모습에 가슴이 먹먹해져 왔다.

"거봐요, 제가 그랬죠? 자기 생일도 기억 못 할 거라고."

초아가 승조를 향해 어깨를 으쓱이며 자신의 말이 맞았음을 과시했다.

"난아 씨, 생일 축하해요. 그리고 난아 씨를 태어나게 해주셔서 감사합니다."

난아에게는 더없이 다정하게, 부모님께는 깍듯하게 말하는 모습이 역시 승조다웠다.

"설마 그것만 감사한 겐가?"

아버지는 승조의 그런 모습이 눈에 꽉 차면서도 부러 심술을 부렸다.

"설마 그렇겠습니까?"

"하지만 다 부질없는 짓, 곱게 키워놓으면 뭐 하겠는가? 도둑놈이 통째로 갖고 내빼게 생겼는데."

승조의 말에 아버지의 너스레가 이어졌다.

"아빠는…… 이렇게 잘생기고, 능력 갖춘 도둑에게는 부디 훔쳐 가주십사 부탁을 해야 되는 거라고요."

"하여간 딸자식들이란……."

슬쩍 승조의 편을 드는 난아의 말에 초아가 한술 보탬으로 모두 웃음이 터졌다.

웃음소리가 차차 진정되어 갈 때쯤, 아버지가 승조를 진중하게 바라보셨다.

"저번에 우리 집에서 많이 서운했을 걸세."

"아닙니다."

"그때 일은 서로 잊기로 함세. 우리 난아, 잘 부탁하네."

많은 의미가 내포되어 있는 아버지의 말에 난아는 코끝이 자꾸만 시큰해 왔다. 승조에게 딸이 있음을 알고 계신데도 저리 말씀하시기까지 얼마나 많은 갈등과 번민을 하셨을까 싶어 난아는 기어코 눈물을 흘리고 말았다.

"어려우신 결정, 감사드립니다. 기대에 어긋나지 않게끔 행동으로 보여 드리겠습니다."

"그래요, 우리 서로 눈 밖에 나지 않도록 해요."

어머니는 아직 승조를 조금 어색해하셨지만, 그건 차차 좋아질 일이었다.

"어쨌든 오늘은 기쁜 날이니 모두 기쁘게 보내요. 아, 그리고 아까 들어올 때 여기서 제일 비싼 걸로 쫘악~ 깔아달라고 말해놨어요, 형부!"

형부라는 단어를 넉살 좋게 구사하는 초아가 분위기를 밝게 만들었다.

다소 소란한 듯 보여도 모두가 서로를 걱정하고, 다투는 듯하면서도 격려하며 위로하는 따스함.

이제까지 접해보지 못했던 가족애를 보며, 승조는 가슴 한편이 따스하게 찰랑거리며 차올랐다. 아직 모든 난관이 다 해결된 건 아니지만, 지금 시야에 들어오는 모든 사람이 오롯이 그의 속으로 스며들어 오는 듯했다.

물기를 머금어 유난히 빛나는 눈동자의 난아를 바라보며 그는 누구보다도 환하고 밝게 웃어주었다.

26.
흥진비래(興盡悲來)

아침 일찍 눈을 뜬 난아는 이불 속에서 나른함과 편안함에 젖어 있다가 갑자기 어제의 일이 생각나 자리에서 벌떡 일어났다.

난아는 테이블에 놓여 있던 작은 케이스를 집어 들었다. 심플한 로고만 박힌 케이스지만 헉 소리 나게 비싼 브랜드라는 초아의 말이 없었어도, 이건 그 자체만으로도 그녀에게 소중한 물건이었다.

"생일 선물이란 명분으로 주는 것이니, 부담 갖지 않았으면 좋겠습니다."

요란하고 정신없던 일식집에서의 생일 축하 자리가 끝나고 헤어질 때, 승조가 건넨 선물은 커플링이었다. 혼자 은밀히 기쁨을 누리고자 했으나 초아로 인해 결국 모두 앞에서 개봉했다. 그렇다고 해서 그 기쁨이 반감되거나 하진 않았다. 심지어 그 자리에서 승조에게 반지를 끼워주기까지 했다.

'손가락이 참 길고 가늘었어.'

산에서 나무하고 내려온 나무꾼의 손처럼 거칠고 마디가 굵은 그녀의 손가락과는 차원이 다른 아름다움이었다.

난아는 케이스를 열어 찬란하게 빛나는 반지를 조심스럽게 손가락에 끼웠다. 어제 승조가 직접 끼워주긴 했었지만, 잃어버릴까 두려워 도로 케이스에 담아둔 참이었다.

'그래도 커플링인데 끼고 다니긴 해야 할 것 같고. 하지만 내 자신을 믿을 순 없고. 아예 목걸이로 만들어 걸고 다녀야겠다.'

방을 뒤져 목걸이 줄 하나를 찾아낸 그녀는 반지를 끼워 넣고는 목에 걸었다. 워낙 반지가 심플한 디자인이라 그런지 그건 그거대로 꽤 잘 어울렸다.

"이게 다이아몬드란 말이지……. 다이아몬드 님, 처음 뵙겠습니다."

난아는 거울을 바라보며 실없이 쿡쿡 웃었다.

토요일이라 출근 부담도 없는 데다, 커다란 난관이었던 아버지의 지지까지 받게 되어 그런지 기분이 날아갈 것만 같았다. 물론 어머니라는 더 큰 장벽이 남아 있긴 했지만, 어떻게든 되겠지 하는 기분이 들 정도로 지금의 난아는 들떠 있었다.

"언니! 일어나…… 어? 벌써 일어났네? 사랑이 좋긴 한가 봐?

토요일 이 시각에 눈 뜨고 있는 걸 보면. 어쨌든 일어났으면 밥 먹어!"

노크도 없이 문을 벌컥 열며 기세 좋게 큰 소리를 낸 초아는 난아가 일어난 것을 보더니 별 이상한 일도 다 본다는 표정이 되었다.

"이 똥매너, 노크 안 해?"

"뭐 볼 만한 것도 없으면서 까탈은. 하긴, 그 목걸이 하나는 볼 만하네. 하지만 돼지 목에 진주지. 그 반지의 가치도 모르는 사람에겐 말이야."

초아는 손가락으로 난아 목에 걸린 목걸이를 가리켜 보이더니 나가 버렸다.

"이것만 볼 만할 리가 없잖아. 당연히 이것을 포함한 다른 것도 볼 만할 테지."

거울 앞에서 핑그르르 몸을 돌리며 반짝거리는 목걸이를 보던 난아는 마치 정신줄을 놓은 사람마냥 히죽거렸다.

"이런, 내가 이러고 있을 때가 아니지. 오늘 어디 놀러 간다고 했던 것 같은데. 설마, 또 여권 가져가야 하는 건 아닐 테지? 그냥 소박하게 별장이나 갔으면 좋겠다."

해외로 소풍을 가는 스케일에 놀라 버린 이후, 별장 나들이 정도는 어느새 자연스럽게 여겨졌다.

'이것도 학습 효과라면 효과일라나?'

난아는 피식 웃으며 시계를 다시 한 번 보고는 부리나케 주방으로 향했다. 초아 말마따나 기왕 일찍 일어난 거 뭘 좀 먹어두자 싶었다.

"엄마, 아빠, 안녕히 주무셨…… 엥? 그게 뭐예요?"

지금쯤 주방에서 식사 중이여야 할 가족들이 거실에 모여 정체 불명의 커다란 박스를 바라보고 있었다.

"지금 막 퀵서비스로 온 거라 뜯어보려던 참이야. 퀵서비스 보낼 만한 사람이 없는데……. 혹시 형부?"

"글쎄. 아니지 않을까? 아무 말도 없었거든."

초아의 의미심장한 눈빛과 목소리에 난아는 자신 없게 답하면서도 순간 혹시나 하는 기대감이 들었다.

"일단 풀어보자."

"그래, 어서 풀어봐."

아버지와 어머니 두 분 모두 호기심이 동하셨는지 서로 한마디씩 하셨다.

"어, 이건 한우세트, 이건 전복세트?"

상자 앞에 바짝 다가앉은 난아와 초아가 커다란 상자에서 물건을 하나하나 꺼냈다.

"대체 누가 이런 걸?"

난아도 호기심에 눈이 빛났다.

"여기 카드 있네. 난아 어머니 전 상서?"

물건을 꺼내던 초아가 편지 봉투 하나를 발견하고는 어머니께 건네 드렸다.

"엄마, 누가 보낸 거예요?

"……."

봉투 속에서 카드를 꺼내 읽는 엄마에게 질문했으나 아무 말씀이 없으셨다.

"엄마?"

"아, 그게…… 어, 엄마 친구가 보낸 거야. 얘가 또 이렇게 사람을 깜짝 놀라게 하네. 전화라도 한 통 넣어야겠다. 너희들은 이것들 정리 좀 하고. 여보, 당신은 식사 마저 하세요."

난아는 황급히 안방으로 들어가는 엄마의 뒷모습을 의아하게 바라보았다.

"어째 좀 수상한데? 혹시 엄마 첫사랑, 뭐 그런 거 아냐? 낄낄낄."

초아는 키득키득 웃으며 물건들을 정리하기 시작했고, 뭔가 조금 이상하다 느꼈던 난아도 그냥 그러려니 넘어갔다.

안방으로 들어간 난아 어머니의 낯빛은 창백했다.

남편과 아이들 몰래 방으로 피하긴 했지만 대체 뭘 어째야 할지 망설여졌다.

—서균 모 드림.

카드에 적힌 짤막한 문구와 연락처. 아무리 봐도 이건 자신에게 할 말이 있다는 뜻이었다.

'대체 뭐지? 뭘까? 대체 무슨 심보로 이런 걸 내게 보낸 거지? 내게 무슨 할 말이라도 있는 모양인데 뭘까? 만날까? 말까?'

비록 잠깐이었지만 치열하게 고민하던 난아 어머니는 만나는 쪽으로 결심을 굳혔다. 카드에 적힌 전화번호를 누르는 손이 떨렸다. 신호음이 울리는 순간에도 심장이 두근거려 왔다.

[여보세요?]

"서균 어머님?"

[네, 그렇습니다만. 혹시 난아 어머님 되세요?]

초면에 전화로 길게 할 말이 있을 리 만무했다. 그래서 만나서 이야기하는 것으로 마무리하고 통화를 끝냈다. 서균과 난아가 7년을 만나왔지만 부모끼리는 왕래 없이 지내왔는데 새삼 헤어지고 나서 이게 무슨 일인가 싶어 어머니의 마음은 찜찜했다.

'게다가 지금은 승조 군도 있는데.'

누구보다도 반듯하고 다정한 승조를 떠올리는 것만으로도 경직되었던 입가에 미소가 돌았다.

'별일 아니겠지…….'

자꾸 불안해지는 마음을 애써 위로한 어머니는 거울 앞에서 표정 관리를 한 후에 안방을 나갔다.

❀

유라는 엄마랑 놀이공원에 가기로 했다면서 아침 일찍부터 분주했고, 그 모습을 지켜보는 승조의 얼굴에도 밝은 빛이 서려 있었다.

"아빠, 엄마랑만 놀러 간다고 삐지면 안 돼요!"

어린 마음에 엄마하고만 놀러 가는 게 내심 마음에 걸렸는지 유라는 벌써 여러 번 같은 말을 하는 중이었다.

"아빠도 놀러 가면 되지."

"진짜요? 또 서재에서 일하는 게 아니고요?"

놀러 갈 거라는 승조의 말이 의심스러웠는지, 유라의 크고 맑은 눈이 가늘게 좁혀졌다.

"아빠는 유라에게 거짓말 안 하잖아. 그러니 걱정 말고 재미있게 놀다 와."

"네! ……그런데 아빠."

경쾌하게 답한 유라가 조심스럽게 그를 불렀다.

"그게…… 엄마랑 아저씨랑 같이 갈지도 몰라요."

진희와 서균, 둘 사이가 급진전해서 결혼을 논의할 정도라는 언질을 받았기에 유라가 말하는 아저씨가 누군지 그는 알고 있었다. 하지만 아직 정식으로 이야기를 듣지 못한 터라 가급적이면 아는 척 나서진 않으리라 여기던 참이었다.

"같이 나오면, 같이 놀다 오면 되지."

"아빠는 삐지지 않는 거예요? 유라가 아저씨랑 놀아도?"

"유라는 아빠가 왜 삐질 거라 생각하는데?"

"아저씨는 아빠가 아니니까요. 아빠도 아니면서 자꾸 엄마랑 있으니까요."

아이의 천진한 말이 승조의 마음을 움찔하게 했다.

"유라야, 엄마 아빠는 이미 오래전부터 함께 살지 않았고, 앞으로도 함께할 이유가 없는 사람들이야. 유라도 왜 그런지는 잘 알고 있지? 그러니까 엄마든, 아빠든 사랑하는 누군가가 생기면 그 사람과 함께할 수 있는 거야. 아빠 말 이해가 되니?"

고개를 끄덕이고 있었지만, 유라의 표정은 가히 좋진 않았다. 이해는 되지만 마음으로 받아들이기가 쉽지 않은 모양이었다. 하지만 그 또한 시간이 해결해 줄 문제였다.

시간은 사람에게 많은 깨달음을 준다. 아직 어린 유라에게 그런 법칙이 적용되려면 한참의 시간이 더 지나야 했고, 그것을 알고 있는 승조로서는 아이를 억지로 이해시키고 싶지 않았다.

잠시 시무룩해졌던 유라는 진희로부터 전화가 오자 다시 안색을 활짝 펴고 집을 떠났다.

승조는 시간을 살피고 난아를 만날 채비를 했다. 적어도 오늘만큼은 마음 편하게 그녀를 만날 수 있을 것 같았다.

잠깐의 평화. 아직 모든 일이 다 해결된 게 아니므로 언제 또 어떤 식의 일이 툭 불거져 나올지 모르지만, 승조는 간만의 평화로움을 만끽하기로 했다. 낙천적인 여자를 만나다 보니 아무래도 자신 역시 사고의 틀이 많이 느슨해진 것 같았지만 그게 가히 싫지 않은 그였다.

준비를 마친 그는 이른 출발을 했다. 이젠 부모님도 눌 사이를 알고 있으니, 집 앞에서 기다린다고 해도 누가 볼세라, 들킬세라 걱정하지 않아도 되니 한결 마음이 편했다.

[승조 씨? 벌써 집 앞이에요?]

"천천히 나와도 됩니다. 기다림조차도 설레니까."

[어디서 자격증 안 주나? 사탕발림 전문 뭐, 이런 걸로.]

"하하하하."

보지 않아도 붉게 물들었을 난아의 얼굴이 상상되어 승조는 크게 웃었다.

"어머니, 출타하십니까?"

유쾌하게 웃던 그는 대문 밖으로 난아 어머니가 나오는 것을 보고 차에서 내렸다.

"아, 난아 만나려고요? 들어가서 기다리지 그래요."

승조를 본 어머니의 표정은 깜짝을 넘어 화들짝 놀라신 듯 보였다.

"아닙니다. 들어가면 난아 씨 마음이 더 급해질 테니, 그냥 여기서 기다리겠습니다."

"그래요, 그럼."

어색하게 웃어 보인 어머니가 그의 곁을 스쳐 지나갈 때, 승조가 조심스럽게 제안했다.

"어디로 가십니까? 시간 여유 있으시면 난아 씨 나온 뒤 함께 모셔다 드리겠습니다."

"아니, 됐어요! 그리 멀지도 않은 데다 시간도 별로 없고, 난 신경 쓰지 않아도……."

급기야 기겁을 하며 거절했다.

"엄마! 친구분 만나러 간다더니? 그러면 승조 씨랑 모셔다……."

때마침 집 밖으로 나오던 난아는 승조와 대화를 나누는 어머니를 보고 다시 한 번 권했다.

"됐다. 그리 멀지도 않은걸. 승조 군, 다음에 또 봐요."

둘의 인사를 받는 둥 마는 둥 총총걸음으로 사라지는 어머니의 모습에 괜히 그에게 미안해졌다.

"미안해요. 엄마는 아직 승조 씨가 좀 많이 어색하신가 봐요."

"난 괜찮습니다. 그런데 어머님 무슨 일이라도 있으신 건 아닙니까?"

어머니의 흔들리던 눈빛이 자꾸만 마음에 걸렸다.

"아무 일 없는데요? 오늘 엄마 친구분이 선물을 보내오셔서 답례차 만나러 간다 하시더라고요. 그런데 왜요?"

"아닙니다. 오늘 뭐 할지 혹시 생각해 둔 거 있습니까?"

승조는 자신이 너무 예민했던 건가 싶었다.

"음, 이제는 어른들도 아셨고 하니, 맘 놓고 할 거 다 하고 싶어요."

"할 거 다 하고 싶다라…… 예를 들면 어떤?"

"평범한 연인들이 하는 그런 데이트 말이에요. 영화도 보고, 쇼핑도 같이하고. 음, 또 뭐가 있더라……."

손가락을 하나하나 꼽으며 말하던 난아는 생각이 나지 않는지 살짝 인상을 찡그렸다.

"그러면 하나씩 합시다. 영화, 쇼핑. 난아 씨가 하고 싶은 것을 하고, 다음엔 내가 하고 싶은 것을 하기로 합시다."

승조는 손을 내밀어 인상을 쓰느라 주름이 잡힌 난아의 미간을 자상하게 쓸었다.

'더 많이 좋아하는 사람이 지는 거다! 여자는 평생을 튕겨야 사

랑받는다고 했으렷다!'

그의 웃음이 어찌나 그녀의 심장을 두근거리게 하는지, 가슴이 뻥 터질 것 같았지만 마치 주문을 외우듯 스스로에게 세뇌를 시켰다.

"그럼 영화 먼저?"

그런 난아를 보며 승조는 피식 웃었다. 이미 특성화된 안면 근육으로 그녀의 속마음이 어느 정도 들여다보였다.

"무슨 영화가 보고 싶은데요?"

그런 그녀가 너무 사랑스러웠지만 모른 척해주는 센스를 발휘했다.

"가면서 검색해 볼게요."

뭘 보는진 솔직히 중요하지 않았다. 그저 그와 함께 본다는 게 중요할 뿐이었다.

승조가 차 문을 열어주자, 난아는 화사하게 웃으며 쏙 빨려 들어가듯 차에 올랐다.

"그런데 영화관 가봤어요?"

난아는 의심스러운 눈초리로 승조를 바라보았다.

"날 무슨 외계인 사촌쯤으로 알고 있나 봅니다? 당연히 가봤죠."

"왜, 드라마나 영화 보면 부자들은 집 안에 영화관이 있어서 사람 많은 데는 안 가고 그러잖아요. 그래서 승조 씨도 그런가 보다 했죠."

"집 안에 그런 공간이 있긴 합니다."

“우와, 진짜요? 승조 씨가 부자긴 부자였군요.”

워낙에 가진 티, 잘난 티를 내지 않는 그인지라 그가 어떤 배경을 가진 사람인지를 난아는 종종 잊곤 했다. 그러다 지금처럼 그와 자신의 차이가 많이 난다는 것을 인지할 때면 별안간 어색해지곤 했다.

“무슨 영화를 보건 가급적이면 상암동 CGZ으로 갑시다.”

승조가 그런 난아의 마음을 모를 리 없었다. 뭔가를 숨기기에 그녀는 너무도 솔직한 사람이었다.

“그러죠, 뭐. 그럼 거긴 뭘 하나…….”

잠시 후 난아는 무엇을 볼지를 정했고, 승조는 고개를 끄덕였다.

좀 이른 시간에 만난 터라 상암동까지는 막힘없이 갔기에 시간이 얼마 걸리지 않았다.

“난아 씨, 엘리베이터 앞에서 잠깐 기다리고 있어요. 전화 한 통만 하고 올 테니까.”

난아는 별말 없이 차에서 내려 주차장과 연결된 엘리베이터로 가서 그를 바라보았다. 차의 앞 유리를 통해 누군가와 통화 중인 그의 모습이 고스란히 보였다. 옅은 웃음을 띠고 있는 그의 모습에 난아는 별안간 심술이 났다.

“뭐야, 남자가 지조 없게. 저런 귀한 걸 남들한테도 막 보여주고 그런단 말이지? 저 남자는 자신의 매력, 아니, 마력을 알기나 하는 걸까?”

심통이 난 난아는 통화를 끝내고 다가오는 승조를 뿌루퉁하게 바라보았다.

"왜 그런 표정입니까?"

"제 표정이 왜요? 뭐가 어떤데요?"

그녀의 아랫입술이 자연스럽게 삐죽 위로 솟았다.

"사방이 가로막힌 공간에 단둘이서만 있고 싶다는 표정이랄까요?"

'뭐, 뭐야! 신 내림이라도 받은 거야? 뭘 또 이렇게까지 잘 맞혀!'

난아는 그의 말에 아주 식겁했다.

"그, 그럴 리 없잖아요."

"나는 난아 씨가 아주 작은 것일지라도 솔직하게 말했으면 좋겠습니다. 사람의 관계는 연인이든 어떤 관계이든 아주 작은 것으로 인해 틀어지곤 합니다. 욕심일지 모르지만 난아 씨와 내 사이엔 그 어떤 불순물도, 첨가물도 없는 순도 100%의 애정만 있길 바랍니다."

발뺌하는 난아의 말에 승조는 담담하게 말하며 엘리베이터 안으로 먼저 들어가 그녀를 향해 손을 내밀었다.

"투명 엘리베이터도 아닌 데다 그리 높이 올라가지 않으니 괜찮을 겁니다."

난아가 엘리베이터를 무서워한다는 것을 알고 난 이후부터 그는 이렇듯 자상하게 챙겨왔다. 식사를 하거나 차를 마실 때도 엘리베이터를 탈 필요가 없는 곳, 혹은 타더라도 저층인 곳으로 그녀를 데려가곤 했다. 그의 그런 배려와 자상함이 일종의 사랑의 보호막 같아 그녀는 행복했다. 그가 내민 손을 잡는 순간부터 그녀는 그 무엇으로부터도 안전했다.

둘은 곧 엘리베이터에서 내렸고, 난아는 티켓을 어디서 끊어야 하나 사방을 둘러보았다.

"여기서 잠시 기다리기만 하면 됩니다."

"저기서 티켓팅하면 되는데 왜 여기서 기다려요?"

뜬구름 잡는 승조의 말에 의아했지만, 허튼소리라고는 하지 않는 그였기에 잠자코 기다렸다.

그때, 난아가 봐도 굉장히 허둥거리며 뛰어오는 한 사람이 보였다. 뛰어오면서도 넥타이를 손질하고 머리까지 다듬는 고난도 기술을 선보이는 남자가 웃겨서, 그 사람이 자신 앞에 딱 멈춰 서자 난아는 신기한 듯 바라보았다.

"안, 안녕하십니까? 상암동 지점 본부장 이진영입니다. 오셨다는 연락 받고 바로 온다고 왔는데, 오래 기다리신 건 아닌지 모르겠습니다. 일단 이쪽으로 오시지요."

"오래 기다리지 않았습니다. 번거롭게 해드렸나 봅니다."

자신을 본부장이라 소개한 사람의 깍듯하고 절도 있는 인사에 승조는 담담하게 응했다. 그러면서 난아의 이깨를 부느럽게 감싸 안았다.

그가 다른 사람들 앞에서 애정 표현을 할 때면 난아는 조금 부끄러우면서도 기분이 좋았다. 그의 연인으로 인정받는 느낌이었다.

"이리로 오십시오."

본부장이란 사람을 따라가 보니 골드클래스 전용 상영관이 나왔는데 그곳엔 그들 외엔 아무도 없었다. 난아는 주변을 두리번거렸다.

"말씀하신 대로 통째로 비웠으니 원하시는 좌석에 앉으시면 됩니다."

"통째로 비워요? 여기를요?"

난아는 깜짝 놀랐지만 승조도, 본부장이란 사람도 너무 아무렇지 않은 기색이라 도리어 놀란 그녀가 이상하게 느껴질 정도였다.

"직원 한 명이 뒤쪽에서 대기할 예정이니 필요한 게 있으시면 언제든 부르시면 됩니다. 아, 그리고 부탁하신 건 잠시 후 앉으신 자리로 가져다 드리겠습니다."

급작스레 나타났던 것처럼 본부장은 홀연히 사라졌다.

"혹시 아까 통화한 게 여기를 비우는 거였어요?"

"예약이 없는 골드클래스 상영관 한 곳을 전체 예약했습니다. 지인이 여기 주인이라서요."

어디 동네 빵집 주인 이야기하듯 대수롭지 않게 말하는 승조의 태도에 난아는 다시 한 번 이질감이 들었다.

"사람들과 부딪치는 게 싫었으면 진작 말해주지 그랬어요. 그럼 영화 보자고 안 했을 텐데."

승조와의 차이점이 자꾸만 늘어갈수록 입안이 씁쓸해졌다.

"그런 게 아닙니다. 당신과 함께하는 이 순간을 남들과 공유하는 게 싫었을 뿐입니다."

중앙 좌석으로 난아를 이끈 승조는 그녀가 편하게 앉을 수 있도록 해주었다. 그다지 밝지 않은 그녀의 표정이 희미한 어둠 속에서도 확연히 보여 좀 더 설명이 필요하다는 생각이 들었다.

"내가 당신으로 인해 점점 많이 변해갑니다. 생전 가져 보지 못한 독점욕이란 것도 생기고 있어요. 당신과 함께하는 순간만큼은 그 누구와도 공유하고 싶지 않을 정도로 말입니다. 그 마음이 너무 커서 당신을 배려하지 못한 건 미안합니다."

그의 설명에 마음이 가라앉긴 했지만, 그렇다고 해서 그와의 거리감이 줄어들 것 같진 않았다. 그를 알아갈수록 그 차이점은 점점 더 커질 텐데 공연히 걱정되었다.

"하지만 앞으로 이런 식으로 너무 과하면 안 돼요. 알았지요?"

새침하게 훈계하듯 말한 난아는 쌜쭉 웃어버렸다. 그가 이런 행동을 한 게 자신에 대한 마음이 깊어서라는데 뭐라 더 툴툴거릴 수가 없었다.

쪽.

눈 깜짝할 사이에 다가왔다가 사라진 그의 입술 감촉에 난아는 속으로 투덜거렸다.

'하여간 선수라니까.'

서로 손을 맞잡고 싱그럽게 웃고 있을 때 직원이 쟁반에 뭔가를 잔뜩 갖고 나타났다.

"이게 다 뭐예요?"

"난아 씨가 좋아할 만한 것들이랄까요?"

작은 테이블을 차지한 것들은 음료와 각종 먹거리였다. 아마도 매점에 있는 메뉴 전부를 가져온 것 같았다.

"세상에. 이렇게 많은 걸 어떻게 다 먹어요?"

말은 그렇게 하면서도 잽싸게 손을 뻗으며 즐거워하는 난아를 그는 사랑스럽게 바라보았다.

조금 전, 잠시였지만 흔들리던 난아의 눈빛에 그의 심장은 얼음이 박힌 듯 싸해졌었다. 긴장을 풀어선 안 될 일이었다. 이제 겨우 얻은 소중한 사람을 놓치고 싶은 마음은 추호도 없었다. 그러니 조금씩, 그러나 확실하게 서로가 서로에게 익숙해지게끔 쌍방의 노력이 필요했다.

삼십 년 넘게 각자 다른 삶을 살아온 남녀가 함께 어우러지는 게 쉽지는 않을 터. 어느 한쪽만의 일방적인 노력은 언제고 무리가 올 게 분명했다.

소중한 것은 얻는 것보다 지키는 게 더 어려운 법. 따스한 미소를 짓는 그의 눈빛이 결연히 빛났다.

❀

난아 어머니는 서균의 어머니와 만나기로 한 장소 앞에서 초조하고 불안한 마음을 컨트롤하는 중이었다.

"그간 아들 가진 유세를 그렇게 떨면서 우리 딸 마음을 난도질했다 이거지? 헤어진 마당에 왜 보자고 한 건지는 모르지만, 또 그딴 유치한 짓거리를 하면 나도 딸 가진 유세가 어떤 건지 보여주겠다 이거야!"

어쩐지 난아와 비슷한 면을 보이는 어머니는 두 주먹을 불끈 쥐고 단아한 카페 안으로 들어섰다.

그동안 늘 교제를 반대해 왔고, 이후 별로 좋게 헤어진 것 같지도 않은 딸의 전 남자친구 어머니를 만나 함께 밥 먹을 정도의 마음은 없었기에 메뉴를 차로 정했는데, 그건 정말 잘한 선택 같았다.

“난아 어머니?”

화려하고 화사한 미모의 여인이 자리에서 우아하게 일어났다.

“서균 어머니? 처음 뵙겠습니다.”

난아 어머니는 예의 바르게 인사하고 맞은편 자리에 가 앉았다.

“초면에 실례가 많았습니다. 너그러이 이해해 주세요.”

난아 어머니가 자리에 앉자, 따라 앉으며 한마디 덧붙이는 모양새가 여우 백 마리쯤은 너끈히 이겨 먹을 것 같은 분위기를 풍겼다.

‘그동안 난아가 당할 만도 했네.’

난아 어머니는 혀를 내두르며 여자의 면면을 살폈다.

“난아 양이 부군을 닮은 모양이네요.”

“서균 군도 부군을 닮은 모양이네요.”

화사한 웃음과는 다르게 이상스러울 정도로 번뜩이는 눈빛이 마음에 들지 않았던 난아 어머니는 평소라면 웃고 넘겼을 말도 짚고 넘어갔다.

“오늘 뵙자고 뜻을 전한 건 아이들 이별 원인이 제 자식놈 때문임을 늦게나마 알게 되어, 사죄라도 드려야겠기에 청했습니다.”

서균 어머니 역시 눈앞의 여자가 순해 보이는 인상과는 다르다는 것을 느꼈다. 더불어 서균에 대한 호감이 손톱만큼도 남아 있지 않다는 것도.

"네, 그랬군요. 어쨌든 둘은 인연이 아니었던 모양입니다."

'그럼 그렇지, 우리 난아가 잘못했을 리가 없지.'

속마음과는 달리 겉으로는 전혀 내색하지 않았다.

"그렇게 서균이랑 헤어진 후, 승조를 만난다는 말을 듣고 참 많이 놀랐습니다."

서균 어머니는 눈앞의 여자가 서균에 대한 호감 혹은 미련이 한 치라도 남아 있었다면 하지 않았을 이야기를 슬쩍 꺼내 들었다.

"승조 군을 아시나 봐요?"

갑자기 나온 승조 이야기에 놀랐지만, 간신히 차분한 목소리를 꾸며냈다.

"네. 서균이랑 승조가 고교 때부터 절친한 친구 사이라서요."

"아, 네. 놀라긴 하셨겠네요."

하필이면 둘이 친구 사이일까 하는 마음이 안 들려야 안 들 수가 없었다.

"둘이 만난단 말을 듣고, 처음에는 난아가 서균이 때문에 상처를 많이 받아 저런 상대를 만나는구나, 했어요. ……많이 속상하셨지요? 부모 마음이라는 게 다 같은 법 아니겠어요?"

"저런 상대…… 라니요?"

짐짓 불쌍하다는 표정까지 짓는 서균 어머니로 인해 불안감이 급상승했다.

'훗. 역시나.'

이미 낯빛이 파리해진 난아 어머니의 모습에 확신이 들었다.

"승조네 집안이 워낙 부유하긴 하지만, 이혼남인 데다 딸까지 있잖습니까? 난아가 그 집과 결혼이라도 한다면 자기가 낳지도 않은 딸을 키워야 하는데 참 어렵겠지 싶어서요."

서균 어머니는 짐짓 안쓰러운 표정을 담아냈다.

'대체 지금 내가 무슨 말을 들은 거지?'

지금 들은 말이 대체 뭔 말인가 감이 오지 않았다. 머리가 멍해져 흡사 얼음물에 빠진 사람마냥 의식이 둔해지는 그런 느낌이었다.

"난아 어머니? 혹시 모르고 계셨던 거예요? 이런……. 난아 양이 승조 사정을 차마 말할 수 없었던 모양이네요."

'그 사실을 숨겼나 보네요' 라고 말하고 싶었지만, 재빨리 순화해서 표현했다.

"아, 네……."

"그렇죠, 쉽게 할 수 있는 말은 아니죠. 애 딸린 이혼남과 만난다고 하면 뉘 집에서건 다 반대할 일이잖아요."

불난 집에 선풍기를 돌리고 있는 형국이었다.

"아, 이런. 제가 괜한 말을 전달한 건 아닌지 모르겠네요. 서균이 때문에 난아가 그런 선택을 한 것만 같아 죄송스러운 마음에 한 말이니 오해는 없으셨으면 좋겠네요. 그럼 경황이 없으실 테니 전 그만 일어나 볼게요. 부디 댁내 편안하시길 바랍니다."

이쯤에서 물러나야 화가 미치지 않겠다 싶었던 서균 어머니는 재빨리 몸을 뺐다.

"멀리 나가지 않겠습니다."

난아 어머니의 머릿속은 전쟁이라도 난 것 같았지만, 그래도 인사치레는 해야겠기에 슬쩍 몸을 일으켰다. 그러고는 마치 꽁지에 불이라도 붙은 듯 사라지는 서균 어머니의 뒤태를 가만히 노려보았다. 아무래도 오늘 만나자고 했던 목적이 의심스러웠지만 지금은 서균 어머니의 의도가 뭐였느냐를 따질 때가 아니었다.

일단 이 거대한 진실을 누구와 의논해야 할지가 난감했다. 다른 건 몰라도 남편에게는 말을 해선 안 될 것 같았다.

'혹시 초아는 이 사실을 알고 있었던 건가?'

어머니는 초아에게 전화를 걸었다. 이 모든 것은 당사자인 난아랑 따져야 할 문제이긴 했지만, 생판 남보다 못한 사람의 말만 듣고 일을 확대시킬 순 없었기에 일종의 확인 절차가 필요했다.

"어디니?"

[집이요.]

"약속 없지? 아니, 약속이 있더라도 취소하고 밖으로 나오너라."

눈치 빠른 초아라면 난아의 일상에 관해 조금이라도 알고 있을 터였다.

[엄마, 무슨 일 있어요?]

"잔말 말고 나오라니까!"

평소 딸들에게 큰 소리 한 번 낸 적 없던 자신도 이런 인내심의 한계를 경험하는구나 싶었다. 모르긴 몰라도 초아는 평상시 같지 않은 자신의 모습에 온갖 걱정을 하면서 오리라.

'일단 사실 확인이 먼저야.'

어머니는 초조함과 답답함에 손을 꽉 움켜쥐었다.

한편, 남의 집에 불 질러놓은 서균 어머니는 유유히 밖으로 나와 자신의 차에 올라타 집으로 향했다.

"원망을 하려거든 7년의 정을 버린 자신을 탓하려무나."

서균 어머니의 얼굴에 비틀린 미소가 지어졌다.

"아무리 생각해도 괘씸하단 말이야. 내가 기회를 줬는데도 우리 아들을 저버리고 승조를 택한 것을 내내 후회하게 될 게다."

서균 어머니의 미소는 슬슬 더워지는 날씨에도 한기가 들 정도로 서늘하기만 했다.

❀

한편, 난데없는 어머니의 돌발 행동에 놀란 초아는 끊어진 전화기를 든 채 잠시 멍해져 있었다.

'뭐지, 뭐지?'

전화기를 내려놓는 손길이 불안감에 떨렸다.

'분명 아침에 선물 보내준 친구를 만난다고 나가셨는데.'

뇌세포가 분주히 회전했지만, 무슨 일인지 도무지 짐작할 수가 없었다.

"너희 엄마냐?"

"네. 밖에서 잠깐 보자고 하시네요."

아빠의 목소리가 들려오자, 초아는 애써 마음을 진정시키고 표정을 정리했다.

"그래? 모녀지간 다정한 데이트라도 하고 싶었나 보다. 저녁 걱정일랑 말고 이곳저곳 구경도 다니고 맛난 것도 먹고 들어오너라. 어서 나가 봐라. 엄마 기다리실라."

리모컨을 집어 스포츠 채널로 바꾼 아버지는 정신 집중을 하면서도 어머니를 챙기셨다.

빠르게 준비를 마친 초아는 약속 장소로 부리나케 움직였다. 가면서도 내내 대체 무슨 일이 있었던 걸까, 상상의 나래를 펼쳤지만 역시 그럴듯한 답이 나오지는 않았다.

"암만 생각해도 모르겠단 말이야. 어쨌든 별일 없어야 할 텐데. 하여간 요즘 내 인생은 하루가 멀다 하고 사건 사고의 연속이구나."

다행히 엄마가 알려온 장소는 멀지 않았다. 하지만 택시나 버스를 타기도 애매한 거리라 뛰는 게 낫겠다 싶어진 초아는 있는 힘껏 발을 놀렸다.

가쁜 숨을 몰아쉬며 도착한 초아는 잠시 호흡을 가다듬고 안으로 들어섰다.

"엄마?"

무슨 생각을 하고 계시는지는 모르겠으나 엄마는 어딘지 멍해 보이고 충격을 받으신 듯 보였다.

"앉아. 물어볼 말이 있다."

"무슨 일 있어요? 우리 사모님, 대체 무슨 일이길래 이러실까?"

딱딱하게 굳은 엄마의 표정에 초아는 짐짓 가벼운 목소리로 대꾸했다.

"넌 알고 있었니?"

"뭘 말이에요?"

하지만 날카로운 엄마의 눈빛은 창이 되어 찌를 듯 다가왔다.

"승조 군에게 딸이 있다는 거 말이다."

"……!"

담담하게 떨어진 의외의 말에 초아의 심장은 바닥에 뚝 떨어졌다.

"그 표정을 보아하니 알고 있었구나. 알고 있었어……."

"엄마, 그게 말이에요."

너무 놀라서 뭐라 말해야 될지 쉽게 떠오르지 않았다.

"혹 아빠도 알고 계시니?"

"엄마, 그게……."

엄마의 목소리는 차분하다 못해 담담하기까지 해서, 더 불안했다.

"하…… 나만 모르고 있었던 거로구나. 어째서 나만 모르고 있었던 걸까……."

혼잣말을 중얼거리던 어머니가 별안간 자리에서 벌떡 일어났다.

"나만 빼고, 모두가 다 같이 짜고……. 내게만 이 사실을 숨긴 거였어!"

"엄마, 그게 아니고…… 일단 앉아보세요, 제발."

얼굴이 빨갛게 되도록 소리를 지르며 몸을 떠는 어머니의 모습에 초아는 당황해서 얼른 어머니 옆자리로 이동했다.

"아직 말을 못 한 것뿐이에요. 엄마가 충격받으실까 봐 걱정돼서요."

당장에라도 뛰쳐나갈 듯 보이는 어머니의 팔을 잡은 초아가 애원했다. 이렇게 분노한 어머니의 모습은 처음이라 어찌해야 할지 몰랐다.

"너희들이 나한테 이럴 줄은 몰랐다. 아니, 너희 아빠마저 이럴 줄은 정말 몰랐어. 어떻게 이렇게 엄청난 사실을 걱정된다는 이유 하나만으로 숨길 수가 있니? 나는 도무지 지금 상황을 이해할 수가 없구나!"

다소 진정이 된 듯했던 어머니는 다시 울분이 솟았는지 끝말은 거의 부르짖듯 언성을 높였다. 그러고는 자리를 박차고 나가 버렸다.

"어떻게 해……."

초아는 일단 집에 계신 아버지께 전화를 걸어 지금의 사태를 간단하게나마 알렸다. 그러고는 이 사실을 난아에게도 알려야 하는지를 망설였다. 하지만 그녀는 일단 자리에서 일어나 집으로 가기로 했다. 급한 불부터 끄는 게 먼저였다.

부리나케 집까지 뛰어온 초아는 헐레벌떡 집 안으로 뛰어 들어갔다. 가쁜 숨을 돌릴 겨를도 없었다.

"……말을 해봐요! 나만 모르게 모두 입을 맞추더니 이젠 단체로 벙어리 흉내라도 낼 셈인가요?"

거실 한복판에서 아버지에게 있는 힘껏 소리를 지르고 있는 어머니의 낯빛은 파랗게 질려 있었다.

"여보, 그게 말이지, 숨기려던 게 아니고…… 좀 더 나중에 말하려 한 건데……."

초아의 메시지를 보긴 했어도 워낙 아내가 빨리 도착한 탓에 미처 마음의 준비를 할 시간도 없었다.

"됐어요! 사실인지 아닌지만 말해요."

어머니는 아버지의 말을 중간에서 끊어버렸다. 지금 그녀가 듣고 싶은 건 변명이 아닌 진실이었다.

"그게…… 사실이긴 한데."

털썩.

아버지의 입만 바라보고 있던 어머니는 그 자리에 털썩 주저앉아 버렸다.

"엄마!"

초아가 깜짝 놀라 어머니에게 다가갔다.

"어떻게…… 어떻게 이래! 난아가 어떻게 내게 이래!"

어머니는 잠시 멍하게 침묵을 지키시더니 결국 큰 소리를 내시며 울부짖었다.

"엄마……."

피를 토할 듯 오열하는 어머니의 모습에 초아는 너무 마음이 아파 자신도 모르게 따라 울먹였다.

"너도 마찬가지야. 언니가 그러면 너라도 말렸어야지!"

어머니의 화살이 이젠 초아에게로 향했다.

"잘못했어요. 제가 다 잘못했으니 제발 그만 우세요."

초아는 어머니를 꽉 끌어안았다.

"언니가 뭐가 씌었다 싶으면 너라도 못 하게 했어야지!"

"내가 다 잘못했어요."

어머니는 초아의 등과 팔을 야무지게 때렸지만, 초아는 안고 있는 팔을 풀지 않았다. 이렇게라도 해서 응어리가 풀리신다면 언제까지고 맞고 있을 수 있었다.

"어쩌려고, 대체 어쩌려고 그런 선택을 해……."

속을 찢고 갈라내는 듯 어머니의 울부짖음은 쉬이 가라앉지 않았다.

얼마나 시간이 흘렀을까. 많은 시간이 지나진 않았지만, 단시간에 많은 수분을 몸 밖으로 빼낸 어머니가 실신하듯 쓰러졌다.

"엄마!"

"그냥 지친 것뿐이야. 그러니 초아, 넌 들어가거라."

아버지의 음성이 낮게 갈라져 나왔다.

"네."

어머니를 부축해서 안방으로 가는 아버지의 모습에 초아는 말없이 자신의 방으로 갔다.

'아무래도 말을 해놓긴 해야겠네.'

방에 들어온 초아는 난아에게 전화를 걸기 시작했다. 하지만 언니는 전화를 받질 않았다.

'메시지라도 보내놔야 하나.'

그녀가 고민하고 있을 때, 난아에게서 전화가 왔다.

[왜? 무슨 일이야?]

난아의 목소리는 시끄러운 소음과 함께 들려왔다.

"어딘데 이렇게 시끄러워?"

[승조 씨랑 영화 보고 이제 막 나오던 참이야.]

난아의 목소리에는 설렘과 흥분, 행복이 복합적으로 뒤섞여 있었다.

'언니 하나 때문에 이 무슨 시련의 연속이란 말인가.'

다소 얄미운 감정도 들었지만 그래도 언니는 언니였다.

"좋겠다, 좋겠어."

[그렇지? 이젠 쇼핑하러 가려고. 근데 넌 왜 전화했어?]

"어? 그냥…… 그냥 심심해서."

초아는 말을 할 수가 없었다. 어쩌면 엄마보다 더 큰 충격을 받을지 모르는 난아의 성격을 알기에 쉽게 말이 나오지 않았다.

[너도 참 불쌍한 청춘이다. 토요일에 집에서 빈둥대다니. 심심하면 나올래?]

"어딘데? 응, 알아, 거기…… 그래, 그럼 한 시간 뒤 거기서 만나."

전화로 상황을 말하긴 그러니, 차라리 만나서 대화를 하는 게 낫겠다 싶어 덥석 나가겠다고 했다.

"그런데 대체 어떻게 알게 되신 걸까? 그것참 희한하네."

통화를 끝내고 나갈 준비를 하면서도 초아는 자꾸만 의문이 들었다. 아무리 완벽한 비밀은 없다지만, 숨겨왔던 일이 이렇게 빨리 들통 나버렸다는 게 믿기지 않았다.

"언니와 내 뇌를 합친 것보다 버리 좋은 형부가 있으니 뭔 수가 생기긴 하겠지."

어느새 그녀는 승조에게 많은 부분을 의지하고 있었다.

✲

"……무슨 일 있습니까?"

승조는 전화기를 뚫어져라 바라보는 난아를 의아하게 보았다. 분명 동생과 통화를 한 것 같은데 난아의 낯빛이 좋지 않았다.

"모르겠어요. 분명 목소린 좀 이상한데……."

그는 미간에 주름을 새긴 난아를 이끌고 엘리베이터 쪽으로 움직였다. 주위가 혼잡한 터라 난아가 다른 사람들과 부딪치지 않게 한 팔로 감싸고, 걸음은 반 발짝 앞선 상태로 앞길을 트듯 나아갔다. 하지만 굳이 애써서 사람들을 밀치고 나아가지 않아도, 그를 마주한 사람들이 알아서 길을 터주는 형국이라 두 사람은 전혀 어려움 없이 걷고 있었다.

"뭐가 그렇게 불안한 겁니까?"

엘리베이터 앞에 당도한 그가 버튼을 누르고 난아를 똑바로 보았다.

"……그런 거 없어요."

엘리베이터가 빨리 오길 바란 적은 이번이 처음이지 싶었다. 그만큼 지금 자신의 상태를 그에게 들키고 싶지 않았다.

드디어 엘리베이터 문이 열렸고, 난아는 이때다 싶어서 냉큼 올라탔다. 게다가 안에는 사람들도 제법 있어 더욱 안심이 되었다. 하지만 그런 난아의 판단은 오산이었다. 애초부터 그는 타인의 시선을 신경 쓰는 타입이 아니었다.

"말하기 싫은 겁니까? 아니면 말할 수 없는 겁니까?"

조용한 엘리베이터 안에서 홀로 말문을 연 승조를 모두가 호기심 가득한 눈초리로 바라보는 게 느껴졌다. 게다가 여자들은 그에게 대놓고 찬탄과 동경의 눈빛을 보내고 있었다. 심지어 난아를 이런 남자와 어울리는 여자인가 평가하는 듯한 시선으로 보고 있었다.

난아는 당당히 그의 팔짱을 끼고 옆에 딱 붙어 섰다. 그리고 엘리베이터 문이 열리자 당당하게 나란히 발을 맞춰 걸어 나갔다.

"아직 내 말에 대답하지 않았습니다."

팔짱을 끼자 단단한 그의 팔근육이 느껴졌다.

'이럴 땐 또 눈치가 없네.'

평상시엔 쓸데없이 촉이 남다른 남자가 이럴 땐 또 둔한 모양이었다.

"지금 이 순간이 좋으면 좋을수록, 행복하면 할수록, 작은 일에도 겁이 나요. 그러지 말아야지 하는데 잘 안 되네요."

결국 그가 들으면 힘들어할 말을 또 해버렸다.

'저렇게 가라앉는 눈빛을 보기 싫어서 말하지 않으려 했건만.'

난아는 말을 해놓고 바로 후회했다.

"미안해요, 나도 내가 이렇게까지 소심한 사람인 줄 정말 몰랐어요……."

아무 말 없이 걷던 그가 그녀를 위해 차 문을 열어주었다.

"혹시…… 화났어요?"

차에 타서도 반응이 없으니 공연히 눈치가 보였다.

"……초아 씨랑 한 시간 뒤에 만나기로 한 거 맞습니까?"

질문의 답이 아닌 다른 질문이 되돌아왔다. 마음이 상해도 단단히 상해 버린 모양이었다.

"내가 그만큼 승조 씨랑 같이 있는 게 좋고 행복하다는 뜻으로만 받아들여 주면 안 되겠어요?"

난아는 고개를 푹 숙이고, 두 손을 모아 쥐었다.

짧지 않은 삶을 살아오면서 느낀 점은 친구나 연인 사이나, 심지어는 부모 자식 사이라 할지라도 너무 솔직하면 안 된다는 것이었다. 그런데 그걸 또 잊어버리고 입을 가벼이 놀린 모양이었다.

"……잠시지만 답답했었지요? 내가 대체 무슨 생각인 걸까, 고민하느라 머리가 아팠을 겁니다. 나도 조금 전까지는 비록 순간이긴 했지만 그랬습니다. 난 말을 아끼는 난아 씨보다 솔직히 말하는 당신이 더 좋습니다. 설령 들어서 내가 아플 말이라고 해도 말입니다. 그러니까 내가 어찌 생각할까 치열하게 고민하지 말고 솔직히 말하면 됩니다. 그 뒷감당은 내가 합니다."

모든 것을 솔직히 내보이고 득을 본 것보다 손해를 본 적이 더 많았는데, 그는 자신이 다친다 하더라도 그녀의 솔직함이 좋다고 말하고 있었다. 순도 100%의 김난아가 좋다고 말해주는 것 같아 눈물이 날 정도로 고마웠다. 마음속 쌓여 있던 응어리가 풀어지는 기분이었다.

"치사하게 지금 내가 한 방식대로 날 벌준 거란 말이에요? 그럼 나도 당신, 벌줄 거예요."

핸들 위에 우아하게 올려져 있는 승조의 손을 낚아챈 난아는 그의 손등에 소리 나게 뽀뽀를 했다.

"이건 또 뭡니까? 이런 건 요즘 초등학생도 안 합니다."

상당히 어이없다는 듯 말했지만, 승조의 눈빛은 조금 전보다 훨씬 부드럽고 따스한 빛을 뿌리고 있었다.

"오늘은 이걸로 참으시란 거죠. 그리고 요즘 초등학생들, 승조 씨 기준보다는 순수하답니다."

약 올리듯 말하는 난아의 얼굴도 해사하게 개어 있었다.

"삼십대 남자가 순수하면 어디 여러 군데 잘못된 겁니다. 난 지극히 정상입니다."

"누, 누가 비정상이래요? 말이 그렇다는 거지."

장난기 다분한 말에 난아의 얼굴이 벌겋게 달아올랐다. 그런 난아가 사랑스러운 듯 손을 뻗은 승조는 그녀의 뺨을 어루만졌다.

"후, 매번 차에서 이러는 건 바람직하지 않은 것 같군요."

보드라운 그녀의 뺨에서 손을 떼는 게 어려워 승조는 한숨을 내쉬었다.

"흠, 흠, 초아랑은 한 시간 뒤에 만나기로 했으니 우리 먼저 가 있어요."

괜히 무안하고 부끄러워진 난아는 승조도 이미 알고 있는 이야기를 꺼냈다. 차 안의 온도가 1~2℃쯤 올라갔을 법한 그런 후끈함이 감돌았다.

"과연 무슨 일인지 얼른 가서 들어봅시다."

심호흡으로 마음을 가라앉힌 승조는 난아가 말한 장소를 향해 출발했다.

둘은 얼마 걸리지 않아 초아와 만나기로 한 '벨라' 라는 이탈리안 레스토랑에 도착했다. 조형물과 화분으로 테이블 간의 시야가 적당히 가려져 고객의 사생활을 보호하는 세련된 인테리어의 레스토랑이었다.

"여기 수제 피자가 아주 맛있어요. 초아도 저도 완전 좋아해요. 엄마도 좋아하셔서 가끔 포장해 가곤 하거든요."

얼굴 가득 맛있다는 표정을 짓는 난아를 보며 승조는 웃었다. 워낙 솔직하게 감정을 표현하기도 했지만, 그녀만의 특화된 안면 근육이 만들어내는 표현력은 그야말로 대단했다.

"진짜 맛있다니까요?"

"난아 씨 얼굴만 봐도 얼마나 맛있는지 잘 알 것 같습니다."

눈을 동그랗게 뜨며 자신의 말을 강조하는 난아의 모습에 승조의 웃음이 조금 더 진해졌다.

"초아 올 시간도 되었고 하니, 먼저 주문부터 해야겠어요."

메뉴판을 들여다보며 이런저런 설명을 하는 난아를 보면서 승조는 스스로 이상하다고 느꼈다. 주변에 말 많은 사람이 없기도 했지만, 그런 사람들을 좋다고 느껴본 적도 없는데 이상하게도 난아의 재잘거림은 평화롭고 따뜻한 느낌이 들었다. 마치 햇살 좋은 청명한 봄날의 느낌 같았다.

"이거랑 이거, 어때요?"

손가락으로 메뉴판을 가리키며 그를 올려다보는 난아의 눈에 빛이 났다.

"좀…… 많지 않습니까? 영화관에서 먹은 양도 적진 않았는데."

"에이~ 그건 그냥 군것질이죠. 안 먹은 셈쳐도 될 정도랄까요?"

별것 아니니 신경 쓰지 말라는 듯한 난아의 행동에 승조는 적지 않게 놀랐다. 아까 영화관에서 그 많은 먹거리를 혼자 먹다시피 한 사람이 할 말은 아니었다.

"왜요? 왜 그렇게 봐요?"

난아는 메뉴를 고르고 주문을 한 후 식전 빵으로 나온 치아바타를 열심히 먹었다.

"아닙니다. 먹는 모습이 예뻐서요."

살굿빛으로 물든 뺨이 그의 마음을 흔들었다. 그는 손을 내밀어 그녀의 입술 주변과 뺨에 묻은 빵 부스러기들을 털어주었다. 그 어떤 음식도 지금의 그녀보다 탐이 날 것 같진 않았다.

"왜, 왜요?"

그의 손가락이 처음 닿았을 때 놀라서 움찔했으나, 그가 선사하는 느릿하지만 부드러운 감각에 긴장이 풀어졌다. 얼굴의 흔적을 분명 다 닦고도 남았을 텐데도 그의 손가락은 여전히 그녀의 얼굴에서 떨어지질 않았다.

부끄러워 다른 곳으로 돌린 난아의 시선이 승조의 것과 닿았다.

"아……."

난아는 자신도 모르게 얕은 한숨이 뱉어져 나왔다. 그의 눈빛이 너무 유혹적이었다. 온몸의 세포 하나하나를 일깨우는 듯한 치명적인 눈빛이었다.

그의 얼굴이 느리지만 천천히 다가오자 난아는 자신도 모르게 눈을 감았다.

그녀의 감긴 속눈썹이 파르르 떨리고 있는 게 보였다. 공개적인 장소에서의 스킨십을 부끄러워하는 그녀가 이렇듯 눈을 감고 그를 기다리고 있다는 게 무척 자극적으로 느껴졌다.

'잠시만, 아주 잠시만이라도.'

그 어느 때보다도 서로를 간절히 원하던 둘의 입술이 맞닿았다.

승조는 서두르지 않고 그녀의 윗입술과 아랫입술을 세상에서 가장 맛있는 사탕이라도 되는 양 번갈아 맛보았다. 그러고는 좀 더 길게 음미하듯 촉촉하게, 하지만 가볍게 빨아들였다. 그 은밀하고 감각적인 움직임에 난아의 입술이 벌어졌고, 그는 그녀의 초대에 과감히 응했다.

그의 침입에 강한 짜릿함을 느낀 난아는 어쩐지 눈물이 나올 것만 같았다. 뭐랄까, 마지노선이 무너지는 듯한 그런 감각이었다.

짧지만 뜨겁고 강렬한 입맞춤 끝에 그가 물러났음에도 불구하고 그 여운이 계속 남아 있는 듯해 난아는 눈을 뜰 수가 없었다.

"주문하신 마르게리타피자와 디아볼라피자 나왔습니다."

직원의 낭랑한 목소리가 들리지 않았다면 어쩌면 계속 그렇게 눈을 감고 있었을지도 모를 일이었다.

"초아 씨가 조금 늦네요."

더없이 다정한 그의 목소리. 그녀의 마음을 들여다보기라도 하듯 다정히 손을 잡아주는 그의 모습에 난아는 감정이 울컥해 왔다.

"……당신이 너무 좋아요. 나…… 아무래도 당신을 정말 많이 사랑하는 것 같아요."

난아는 다소 가라앉은 스스로의 목소리가 생소하게 느껴졌지만, 마음이 시키는 대로 솔직히 말했다.

"알고 있습니다. 굳이 듣지 않아도 저절로 느껴지는 것들이 있거든요."

환한 미소로 답하는 그의 얼굴이 눈부셨다. 그의 이런 표정은 오직 그녀만 봤으면 하는 욕심이 들었다.

"당신은요? 당신은 어떤데요? 느껴보라는 둥, 말하지 않아도 알지 않느냐 하는 말은 싫어요. 난 매 순간 확인하고, 확인받고, 그로 인해 행복함을 느끼고 싶으니까요."

있는 그대로의 마음을 온전히 내비치는 난아의 솔직함이 다시 한 번 빛을 발했다.

"이런 장소에서 처음 말하고 싶진 않았지만, 시작은 분명 당신이 했습니다. 나중에 다른 말 하면 곤란합니다."

"그렇게 뜸 들이면 모든 게 다 타버리는 수가 있거든요!"

난아는 목이 타들어가는 초조함에 으름장을 놓고 테이블에 놓인

물컵을 들어 한 번에 들이마셨다.

"내 인생이 모두 뒤집혀도 좋을 만큼, 나를 평소의 내가 아닌 다른 사람으로 만드는 당신을, 마음을 다해 사랑합니다."

승조는 난아의 귓가에 입술을 대고 나직이 속삭였다. 귓가에 숨을 불어넣듯 심어준 그의 말이 그녀의 심장을 경이로울 정도로 두근거리게 했다.

난아의 얼굴이 곱게 물들었다. 곱기만 한 그 붉은색이 그를 향한 그녀의 마음처럼 느껴져, 그마저도 아름다워 보였다. 서로의 애정이 한층 더 깊어지는 순간이었다.

❀

서균은 유라와 함께 놀이공원에 와 있었다. 이십대 이후로 와본 적이 없어 생소했지만 유라가 그와 진희를 끌고 다니다시피 해서 정신없이 돌아다니고 또 돌아다녀야만 했다.

토요일이라 사람들로 북적여 많은 놀이기구를 타진 못했지만, 유라는 기다리는 시간조차도 즐거운지 잠시도 쉬지 않고 재잘거리더니 결국 체력의 한계에 부딪혀 어스름이 지기도 전에 서균에게 안긴 채 잠이 들었다.

"유라가 이렇게 즐거워하는 모습을 본 건 이번이 처음 같아요."

새근새근 잠든 유라를 보는 진희의 표정이 서글펐다.

유라와 오랜 시간을 함께 지내보고서야 자신이 그동안 아이에게 얼마나 무심했는지를 깨달은 것이었다. 항상 유라를 만나더라도 짧게 시간을 보냈던지라 아이에게 이렇게 많은 표정과 행동이 있었음을 미처 몰랐다.

"그러고 보면 유라는 항상 착한 아이이기만 했어요. 착하게 굴어야만 사랑해 줄 거라 생각했는지 항상 내가 하자는 대로 다 했죠. 그런데 내가 유라를 그렇게 만든 것 같아요. 내가…… 참 죄 많은 엄마예요."

그동안 유라에게서 보고 싶은 것만 골라서 봤던 건 아닌가, 아이를 그렇게 만든 게 자신이 아닌가 하는 생각이 들었다.

"반성이 있어야 앞으로 나아갈 수도 있는 거지. 이제 그 한 발을 내디뎠으니 오늘보다는 내일, 또 내일보다는 모레, 더 좋은 엄마가 되어 있을 거야."

유라가 흔들리지 않게 천천히 걷는 서균이 마치 자장가 들려주듯 조용히 읊조렸다.

"훗. 당신 정말 많이 다정해진 거 알아요?"

"글쎄. 난 원래부터 이런 사람이었던 것 같은데……."

멋쩍어진 서균이 짐짓 딴 곳으로 시선을 돌렸다.

"그런데 말이에요. 난아 씨는 어떻게 유라 담임선생님이 될 수 있었던 거예요? 그 학교 많이 까다롭지 않아요?"

서균이 혹 기분 나빠 할까 봐 질문하는 진희의 태도는 조심스러웠다.

"내가 말하지 않았던가? 외삼촌이 거기 교감선생님으로 재직 중이시라고?"

아무렇지 않은 듯 서균이 답했다.

"아, 그래서……. 어쨌든 난아 씨 볼 면목은 없지만, 참 고맙지 싶어요. 유라가 잘 따르는 것 같아 다행이고요."

난아를 향한 마음은 진심이었다. 자신에게 좋지 않은 기억이 있음에도 유라를 대하는 데 있어 변함이 없다는 게 가장 고마웠다. 만약에 기회가 온다면 꼭 예전 일을 사과하고 싶었다.

"아무래도 그렇지. 승조가 난아에 대한 마음이 무척 깊으니까."

난아가 유라의 새엄마가 될지도 모른다는 사실은 진희도 알고 있는 일이었다. 승조와 난아가 본격적으로 교제를 시작했다는 말을 듣고부터 난아라면 유라를 가슴으로 품어줄 수 있으리라 여겼다. 난아는 그 누구보다 마음이 풍요로운 사람이었다.

"조만간 승조 씨를 만날 일이 생길지도 모르겠네요."

각자 중요한 사람이 생기면 서로에게 알리자고 했으니 아마도 연락이 오지 않을까 싶었다.

"근데 어머님은 그 이후 아무 연락 없으셨어요?"

"없었지."

"연락드려 보지 그래요? 이대로 단절하고 지낼 수 없다는 거 알잖아요."

서균의 쓸쓸해 보이는 눈빛에 공연히 말을 꺼낸 건가 후회가 됐다.

"아직은 시간이 필요해. 나도, 어머니도. 하지만 오래 걸리진 않을 거야."

모자 사이를 이대로 두면 안 될 것 같다가도 그냥 이대로 편히 지내고픈 마음도 들었다.

'딱 지금만큼만 지냈으면. 더도 말고 덜도 말고 딱 지금처럼만.'

진희는 잠든 유라를 차 안에 눕히고 담요를 덮어주는 서균을 바라보며 간절히 소망했다.

"이젠 뭘 좀 먹으러 가지. 상암동에 유라도 맛있게 먹을 만한 곳이 있어."

"꼭 맛있어야 할 거예요."

"어련하시겠습니까, 여왕님."

새침하게 말하는 진희와 곤히 잠든 유라를 번갈아 바라본 그는 상암동 쪽으로 차를 움직였다.

✲

초아는 꽤 여러 번 와서 익숙한 이탈리안 레스토랑에 도착해 이제 막 안으로 들어서려던 참이었다. 그런데 어딘가에서 귀에 익은 목소리가 들려와 그녀의 발을 멈칫하게 했다. 가던 걸음을 멈추고 주변을 두리번거린 초아의 눈에 익숙한 뒷모습의 남자가 눈에 들어왔다.

'이서균? 아니, 저 인간이 하필 여기는 왜?'

초아는 자신도 모르게 한쪽 구석진 자리로 몸을 숨겼다.

"……진짜 맛있어. 아마 마음에 꼭 들 거야."

"진짜죠? 그러면 유라 많이 먹을 거예요."

하지만 서균은 혼자가 아니었다. 뒷모습만 봐도 외모가 짐작될 법한 근사한 여자와 예쁜 원피스 차림의 여자아이와 함께 였다.

'저 여자가 언니가 말했던 그 여자인가? 쭉 빠진 뒤태만 봐도 앞태가 어떨지 상상이 되네. 하여간 남자들이란……. 그런데 저 아이…… 뒷모습이 낯이 익은데. TV에서 봤나?'

서균이 미운 건 예나 지금이나 같았지만 어차피 끊어진 인연, 더는 마주치지 않기를 바랐다.

"그건 그렇고 언니는 어디 앉았으려나."

초아는 서균 일행이 사라진 쪽을 눈여겨본 뒤 나서 난아를 찾았다. 다행히도 난아와 승조는 서균 일행과 정반대의 위치에 있어 서로 마주칠 일이 없어 보였다.

"언니, 형부."

난아와 승조에게 가까이 다가간 초아는 두 사람 맞은편에 앉았다.

"왔어?"

"얼굴이 왜 그렇게 빨개? 어디 아파?"

서 있을 땐 몰랐는데 막상 앉아서 쳐다보니 난아의 얼굴이 지나칠 정도로 붉었다.

"아프긴, 그냥 좀 더워서 그렇지. 너 좋아하는 거 알아서 시켜놨어. 많이 먹어."

먹성 좋기로 둘째가라면 서러워할 난아가 알아서 주문해 놓은 모양이었지만, 지금의 초아는 그것들이 눈에 들어오지도 않았다.

초아는 일단 자신 앞에 놓인 음료수부터 시원하게 한 잔 마셨다.

"무슨 일 있는 거, 맞지?"

초아의 행동에 무슨 예감이라도 느낀 건지, 난아의 얼굴이 금세 어두워졌다.

"언니, 그리고 형부! ……각오하셔야겠어요."

초아의 얼굴에 비장함이 서렸다.

"뭐야, 뭔데 각오씩이나 필요해?"

긴장과 걱정스러움에 난아의 목소리가 한 톤 올라갔다.

"……결국 그렇게 된 겁니까?"

반면, 승조의 목소리는 변함이 없었다.

"네…… 엄마가 알게 되셨어요."

초아는 모든 게 자신의 잘못인 양 고개를 숙였다.

"뭐? 엄마가 아셨어? 대체 어떻게? 어떻게 아신 건데?"

난아는 손이 부들부들 떨려왔다. 조금 전까지만 해도 달콤했던 세상이 순식간에 씁쓸해져 버렸다. 아무래도 자신은 운명을 관장하는 신으로부터 철저히 외면받는 존재인가 싶은 생각마저 들었다.

"그걸 모르겠어. 언니도 알다시피 엄마는 친구 만나러 간다고 나가셨잖아. 그런데 별안간 나오라고 하시길래 가봤을 땐 이미 모든 걸 알고 계셨어."

초아는 갈증이 났는지 테이블 위 물 한 컵을 서둘러 마셨다.

"만나러 가신 분이 친구가 아니었나 봅니다."

"친구가 아니라니요?"

담담한 승조의 말에 초아가 어리둥절해져서 반문했다.

"친구는 아니지만, 가족들에게는 친구라고 말해야 할 만한 사람."

승조는 뭔가를 알아챈 듯 말을 보탰다.

"아침에 급작스럽게 온 고가의 선물. 그 안에 있던 카드."

난아도 무언가 감이 왔다.

"그러고 보니 엄마는 그 카드를 보고 그리 달가워하지 않는 기색이셨지."

초아도 한마디 했다.

미심쩍은 부분이 하나하나, 퍼즐 맞추듯 맞춰지니 의외로 답은 간단하게 나왔다.

"아무래도 오늘 만났다던 엄마 친구란 분이 이야기를 한 모양이네요. 그런데 승조 씨의 개인적인 사정을 훤히 아는 데다 우리가 교제한다는 사실에, 거기다 우리 집 주소까지 알 만한 사람이 과연 몇이나 될까요?"

요약정리하듯 놓인 난아의 말에 모두 생각을 정리했다. 하지만 난아는 스스로 한 질문에 대한 답을 알고 있었다.

"서균 어머님."

"서균 어머니? 그건 또 무슨 소리야?"

난아가 왜 별안간 서균 어머님을 입에 올리는지 초아는 통 이해가 안 되었다.

"서균 씨랑 승조 씨, 오랜 친구 사이야."

난아가 툭 던져 놓은 말에 초아의 입이 떡 하고 벌어졌다. 무슨 인연이 이렇게 꼬일 수 있나 싶어 아무 말도 할 수가 없었다.

"실은 내 생일날 그분이 꼭 만나자 하셔서 만났었어. 그래서 약속 시각도 뒤로 미뤘던 거고……."

난아의 뒤늦은 자백에 승조의 눈빛이 단숨에 서늘해졌다.

"승조 씨, 말 안 한 거는 미안해요. 괜히 말 꺼내서 좋은 분위기 흐리고 싶지가 않았어요."

이 와중에도 그의 태도가 가장 신경 쓰였다. 난아로서는 처음 보는 그의 서늘한 눈동자가 너무도 낯설었다.

"내가 지금 화가 나는 건 왜 말하지 않고 혼자 아팠느냐는 겁니다. 그런 말조차 하기 힘들 정도로 내가 어려운 사람입니까?"

나무람을 가득 담아 곧게 응시해 오는 눈빛에 난아는 왈칵 눈물이 쏟아질 것 같았지만, 꾹 눌러 참았다.

"미안해요. 말하면 서로 기분 안 좋을 것 같아서, 그냥 혼자만 안 좋고 말자 했어요."

그녀의 솔직함을 좋다고 여겨준 그에게 실망을 안겨준 것 같아 마음이 참담했다.

"좋은 일은 말하기 쉽습니다. 나쁘고 힘든 일은 말하기도 어렵고 함께 나눈다는 것은 더욱더 쉽지 않지요. 하지만 살다 보면 좋은 일보단 힘들고 나쁜 일이 더 많습니다. 그때마다 상대방이 아플까 봐, 혹은 같이 힘들게 될까 봐 말을 안 하다 보면 습관처럼 혼자 앓게 됩니다. 그게 지속되면 분명 틈이란 게 생기게 됩니다. 나는 당신과 나 사이의 작은 틈조차도 용납할 마음이 없습니다."

그답지 않게 길게 말하고 있었지만, 그의 요점은 하나였다. 그리고 그것을 깨닫지 못할 정도로 그녀는 둔하지 않았다.

"앞으로는 좋고 행복한 일뿐만 아니라 힘들고 나쁜 일도 말할게요. 절대 혼자 앓지 않을게요. 약속해요."

그의 손을 끌어다 꼭 잡은 난아는 화사한 웃음을 날렸다. 우둔하지 않은 게 아니고, 점점 여우가 다 되어가는 그녀였다.

"웅녀, 여우 되셨구만. 마늘과 쑥을 장기 복용하면 사람으로도 변신할 수 있겠는데?"

심각한 와중에서도 애정 행각을 벌이는 난아와 승조가 기막혔지만 그래도 마음 한구석에는 멋진 짝을 만난 언니에 대한 부러움, 승조에 대한 고마움이 뒤섞여 흘렀다.

"그건 그렇고, 그분 어떻게라도 해야 되는 거 아냐?"

쓸데없는 오지랖으로 남의 집을 쑥대밭으로 만들어놔도 되는 건지 따지고 싶은 마음에 초아는 속에서 울화가 끓어올랐다.

"의도가 엄청 나빴을 뿐 없는 일을 꾸며 말한 건 아니잖아. 그리고 이제 와 그분을 탓하면 뭐 하겠어? 이미 일은 벌어진 것을……."

난아의 말에 승조는 그녀가 악운에 강하다는 것을 새삼 느꼈다. 더 정확히 말하면 이미 벌어진 일에 대한 적응이 빨랐다. 예전 서균의 변심을 알게 되었을 때도 대응이 빨랐던 게 우연은 아닌 모양이었다.

"하여간 언니는 벌어지지 않은 일엔 몸을 사리면서도, 이미 벌어진 일에 대한 건 적응이 빠르다니까."

초아도 승조와 같은 생각을 한 것 같았다.

"너 그거 칭찬 맞아? 어째 욕 같다?"

"그건 알아서 해석하시고. 형부, 무슨 방도가 없을까요?"

날카롭게 노려보는 난아에게서 시선을 돌린 초아는 승조에게 마지막 희망을 걸었다. 확실히 언니보단 승조가 믿음직스러웠다.

그때, 승조의 전화기에서 메시지 수신음이 울렸다.

—유라 저녁 먹이고 천천히 들여보낼게요.

진희에게서 온 것이었다. 승조 바로 옆에 있던 난아도 자연스럽게 메시지 내용을 보게 되었다.

"유라가 늦나 보네요. 서균 씨랑 같이 갔어도 다행히 즐거웠나 봐요."

유라가 엄마와 서균과 함께 놀이공원에 간 것을 그녀도 알고 있었다.

"누가 서균 씨랑 어딜 간다고?"

서늘하게 다가오는 초아의 말에 난아는 아차 싶었다. 초아는 아직 서균의 상대가 승조의 전부인이란 것을 모르고 있었다.

"앞서 난아 씨가 말했듯 서균인 내 오랜 친구이고, 서균이가 교제하는 사람은 딸아이 엄마입니다."

뭐라 말해야 할지 몰라 당황스러워하는 난아 대신 승조가 간단명료하게 설명했다.

"하, 그러니까 그 망할 놈, 아니, 서균 씨와 바람난 상대가 지금 형부 부인이었던 사람이란 말이에요? 나 원……. 아직도 놀랄 일이 남아 있었다니. 양파도 아니면서 어떻게 까면 깔수록 새로운 게 매번 나오나요?"

초아는 그 간단한 말을 듣는 순간 머리가 띵하고 아파왔다.

"그런데 언닌 진짜 아무렇지도 않아? 형부도요?"

아무렇지 않아 보이는 두 사람이 이상하다 못해 괴기스러워 보였다. 두 사람이 너무 아무렇지 않아 하니 이 상황을 이해 못 하는 자신이 오히려 이상하게 느껴졌다.

"전혀!"

"믿기지 않겠지만, 아무렇지 않습니다."

난아와 승조는 동시에 서로를 바라본 후 초아의 질문에 답했다.

"어휴, 그 부분은 이해하려 하질 말아야겠어요. 생각할수록 멘탈에 붕괴가 오네요. 뭐, 더 나올 거 있으면 아예 이 자리에서 다 말해주세요. 아예 한 방에 몰아 듣고 쓰러질 테니까."

초아는 다시 한 번 물을 쭉 들이켰다. 언니의 요란한 연애로 인해 거의 도를 닦다 못해 열반의 경지에 오를 것 같았다.

"더는 없어. 너 이럴까 봐 말을 못 했던 것뿐이야. 그건 그렇고, 어떻게 집에 들어가냐……."

식욕이 뚝 떨어지는지 난아는 접시에 놓인 피자를 포크로 이리저리 뒤적거렸다.

"같이 갑시다."

"같이요?"

"같이요?"

승조의 말에 두 자매의 눈이 휘둥그레졌다.

"매도 먼저 맞는 게 낫다 하잖습니까? 불은 지른 사람이 꺼야지요."

승조는 태연하게 말하면서 난아의 포크질에 초토화된 피자 접시를 온전한 자신의 것과 바꾸었다.

"먹으면서 걱정해요. 먹어야 힘이 나는 타입이잖습니까?"

그러고는 아무렇지 않게 난아가 거의 다져 놓다시피 한 피자를 입에 넣었다.

"승조 씨, 오늘 가면 진짜 한 대 맞을지도 몰라요. 우리 엄마 평상시엔 온순하시지만 화나면 진짜 무서우시단 말이에요."

너무도 태연한 승조가 답답하기도 하고 걱정도 되었는지 난아의 목소리가 다소 높아졌다.

"맞을 짓 했으니, 때리시면 맞는 게 맞습니다."

"승조 씨가 왜요?"

담담한 그의 말에 난아는 속이 상했다. 그의 과거가 순전히 그의 잘못만은 아닌데 그리 매도되는 것 같아 싫었다.

"입장 바꿔 생각해서 유라가 아이까지 있는 이혼남과 만난다고 하면 나도 가만있지 않을 것 같거든요. 그러니 이건 당연한 겁니다."

두 자매는 더는 아무런 말도 할 수가 없어, 맛이라곤 느껴지지 않는 피자를 가져다 억지로 삼켰다. 지금 이 순간 가장 착잡할 승조가 저렇게까지 차분함을 유지하고 있는데, 이깟 피자가 대수냐 싶었다.

피자를 코로 먹은 건지 입으로 먹은 건지 모를 정도로 해치운 그들은 누가 말한 것도 아닌데 동시에 일어섰다.

"집으로…… 가실 건가요?"

"네, 그래야지요."

승조의 답변에 다시 한 번 생각해 보란 말이 혀끝에 맴돌았지만, 초아는 꾹 눌러 참았다.

"먼저들 가세요. 전 갑자기 볼일이 생각나서요."

"빨리 끝내고 와. 너라도 있어야 할 것 같으니까."

막상 목전에 닥치니 겁이라도 났는지 난아가 초아의 팔을 꽉 잡았다.

"오래 안 걸려. ……건투를 빌게요."

두 사람 모두에게 웃어 보인 초아는 그들이 완전히 사라질 때까지 뭉그적거리며 시간을 벌었다.

"두 사람은 성인군자라 아무렇지 않은지 모르지만, 난 이 사태를 알리기라도 해야겠어. 적어도 자기 어머니가 뭘 하고 다니는지 정도는 알아야 하는 거 아닌가?"

초아는 씩씩한 걸음걸이로 서균 일행에게로 갔다.

"……하하, 그래서? 경민이는 어떻게 되었는데?"

'분위기 좋구만. 우리는 피자가 무슨 맛인지도 모르고 먹었는데.'

무척 화기애애한 분위기 속에서 음식을 먹고 있는 그들이 곱게 보이지 않았다.

"……초아 씨?"

서균이 자신들 테이블 앞에 떡하니 버티고 선 그녀를 가장 먼저 알아보고 자리에서 일어섰다.

"오랜만에 뵙네요. 잠시 이야기 괜찮으세요?"

예의 바르게 말하곤 있었지만, 초아의 말투는 북풍한설보다도 차갑고 서늘했다. 유라가 반갑게 아는 척을 하려다 멈칫할 정도로 초아의 기세는 사나웠다.

"유라야, 아저씨 잠시만."

서균은 유라의 머리를 쓰다듬으면서도 눈으로는 진희를 바라보고 양해를 구했다.

서균이 자리에서 나오자 초아는 레스토랑 현관 근처, 커피를 한 잔 마시며 쉴 수 있게끔 만들어놓은 작은 공간으로 들어섰다.

"바쁘신 것 같으니 길게 말 안 할게요. 언니와 어떤 이유로 헤어졌건 그걸 따질 생각은 없어요. 그건 어디까지나 두 사람의 문제니까요. 하지만! 그쪽 어머님이 우리 엄마를 불러내 쓸데없는 이야기를 하시는 바람에 지금 우리 집은 그야말로 풍비박산이 났거든요. 이 일에 관해서 어찌 생각하세요?"

초아는 서균이 뭐라 말할 틈도 주지 않고 따따따 총 쏘듯 말했다. 감정이 격해져 말이 좀 심하게 나갔지만, 정말 심했던 건 그의 어머니였다.

"그건 또 무슨 말이지?"

서균의 눈이 번뜩여 초아는 순간 움찔했다.

"자세한 내용은 어머님께 직접 들으세요. 제발 좋은 인연도 아닌데, 더 이상 얽히지 좀 말자고요."

더 할 말도, 들을 말도 없었기에 초아는 횡하니 자리를 떴다.

'역시 찾아가 봐야 하나…….'

멀어지는 초아의 뒷모습을 바라보던 서균은 미간을 찌푸리며 손으로 이마를 꾹꾹 눌렀다. 분명 어머니가 무슨 일을 벌이신 것 같은데, 무슨 일이 있었는지 알아봐야 할 것 같았다.

"무슨 일 있어요?"

진희는 심상치 않은 서균의 표정에 마음이 덜컥 내려앉았다.

"유라는 어쩌고?"

"먹느라 바빠요. 근데 그 아가씬 누구예요? 무슨 일이라도 있는 거예요?"

서균에게 손을 뻗은 그녀는 그의 손가락을 내려, 그가 누르고 있던 곳을 쓸어주었다. 얼마나 세게 누르고 있었던지 그 부분만 뻘겋게 변해 있었다.

"아무래도 어머니가 무슨 일을 벌이신 모양이야. 그것도 난아 어머님께."

"그럼 아까 그 아가씨가?"

"난아 동생. 들어가지, 유라가 기다리겠어."

서균은 자신의 이마에 닿아 있는 진희의 손을 내려 붙잡고는 안으로 이끌었다.

"가봐야 하겠네요?"

"지금 가보려고……."

그답지 않게 말끝을 흐리는 모습이 진희에겐 아픔으로 다가왔다. 아직은 어머니를 보고 싶지 않은 것이리라.

"같이 갈까요?"

"아니, 혼자 갈게."

"그럼 지금 바로 가봐요. 급한 일 같은데."

서균이 당연히 거절할 거라 생각했지만 막상 답을 듣고 나니 조금 서운해졌다. 그리고 걱정도 되었다. 아직은 서균이나 어머님이나 서로에게 쌓인 앙금이 많아 온통 할퀴는 말들만 주고받다 오는 건 아닐까 싶었다.

"유라에게 잘 좀 말해주고."

"별걱정을 다 하네요. 조심히 다녀와요."

진희는 속마음을 내색하지 않고 환하게 웃었다. 서균은 미안한 듯 그녀의 손을 한 번 더 꽉 쥐었다가 놓고는 성큼성큼 주차장으로 향해 갔다.

그는 차에 오르자마자 어머니께 전화를 걸었다. 목소리는 찬바람이 휘몰아치듯 쌀쌀했지만, 집으로 간다는 말에 저녁은 먹었냐고 묻는 걸 보면 내심 그의 연락이 반가웠던 모양이다.

'대체 난아 어머니를 만나 무슨 말씀을 하신 걸까.'

어머니가 난아와 승조의 교제 사실을 알고 있을 거란 생각은 못했기에 서균의 생각은 도돌이표마냥 제자리를 맴돌고 있었다.

생각에 골몰하는 사이, 어느새 어머니 집 앞에 도착한 서균은 이왕 여기까지 온 거 진희와의 일도 매듭을 지어야겠다고 결심했다.

"어서 오너라. 저녁은 먹었다니 차 한잔 주랴?"

"차보다 일단 이리 와 앉으세요."

서균은 가급적이면 최대한 부드럽게 어머니를 대하려 노력했다. 자신의 행동에 따라 어머니의 태도가 달라질 것 같아서였다.

"또 무슨 말을 하려고 그렇게 달려들 듯 구는 거냐?"

통명하게 말씀하고 계셨지만 그의 부드러운 말에 기분이 나쁘진 않으셨나 보다.

"난아 어머니껜 왜 그렇게 말씀하신 겁니까?"

서균은 마치 모든 것을 다 알고 있다는 투로 시작을 했다. 어머니의 성격을 누구보다 잘 알고 있기에, 난아 어머니를 만나 무슨 말을 했느냐고 다그치지 않고 우회적인 방법을 택했다.

"그게 벌써 네 귀에까지 갔니? 뭐, 없는 말을 꾸며 하진 않았다."

"어머니 덕분에 집안이 발칵 뒤집혔다고 하더군요."

서균은 강 건너 불구경하는 사람마냥 담담하게 말했다.

"그랬겠지. 그 어느 부모가 자식이 이혼한 데다, 애까지 있는 사람이랑 만난다는 걸 그냥 두고 보겠니? 나도 같은 입장이라 그 집 상황 충분히 짐작이 간다."

어머니의 말에 날이 서 있었다. 난아 네 상황을 말씀하시는 척, 자신의 심정도 그에 못지않음을 대놓고 피력하고 계셨다.

'승조 사정을 이야기하신 거군.'

더 물어보지 않아도 상황을 짐작할 수 있었다.

"굳이 그러셔야 했습니까? 제가 승조에게 사과하는 모습을 그리 보고 싶으셨어요?"

"아니, 네가 사과를 왜 하니? 거짓을 말한 것도 아니고. 난 단지……."

그가 승조에게 사과를 한다는 부분이 어머니 마음에 안 드셨는지 인상을 찡그리셨다.

"어머니."

서균은 어머니의 말을 중간에서 딱 끊었다. 하지만 목소린 절대 높이지 않았다.

“어머니의 이런 모습이 제 마음을 어머니에게서 떠나게 할까 무섭습니다. 어머니를 어머니로 존경하고 사랑할 수 있게끔 도와주세요. 아버지도 안 계신 마당에 어머니랑 척을 지면서까지 살고 싶진 않습니다.”

“난…… 난 그저 너를 저버리고 떠난 난아가 싫었다. 그것도 하필 승조에게 갔다는 게 싫었어.”

솔직한 서균의 말에 어머니 역시 솔직하게 맞받아쳤다.

“어머니도 아시다시피 난아를 저버린 건…… 제가 먼저였습니다.”

“그, 그래도…….”

명백한 진실 앞에 어머니는 말을 더듬었다.

“그리고 진희는 저로 인해 상처를 많이 받은 여자입니다. 어머니까지 보태진 말아주세요. 물론 어머니 마음에 흡족한 여자, 아니란 거 압니다. 하지만 마음 어딘가가 많이 부족한 저를 온전히 채워줄 수 있는 여자이니, 어머니가 조금 양보해 주시면 안 되겠습니까?”

서균은 눈도 깜빡이지 않고 어머니를 바라보았다.

서균의 아픈 속내가 고스란히 느껴지자 어머니는 숨을 쉬기가 어려웠다. 배 아파 낳은 귀한 자식이, 스스로 상처받을지언정 상처받지 않게끔 지켜온 존재가 아프다고 토로하고 있었다.

“……나도 사람인지라 당장은 힘들다. 시간이 필요해.”

“서두르지 않겠습니다.”

어머니가 힘들게 한발 양보했음을 느낀 서균은 비로소 나직하게 웃었다.

"그런데 말이다. 실은……. 아니다, 아니야……."

무언가 하실 말씀이 있어 보였던 어머니가 평소답지 않게 머뭇거렸다.

"편히 말씀하세요, 무엇이든지."

담담히 말하긴 했지만, 어째 슬슬 불안해져 왔다.

"그게 말이다. 아까 너희 외삼촌에게 난아 일을 말했는데……."

"난아 일을요? 뭘 어떻게 말씀하셨는데요?"

어머니의 말을 들은 순간 서균은 머리가 조이듯 아파왔다. 예은 초등학교 교감선생님으로 재직 중이신 외삼촌께 어떤 말을 하신 건진 모르겠지만, 분명 좋은 말은 아니었을 터였다.

"그게…… 학부모랑 모종의 관계를 맺고 있다고……."

"어머니!"

"나도 내 마음이 뜻대로 잘 안 된다. 끊어내야지, 잊어야지 하면서도 승조 엄마만 생각하면 감정이 내 뜻대로 되질 않아. 내 모든 걸 빼앗긴 것 같아서, 뭐가 되었건 그 집에만큼은 티끌만 한 먼지라도 뺏기고 싶지 않은 마음이 들어서 나도 모르게…… 아무 목적도 없이 미친 듯이 달려가 버리고 마는구나."

어머니 역시 단 한 번도 입 밖으로 꺼내지 않았을 속마음을 토해내고 있었다.

서균은 어머니의 피해 의식이 예상외로 아주 깊다는 것을 깨달았다. 아버지와 승조 어머니 일로 가장 큰 피해를 본 사람은 결국 어머니와 승조 아버지였다. 거기다 어머니는 긴 세월 동안 자신을 위해 그 사실을 숨기느라 내색 한 번 못 하고 속으로 끙끙 앓으면서 마음의 병이 더 커졌을 게 뻔했다.

"어머니, 제 말 언짢게 듣지 마세요. 어머니 자신도 어쩌지 못하는 마음을 꼭 낫게 해드리고 싶은 마음에서 하는 말이니……."

지옥 같은 마음을 안고 사느라 누구보다 힘들었을 어머니. 방식에 문제가 있긴 해도 어머니가 그를 누구보다 아끼고 사랑한다는 것을 알고 있었다.

그래서 서균은 극도로 조심스럽게, 어머니가 역정 내시지 않을 단어를 잘 골라서 정신과 상담을 받을 것을 권했다. 마음이 뜻대로 통제가 되지 않는다는 건 그만큼 많이 상처받았다는 말이고, 그 상처를 치유하려면 도움을 받아야 하는 것이라고 어렵게 설득했다. 다행히 어머니의 반응은 꽤 긍정적이었다.

서균은 한참을 어머니와 이야기를 나누고 무거운 걸음으로 집을 나왔다.

일단 어머니의 병증과도 같은 심리 상태에 대한 해결책은 대충 나온 것 같은데, 벌여놓은 일은 어찌 수습해야 할지 난감했다.

'이 일을 어쩐다?'

이제 와 외삼촌께 연락해서 말을 번복할 수도 없었다. 설령 그런다 해도 둘이 만나고 있는 게 사실이었기에 달라질 게 없었다.

차라리 일종의 대비라도 하고 있으란 차원에서 언질이라도 해줘야 할 것 같은데, 지금 난아 네 사정이 전쟁터를 방불케 할 성싶어 망설여졌다. 그렇다고 미룰 수 있는 이야기도 아니었다.

서균은 차에 타서도 계속 갈등했다. 오늘이 토요일이니 적어도 내일 하루의 시간이 남아 있긴 했다.

그는 지끈거리는 머리를 부여잡고 결국 진희 집으로 향했다.

*

승조와 난아는 집에 도착할 때까지도 아무런 말을 하지 않았다.

"진짜 괜찮겠어요?"

대문 앞에 섰을 때에서야 난아의 입술이 떼어졌다.

"솔직히 괜찮지 않습니다. 하지만 일은 벌어졌고, 지금 당장 해결을 봐야 하니 어쩌겠습니까."

희미하게 웃고 있었지만, 긴장감이 느껴지는 승조의 모습에 난아는 마음이 좋지 않았다. 그가 이렇게까지 긴장한 모습은 처음이었다.

"약국 가까운데, 청심환이라도 좀 사올까요? 먹고 들어갈래요?"

"하하. 약에 의존할 정도는 아니니 걱정 말아요. 난 이걸로 충분합니다."

걱정으로 얼굴빛이 탁해진 난아의 얼굴을 두 손으로 감싼 승조는 언제 봐도 탐나는 그녀의 입술에 가볍게 입을 맞추었다.

"그렇게 해서 어디 힘이 나겠어요?"

살짝 닿았다 떨어지는 승조의 얼굴을 이번엔 난아가 붙잡았고, 그의 입술에 조금 더 길게 입을 맞추었다.

"어때요? 진짜 긴장이 좀 풀려요?"

그는 패기 넘치는 난아의 응원이 너무도 사랑스러웠다. 그래서 그는 자신의 이마를 그녀의 아담한 이마에 살짝 댔다가 뗐다. 어쩌면 자신보다 더 떨고 있을지도 모르는 그녀의 마음이 손에 잡힐 듯 다가왔다.

"자, 들어가 볼까요?"

승조는 난아의 손을 잡고 천천히 정원을 가로질러 걸어갔다. 드디어 현관문 앞에 이르자, 둘은 다시 한 번 서로를 마주 보았고 힘차게 걸음을 내디뎠다.

"어서 오게나."

마치 기다리고 있었던 듯 아버지가 그들을 맞이했다.

"곧 도착할 거라고 초아가 연락했다. ……힘든 걸음이었을 텐데 와줘서 고맙네."

아버지는 승조의 손을 잡고는 안방 쪽을 흘끔 바라보았다.

"죄송합니다."

"자네가 죄송할 게 무언가. 난 이미 그때 받아들인 일이니, 내게 더는 사과하지 말게나."

아버지는 어떻게든 긴장감을 완화시켜 주려고 승조의 손을 가볍게 토닥였다.

"난아 넌 들어오고, 자네는 여기서 잠깐 기다리게. 일에도 순서가 있지 않겠니."

심장은 미친 듯 두근거리고, 머리는 도망가라는 명령어를 쉴 새 없이 내보내고 있었지만 난아는 씩씩한 미소를 지어 보이고는 안방으로 들어갔다.

"여보, 난아 들어왔네."

아버지는 그 한마디만 하고는 자리를 피했고, 방 안에는 난아와 어머니만 남았다.

"엄마."

어머니는 방 중앙에 더없이 꼿꼿한 자세로 앉아 있었다.

"앉아."

생전 처음 들어보는 어머니의 냉기 서린 음성에 난아의 몸이 떨렸다.

"한 가지만 묻자. 너 승조 군과 결혼이라도 할 셈이니?"

"엄마, 그건 왜……."

"말해! 결혼이라도 할 셈인 거냐고!"

질문의 의도가 뭘까 생각하고 자시고 할 틈도 없이 닦달을 해대는 통에 난아의 정신은 사방으로 휘저어졌다. 하지만 이 난리통에도 그와 헤어지고 싶은 마음이 없는 걸 보면 답은 하나였다.

"네……."

"그래, 그럼 다른 것을 질문하마. 네가 낳은 자식도 아닌, 전처의 자식을 키운다는 게 무슨 의미인지 알고나 있는 거야? 그건 네가 아무리 걔한테 잘해도 좋은 소리를 못 들을 거란 뜻이다. 네가 낳지 않았다는 이유만으로 네가 잘하건 못 하건 계모 소리가 평생을 따라다닐 거란 말이야!"

아직 생각해 보지 않았기에 솔직히 할 말이 없었다.

"……엄마."

육아는 그녀가 경험해 보지 않은 미지의 영역이었다.

“내 새끼도 키우다 보면 힘들고 어려운 게 현실이야. 그래도 내 배 아파 낳은 자식이라, 밉다가도 예쁜 짓 한 번에 눈 녹듯 마음 풀리는 게 부모고. 그런데 애를 낳아 키워본 적도 없는 네가, 하물며 남의 자식에게 그게 될 성싶니? 아무리 사랑이 모든 것을 초월한다지만, 사람이기에 후회란 게 없을 수가 없단 말이다…….”

어머니는 난아에게 질문한다기보다는 마음속 응어리를 풀어내는 듯 말했다.

“엄마, 그래도 해보면 안 돼요? 정말 그 사람 아니면 안 될 것 같단 말이에요. 서균 씨를 오랜 시간 만났지만 한 번도 이렇게 행복했던 적이 없었어요. 이런 마음은 처음이에요. 승조 씨는 만나면 만날수록 더 좋아지고, 이런 게 사랑인 건가 싶어진단 말이에요. 그 사람보다 오히려 내가 더 그 사람을 원해요. 그러니 제발…….”

난아의 눈에서 눈물이 방울방울 떨어졌다. 지금 이 순간만큼은 온 마음을 드러내 뜻을 전해야 했기에 더없이 솔직한 순간이었다.

“난아가 저리 좋다는데 달리 방도가 없지 않아? 자식 이기는 부모 없다고, 남들 다 아니라 해도 난아가 저리 원하는데…… 우리가 그 뜻을 들어주지 않으면 누가 들어주겠어. 그러니 허락해 줘. 당신에게는 내가 있잖아.”

문밖에서 모녀의 대화를 다 들은 아버지가 문을 조금 열고는 한마디 보탰다.

결국 난아의 인생이었다. 저리 간절히 원하는데, 떼어놓는 것도 할 짓은 아니라는 게 오래전 내린 그의 결론이었다. 하지만 부인의 아픈 속마음 또한 모르지 않기에 조심스러웠다.

"난 그렇게는 못 하겠어요. 힘들고 아플 게 뻔히 보이는데, 그 길을 어찌 가라고 해요. 난 못 해, 그렇게는 못 해요."

어머니의 울음소리가 구슬프게 방 안을 메웠다.

"엄마, 선택에 대한 결과는 언니가 책임져야 하는 거잖아요. 그 선택으로 후회를 한다 해도 그건 언니 몫이에요. 우리가 해줄 수 있는 건 힘들 때 이야기 들어주고, 행복해할 때 같이 웃어주는 것 외에는 할 수 있는 게 없어요. 그러니 언니 손 잡아주세요."

어느새 귀가해 거실을 서성이던 초아도 방으로 들어와 어머니의 손을 잡고 부탁했다. 그녀의 눈에도 눈물이 고여 찰랑거렸다.

"너희들 대체 왜 이렇게 엄마 속을 썩이니……."

어머니의 끊어질 듯 이어지는 울음은 자매의 마음을 애절하게 두드렸다.

두 딸과 아내의 눈물 바람에 아버지는 방에서 나와 긴장한 듯 서 있는 승조를 마주 보았다. 그는 여자들의 단체 울음에 당황한 듯 보였다.

"괜찮을 걸세. 풀어야 할 것은 풀어야 뒤끝이 개운한 법이지. 이리 와 한잔하세나."

아버지는 승조에게 앉으라 권하고는 주방에서 직접 마른안주 몇 가지와 잔을 들고 나왔다. 그러고는 진열장에 전시용으로 진열해 둔 술 중 하나를 가져오더니 거침없이 마개를 열었다.

"무슨 술을 좋아하는지는 모르겠지만 한잔 들게. 나쁘진 않을 게야."

승조는 착잡한 심정으로 안방 쪽을 바라보며 아버지가 따라주는 술을 받았다.

"신경 쓰이나?"

그의 온 신경이 안방으로 향해 있는 것을 보고 아버지는 피식 웃었다.

"네. 이유가 어찌 되었건 난아 씨가 우는 것을 보는 건 힘이 듭니다."

"……그 마음 변치 않기를 바라네."

술 한 잔을 거침없이 들이켜는 아버지를 바라보며 승조도 깔끔하게 잔을 비웠다. 미끈하게 느껴지는 술이 혀를 지나 위장으로 넘어가며 온몸에 뜨끈한 기운을 풀어냈다.

"가까운 시일 내, 딸을 데리고 한번 찾아오게나. 얼굴은 봐야지."

"네, 그러겠습니다."

"거의 끝나가는 모양이구먼."

끊임없이 흘러나올 것 같던 울음소리가 어느새 잦아들어 있었다.

"잠시 기다리게."

아버지는 또다시 승조를 남겨두고 자리를 떴다.

승조는 난아가 있는 곳을 바라보며 스스로 술을 따라 털어 넣듯 비웠다. 술을 즐기는 편은 아니지만 지금 이 순간만큼은 술의 힘이 절실히 필요했다.

사랑이 무엇인지도 몰랐던 그에게, 이런 게 아닐까 하는 마음을 들게 해준 최초의 여자가 지금 자신 때문에 마음을 끓이고 있는 중이었다. 그 사실이 그의 마음을 있는 대로 할퀴었다.

지나온 과거가 스스로를 옭아매는 줄이 될 거라 여긴 적이 없었건만, 난아를 만나고부터는 제대로 살지 못했다는 후회가 들곤 했다. 그렇다고 자책을 할 생각은 없었다. 지금과 같은 후회를 반복하지 않기 위해서 매 순간 최선을 다해 살면 되었다.

딸칵.

바늘 떨어지는 소리도 들릴 만큼 조용한 가운데 문 열리는 소리가 크게 들렸다.

"난아 씨."

승조는 자리에서 벌떡 일어났다.

"많이 기다렸지요?"

눈과 코가 빨갛게 변한 난아가 다가왔다.

"괜찮은 겁니까?"

"네, 괜찮아요. 보기보다 심각하진 않아요. ……아, 이제야 살 것 같다."

난아는 그의 손을 붙잡아 얼굴에 가져다 대며 배시시 웃었다. 그는 손수건을 꺼내 촉촉해진 그녀의 얼굴에 남은 울음의 잔재를 걷어냈다.

"눈꼴사나워서 차마 볼 수가 없네, 없어! 같이 울어준 일이 새삼 억울하잖아."

초아는 나란히 붙어 앉은 난아와 승조 맞은편에 털썩 주저앉았다. 온몸의 기운이란 기운은 다 소진시킨 듯 지쳤다.

"어머님은 어떠십니까?"

"기진하실 때까지 우셔서 누워 계세요. 아무래도 오늘은 그냥 가셔야 할 것 같아요. 엄마도 마음을 진정시킬 시간이 필요하실 테니까요."

말을 꺼내면서도 난아는 미안했다. 매번 올 때마다 푸대접을 하는 것 같아 마음이 좋지 않았다.

"난아 말이 맞네. 마음은 불편하겠지만 오늘은 그냥 가는 게 낫겠어."

아버지가 방에서 나오며 난아의 말을 거들었다.

"그렇게 하겠습니다."

승조가 자리에서 일어서 현관으로 향하자 초아, 난아도 따라나섰다.

"멀리 안 나가네. 다음에 볼 때는 오늘보다는 좀 더 편할 걸세."

승조를 그냥 이렇게 보내는 게 마음에 걸렸는지 아버지 표정도 밝지는 않았다.

"저는 배웅하고 올게요."

난아는 승조와 나란히 그의 차로 향했다.

"차라리 잘됐다 싶어요. 다 드러났으니 더 마음 졸일 일도 없고. 이젠 정말 좋은 일만 가득할 것 같은 그런 느낌이에요."

가라앉은 승조의 분위기가 신경 쓰였다. 눈치가 빠른 편이 아닌데도 이상할 정도로 승조에 관한 것만큼은 성능 좋은 레이더라도 꽂아놓은 것처럼 그의 일거수일투족이 예민하게 와 닿았다.

"미안해요."

승조는 밝은 목소리로 재잘거리는 난아를 가만히 끌어안았다.

그의 마음을 편하게 해주려 노력하는 그녀의 모습이 이상할 정도로 안쓰러웠다.

"다시는 그런 식의 눈물, 흘리지 않게 하겠습니다. 이번이 처음이자 마지막일 거예요."

그는 가볍게 난아의 뒷머리를 부드럽게 쓰다듬었다.

"네, 믿을게요."

언제나 아찔하게 느껴지는 그의 향기를 깊게 들이마신 그녀는 그의 가슴에 얼굴을 비볐다. 규칙적으로 들려오는 그의 두근거리는 심장 소리가 그녀의 마음을 어느덧 가볍게 해주고 있었다.

난아는 눈을 지그시 감았다. 세상 그 어느 곳보다도 안전하고 따뜻한 그의 품에 안겨 있는 지금 이 순간이 얼마나 행복한지 몰랐다.

⁂

술을 두어 잔 마신 탓에 운전기사를 불러 집으로 돌아가던 승조는 마음이 썩 가볍지 않았다. 해결하지 못한 일들이 쌓여 있다가 한꺼번에 와르르 무너져 내린 것 같은 기분이라, 무엇부터 손을 대야 할지 난감했다.

'차근차근 하다 보면 해결이 나겠지.'

"휴……."

나직한 한숨을 내쉰 그가 전화기 전원을 켰다.

—유라 잘 데려다줬으니 걱정 말아요.

진희의 메시지가 보였다. 이런 메시지를 보내는 걸 보면 그녀도 꽤 변했다.

'내가 난아 때문에 변했다면, 당신은 서균이 때문인 건가.'

진희가 유라에게 좋은 엄마로 변화하고 있다는 점은 환영할 만한 일이었다. 하지만 그 변화가 서균에 의한 것이라면, 혹시라도 둘이 결혼을 염두에 두고 이러는 것이라면 그로 인해 유라가 받게 될 상처가 걱정되었다.

훗날 그와 난아가 결혼하게 되어도 상황은 마찬가지였다. 아직 어리다 보니 별일 아닌 일도 큰 상처가 될 터였다.

승조는 밀려드는 씁쓸함에 미간을 찡그렸다. 이런 생각이 들 때마다 자신과 진희, 둘 모두가 유라에게 몹쓸 짓을 많이 한다는 생각이 들어 참담해졌다.

"집 말고 레오로 갑시다."

술 한잔이 생각날 때마다 가곤 하는 바(Bar)로 행선지를 바꾼 그는 집에 전화해서 유라와 간단한 대화를 하고 끊으려던 차에 서균이 여러 번 연락했다는 말을 전해 듣게 되었다.

'이상하군. 전화기 전원을 꺼놨다고 집으로까지 연락할 정도의 일이 생기기라도 한 건가.'

공연히 불안해진 승조는 서균에게 전화를 걸었고, 만나자는 그의 말에 약속을 잡았다.

승조는 초조한 마음에 넥타이를 느슨하게 풀었다. 어쩐지 다급하게 들리던 서균의 목소리에 불안감이 스멀스멀 전신을 타고 올라왔다. 예감이 좋지 않았다.

약속 장소가 둘 모두에게 익숙한 곳이라 둘은 오랜 시간이 지나지 않아 마주 앉게 되었다.

"안색이 별로군."

어둡지도, 밝지도 않은 자리에 앉아 있는 승조의 표정이 드물게 어두워서 서균의 마음을 착잡하게 만들었다.

"많은 일들이 동시다발적으로 벌어져서 그냥 조금 피곤할 뿐이야."

"난아…… 때문인 건가?"

서균은 난아라는 이름을 말하면서 잠시 머뭇거렸으나 그 기색은 금세 사라졌다.

"정확히 말하면 그녀 때문이 아니라 나 때문인 셈이지."

서균은 승조의 고뇌가 손에 잡힐 듯 느껴졌다. 입장이 조금 다를 뿐이지, 그들의 문제는 바로 자신과 진희의 문제이기도 했다.

"위로를 해줘야 하나?"

"그럴 리가. 공감을 하면 모를까."

승조도 알고 있었다. 서균도 그 못지않게 힘들다는 것을 말이다. 그것을 알기에 위로가 아닌 공감이란 단어를 선택했다.

"나만큼 공감할 수 있는 사람이 드물긴 하지."

어깨를 으쓱이는 과장된 서균의 행동에 승조가 희미하게나마 미소 지었다.

둘 사이 깊은 오해가 있어 오랜 세월, 마음에 가시 하나 박힌 듯 지내오긴 했으나 함께한 많은 시간들은 서너 마디의 말만으로도 서로를 이해하게끔 했다.

"무슨 일이야?"

승조의 얼굴에 웃음이 걷히고 진지함만이 남았다.

"면목 없게도 어머니가 문제를 또 일으키셨어. 난아 어머님께 사실을 밝힌 것 말고도……."

서균의 가라앉은 음성이 제법 심각했다.

"……네가 날 불러낸 걸 보면 이번에도 난아 씨가 타깃인 건가?"

"맞아. 너도 알다시피 난아가 예은초등학교에 들어갈 수 있었던 건 교감이신 우리 외삼촌의 추천이 강력했었어. 그런데 어머니가 학부모와의 스캔들을 운운하신 모양이야."

"그게 언제 얘기지?"

승조는 날짜를 가늠해 보았다.

"바로 오늘. 시간이 얼마 없어. 외삼촌 성정이라면, 월요일 아침에 바로 난아를 불러 사정을 물으시겠지. 아니, 사정을 듣기보단 진위 여부를 캐낸 연후에 관두라 하실 거야."

이야기를 하다 보니 서균도 골치가 아픈지 인상을 찌푸렸다.

"……그러실 것 같군."

"그래서 하는 말인데…… 미국에 계신 어머님께 부탁을 드려보는 게 어떨까?"

서균은 조심스럽게 말을 꺼냈다.

승조 어머니가 왜 미국에 계시는지, 승조가 왜 어머니와 연락을 끊고 지내는지를 알기에 이 말을 입에 올리는 것 자체가 실수는 아닐까 걱정했었다. 하지만 이보다 빠르고 확실한 방법은 찾을 수가 없었다.

예은초등학교는 바로 승조네 외가, 즉 신안금융에서 운영하는 교육기관이었고, 현재 이사장으로 계신 분도 승조 어머니의 고종사촌이었기 때문이다. 즉, 교감인 외삼촌이 난아에게 강제적인 조치를 취한다고 해도 모든 것을 없던 일로 할 수 있을 정도의 절대적 백그라운드가 생기는 것이었다.

탁.

승조는 아무 말 없이 천천히 술 한 잔을 따라 마셨다. 그러고는 연거푸 또 한 잔을 따라 말없이 삼켰다.

"……고맙군, 미리 알려줘서."

"나는 난아에게 마음의 빚이 있으니까. 평생 갚을 기회가 없을지도 모른다고 생각했는데 이렇게라도 갚게 되어 다행이라고 여기고 있어."

주변 소리에 묻혀 안 들릴 정도로 작은 말이었지만, 승조는 그의 말을 빠짐없이 들었다. 승조는 서균에게 말없이 술 한 잔을 따라 내밀었다. 작지만 큰 의미가 내포된 그 행동에 서균은 자신도 모르게 미소 지었다.

아직 그들 사이에 많은 문제가 남아 있지만, 둘만이 서로를 가장 잘 이해할 수 있는 사람이라는 것만큼은 분명했다. 그래서 그런지 승조가 내민 술을 받아 마시는 서균의 표정은 한결 가볍고 부드럽게 풀어져 있었다.

가볍게 술자리를 마치고 집에 오니 벌써 11시.

승조는 드레스룸에서 편한 옷으로 갈아입고는 의자에 쓰러지듯 몸을 기댔다. 하지만 그의 마음은 몸과는 달리 무척 치열한 공방전을 벌이고 있었다.

'어찌해야 하는가.'

월요일부터 학교에서 겪을 난아의 고초를 생각하면 어머니께 부탁을 하는 게 맞는데, 그게 말처럼 쉽지가 않았다. 특별한 날이 아니라면 연락 한 번 하지 않고 지내왔으니, 뜬금없이 부탁을 하려면 무슨 일인지 설명을 해야 할 텐데, 그 설명을 대체 어디서부터 어떻게 해야 할지 난감했다.

'다른 방법은 없을까? 이 방법 외에는 정녕 없는 건가.'

한참을 서성거려 보아도 묘안은 떠오르지 않고 시간만 헛되이 흘러갔다.

그는 복잡한 머리도 식히고 유라 얼굴도 볼 겸 아이 방으로 향했다. 유라는 근심 걱정 따윈 하나도 없는 천진난만한 얼굴로 자고 있었다.

그는 유라를 향해 손을 내밀다가 순간 멈칫했다. 희한하게, 하필이면 지금 이 순간 그도 유라에게 완벽한 아빠였던 적이 없음을 깨달았다. 심지어 제대로 된 아빠 역할을 하기 시작한 게 불과 몇 개월도 되지 않았다. 지금 이 순간 왜 이런 생각을 하게 되었는지 스스로도 모르겠지만, 그의 어머니도 자신과 같은 생각을 한 번쯤은 하지 않았을까 싶었다. 어머니와 다른 점을 찾자면, 그에게는 잘못을 되돌릴 기회가 있었다는 점이다.

유라의 머리를 가볍게, 깨지 않을 정도로 쓰다듬은 승조는 결연한 얼굴로 방을 나갔다.

27.
전화위복(轉禍爲福)

일요일 아침, 난아는 평소에 하지 않던 일찍 일어나기 신공을 펼쳐 보이고 있는 중이었다. 심지어 아침 준비라는 고난이도 스킬까지 시전하고 있었다.

"아주 용을 쓴다, 용을 써!"

딴에는 한다고 하는데도 워낙 살림에 서툰 그녀다 보니 자연스럽게 소음이 많았고, 보다 못한 초아가 결국 나오게 되었다.

"너 나온 김에 좀 도와라~"

난아는 초아를 쳐다보지도 않은 채, 프라이팬 여러 개를 꺼냈다 넣었다 했다.

"대체 뭘 하려고 그러는 건데?"

난아의 행동에 어이가 없었지만, 난아에게 아침을 맡겼다가는 굶게 될지도 모른다는 불길한 예감이 든 초아가 결국 거들고 나섰다.

"계란찜? 그거 하려고."

"휴…… 프라이팬 썩 내려놓지 못해! 대체 계란찜을 하는데 프라이팬은 왜 들고 난리야?"

초아는 진한 한숨을 내쉬었다.

"엥? 계란찜, 프라이팬에 하는 거 아니었어?"

"프라이팬에 하는 건 계란프라이고. 결론적으로 찜이야? 프라이야?"

초아는 어이가 없었지만 기왕 하는 거 군소리 없이 돕기로 했다.

"그래도 부드러운 찜이 엄마에게 더 나을 것 같은데 네 생각은 어때?"

'그렇게 엄마 속을 뒤집더니 걱정이 되긴 했나 보네.'

말을 흐리는 난아를 보며 초아는 피식 웃고 말았다. 역시 언니는 언니였다.

"계란찜은 내가 할 테니 언닌 밥이나 올려놔."

"알았어, 그럼 부탁해."

소기의 목적을 달성한 난아의 안색이 금세 환해졌다.

"어제 형부는 잘 들어갔고?"

초아는 능숙한 손놀림으로 계란을 깨고 휘저었다.

"응. 근데 넌 낯도 두껍다. 어찌 형부 소리가 그렇게 매끄럽게 나오냐?"

난아는 이번엔 프라이팬 대신 밥솥과 한판 승부를 벌이기 시작했다.

"호칭이 애매하잖아. 승조 씨라고 부르기도 그렇고 오빠나 아저씨, 사장님 뭐, 그런 호칭도 그렇고. 차라리 형부가 낫지 않겠어? 그리고 일단 본인이 원한 호칭이었다고."

"하여간 너도 여러모로 대단해."

난아는 고개를 설레설레 저으며 쌀을 씻었다.

"사돈 남 말 하시네. 설마하니 내가 언니만 할라고?"

다른 사람은 몰라도 난아 입에서 대단하다는 감탄사가 나오자, 초아는 기가 막혔다. 너무 대단해서 가족들을 들었다 놨다 하는 사람이 누군데 이러시나.

"뭐 하니, 너희들?"

자매는 떠드느라 어머니가 가까이 다가온 것도 모르고 있었다.

"어, 엄마……."

"엄마! 일요일인데 좀 더 주무시지 않고요. 아침은 우리가 할게요. 그러니 엄마는 오늘만큼은 좀 쉬세요."

하룻밤 사이에 엄청 초췌해진 어머니의 등장에 난아는 지레 찔끔해서 말을 더듬었지만, 초아는 애교 있게 웃었다.

"너희가 하긴 뭘 한다고……."

어머니는 초아에게 이끌려 주방을 나가면서도 뭔가 미덥지 못한지 자꾸 뒤를 돌아보았다.

"에이, 그러지 말고 믿고 맡겨보세요. 밑져야 본전 아니겠어요?"

난아도 초아를 거들고 나섰다.

"말은 똑바로 해. 밑져야 본전이 아니고, 밑지면 언니 혼자 땡처리하는 거야."

"치사하긴……."

어머니는 주거니 받거니 투닥거리는 자매의 모습을 새삼스러운 눈으로 바라보았다.

말로는 다 컸구나, 시집갈 때다 했지만 실제로는 그 사실을 깨닫지 못하고 있었는데 어제 둘의 모습을 보고 알게 되었다. 한없이 어리게만 보였던 두 딸이 이제 더 이상 어리지 않음을, 소녀가 아닌 여자가 되었음을 말이다. 왠지 섭섭하기도 하고 대견하기도 한 묘한 심정에 공연히 눈물이 나올 것 같아 어머니는 고개를 다른 곳으로 돌려 버렸다.

"엄마……."

어머니의 태도를 주의 깊게 바라보고 있던 난아가 달려들었다.

"엄마, 내가 잘할게요. 엄마가 걱정하지 않게 내가, 내가 진짜 잘할게요."

어머니는 곁에 딱 붙어 애원하는 난아를 보자 예전 자신의 모습이 떠올랐다. 사정은 다르지만 또래보다 일찍 결혼한다고 했을 때, 친정어머니의 극심한 반대를 뚫고 결혼에 성공한 참이라 더 그러했다.

"난아야, 꼭 그래야 하겠니?"

"엄마……."

어머니의 목소리는 담담했으나 난아의 목소리는 그렇지 못했다.

"어제도 말했지만, 정말 후회 안 할 자신이 있는 거야?"

"솔직히 후회 안 할 자신은 없어요. 하지만 엄마, 승조 씨니까…… 설령 후회한다 해도 그 사람이니까, 그 사람 곁에서 함께 후회하고 싶어요."

이유를 더 들어 뭐 하겠는가. 후회를 해도 그 사람과 함께하고 싶다는데 말이다.

"……아이는 몇 살인데? 이름은 뭐고?"

어머니의 질문에 난아의 눈이 휘둥그레졌다.

'허락의 의미가 맞는 거겠지?'

어머니의 질문에 난아는 눈동자를 굴리며 생각에 빠져들었다.

"저번에 언니 찾아온 아이 있잖아요. 집으로 왔던 애, 바로 걔예요."

언제 주방에서 나왔는지 초아가 난아 대신 답했다.

"아…… 그 아이……."

'인연이 되려고 마음에 걸렸던 건가.'

조숙했던 아이의 얼굴이 떠오르자, 어머니의 고개가 절로 끄덕여졌다.

"언제 시간 되면 아이랑 같이 밥 먹으러 오라고 해라."

그 말 한마디를 남긴 어머니는 기운이라고는 하나 없는 사람처럼 다시 방으로 들어가셨다.

"엄마가 유독 나이 들어 보이시네."

초아는 그런 엄마의 뒷모습이 마음에 걸렸다. 하지만 난아는 차오르는 기쁨에 폴짝폴짝 뛰고 싶은 심정을 간신히 눌렀다. 이 기쁜 소식을 승조에게 전하고 싶어 온몸이 다 근질거렸다.

"신바람 나셨어. 아주 좋아 죽겠지?"

입이 찢어져라 좋아하는 난아가 다소 얄미웠던 초아는 통박을 주었다.

"두말하면 입 아프지. 미안한데, 나 전화 좀 하고 올 테니 여기 좀 부탁해."

"……그래, 지금이 가장 좋을 때나."

춤이라도 출 듯한 모습으로 뛰어가는 난아를 보고, 초아는 세상 달관한 사람의 자세를 취했다. 어쨌든 파란만장한 언니의 연애에 비로소 꽃이 피는 역사적인 순간이었다.

"승조 씨 엄청 좋아하겠지?"

난아는 방에 들어와 승조에게 전화를 걸면서도 웃음이 입가에서 떠나질 않았다. 그냥 마구 하하호호 크게 웃어버리고 싶었지만, 허락은 하셨어도 속은 편치 못한 부모님이 한집에 계시기에 최대한 자제를 했다.

[잘 잤어요?]

역시 그의 목소리는 언제 들어도 너무 좋았다. 아침에 눈떴을 때, 귓가에서 이 목소리를 라이브로 듣는다면 매일 아침이 너무 행복할 것 같다는 생각이 들었다.

"승조 씨도 잘 잤어요? 깜짝 놀랄 만한 소식이 있는데요……."

극적 효과를 위해 난아는 잠시 뜸을 들였다.

[혹시 무슨 일이라도 있습니까?]

질문해 오는 그의 목소리가 심각했다.

"아니요, 긴장하지 말아요. 무지 기분 좋은 일이니까요. 엄마가 언제고 시간 되면 유라랑 승조 씨, 밥 먹으러 오래요!"

그에게 말을 하고도 마음이 진정되지 않는지 난아는 방 안을 왔다 갔다 움직였다.

[……다행히도 좋은 일이었군요.]

크게 안도하는 그의 기색에 그간 맘고생이 심했구나 싶어 안쓰러운 마음이 들었다.

"계속 힘든 일만 있었으니, 이제 한동안은 좋은 일만 있을 거예요. 그동안 고생하셨습니다."

그가 보지도 못할 텐데도 난아는 익살스러운 표정을 지으며 인사를 해 보였다.

[부디 그랬으면 좋겠습니다.]

"오늘 뭐 하세요? 마음 편해진 기념으로 소풍이라도 갈까요?"

흥이 난 그녀가 먼저 대담하게 제안을 했다.

[……오늘은 일이 있어 내일까지 연락이 안 될지도 모르겠습니다.]

그의 목소리가 다소 심각하게 들렸다. 난아는 문득 기쁨에 취해 그의 기분을 파악하지 못한 걸까 싶어 미안해졌다.

"승조 씨, 혹시 무슨 일 생겼어요? 그러고 보니 어째 목소리도 별로고……. 음? 지금 혹시 밖이에요?"

기분이 너무 좋아 미처 알아차리지 못했던 것들이 들어오기 시작했다. 그의 목소리와 함께 들리는 소음들. 분명 집은 아니었다.

[급한 일이 생겨 출장 가던 길이었습니다. 지금 공항이에요.]

"무슨 안 좋은 일이라도 생긴 거예요?"

공항이라는 말에 순간 놀란 난아는 자신도 모르게 전화기를 꽉 움켜잡았다.

[아닙니다. 일 때문에 가는 거니, 걱정 말고 있어요.]

“그런데 혹시 어디로 가는 건지 물어봐도 돼요?”

[미국입니다. 이제 탑승 시각이라…… 잘 다녀올 테니 걱정 말고 있어요.]

그의 전화는 그렇게 끊겼고, 난아는 전화기만 한참 바라보았다. 사전에 말도 없이 이렇게 급하게 떠나는 것을 보면 무슨 일이 나도 단단히 난 것 같아 걱정이 되었다.

“워낙 책임이 막중한 자리니 급하게 출장 갈 일이야 당연히 있을 수 있겠지만…….”

그러기에는 어딘가 묘하게 어두웠던 그의 목소리가 자꾸만 신경이 쓰였다.

“괜찮아. 다 잘될 거야.”

난아는 불길한 마음을 애써 떨쳐 냈다.

“아! 맞다, 아침! 초아가 또 펄쩍 뛰겠네.’

고개를 내젓던 난아는 시계를 보고 깜짝 놀라 후다닥 주방으로 향했다.

*

한편, 승조는 당황한 마음에 전화기를 잠시 들여다보았다.

탑승 수속을 막 마치고 비행기에 오르려던 차에 난아의 전화가

온 것이다. 연락을 해도 미국에 도착해서 해야겠다고 여겨, 아무 말 하지 않았는데 이렇게 되니 뭔가 음험한 행동을 하려다 딱 걸린 것 같은 느낌이 들었다.

그는 전화기 전원을 끄면서 잠시 갈등했다. 아니, 어머니를 뵈러 가야겠다는 결심을 한 순간부터 지금껏 내내 갈등을 하는 중이었다. 어쩌면 충동적으로 결정을 내린 것일지도 모르겠다. 잠든 유라의 얼굴을 보면서 떠올렸던 순간의 감정이 비행기 티켓을 예매하게 했고, 공항으로 나오는 동안에도 이게 잘하는 건가 싶어 내적 고민이 치열했다.

'최소한 난아 씨에게 닥칠 시련 하나는 없앨 수 있겠지.'

승조는 비행기 좌석 등받이에 편안히 몸을 묻었다. 이젠 사고하는 것마저도 그녀와 비슷해지는 것 같아 웃음이 나왔다.

최악의 상황에 따른 대비까지 철두철미하게 하던 자신이 지금처럼 다소 즉흥적인 행동을 보이는 것이 가히 싫지 않았다.

만나뵈러 간다는 말에 깜짝 놀라면서도 반가워하는 기색이 역력하던 어머니의 목소리가 불현듯 떠올랐다. 어딘지 모르게 불편한 것 같으면서도 미묘하게 설레고 기대되는 기분. 뭐라 뚜렷하게 설명하기 어려운 감정이 그의 얼굴을 스쳐 갔다.

❀

월요일 아침은 대다수의 사람에게 바쁘고 정신없는 날이지만, 유독 오늘의 난아는 더했다. 허겁지겁 일어나 준비를 마치고 학교에 와서도 내내 정신이 없었다. 계속 신경을 어딘가에 두고 온 사람마냥 멍하니 딴생각을 하다가 퍼뜩 놀라 정신을 차리기 일쑤였다.

'아무 일 없는 거 맞겠지?'

급하게 출장 간 건 알겠는데 연락이 없으니 걱정도 되고, 불안하기도 했다. 그녀와는 다르게 모든 일에 철저한 사람인 건 알지만, 그래도 자꾸만 걱정이 되었다.

"어? 유라야, 잠깐 이리 와볼래?"

등교하는 유라의 모습이 보이자, 난아는 반색을 하며 불렀다.

"선생님, 안녕하세요."

폴짝거리며 다가와 환하게 미소 짓는 아이의 모습은 오늘도 변함없이 아빠인 승조를 무척 닮아 있었다. 그 모습에 난아는 자신도 모르게 환하게 미소를 지었다.

"유라야, 주말에 잘 지냈니?"

"네, 너무 재미있었어요. 놀이공원에 가서 놀고 피자도 먹었어요. 그리고 거기서 선생님 동생도 봤어요."

"응? 선생님 동생? 내 동생?"

뜬금없는 유라의 말에 난아는 놀랐다.

"피자 먹을 때 봤어요. 할 이야기 있다고 아저씨에게 말했어요."

아무래도 토요일에 피자집에서 자신들보다 늦게 왔던 초아가 그들 일행을 본 모양이었다. 어쩐지 볼일이 있다고 늦게 오더니, 아마 모르긴 몰라도 열깨나 받아서 서균을 불러내 뭐라고 했겠거니 싶었다.

"그랬구나. 그런데 아빠는 돌아오셨니?"

"아빠는 미국 가셨어요. 그래서 집에 없으세요."

"그래…… 아직 안 오셨나 보구나."

혹시나 집에는 연락이 왔을까 싶어 물어본 건데 별 소득이 없었다. 그래도 무소식이 희소식이라고, 별다른 문제는 없어 보여 안심하려던 찰나였다.

"아빠는 할머니 만나러 간 거라 했어요. 오래 못 본 만큼 할 이야기가 많아, 늦게 올지도 모른다 했어요."

"할머니? 출장을 간 게 아니라 할머니를 만나러 가신 거야?"

"네, 심 여사 할머니가 그렇게 말해주셨어요."

"그렇구나. 유라 이제 자리에 앉아서 책 보자."

난아는 유라에게 웃어 보이고는 생각에 빠져들었다.

'일 문제가 아닌 어머님을 만나러 간 건가. 그런데 왜 나한테는 출장이라고 했을까?'

평소 부모님 이야기를 꺼내기 꺼려한다는 것은 눈치채고 있었지만, 자신에게 둘러대고 갈 정도의 일이라면 뭔가가 있는 게 분명했다.

'무슨 일이건 마음 다치는 일 없었으면 좋겠는데.'

그에 대한 믿음이 있었기에, 승조가 왜 거짓말을 했느냐는 난아에게 있어 중요한 부분이 아니었다.

"심 쌤!"

생각에 골몰해 있던 난아는 지영이 다가와 툭 건드리자 그제야 그녀의 존재를 깨닫고 화들짝 놀랐다.

"아, 지영 씨."

"뭔 생각을 그렇게 해? 전화기 잘못 올려놓은 것 같기에 왔더니. 교감쌤 호출이야. 상담실에서 보자고 하시네."

지영은 엄지손가락을 펴서 밖을 가리켜 보였다.

"아, 전화기는 애들이 건드린 모양이네. 그런데 교감쌤이 왜 날 부르셔?"

난아는 책상 위에 놓여 있는 학교 전화기를 제대로 해놓았다. 아이들이 돌아다니다가 건드린 모양이었다.

"그러게. 나도 이거 들고 오다가 말만 전해 들은 거라 사정은 모르겠네."

지영의 손에는 온갖 잡다한 것들이 가득 담긴 봉투가 들려 있었다.

"고마워."

"꼬장꼬장한 분이 월요일 아침부터 왜 그러는진 모르겠지만 행운을 빌어."

지영의 소곤거림에 난아는 밝게 웃어 보이면서도 마음이 밝지 않았다. 교감선생님이 서균의 외삼촌이란 사실은 이미 이곳에 오기 전부터 알고 있던 일이었다. 그녀의 취직에 혁혁한 공을 발휘하신 분이었으니 말이다.

"대체 왜 오라고 하시는 걸까."

난아만 불러내 뭔가를 지시한 적이 없던 분이 갑자기 따로 그녀를 불렀다고 하니 이상했다.

'뭐, 가보면 알겠지.'

좋은 일로 부른 건 아닌 것 같은 예감이라 발걸음이 땅속으로 박혀 들어가는 것만 같았다.

똑똑똑.

"들어와요."

날카로운 목소리가 들려왔다.

"저를 부르셨다고……."

"김 선생이 그럴 줄은 몰랐습니다."

문을 닫기도 전에 들려오는 예리한 말에 난아의 눈이 휘둥그레졌다.

"무슨 말씀이신지……."

"대체 어떤 생각을 가지면 학부모와 그렇고 그런 관계가 될 수 있습니까?"

교감선생님의 독설에 난아는 너무 놀라 입이 떡하니 벌어졌다.

'어머님이 교감선생님에게까지 말씀하신 건가.'

교감선생님이 저리 나오는 데에는 분명 서균 어머니의 입김이 닿아 있을 게 뻔했다.

"그게……."

"이미 이야기는 들었으니 사실 여부만 묻겠습니다. 내가 들은 게 맞습니까? 진짜 학부모와 부적절한 관계인 게 맞습니까?"

이미 교감선생님은 난아의 이야기를 들을 마음이 없어 보였다.

"부적절한 관계가 아닙니다. 법적으로 미혼인 사람끼리 만나 좋은 감정을 교류하고 있을 뿐인데 부적절한 관계라니요. 그렇게 말씀하지 마세요."

속에서 화가 치밀어 올랐지만 제법 침착하게 답했다. 대체 뭘 그리 큰 죄를 지었다고 사방에서 이렇게 잡아먹을 듯 난리인 건지, 서러워졌다.

"그렇다고 학부모와 선생이라는 관계가 변하는 건 아니지 않습니까? 게다가 반 아이 아버지라니……. 내 살다 살다 이런 일은 또 처음 접합니다. 아직 계약 기간이 많이 남긴 했지만, 그만두는 걸로 알고 있겠습니다. 내가 그래도 서균이 생각해서 사람들 앞에서 공개적으로 떠들지 않은 걸 다행으로 여기세요."

이미 처우까지 다 정해놓았던지 교감선생님의 말에는 막힘이 없었다.

"뭐, 더 할 말 없으면 이만 나가 보세요."

할 말이 있다 한들 들어줄 것 같지도 않았고, 말을 한들 변하는 건 없을 듯해 난아는 입술을 달막거렸다가 포기했다.

교감선생님은 부산스럽게 애꿎은 서류를 들어 책상을 팍팍 두들겨 대며 그녀가 나가길 기다리고 있었다.

[김난아 선생님과 교감선생님께서는 이 방송 듣는 즉시 이사장실로 오시기 바랍니다.]

그때, 벽에 걸려 있는 스피커에서 나온 말에 난아의 얼굴이 창백해졌다.

"이런, 결국 이사장님 귀에까지 들어간 모양이군요. 가급적이면 내 선에서 조용히 처리하려고 했건만. 보아하니 김 선생을 추천한 내게까지 불똥이 튀게 생겼습니다!"

미간을 찡그리며 타박하는 교감선생님의 얼굴이 험악하게 변했다.

"일단 같이 갑시다."

교감선생님은 더없이 싸늘한 태도로 밖으로 나가 버렸고, 난아는 도살장에 끌려가는 소의 심정으로 그 뒤를 조용히 따랐다.

천근만근 무거운 발걸음의 종착지는 당연히 이사장실 앞이었다. 문을 노크하고 들어서는 교감선생님 뒤를 따라 들어가면서, 난아는 마음을 다시 한 번 가다듬었다. 어쩌면 발언의 기회가 주어질지도 모르고, 그 기회를 놓치고 싶지 않았다. 이대로 입도 벙긋 못 해보고 관둘 순 없었다.

"어서 와요, 김 선생."

마음을 굳건히 먹고 들어섰는데, 그녀를 반기는 다정한 목소리에 수그려 있던 난아의 고개가 번쩍 들렸다.

"어쩌면 이리도 단아하고 고울까."

교감선생님은 쳐다보지도 않고 난아에게 다가온 이사장님은 그녀의 두 손을 꼭 잡아 흔들기까지 했다. 당황한 건 교감선생님도 마찬가지였다.

"이사장님?"

"아, 내가 너무 반가운 나머지 소개를 안 했네요. 나는 여기 이사장이기도 하지만 사사로이는 승조 엄마 고종사촌이기도 해요. 오늘 아침 연락받고 얼마나 기뻤는지 김 선생은 모를 거예요. 내가 승조를 어릴 때부터 참 예뻐했거든요. 급한 마음에 얼굴 좀 보려고 전화했는데 통 받지를 않아서 방송까지 했네요. 많이 놀랐지요? 앞으로 우리 승조, 잘 좀 부탁할게요."

난아는 귀를 통해 흘러들어 오는 정보를 차분히 정리했다.

'이사장님이 승조 어머니 고종사촌이시면, 이사장님이 승조 씨 이모뻘 되시는 건가?'

곤란하던 차에 난아에게는 결코 나쁘지 않은 소식이었다. 아니, 아주 희소식이었다.

"교감선생님이 우리 김 선생님을 추천한 사람이라지요? 내가 너무 고마워서 불렀어요. 그리고 그럴 리는 없겠지만, 오해의 여지가 있으면 안 되겠다 싶어서요. 설마 뭔가를 오해하고 일을 그르치는 불상사는 혹시라도 없겠지요?"

난아의 손을 다정하게 토닥이는 행동과는 달리 이사장님의 목소리에 담긴 날카로운 협박은 같이 듣고 있는 그녀마저도 한기를 느끼게 했다.

"그, 그럴 리가요! 오해가 있을 수도 없는 일이거니와, 있어서도 안 되지요."

교감선생님의 낯빛이 아예 백지처럼 변해 있었다.

"그럼 나가서 일 보세요. 김 선생도 곧 수업 시작일 테니 가보고요. 대신 점심때 나랑 식사 어때요?"

"네, 괜찮습니다."

봄날 햇살 같은 미소를 보내는 이사장님 덕분에 난아는 당혹스러웠지만, 질문에 대한 답은 제때 말할 수 있었다.

"그래요, 그럼 이따 내가 맛있는 거 사줄게요."

꾸벅 인사하며 나가는 난아의 뒤로 상냥한 목소리가 배웅해 왔다.

이사장실을 나온 난아는 한참을 제자리에 서서 움직이지를 못했다. 바짝 긴장하고 있다가 한순간에 풀려선지 다리가 후들거리기까지 했다.

'다른 사람들 인생이 나처럼 다이내믹하진 않을 거야. 아주 오르락내리락 롤러코스터 뺨치네.'

머리를 좌우로 흔들어 정신을 일깨운 난아는 황급히 교실로 향했다.

오전이 지나 어느덧 점심시간, 지영에게 반 아이들 급식과 배식지도를 부탁한 난아는 이사장실로 갔다.

'승조 씨 미국 간 거랑 승조 씨 어머님이 이사장님께 언질을 주신 것. 이게 우연일까? 마치 교감선생님이 나를 만날 것을 미리 알기라도 한 것처럼 아귀가 딱 맞아떨어지는 것 같은데…….'

아침엔 정신이 없어서 상황 판단이 쉽지 않았는데, 생각하면 할수록 좀 이상했다.

'설마…… 승조 씨가 미국 간 게 이 일 때문은 아니겠지?'

난아는 생각이 다소 과한 것 같아 머리를 흔들며 웃어버렸다. 설마 이 일 때문에 그가 미국까지 갔으랴 싶었다.

교감선생님과 서균 어머니는 남매간이니 충분히 말이 오갈 수 있는 사이였다. 그렇기에 오늘 교감선생님의 행동이 서균 어머니로 인해 벌어졌다는 것만큼은 확실했다.

'임시 계약직 교사가 이사장님과 식사라니, 이 무슨 일이람. 너무 황송해서 먹다가 얹히는 거 아냐?'

이사장실 문 앞에서 잠시 호흡을 가다듬은 난아는 조용히 노크하고 안으로 들어섰다.

"난아 씨."

난아는 순간 자신의 눈을 의심했다. 승조가 이사장님과 마주 앉아 있다가 자리에서 반갑게 일어서고 있었다.

"어? 승조 씨가 여긴 어떻게? 미국에서 언제 온 거예요?"

"이모님과 난아 씨와 점심 같이 하려고 왔습니다."

다정하게 미소 짓는 승조의 얼굴은 너무 피곤해 보였다.

"글쎄, 공항에 도착하자마자 여기로 왔다고 하네요. 이모가 귀한 사람한테 뭐라 할까 봐 노심초사였던 게지~"

장난스러운 이사장님의 말씀이 뒤를 이었다.

"이모님은 별말씀을 다하십니다. 저희에게 맛있는 것 사주기로 하셨으니, 이제 그만 일어나실까요? 점심시간이 짧아 허둥지둥 먹는 건 바라지 않습니다."

난아에게 가까이 다가온 승조가 그녀의 손을 잡았다. 손을 통해 느껴지는 따스함. 그만이 지니고 있는 향기가 그녀를 감싸며 심장 박동을 높였다.

"오냐, 이모의 발걸음이 더디다 이거로구나."

이사장님은 그렇게 말하면서도 둘의 다정한 모습을 무척 흡족한 표정으로 바라보았다.

"걱정 많이 했습니까?"

이사장님의 뒤를 따라가면서 그가 나직하게 물어왔다.

"네, 엄청 많이요. 출장이 아니라 어머님 뵈러 갔단 말을 유라에게 듣고부터는 더 걱정했어요."

왜 출장이라고 말한 거냐는 질문이 은연중에 내포되어 있는 말이었다.

"사정이 있었습니다. 나중에 다 말하겠습니다."

위로하듯 토닥이는 그의 손길에 바람 빠진 풍선이 그 크기가 줄어들듯 그에게 가졌던 서운함이 작아졌다.

학교 근처 조용한 한정식집에 도착한 그들이 자리를 잡고 앉자, 음식들이 빠르게 나오기 시작했다.

"그래, 어머니는 잘 지내고 계시던? 어쩌면 그 오랜 시간 거기서 꼼짝을 안 하신다니?"

"덕분에 건강하십니다. 조만간 한번 들어오신답니다."

"하긴 결혼식 때문에라도 들어오긴 해야 할 거야, 그렇지?"

은근히 떠보듯 두 사람을 번갈아 바라보며 질문하는 이사장의 말에 난아의 얼굴이 붉게 상기되었다.

'어째서 다들 결혼을 기정사실화하는 거지? 난 아직 프러포즈조차 받지 못한 것을.'

어째 대충대충, 구렁이 담 넘어가듯 당연히 결혼해야 한다는 식의 반응이 마땅치 않았다.

"아직 결혼은 시기상조입니다."

단호한 승조의 말에 난아의 심장이 덜컥 떨어졌다.

"……아직 난아 씨의 허락을 못 받았습니다."

싱그럽게 웃는 승조의 모습에 내려앉았던 가슴이 도로 제자리를 찾았다. 하여간 이 남자, 그녀를 들었다 놨다 하는 데 천부적인 재능이 있었다.

“아직 프러포즈조차 안 한 모양이구만. 김 선생, 시원찮게 하거든 아예 받아주지 말아요.”

“이모는 대체 누구 편인 겁니까?”

짓궂은 이사장의 말에 승조는 난감한 표정이 되었다.

부담스럽고 힘든 식사일 거란 예상과는 다르게 승조와 이사장님의 배려로 난아는 식사 내내 편안했고, 길지 않은 점심시간은 끝나갔다. 세 사람은 앞에 놓인 수정과를 마시며 슬슬 일어날 채비를 했다.

“우린 이제 학교로 가야 하지만 우리 조카님은 집에 가서 쉬어야 하겠지?”

이사장이 자리에서 일어나며 초췌한 승조에게 한마디 했다.

“회사에 나가 봐야 합니다.”

“쯔쯧. 이럴 땐 형부를 꼭 닮았다니까.”

이사장의 타박에 웃어 보이는 승조를 난아는 걱정스레 바라보았다. 안색이 좋지 않아 조금 쉬었으면 하는 마음이 들었다. 하지만 한정식집 주차장에는 이미 그의 기사가 나와 대기하고 있었다.

“김 선생은 나랑 같이 들어가면 되니까 걱정 말고. 조만간 좋은 소식이 들리길 바라고 있으마.”

난아와 승조를 의미심장하게 번갈아 보는 이사장님의 눈빛에 난아의 얼굴은 다시 한 번 후끈 달아올랐다.

“들어가십시오. 점심 맛있게 잘 먹었습니다. ……들어가 봐요, 연락할게요.”

이사장에게 깍듯이 인사한 승조는 난아의 손을 슬며시 잡아주었다. 발그레한 얼굴로 그에게 미소를 건네는 난아를 안고 싶었지만 승조는 꾹 눌러 참고 자신의 차로 향했다.

"안색이 안 좋으십니다."

기사가 백미러로 승조의 안색을 살피며 걱정을 했다.

"그렇습니까? 그렇지 않아도 급한 일만 지시하고 바로 들어갈 예정이니, 멀리 있지 마세요."

비행기만 서른 시간을 탄 데다 잠이라곤 기내에서 서너 시간 잔 게 전부였다. 게다가 어머니를 만난다는 심적 부담감도 한몫해서 평소 체력에 자신 있는 편임에도 피곤이 밀려왔다. 그런데도 집이 아닌 회사로 가는 이유는 급작스러운 미국행으로 인해 모든 일정이 반나절 이상 뒤로 밀려 버렸기 때문이다.

"사장님 나오셨습니까?"

때늦은 그의 등장에 김 비서와 이 비서는 차분한 모습이었다.

"전략기획부 이벤트 기획 담당자들 전부 B회의실로 호출하세요."

그 말만 툭 던져 놓은 승조가 안으로 들어가자 비서들이 조용히 쑥덕기리기 시작했다.

"또 시작하시려나 봅니다. 오늘은 또 얼마나 초주검이 돼서 나오시려나……."

이 비서는 전략기획부 이벤트 기획 담당자들을 호출 중인 김 비서를 바라보았다.

"미국 다녀오시더니 무슨 기발한 것이라도 떠오르셨나 보네요."

"하여간 우리 보스는 일을 너무 좋아하는 데다 잘하기까지 하시니, 아랫사람들이 여럿 죽어 나가는 것 같아요."

이 비서의 투덜거림에 김 비서는 초인처럼 미소 지었다.

"이번에는 어떤 기획으로 사람들 혼을 빼놓으실지 기대가 되네요."

"김 비서님은 직원들이 사장님께 당하는 걸 은근히 즐기시는 것 같아요."

이 비서는 눈을 게슴츠레 뜨고 김 비서를 의심스럽게 바라보았다.

"그걸 이제 아신 겁니까? 즐겨야 이 일 오래 합니다."

"세상에, 그게 장기근속의 비결이었던 겁니까?"

별일 아니라는 듯 웃어 보이는 김 비서의 모습에 이 비서는 진정 무서운 사람은 승조가 아닌 김 비서이지 않나 하는 생각을 했다.

얼마 지나지 않아 승조가 호출한 사람들이 모두 회의실에 모였다. 이 비서를 남겨두고 김 비서도 승조와 함께 회의에 들어갔다.

"다가올 7월 메인이벤트 외에 부수적으로 이벤트를 하나 더 진행하고자 합니다."

승조의 말이 떨어지자마자 회의실은 그야말로 벌집을 쑤셔놓은 듯 소란해졌다.

"사, 사장님!"

"그건 무리입니다."

매달 시행하는 메인이벤트 하나만으로도 정신없는 와중에 일을 하나 더 벌이겠다는 말에 안 놀랄 사람이 없었다.

“사장님, 현실적으로 그건 불가능에 가깝습니다. 일단 시간이 너무 촉박합니다. 메인이벤트만으로도 모든 인력이 매달려 있는 상태입니다.”

“고객 참여 이벤트이니 인력을 많이 배치할 필요가 없습니다.”

“그래도 홍보 기간도 부족한 데다, 상품 준비에도 시간이…….”

“상품은 이미 준비해 놨습니다. 이벤트 주제는 ‘내 생애 최고의 이벤트’. 커플 참여도 가능하고 단독 참여도 가능한 이벤트로 틀을 잡아놨으니 세부적인 사항은 알아서 보강해 주세요.”

승조는 기나긴 비행시간 동안 작성했던 기획안을 내밀었다. 그것을 받아 드는 담당자의 손은 마치 사약을 받는 죄인처럼 달달 떨렸다.

사장이 기틀을 잡아놓은 기획안에 누가 살을 붙이건, 진행 사항을 수시로 보고해야 했는데 그것을 여기 있는 그 누구도 원하지 않았다. 일에 있어서만큼은 철저한 완벽주의자에 실수를 용납하지 않는 승조의 마음에 들려면 아주 생고생을 해야 했기 때문이었다. 물론 성공할 시에는 그에 따른 충분한 보상이 주어졌지만, 과정이 고달픈 만큼 가급적 피하고 싶은 게 사람 심리였다.

“저…… 혹시 당첨자 뽑을 때도 관여하십니까?”

“당연합니다. 아주 심사숙고해서 가려 뽑을 예정입니다. 이번 이벤트는 상품을 보면 짐작할 수 있겠지만 협력사 협찬이 아닌 제가 개인적으로 마련했습니다.”

개인적으로 마련했다는 말에 모인 사람들의 시선이 일제히 승조의 기획서로 향했고 눈이 휘둥그레졌다. 몰디브 여행권에 제주도 여행권 및 커플링, 프러포즈 이벤트 대행 이용권까지 아주 다양했다.

"상품도 상품이지만 참신한 아이디어가 관건이므로, 직원들의 참여 또한 기대하고 있겠습니다."

승조의 말에 사람들의 귀가 솔깃해졌다.

"해볼 만하다는 생각이 들게끔 참여 방법은 간단하게 하되 참신함에 포커스를 맞춰주세요. 나는 이런 이벤트를 해봤다, 내지 이런 것을 해주고 싶다, 뭐 이런 식으로 말입니다."

간단명료한 설명에 담당자들은 고개를 끄덕였다. 비록 시간이 촉박하긴 해도 해볼 만하다는 생각이 들었다.

사람들이 회의실을 나가자, 승조는 잠시 눈을 감고 미간을 눌렀다. 급한 일이 마무리되자 피곤이 몰려왔다.

"퇴근합니다."

"네? 뭘 하신다고요?"

김 비서는 뭘 잘못 들었나 싶어 되물었다.

"지금 퇴근합니다. 급한 건 챙겨주세요."

설마가 사람 잡는다더니 그 말이 딱 맞았다.

"삼도물산 이사님과 저녁 약속은 어떻게 할까요?"

"예정대로 갑니다."

"그러면 급한 서류들만 챙기겠습니다. 그런데 사장님……."

김 비서는 회의실을 나가려다 말고 뒤돌아서서 승조를 바라보았다.

"뭡니까?"

"저…… 혹시…… 아닙니다."

뭐라 한마디 하려던 김 비서는 그만 입을 다물어 버렸다.

"무슨 말인데 말을 하려다 맙니까?"

"그게, 너무 사적인 질문이라 실례인 것 같아서요……."

김 비서는 우물우물 말끝을 흐렸다.

"궁금한 게 뭡니까?"

"이건 그냥 만약인데요. ……혹시 이벤트가 필요하다거나 하신 상황입니까?"

질문을 들은 승조의 얼굴이 확 변하자, 순간 괜한 걸 물었구나 싶어졌다.

"에, 또 그러니까…… 역시 괜한 걸…… 못 들은 걸로 하십시오."

김 비서는 허둥지둥 회의실을 나서려 했다.

"김 비서."

"네, 사장님!"

큰 목소리로 외치는 김 비서의 경직된 모습에 승조는 피식 웃었다.

"그렇게 표가 납니까?"

"……!"

승조의 웃는 얼굴에 놀란 김 비서는 지금 자신이 들은 말이 무슨 뜻인지를 한 박자 늦게 이해했다.

"혼자만 알고 계십시오. 아직 아무도 모릅니다."

그 말인즉, 이 사실이 알려지기라도 하면 그 근원지는 바로 김 비서라는 뜻이었다.

"네, 절대 발설하지 않겠습니다."

열정적으로 고개를 끄덕인 김 비서는 회의실을 나와서도 잠시 멍했다.

"설마 했는데…… 이 이벤트, 자신을 위한 거였네?"

워커홀릭(Workaholic)이라는 수식어가 붙을 정도로 일에만 빠져 재미라고는 일절 모를 것 같던 사람이 연애를 한다는 사실이 놀라울 뿐이었다.

"세상은 길게 살고 봐야 된다더니. 앗싸! 50만 원! 한 가지 좋은 점은 있네."

김 비서는 회의실을 다시 한 번 돌아보고는 웃었다.

이 비서와의 내기의 승자는 결국 그가 되었다. 하지만 이 사실을 말할 수는 없으니 내기 기한인 연말까지 기다리거나 그전에 승조가 결혼을 하길 바라야만 했다. 그래도 김 비서의 발걸음은 마냥 가볍기만 했다.

❀

아주 오래간만에 욕조에 뜨거운 물을 받아 거품을 잔뜩 풀어놓고 몸을 담근 난아는 한껏 편안해진 기분으로 생각에 골몰해 있었다.

하얀 거품들을 몸에 끼얹으면서 생각을 정리하다 보면 심각한 문제들도 거품이 사그라지듯 없어질 것 같은 기분이 들어 난아는 특히 거품 목욕을 좋아했다.

"승조가 급작스레 미국에 갔다 온 건 아무래도 김 선생 때문인 것 같네요. 언니가, 그러니까 승조 엄마가 아침 일찍 시차까지 계산해서 내게 전화를 걸 만한 이유가 아무리 생각해 봐도 김 선생밖에 없거든."

점심 식사를 마치고 학교로 돌아가는 차 안에서 이사장님이 하신 말씀이 갑자기 생각났다.

"승조 씨와 어머님 사이에 무슨 일이 있나요?"
"그건 나중에 승조에게 직접 듣는 게 낫지 싶네요."

그녀의 질문에 씁쓸한 표정을 짓던 이사장님의 얼굴도 함께 떠올랐다.
난아는 손으로 물을 휘저어 거품을 더 일으켰다. 차오르는 거품들처럼 승조에 대한 생각도 보글보글 끓어올랐다.
'언제고 말해줄 날이 오겠지. 그때까지 천천히 기다리는 거야.'
난아는 그가 스스로 말해줄 때까진 아무 질문도 하지 않을 생각이었다. 아픈 상처는 시간이 지나면 어떤 방식으로든 치유된다. 하지만 치유되는 데까지 걸리는 시기를 타인이 나서서 빠르다 더디다 판단할 순 없는 일이었다.
'결국 상처의 깊이는 당사자가 아닌 이상 알 수 없는 법이니까.'

서균과 만나고 헤어지는 과정에서도 잃기만 했다고 생각하지 않았다. 잃은 것이 있는 반면, 분명 얻은 것도 있었다. 그러니 승조도 그러하리라 여겼다. 다만 그것을 깨닫기까지 시간이 걸리는 것뿐이었다.

서서히 수온이 식어가는 것을 느낀 난아는 욕조에서 몸을 일으켰다. 때맞춰 선반 위에 올려둔 전화가 요란스러운 울음을 토해냈다.

"호랑이도 제 말 하면 온다더니…… 네~ 승조 씨."

난아는 반가운 목소리를 전화를 받았다.

[집입니까?]

"네."

[목소리가 울리네요. 화장실입니까?]

"아, 아니요! 욕실이에요."

당황한 난아는 냉큼 답했다.

[그게 그거 아닙니까?]

"엄연히 달라요. 여기서 화장실이란 말은 볼일 보는 중이란 뜻이지만, 욕실이란 건 씻는 중이었단 뜻이니까요. 전 절대 볼일 중에 전화를 받지 않는단 말이에요."

막상 말을 해놓고 보니 너무 쓸데없는 부분까지 자세하게 설명했단 생각이 들어 아차 싶었다.

"저…… 지금 제 말은 그냥 못 들은 셈치는 게……."

[하하하, 왜요? 선생님답게 자세하고 친절한 설명이 아주 고맙던 참인데요.]

작은 방울 소리 같은 그의 웃음에 난아는 새삼 가슴이 울렁거렸다.

"……어디 가서 그렇게 웃지 마요. 꼭 내 앞에서만 그렇게 웃기예요!"

난아는 어깨로 전화기를 받치고 수건으로 몸의 물기를 대강 닦아낸 후 불편하게 옷을 입기 시작했다.

[하하, 그러죠. 그런데 어디 불편합니까?]

숨소리와 목소리만으로도 그녀의 상태를 짐작한 모양이었다.

"별일 아니에요. 씻고 옷 입던 중이었어요."

[……혹시 상상력을 발휘하길 바라는 겁니까?]

"엣? 그럴 리가요! 이따 전화할게요."

어느새 한 톤 낮아진 그의 목소리에 난아는 후다닥 전화를 끊고는 벌겋게 변한 얼굴에 손바람을 일으켜 식혔다.

"하여간 이 남자, 갈수록 색기가 진해지네. 좀 전 목소리 너무 섹쉬했어~"

난아는 발까지 동동 구르며 상기된 얼굴을 매만졌다.

고승조라는 남자의 숨겨진 면을 들여다보고, 알아가는 재미가 쏠쏠했다. 거기다 이따금씩 감정을 억누르는 듯 한 톤 낮아지는 목소리를 들을라 치면 뱃속이 꽉 조여오는 아찔함마저 느꼈다.

"나…… 너무 엉큼하고 야해진 건가……."

서균과의 오랜 연애에도 육체적 관계가 없었던 건 특별히 정조관념이 강해서는 아니었다. 굳이 설명하자면 임신으로 아들 발목붙잡지 말라던 서균 어머니의 모욕적인 언사 탓이 크긴 했다. 하지만 가장 치명적인 원인은 갓 스무 살 넘어, 사랑이 뭔지도 모를 나이에 처음 사귄 학교 선배와 가진 두 번 정도의 경험 때문이었다. 아프지만 참아야 했고, 배려도 존중도 없는 일방적인 관계에 거부감이 일고부터는 영 내키지가 않았다. 그래서 그 후 서균과 만나면서는 필리아(Philia) 식의 사랑도 충분히 가능하지 않을까 하는 마음이었다. 실제로 7년을 만나면서 그게 가능함을 몸소 체험하기도 했다.

'아니지, 서균 씨는 지금과 같은 에로스(Eros)적 마음을 느끼게 하질 못했다는 게 정답인 건가?'

거울에 서린 하얀 김을 손바닥으로 쓸어내린 난아는 스스로의 마음을 차분히 들여다보았다. 무엇이 답이건 지금의 그녀는 승조에게 깊이 소속되고 싶은 감정을 느끼고 있었다.

※

난아가 생소한 감정과 직면하고 있을 때, 승조는 서재 중앙의 카우치형 안락의자에 편안히 몸을 기대고 미소를 짓고 있었다. 크게 당황해서 전화를 끊었을 난아가 상상이 되었다.

그는 자신의 손을 가만히 움켜쥐었다. 시간이 갈수록 이렇게 움켜쥐고 싶은 여자. 갈수록 커져만 가는 소유욕이 그의 마음에 들끓어 올랐다.

움켜잡는 것만이 사랑이 아니란 것을 안다. 때로는 손가락에 힘을 빼고 놓아줘야 하는 순간도 있어야 함을 알지만 그게 말처럼 쉽지가 않았다. 아니, 점점 더 힘이 들었다. 틀어쥐고 나면 놓아주지 않을 것 같았다. 자꾸 꽉 움켜쥐고만 싶었다.

"나를 이해하길 바라지 않는다. 하지만 지금 사랑을 하고 있는 거라면 매 순간이 마지막인 듯 열심히 사랑하거라."

어머니가 해주신 말이 떠올랐다. 오랜 시간 왕래도, 연락도 뜸했던 사이지만 사랑과 연관된 대화를 나누던 그 순간부터는 묘한 공감대가 형성되었고, 그래서 난아의 일을 말하기도 한결 쉬웠다.

"결혼 전에 온 마음을 다해 잘해주어라. 결혼 후에도 결혼 전처럼 잘해주면 다행이지만 그러기가 쉽지 않아. 좋은 쪽으로건 나쁜 쪽으로건 서로 변하게 되는데, 여자는 결혼 전 좋았던 추억을 힘들 때마다 꺼내보며 위로를 받곤 하거든. 그러니 지금 잘해줘야 한단다. 훗날을 위해서 말이야."

그의 청을 흔쾌히 받아들여 예은초등학교 이사장인 사촌에게 전화를 하신 뒤 해주신 말씀도 깊이 새겨들었다.

"잘해준다라……. 대체 어떻게 해야 잘해주는 것일까."

안락의자 앞 테이블 위에 놓인 기획안을 펼치면서 중얼거렸다. 영원히 기억에 남을 이벤트를 하고 싶어서 계획한 것이지만 난아가 좋아해 줄지는 미지수였다. 사람들이 내놓는 아이디어 중에서 가장 획기적이고 인상적인 것을 뽑아 활용하고자 했는데, 무엇을 고르건 난아의 마음에 들지 않으면 아무 소용이 없었다.

"아빠?"

생각에 잠겨 있느라 유라의 노크 소리도 듣지 못했는지, 유라가 밝게 빛나는 눈동자를 데굴데굴 굴리며 앞에 서 있었다.

"유라 왔구나?"

"아빠, 바빠요?"

그러고 보니 아직도 손에 기획안을 들고 있었다.

"아니, 괜찮아. 유라 할 말 있어 왔구나?"

"음, 아니요, 할 말은 없지만 아빠랑 같이 있고 싶어서요. 그럼 안 돼요?"

"안 되긴…… 이리 와."

냉큼 안겨드는 유라를 안아 무릎에 앉힌 승조는 아이의 결 고운 머리를 쓰다듬어 주었다. 품에 안긴 유라에게서 아이 특유의 말랑함과 따스함이 느껴졌다. 따스한 물이 가득 차올라 찰랑거리는 듯 마음이 훈훈해져 왔다.

"유라야, 유라는 선생님 어때?"

그에게 몸을 묻고 발장난을 하는 유라에게 승조는 자연스럽게 말문을 열었다.

"우리 선생님이요? 당연히 너무너무 좋아요."

"선생님하고 유라랑 같이 살 게 되면 어떨 것 같아?"

"선생님하고 유라랑 같이요? 음…… 그럼 선생님과 아빠도 같이 살게 되는 거예요?"

유라의 이해력은 역시 남달랐다.

"그렇지. 좀 더 정확히 말하면 아빠랑 선생님이랑 결혼해서 같이 살게 되면, 유라는 어떨 것 같아?"

"엄마도 아저씨랑 결혼해서 같이 살면 어떠냐고 물었었는데. 아빠도 똑같은 걸 물어보네요?"

아이의 눈동자엔 호기심 이외의 다른 감정은 담겨 있지 않았다. 그래서 그는 다소 안심했다. 질문 자체만으로도 아이에게 상처를 줄 수 있지 않을까 싶어 그간 고민을 했었다.

"엄마도 물어보셨구나. 그래서 유라 생각은 어떤데?"

"엄마에겐 아저씨가, 그리고 아빠에겐 선생님이 있는 거면 유라는 어디서 살아요?"

아이의 물음에 승조는 어딘가에 찔린 듯 마음이 욱신거려 왔다.

"유라는 아빠랑 같이 사는 게 싫어진 거야? 아니면, 아빠가 선생님과 결혼하는 게 싫은 거야?"

"아빠랑 사는 건 좋아요. 1등으로 좋은 건 엄마 아빠랑 같이 사는 거지만 그게 안 된다는 건 유라도 잘 알아요. 하지만 아빠하고 살아봤으니까 엄마랑도 살고 싶어요. 그런데 아저씨는 싫어요."

유라 말을 정리하면 아빠하고는 살아봤으니 엄마랑도 살아보고 싶으나, 서균과는 살기 싫다는 뜻이었다.

"아빠가 선생님과 결혼하는 건?"

"엄마도 아저씨랑 결혼하고 싶어 하니까, 아빠도 결혼을 해야 하는 거면 우리 선생님이 좋아요."

다행히도 난아와의 결혼 자체를 싫어하지는 않는 것 같았다. 그는 유라가 난아를 거부하지 않는다는 사실 하나만으로도 위안이 되었다.

"유라는 아빠랑 살아도 되고 엄마랑 살아도 돼. 그건 유라 하고 싶은 대로 하게 해줄게."

"하지만 아저씨는 싫어요."

고집스럽게 입술을 앙다무는 아이의 태도가 자못 심각했다.

"그런데 유라는 아저씨가 왜 싫을까?"

승조는 그 점이 궁금했다. 서균의 인상이 험악하지도 않을뿐더러 오히려 호감 가는 인상이기에 더욱 의아했다.

"아저씨는……."

"아저씨는?"

유라에게서 무슨 대답이 나올까 다소 긴장이 되었다.

"아빠보다 못생겼어요."

"하하하하! 아저씨가 아빠보다 잘생겼으면 괜찮았을 거고?"

인상을 찡그리며 자못 심각한 표정을 짓는 유라를 본 승조는 웃음이 터져 나왔다.

"엄마는 많이 예쁜데, 아저씨는 아빠보다 안 멋져요."

"그럼, 선생님은?"

"선생님은 엄마보다 많이 덜 예쁘지만, 멋진 선생님이니까 괜찮아요."

유라는 나름 미(美)의 기준이 확실했다.

"아저씨도 아빠보다 덜 멋지지만, 멋진 아저씨니까 괜찮을 거야."

승조는 조심스럽게 서균의 편을 들어줬다. 진희와 서균의 관계가 돈독했기에, 가급적이면 유라가 자연스럽게 서균을 받아들일 수 있게끔 도와주고 싶었다.

"멋진 아저씨예요?"

승조의 말에 유라는 고개를 갸웃거리며 의심을 내보였다.

"그럼~ 멋진 아저씨지. 아저씨는 아빠의 아주 오래된 친구인걸. 유라도 아저씨랑 놀이공원 갔을 때 즐거웠잖아? 그렇지? 아저씨가 참 잘해주셨지?"

잠시 생각하던 유라는 승조의 말에 천천히 고개를 끄덕였다.

'서균은 앞으로 점수 딸 행동을 많이 해야 할 것 같군.'

승조는 유라의 머리를 부드럽게 어루만졌다.

"그런데 유라야, 아빠는 선생님하고 결혼해서 함께 살고 싶은데 아직 선생님 허락을 받질 못했어. 어떻게 하면 선생님의 허락을 받을 수 있을까?"

굳이 유라에게 답을 바라고 질문했던 건 아니었다. 그저 아이와 좀 더 편한 대화를 나누기 위함이었고, 공감대를 형성하고픈 마음에 던진 질문이었다.

"아까 가족 책으로 배울 때 선생님이 그러셨어요. 선생님이 결혼해서 새로운 가족을 만들면…… 그러니까…… 멋진 사랑을 해서…… 음, 뭐라 하셨더라…… 아! 바다에서, 멋진 배에서 사랑한다는 말을 듣고 싶다고 했어요."

생각지 않은 큰 수확에 승조는 귀가 번쩍 뜨였다. 물론 아이의 입을 통해 들은 거라 명확하진 않았지만 한 가지는 확실했다.

'바다와 배라…….'

"고맙다, 아빠가 모르던 것도 알려주고 유라는 정말 멋지구나. 하지만 아빠랑 이런 이야기한 거 선생님께는 비밀이다! 선생님이 몰라야 더 기뻐하실 테니까."

그의 칭찬에 한껏 고무된 유라는 한결 우쭐한 표정이었고, 승조는 그런 아이의 발그레해진 뺨을 사랑스럽게 쓰다듬었다.

그때, 난아에게서 전화가 왔다.

"방학은 언제입니까?"

승조는 대뜸 질문부터 했다.

[에? 방학이요? 아직 멀었어요. 7월 23일요.]

"선생님들은 휴가 그런 건 없습니까?"

[방학이라는 긴긴 휴가가 있잖아요. 뭐, 방학이라 해도 학교에 아주 안 가는 건 아니지만요.]

뜬금없는 그의 질문에도 난아는 차분히 답했다. 갑자기 깨달은 자신의 감정에 설레는 마음을 품고 있던 차에 방학 일정을 묻는 질문을 받자 심장이 고장이 난 듯 콩닥거리기 시작했다. 혹시 저번에 언급했던 여행을 가려고 하는 건 아닐까 내심 기대가 되었다.

[그런데 방학은 왜 물어요?]

"방학하면 유라랑 미국에 한번 다녀와야 할 것 같아서요."

승조는 아무렇지도 않게 다른 이유를 댔다. 아주 없는 말은 아니었기에, 그의 어조는 평온했다.

[아…….]

난아는 갑자기 실망감이 확 몰려왔다. 딱히 기대를 하고 물었던 건 아니지만 적잖이 실망스러운 것을 보면 생각보다 기대가 컸던 모양이었다.

"……뭐 다른 것을 기대했습니까?"

난아의 억양만 들어도 모든 것을 알 수 있는 승조는 내심 떠보듯 질문했다.

[아뇨! 그럴 리가요. 그냥 호기심이었어요. 전 원래 호기심이 강하거든요. 뭐 궁금한 게 있거나 하면 잠도 막 안 오고 그래요. ……그냥 그렇다고요.]

발끈해서 변명했는데 또 너무 과했다. 왜 매번 그 앞에서는 이런 모습을 보이는 건지. 결국 난아는 말을 얼버무리듯 맺었다.

"해산물 좋아합니까?"

난아의 민망함을 눈치챈 승조가 화제를 다른 쪽으로 돌렸다.

[뭐든 잘 먹어요. 못 먹는 건 없죠. 좀 덜 먹는 건 있어도.]

없어서 못 먹는단 말은 너무 모양 빠져 보여 슬쩍 뒤로 숨겼다.

"내일 뭐 합니까?"

[별다른 약속은 없는데요. 왜요?]

왠지 흥이 깨진 난아는 조금은 튕길 심산으로 심드렁하게 말했다.

"동창들과 작은 모임이 있는데 괜찮으면 같이 가겠습니까?"

[동창 모임이요?]

난아는 얼굴을 찡그렸다. 그와 자신의 다른 점을 여러모로 느끼는 이때, 그의 주변인들을 만난다는 게 두려워졌다. 그의 친구들을 만남으로써 서로의 차이만 명확히 느끼게 될까 봐 겁이 났다.

"커플 모임이라 난아 씨가 가더라도 어색하지 않을 겁니다. 물론 내키지 않으면 안 가도 됩니다."

멈칫하는 난아의 기색에 승조는 한발 물러섰다. 강요하고 싶은 마음은 없었다.

[갈래요.]

그가 물러서려 하자, 난아가 그를 붙잡고 말았다. 진정한 밀고 당기기의 고수는 어쩌면 승조일지도 모른다는 생각을 뒤늦게 했지만 그땐 이미 대답을 한 뒤였다.

28.
그의 친구들

"휴…… 어쩌면 이렇게 입을 만한 게 없냐."

하나를 사도 제대로 된 것을 사라던 초아의 말을 이토록 실감하게 될 날이 올 줄은 몰랐다.

"폭격이라도 맞은 거야? 이게 다 뭐야?"

아침 일찍부터 일어나 옷장을 열어젖히고 이 옷 저 옷 펼쳐 놓던 난아는 한숨을 픽픽 쉬다가 결국 초아를 초빙해 왔다.

"오늘 저녁 승조 씨 친구들 모임에 함께 가기로 했는데, 입고 갈 옷이 하나도 없어."

"그럴 테지. 언니 옷장에서 쓸 만한 옷을 찾아내기란 서울에서 김 서방 찾는 거만큼 어렵지. 잠깐만 기다려 봐. 내 옷 중에서 괜찮은 걸 집어올 테니."

그럴 줄 알았다며 고개를 내저은 초아가 잠시 후 여러 개의 옷을 들고 다시 왔다.

"이것 좀 입어봐. 언니가 나보다 길이가 짧으니까 특별히 나한테 짧은 것들 위주로 가져와 봤어."

"야, 내가 길이가 짧은 게 아니고 네가 오버사이즈인 거야."

이러니저러니 해도 동생밖에 없다고 생각했던 난아는 결국 발끈해서 쏘아붙였다. 초아는 그녀보다 6㎝나 더 큰 주제에 몸무게는 더 적게 나가는, 미스터리한 존재였다.

"그래도 패션 회사 다닌다고 안목이 제법 있다?"

초아가 가져온 옷들을 대충 몸에 대봤는데, 난아의 마음에도 쏙 들었다.

"음, 그건 아니지. 내 안목은 패션 회사 다니기 전부터 대단했었어."

은근히 자랑을 늘어놓는 초아를 보는 둥 마는 둥 하며 옷들을 대보던 난아가 하나를 선택했다.

"이거 어때? 기장이 좀 짧긴 한데, 난 상체에 비해 하체가 마른 편이라 괜찮아 보일 것 같은데."

난아는 초아 앞에서 빙그르르 돌아 보였다.

"상체 글래머에 하체 날씬 스타일인 언니에게는 이게 딱이긴 하겠다. 분명 언니의 각선미를 돋보이게 해주긴 할 거야."

"그치만 이걸 입고 학교 가기는 좀 많이 거시기한데."

학교에 입고 가기에는 기장이 짧다는 게 마음에 걸렸다. 어쩐지 단정하지 못한 그런 느낌이었다.

"쇼핑백에 고이 모셔갔다가 퇴근할 때 꺼내 입으면 되지."

"그럼 그럴까? 고마워."

배시시 웃으며 감사의 뜻을 전하는 난아에게 대수롭지 않다는 듯 손을 내저어 보인 초아가 방을 나갔다.

"예쁘다고 해주려나?"

옷맵시를 거울에 세심히 비춰 보던 난아는 평소의 출근 복장으로 갈아입었다. 어느새 옷 하나를 입어도 그의 마음에 들지를 염두에 두는 스스로의 변화가 싫지 않았다.

서둘러 학교에 도착한 난아는 반 아이들이 외부 강사 교육을 받고 있는 동안 지영을 찾아갔다. 혹시라도 그녀와 승조의 소문이 학교에 퍼진 건 아닐까, 학교 내 정보통인 지영에게 물어보기 위해서였다.

커피를 마시며 근황부터 이야기해 나가고 있을 때, 지영이 주변을 한차례 둘러본 후 은근히 목소리를 낮추었다.

"김 쌤, 얘기 들었어?"

"뭔 얘기?"

지레 찔리는 게 있는 난아는 뜨끔했다.

"확실한 건 아니지만 임시 계약 쌤들 교육 일정이 잡혔다딘데?"

"아니, 우리도 교육을 간단 말이야?"

난아는 깜짝 놀랐다. 끽해야 1년 근무하는 계약직들까지 교육을 보낸다니, 놀랄 일이었다.

"그러게. 이 학교는 임시 계약직들도 교육시키나 봐. 하여간 달리 명문이 아니라니까."

"언제 간대?"

"글쎄. 열흘 안으로 일정 잡힐 거라던데, 어떤 주제의 교육인진 아직 잘 모르고."

"역시 우리 학교 정보통답다."

어떤 주제의 교육인진 모르지만, 교직에 뜻을 두고 있는 그녀에겐 분명 도움이 될 것이었다. 돈을 주고서라도 교육을 받으러 다닐 입장인데, 학교에서 시켜준다니 왠지 횡재한 기분이었다.

"가급적이면 좀 길게 받으러 갔으면 좋겠다, 그치?"

지영도 기대에 찬 얼굴이었다.

"그러게. 나중에 또 무슨 소식 들려오거나 하면 내게도 꼭 알려줘야 해!"

"당연하지~ 우린 베프잖아."

지영이 엄지손가락을 추켜세우며 깔깔거렸다.

"아, 나 이제 가봐야겠어."

시간을 살핀 난아가 지영에게서 막 등을 돌렸을 때였다.

"나중에는 차 말고 밥 한번 같이 먹자고. 연애한다고 날 너무 등한시하는 거 아냐?"

지영의 말에 놀란 난아는 그 자리에서 딱 걸음을 멈추었다. 천천히 뒤돌아 지영을 본 난아는 안심했다. 검지를 들어 입가에 대고, 한쪽 눈을 찡긋해 보이는 지영의 모습. 난아의 마음은 한결 가벼워졌다.

❊

수업이 끝난 뒤 데리러 오겠단 승조의 말에 난아는 펄쩍 뛰며 말렸다. 행여 안 좋은 소문이라도 돌면 이사장님이 둘 사이를 알고 있으니, 수습하는 데 큰 도움을 주실 테지만 굳이 일을 만들고 싶지 않았다. 가급적이면 최대한 조심하고 싶었다.

그래서 직접 약속 장소로 가겠다고 했더니 모임 장소가 회원제 클럽이라 출입이 자유롭지 못하다고 했다. 그녀 혼자서는 들어갈 수도 없는 회원제 클럽. 별일 아닌 것인데도 초장부터 기운이 빠졌다.

"그럼 어디서 봐요?"

결국 그가 차를 보내주기로 했고, 중간에서 만나 함께 가는 것으로 합의를 봤다.

전화를 끊은 난아는 가방에서 파우치를 꺼내 얼굴을 점검했다. 아침에 초아가 특별히 화장을 도와준 덕분에 상태가 꽤 양호했다.

"기죽지 말자. 사람 위에 사람 없고, 사람 밑에 사람 없다!"

초아는 거울에 비친 자신의 모습에 대고 최면을 걸었다. 아직 시작도 안 했는데, 이대로 기운을 뺄 순 없었다.

30여 분쯤 지나 만난 승조는 숨이 턱 막히도록 멋있었다.

입고 있는 슈트는 그를 위해 존재하는 것처럼 잘 어울렸고, 그녀를 바라보는 미소 띤 얼굴은 자체 발광 그 자체였다. 그녀의 눈에만 멋져 보였으면 좋겠지만, 안타깝게도 누가 봐도 멋진 남자가 바로 그였다.

'그냥 내 눈의 안경이었으면 얼마나 좋을까?'

그의 모습을 넋 놓고 보던 난아는 속으로 꿍얼거렸다.

"왜 그럽니까?"

"네?"

"왜 그렇게 유심히 바라보고 있었습니까?"

운전하는 승조의 옆모습은 조각상 같았다. 울퉁불퉁하고 못난 조각이 아닌 섬세하고 부드러운 조각상.

"참 잘생겼단 생각이 들어서요. 평소에도 그런 말 많이 들어서 좀 지겹지요?"

"하하하하. 전혀 지겹지 않은데요. 그리고 다른 사람들에게서는 주로 차가워 보인다는 말을 많이 듣습니다."

"그래요? 이상하다. 하나도 안 차가운데. 이렇게 따스한걸요."

난아는 손을 뻗어 그의 얼굴에 손을 댔다. 생각대로 따스하고 부드러운 게 손을 떼고 싶지가 않아 자신도 모르게 만지작거렸다.

그때, 승조가 그녀의 손을 낚아채듯 세게 잡았다.

"아, 얼굴 만져서 기분 안 좋았어요?"

난아는 대번에 미안한 표정을 지었다.

"자꾸 이러면 오늘 약속 장소고 뭐고, 어디든 안 가는 수가 있습니다."

여전히 그녀의 손을 꽉 잡고 있는 그였다.

"미안해요. 승조 씨가 그 유명한 과자도 아닌데, 희한하게 자꾸만 손이 가네요."

애교 있게 웃으며 난아는 농담을 했다.

"나도 그렇습니다. 매 순간 안고 싶고, 입 맞추고 싶고, 더한 것도 하고 싶지만 최대한 인내심을 발휘하고 있는 겁니다. 그러니 난아 씨도 잘 참아내길 바랍니다."

비록 딱딱한 말속에 가려져 있었지만 그의 뜨거운 열정이 난아의 마음 한쪽 어딘가에 불을 확 지펴 올렸다.

"어쩌죠? 전 안 참을 건데. 그러니 승조 씨도 참지 말아요."

최대한 아무렇지 않게 말하고 있긴 했지만 난아의 마음은 정신없이 마구 떨려왔다.

"……지금 그 말이 무슨 뜻인지 알기는 합니까?"

승조는 어이가 없었다.

"그럼요, 저도 성인인데 그 의미를 모르겠어요?"

난아의 도발적인 말에 이번엔 승조가 잠시 침묵했다.

"……나중에 말을 잘못했다느니, 실수였다느니 하면서 도망가도 그땐 이미 늦은 겁니다."

침묵 후 입을 연 승조의 목소리는 현저히 낮았지만, 오싹할 정도의 정열이 담겨 있었다.

"승조 씨나 중간에 멈추지 말아요. 설령 내가 도망가려 하더라도."

그를 향한 난아의 마음이 완전히 펼쳐졌다.

차 안의 공기는 뜨거웠고, 비록 정면을 응시하고 있긴 했지만 서로의 관심이 오로지 서로에게만 향해 있음을 둘 모두 뼈아프게 느끼고 있었다.

이윽고 도착한 약속 장소는 번화가에서 조금 떨어진 곳이었는데 입구에서부터 보안이 철저했다. 회원증 검사는 기본이었고, 등록된 지문만 인식하는 문을 지나가야 했다. 그리고 그 후에도 두어 차례나 더 신분을 확인받아야지만 입장이 가능했다.

"왜 이렇게 보안이 철저해요? 여기서 무슨 어둠의 거래라도 있는 거예요?"

난아는 승조만 들을 수 있을 정도로 목소리를 한껏 낮추었다.

"하하. 그럴 리가요. 얼굴이 알려진 사람들이 주 고객층이다 보니 그럴 겁니다. 들어가 보면 알겠지만 연예인은 물론이고 정·재계 인물도 꽤 볼 수 있을 겁니다."

그의 말에 난아는 사방을 둘러보았다. 실내는 여러 개의 공간으로 분리되어 있었고, 각각의 공간들도 절반 정도만 오픈된 구조였다. 모든 공간은 정면의 무대가 잘 보이게끔 되어 있었고, 무대 옆 공간은 서서 간단한 음료나 주류를 즐길 수 있는 작은 바 형식으로 꾸며져 있었다.

"어라?"

난아는 그 바 앞에서 이야기를 나누고 있는 사람을 보고 깜짝 놀랐다.

"아는 사람이 있습니까?"

"안다면 아는 사이죠, 문제는 저만 저 사람을 알고 있다는 거지만요. 제가 엄청 좋아하는 배우인데, 여기서 사인받고 그러면 좀 많이 그렇겠지요?"

상기된 표정의 난아가 그의 팔짱을 슬며시 꼈다.

난아는 별 뜻 없이 한 행동이었지만 승조는 팔에서 느껴지는 말랑하고 부드러운 감촉에 바짝 긴장이 되었다. 아까도 느꼈던 강렬한 욕구가 혈관 안을 미친 듯이 돌아다녔다.

그는 인내심을 쥐어짜 간신히 현실로 돌아왔다.

"……저 사람입니까?"

그녀가 가리킨 사람을 본 순간 승조의 낯빛이 살짝 변했다. 그 사람은 훤칠한 키에 정돈된 마스크로 유명세를 치르고 있는 승조 또래의 남자였다.

"네, 유세준 씨요. 완전 멋지죠? 연기할 때 눈빛이 너무 강렬해서 완전 빠져들었다니까요."

난아는 승조의 분위기는 눈치채지 못하고 눈에서 레이저라도 쏠 기세로 그 사람만을 정신없이 바라보았다.

"아무래도 여기서는 안 그러는 게 좋겠습니다."

가급적이면 원하는 것은 다 해주려고 했으나, 그녀의 태도에 마음이 꼬일 대로 꼬인 승조가 잘라 말했다. 유치해도 어쩔 수 없었다. 그녀의 시선을 사로잡았다는 사실만으로도 저 남자는 그에게 비호감이 되었으니까.

"그렇죠? 역시 여기서 그러면 안 되는 거겠죠?"

"네."

기운 빠진 난아의 목소리에 잠시 마음이 흔들리긴 했으나, 다른 남자를 향해 반짝이는 눈빛을 더는 보고 싶지가 않았다.

"고승조!"

그때, 그의 이름을 부르는 소리가 들렸다. 승조는 뒤를 돌아보았다.

"노현준? 이번에는 온 모양이네?"

제주도에 있다 보니 모임에 잘 참석하지 않는 현준이 모임에 왔다는 게 새로웠다.

"얼마 전에 보고 또 뵙네요, 난아 씨. 저 기억나세요? 지난 번 제주도에서 뵈었는데요."

승조의 질문을 과감히 씹어버린 현준은 난아에게 관심을 쏟았다.

"아! 안녕하세요?"

현준이 기억난 난아도 고개를 숙여 인사했다. 한 번 본 그녀의 이름까지 기억하고 있다니. 확실히 리조트 총지배인은 뭔가 달라도 달랐다.

"승조랑 함께 계신 걸 보니, 저도 제 와이프를 불러야겠네요. 여보!"

현준은 장난스럽게 웃더니 뒤쪽을 향해 손을 번쩍 들어 올렸고, 그의 부름에 단아한 차림의 고운 여자가 웃으며 다가왔다.

"승조 씨, 오랜만이네요. 잘 지내셨지요?"

"제수씨, 안녕하셨습니까?"

여자의 인사에 승조가 짤막하게 답했다.

"그런데 이분은……."

모임에 늘 혼자 오던 그가 누군가를 데려왔다는 게 신기했던 현준의 부인이 난아에게 호기심을 드러냈다.

"제 남은 평생을 함께하고 싶은 사람입니다."

"……!"

그의 말에 놀란 난아는 속이 울렁거려 왔다. 눈앞의 고운 여자에게 관심을 쏟아야 하는데, 그녀의 관심은 온통 승조에게로 예리하게 뻗어 나갔다.

"그렇군요. 반가워요. 저는 이미 눈치채셨겠지만 여기 이 멋진 남자의 와이프, 이기자라고 해요. 이름이 독특해서 한 번에 기억하실 수 있을 거예요."

다정하게 남편의 팔짱을 끼며 현준과 웃음을 나누는 여자의 얼굴은 누가 봐도 행복해 보였다. 남편의 사랑을 받고 있고, 또 그런 남편을 무척 사랑하고 있다는 게 느껴졌다.

"김난아라고 합니다."

난아도 승조의 팔짱을 단단히 꼈다. 그녀도 다른 사람들에게 자랑하고 싶었다. 옆에 서 있는 이 멋진 남자가 바로 그녀의 미래임을 말이다.

"당신, 난아 씨에게 잠시 이곳 안내 좀 해드리지?"

"그럴까요? 난아 씨, 이쪽으로 함께 가요."

현준의 말에 그의 와이프가 난아를 이끌고 사라졌다.

"……무슨 일이야?"

여자들이 대화를 듣지 못할 정도의 거리만큼 멀어지자 승조가 날카롭게 물었다.

"하여간 여전히 귀신같군."

"제수씨가 곁에 있는데, 네가 제수씨를 떼놓을 리가 없으니까."

"그래, 나 애처가다. 다른 게 아니라 지금 여기 진희 씨가 와 있어."

현준의 목소리는 자못 심각했다.

"유라 엄마가? 여기 회원이니 올 수도 있지. 그런데 그게 뭐 큰 일이라고."

"다른 일행과 왔거나 혼자 왔어도 말이 나올 법한데, 심지어 서균이랑 같이 모임에 왔으니 문제지. 너는 둘 사이 알고 있었던 거야?"

승조도 미처 그 생각까진 못했다. 그가 난아와 함께 왔듯이 서균도 진희와 함께 올 수 있음을 말이다.

"물론 알고 있었지. 그게 숨긴다고 숨겨질 문제도 아니고. 이혼 후 누굴 만나건 나랑은 상관없는 일이야. 그게 설령 내 친구일지라도 말이야."

"너는 어떻게 된 게……. 그래, 쿨하다 못해 차가워서 좋겠다. 넌 그게 어떻게 아무렇지도 않냐?"

현준은 고개를 절레절레 저었다. 그의 기준에서 승조의 사고방식은 이해하기가 어려웠다. 서균과 함께 온 진희를 보고 내내 혼자 불안해했던 게 억울할 정도였다.

"이혼한 와이프에게 감정 남아 있는 게 더 이상한 일이지."

"그건 그렇고, 모임 분위기가 그 두 사람 때문에 아주 요상해져 버렸어. 거기다 너까지 난아 씨랑 같이 들어가면 말들이 엄청나게 많아질 것 같아."

"언젠가는 다들 알게 될 일이야. 피하고 싶진 않다."

모임이 계속 유지되는 한, 꼭 한 번은 부딪칠 일이었다. 그나마 다행인 건 다른 이들이 서균과 난아의 일은 모른다는 점이었다. 그저 이혼한 전부인의 상대가 친한 친구라는 상황만 잘 넘기면 되는 것이었다.

"에라, 모르겠다. 그래, 어디 한번 잘 넘겨봐라. 난 내 마나님과 난아 씨랑 잠깐 자리 피해 있을 테니까. 시간을 오래 끌 순 없으니 최대한 빨리 수습해 놔."

현준은 그에게 손을 내저어 보이고는 그녀들이 있을 법한 장소를 찾아 떠났다. 역시 현준은 좋은 친구였다.

승조는 얼굴에 희미한 웃음을 띤 채, 익숙한 얼굴들이 대거 포진해 있는 공간으로 들어섰다. 그가 들어서자 분위기가 일순 술렁거렸다가 조용해졌다. 모두의 초점은 이제 막 들어온 그와 나란히 앉아 있는 서균과 진희에게로 향했다.

"왔어?"

서균이 먼저 일어나 그를 맞이했다. 모두의 시선이 승조에게로 향했다. 모두 그가 어찌 반응할지 온 신경을 곤추세우고 있는 게 분명했다.

"잘 지냈지? 서로 싸우거나 하지는 않았고?"

그의 말이 떨어지자마자 주위가 다시 술렁거리기 시작했다. 승조의 말은 일종의 혁명이었다. 서균과 전부인의 사이를 잘 알고 있을 뿐 아니라, 둘의 관계를 인정한단 뜻도 내포되어 있었기 때문이다.

"어머! 그럴 리가요, 서균 씨와 난 싸울 일이 전혀 없답니다."

이번에는 진희가 나섰다. 어색한 모습을 연출하기보단 이혼했어도 전혀 껄끄러운 사이가 아님을 어필하고자 하는 행동이었다.

"다행이군. 나도 오늘 이 자리에 소개할 사람이 있는데."

승조는 주위를 둘러보며 말했다.

"난아 씨 말인가?"

"그래요, 그녀를 소개할 때가 되긴 했겠네요."

승조의 말에 서균과 진희가 한마디씩 보탰다. 둘의 모습 덕분에 주위의 관심은 곧 등장할 난아에게로 쏠렸다. 전부인도 알고 있는 승조의 여자라는 자극적인 사실에 모두 흥미진진해하고 있었다.

승조는 서균과 진희를 보며 묘한 감정을 느꼈다. 어쩌면 앞으로도 꽤 오랜 시간, 그들은 운명 공동체 상태일지도 모르겠다는 생각이 들었다. 아니, 어쩌면 평생을 유기적으로 얽혀 지내야 할지도 모른다. 악연도 인연이라는 말이 다시금 떠오르는 순간이었다.

"분위기가 왜 이래? 설마 우리 없다고 그새 이런 분위기가 된 건 아니지?"

예상보다 빠른 현준의 등장이었지만, 그의 활달함에 어색함이 다소 반감되었다.

승조는 현준 뒤에 그의 와이프와 나란히 서 있는 난아를 보고 자리에서 일어났다. 그리고 모두의 시선에도 굴하지 않고 난아의 어깨를 감싸듯 안았다.

“소개하지. 여긴 내 미래가 될 여자, 김난아 씨. 난아 씨, 여기 모인 사람들은 대학 동창들과 그들의 파트너들입니다.”

간결한 소개였지만, 모인 사람들이 궁금해하는 모든 것이 다 들어 있었다. 동창들과 함께 온 여자들은 난아를 은연중 부러운 눈초리로 바라보았다. 많은 사람들 앞에서 당당히 자신의 미래라고 소개하는 남자가 그리 많지 않음을 경험으로 잘 알고 있었다.

잠시 전까지만 해도 갖은 억측들이 난무하던 좌중은 삽시간에 조용해졌다.

누가 되었건 그녀에 대한 반감을 드러내는 순간 나타날 승조의 냉혹함이 얼마나 무서울지 그들은 짐작하고 있었다. 또래 다른 친구들과 달리 이상스럽게 어려운 사람이 승조였다. 믿음을 보여준 이에겐 그에 합당한 처우를, 믿음을 저버린 이에겐 처절하다 싶을 정도의 냉혹함을 보여주는 사람. 그래서 이곳에 모인 사람들은 친구라고는 해도 그를 어려워하면서도 믿고 있었다.

“환영합니다.”

“반가워요.”

“앞으로 자주 봐요.”

주위는 다시 시끌벅적해졌고 곳곳에서 환영의 말들이 쏟아져 나왔다. 그제야 긴장했던 난아도 웃음 한 자락을 입에 걸칠 수가 있었다.

“난아 씨, 오랜만이네요. 나중에 식사나 함께해요.”

진희가 난아를 향해 건넨 말은 다시 주위를 긴장감에 휩싸이게 했다.

"그러게요. 그간 너무 뜸했죠? 언제든지 연락 주세요."

미묘한 주위의 변화를 느낀 난아도 최대한 자연스럽게 그녀의 말을 받았다. 그들의 모습은 마치 오랜 시간 서로 왕래해 왔던 사람들마냥 여유로웠다.

진희가 어떤 의도로 말을 건넸건 나쁜 의도가 아니란 것쯤은 난아도 알고 있었다. 앞으로도 그렇겠지만, 지금 이 순간만큼은 철저히 같은 배를 탄 입장이었기에 상생해 나가는 방법 외에는 답이 없었다. 어쨌든 그녀 옆에 앉은 서균을 향해서도 가볍게 눈인사를 나눌 수 있을 정도로 그녀는 초연해져 있었다.

"자~ 그럼 오실 분들은 다 오신 것 같으니까 한 잔씩 비우실까요?"

현준이 다시 분위기를 살리고, 그의 와이프가 난아 옆에 서서 자연스럽게 그녀를 일행에 포함시키고 있었다.

하지만 현준 부부의 그러한 배려는 승조와 난아를 위한 것일 뿐, 진희와 서균은 포함되어 있지 않았다. 현준의 입장에서 서균은 이혼했어도 친구의 와이프와 관계를 맺은 이해되지 않는 존재였고, 진희 역시 마찬가지였다. 다른 사람들도 현준과 비슷한 생각이었는지 서균과 진희는 마치 물 위에 엎어진 기름처럼 쉽사리 분위기에 편승하지 못하고 겉돌고 있었다.

"진희 씨도, 서균 씨도 한잔하세요."

이때, 그들을 향해 난아가 나섰다. 이 자리가 자신만큼이나 불편할 그들이 남 같지 않았다.

"그렇게 하지."

승조가 난아의 말에 힘을 실어주었다.

그 모습에 현준은 남모르게 한숨을 내쉬었다. 사정이 어떠하든 당사자들이 저렇게 아무렇지 않아 하는데, 제삼자가 그들 관계에 대해 왈가왈부 판단할 순 없었다.

"오랜만인데 그렇게 하지?"

현준은 포기했다는 듯 서균을 향해 말했다. 비록 앞으로도 서균을 이해할 순 없겠지만, 그의 친구라는 사실이 변하지는 않을 터였다.

모두의 잔이 한데 어우러졌다. 각자 무슨 생각을 하고 있건, 서로 맞닿은 잔이 내는 소리가 유난히 영롱하게 퍼져 나갔다.

"잠깐 파우더룸에 다녀올게요."

오랜 시간 자리하지 않았어도 난아의 정신적 피로감은 상당했다. 잠깐 한숨 돌리고픈 마음에 난아는 승조에게 작게 속삭였다.

다른 사람과 이야기를 나누고 있던 승조가 시선을 돌려 난아를 바라보았다.

"화장만 고치고 금방 올 테니, 염려 말아요."

그의 눈빛에 걱정이 담긴 것을 본 난아는 아무렇지 않다는 듯 웃었다. 그가 걱정하는 게 뭔지 짐작하고 있기에 힘든 내색을 할 순 없었다.

"저도 같이 가요. 여보, 난아 씨랑 잠깐 나갔다 올게요."

현준의 와이프가 난아를 따라나서자, 승조는 그녀를 향해 고맙다는 듯 고개를 숙여 보였다.

"꽤 답답하지요? 오가는 이야기도 지루하고."

현준의 와이프, 이기자가 투덜거렸다.

"오늘은 처음이라 그런지 조금 힘들고 그러네요."

"에이~ 전 오래되었는데도 매번 어렵고 힘들더라고요. 솔직히 자기들만 좋지, 따라온 여자들까지 좋진 않거든요. 하하하."

솔직한 말과 화통한 웃음에 난아도 함께 웃었다. 그녀 말마따나 시간이 아무리 흐른다고 해도 이 모임이 편해질 것 같진 않았다.

"그런데도 제주도에서 여기까지 왜 오는지 궁금하죠? 안 올 수가 없겠더라고요. 보면 아시겠지만 이 모임 멤버들 구성이 워낙 화려하다 보니, 힘든 일이 생기거나 하면 다 도움이 되거든요. 승조 씨야 타고난 로열패밀리지만 우리 그이는 아니거든요. 어쨌든 현준 씨에게 도움되는 일이니까 감수해야지, 하면서도 매번 힘들긴 하네요."

"저도 타고난 로열패밀리가 아니라 그런지 이 자리가 어렵네요. 하지만 기자 씨처럼 참아보려고요."

기자의 말에 난아는 현실의 씁쓸함에 입안이 쓰면서도 마음으로 와 닿는 게 있었다. 결국 그와 자신의 차이를 인정하고 그것을 극복하려는 노력이 있어야 한다는 단순한 진리를 이제야 깨달았다. 그간 승조와의 격차감에 심적으로 힘들어하기만 했지, 그것을 인정하고 받아들여 이겨내겠다는 생각은 해보지 않았다.

"고마워요. 오늘 큰 것을 얻어 가네요."

난아는 마음에서 우러나오는 감사를 표했다.

"고맙긴요. 앞으로도 우리 잘 지내봐요. 비록 오늘 처음 만나긴 했지만, 다른 사람들과 다르게 난아 씨는 편하게 느껴져 좋네요. 남자들끼리 오래갈 사이니, 우리도 더불어 좋게 만나요. 오래오래~"

기자는 난아의 말 한마디 한마디가 마음에서 우러나오는 듯해서 좋았다. 이래서 까다롭기로 정평이 난 승조가 그녀를 택한 건가 싶었다.

파우더룸 문을 열고 안으로 들어서니, 여자들의 수다 소리가 쏟아졌다.

"……어쩜 이렇게 추잡한 일이 다 있대요?"

"그러게 말이에요. 고승조 씨, 그렇게 안 봤는데 사고방식이 너무 개방적이던걸요. 어떻게 전부인과 현재 애인을 한자리에 두고도 아무렇지 않을 수가 있는 거지요?"

"아까 그 여자와 진희 씨 표정 봤어요? 완전 친구 먹자고 덤빌 기세던데요? 멘탈 붕괴가 따로 없다니까요. 정말 우아하지 못해 상종을 할 수가 없겠더라고요."

앞에 가림막이 있어 누가 떠들고 있는지 보이지는 않았지만, 이건 누가 들어도 그녀와 승조, 진희를 놓고 떠드는 대화였다.

난아의 손이 분노로 떨려왔다. 가림막을 돌아 천천히 앞으로 나가니, 아까 스치듯 보았던 여자들이 난아가 들어선 줄도 모르고 떠들고 있었다.

"그래서 퍽 우아하신 분들은 당사자 앞에선 못 할 말을 이렇게 뒤에서 하시나 봅니다."

더없이 차갑게 쏘아붙이는 난아의 눈매가 사나웠다. 옆에 있던 기자가 그녀의 손목을 잡았지만 도저히 참을 수가 없었다.

난아의 갑작스러운 등장에 모여 있던 여자들 중 일부는 황급히 자릴 피했으나, 꿋꿋하게 남은 두 명의 여자는 오히려 싸울 듯이 다가왔다.

"우리가 뭐, 없는 말 했어요? 남들이 다 추잡하게 생각하는 일이라 말 좀 해본 건데, 그게 그렇게 잘못인가요? 쥐새끼마냥 몰래 엿들은 쪽이 더 이상한 거 아닌가요?"

"뭐예요? 지금 우리보고 쥐새끼라고 했어요?"

이번에는 기자가 발끈해서 나섰다. 가만히 듣고 있자니 말이 도를 넘어섰다.

"그래요, 쥐새끼! 그러면 몰래 엿듣는 불쾌한 존재를 달리 뭐라 표현해야 하나요?"

기세등등한 두 여자가 한 발짝 더 다가왔다. 완전 해볼 테면 해보란 식이었다.

"삼산물산 영애께서 이렇게 말씀이 험한 분이신 줄은 미처 몰랐네요."

이때, 시리도록 차가운 목소리 하나가 가림막을 넘어 들어왔다. 모두의 시선이 그쪽으로 향했다.

또각또각, 또각또각. 자신들 쪽으로 다가오는 구두 소리와 함께, 화려한 외모와 그와 걸맞은 차림의 유진희가 나타났다.

진희의 등장에 삼산물산 딸은 낯빛이 하얘졌다. 눈앞에 있는 어중이떠중이와는 다르게 유진희는 결코 만만한 여자가 아니었다.

이 바닥에서 재력은 곧 힘인 법인데, 그녀의 재력은 그들과 차원이 달랐다. 그녀가 등장하자 삼산물산의 딸과 함께 있던 다른 여자는 은근슬쩍 그 자리를 떴다.

"틀린 말은 아니잖아요!"

눈앞의 어중이떠중이들에게 물러서는 기색을 보일 순 없었던 삼산물산 딸은 다시 목소리를 높였다.

"사과하세요."

하지만 진희의 눈에는 그녀가 오기를 부리는 것으로밖에 보이지 않았다.

"그렇게는 못 하겠는데요? 엄연히 몰래 엿들은 쪽이 잘못이니까요."

"몰래 남의 말 하는 쪽 잘못은 잘못이 아니던가요?"

난아가 삼산물산 딸을 향해 세모눈을 했다. 갑작스러운 진희의 등장에 놀라긴 했지만, 이건 엄연히 그녀와 눈앞의 밉살맞은 여자와의 싸움이었다.

"그게 그렇게 듣기 싫었으면 똑바로 사셨어야지요."

"뭐라고요!"

입꼬리를 틀어 올리며 비웃듯 말하는 밉살맞은 여자의 행동에 난아의 언성이 높아졌다.

"지금 말 다 했어요?"

물론 그 말에 언성을 높인 사람이 난아 혼자만이 아니었다. 진희도 무서운 기세로 바싹 다가들었다.

"부끄러운 줄 모르고 전남편 친구랑 연애하는 여자나 이혼하고 애까지 딸린 남자랑 좋아 죽는 여자나 유유상종……."

철썩!

분노를 눌러 참기만 하던 진희의 손이 끔찍한 말만 쏟아내는 여자의 뺨을 있는 힘껏 올려붙였다. 그 모습에 오히려 깜짝 놀란 난아는 머리끝까지 차올랐던 분노가 밑으로 하강함을 느꼈다. 유진희, 그녀가 이렇게까지 할 줄은 미처 몰랐다.

"이 여자가…… 당신, 지금 날 쳤어? 그런 거야?"

충격으로 멍해 있던 여자가 이번에는 반격을 했다.

철썩!

뺨을 맞은 진희의 얼굴이 옆으로 휙 돌아갔다.

철썩!

이번엔 진희 차례였다. 연달아 두 대를 맞은 삼산물산 영애의 얼굴이 벌겋게 달아올랐다.

"꺄아아아악! 남편 친구랑 붙어먹은 주제에 누굴 감히!"

급기야 그녀는 고래고래 소리를 지르며 진희의 머리채를 휘어잡고 짤짤 흔들기 시작했다.

"그래, 오늘 아주 끝장을 보자 이거지?"

진희도 지지 않고 그녀의 머리채를 붙잡았다.

"진정들 하세요. 이러시면 안 돼요."

그 모습에 당황한 난아가 둘 사이에 끼어들어 말리려 했다.

"너라고 다른 줄 알아?!"

난아가 진희와 편먹고 자신에게 덤비는 줄로 착각한 여자는 반대편 손으로 난아의 머리채를 휘어잡았다.

"아악!"

졸지에 머리채를 잡힌 난아는 너무 아파 비명을 지르며 자신도 모르게 앞의 여자를 손으로 후려쳤다.

"악! 너 날 쳤어?"

두 사람의 머리채를 양손에 붙잡고 있던 여자가 머리채를 놓더니 난아를 향해 주먹을 휘둘렀다. 난아가 그 힘에 나가떨어졌고, 그 모습을 본 진희는 앞의 여자를 발로 냅다 걷어차 버렸다.

"악! 이것들이!"

진희의 발에 채여 바닥에 쓰러진 여자는 분노로 눈이 뒤집히기라도 했는지, 이제 막 일어서려는 난아의 등에 주먹을 날렸다.

"으악!"

이번엔 난아가 앞으로 고꾸라졌다. 일단 넘어진 난아를 부축해서 일으킨 진희가 여자를 향해 성큼 걸어갔다. 여자는 진희의 사나운 기세에 뒷걸음질 쳤다.

"이게 대체 무슨 일이야!"

"난아 씨! 진희 씨! 효진 씨!"

"다들 괜찮아요?"

여자들의 분위기가 험악해진 순간, 기지가 일을 수습하고자 승조와 서균에게 모든 것을 알렸고, 그들이 안색을 싹 바꾸고 일어서자 사람들은 무슨 일이라도 났나 싶어 따라온 것이었다. 그 덕에 그리 넓지 않은 파우더룸이 사람들로 만원이 되었다.

"많이 다쳤습니까?"

승조는 빠르게 다가와 난아를 부축했다. 난아의 얼굴에 난 빨간 자국이 그의 이성을 날려 버렸다.
"당신, 괜찮아?"
서균도 진희의 어깨를 감싸 안았다.
"여보~ 흑흑. 당장 경찰 불러요. 그리고 박 변호사도 오라고 해요. 나, 이 여자들 절대 그냥 안 둘 거예요."
울음보가 터진 삼산물산 딸은 자신에게 다가온 남편을 향해 표독스럽게 말했다. 하지만 그녀의 남편은 진희와 승조의 눈치를 보는 데 급급했다. 외견상 많이 다쳐 보이는 사람은 자신의 아내가 아닌 두 여자였기 때문이다.
"멀리 있는 변호사 찾으실 거 없습니다. 잊으셨습니까? 제가 변호사인 것을요."
서균이 싸늘한 태도로 한발 나섰다.
"서균아, 빡빡하게 이러기야? 그냥 소소한 다툼이 있었던 모양인데, 좋게 넘어가자고."
"좋게 넘어가긴 뭘 넘어가요?"
"당신은 가만히 좀 있어. 뭘 잘했다고 나서길 나서?"
난감한 얼굴이 된 남자는 아내가 뭐라 한마디 나서자, 단호하게 제지했다.
"소소한 다툼이라고 하기에는 일이 너무 커졌지. 무슨 일이 있었는지 모르지만 시시비비만큼은 명확히 가려야 하지 않겠어?"
승조가 난아의 얼굴에 시선을 고정한 채 싸늘하게 응수했다.
"저도 같이 있었기에 말씀드릴게요. 일단 사건의 발단은 효진 씨가 먼저 두 분 험담을 하셨고, 그걸 들은 난아 씨와 진희 씨가 항

의하자 더 큰 모욕을 줬어요. 잘못은 효진 씨가 먼저 했어요."

기자가 나서자 모든 이의 시선은 효진과 그녀의 남편에게로 향했다.

"내가 어딜 가나 그 입 간수 좀 잘하라고 했지? 기어이 이런 사단을 만들어?"

"어머! 당신은 내 말은 들어보지도 않고 지금 저 사람들 말만 믿는 거예요?"

효진은 남편의 말에 화가 치밀어 올랐다.

"어디 이런 일이 한두 번이었어야 당신 말을 믿지! 둘에게 정말 미안하지만, 날 봐서라도 이번 일은 조용히 덮어주면 안 되겠어?"

고개 숙여 잘못을 비는 친구의 모습에 서균과 승조는 아무 말도 하지 않았다. 둘 모두 이 일을 그냥 넘기고 싶은 마음이 전혀 없었기 때문이다.

"승조 씨, 그렇게 해요. 일 크게 벌여서 좋을 게 없잖아요."

난아가 슬며시 승조의 손을 붙잡고 말을 건넸다. 정말로, 여기서 일을 더 크게 만들어서 좋을 게 없었다. 이 문제가 확대되면 그가 좋지 않은 구설에 휩싸일 것만 같았다.

"그럴 순 없습니다. 당신이 다쳤지 않습니까?"

승조의 목소리에 담긴 분노와 차가움은 한도 이상의 것이었다.

"실은 저보다 저 여자가 더 다쳤어요. 의도했던 건 아니지만 전 주먹으로 때렸고, 진희 씨는 발로 걷어차기까지 했거든요. 막상 파헤치다 보면 우리가 불리하다고요."

난아는 바로 곁에 서 있는 진희를 가리켜 보이며 어깨를 으쓱였다. 하지만 얻어맞고 바닥에 나가떨어졌을 때 어깨 어딘가를 잘못 부딪힌 건지 아픔이 덮쳐 와 자신도 모르게 인상을 찡그렸다.

그 모습을 온전히 다 보고 있던 승조의 안색이 밝지 않았다.

"우리보다 저 여자가 더 맞긴 했죠. 어쨌든 2대 1의 싸움이었으니까."

"어이구, 그러셔서 얼굴이 이렇게 되셨어요?"

진희가 난아의 말에 한마디 보태자 서균이 어이없다는 표정으로 말을 이었다.

"일단 병원부터 갑시다."

난아가 인상을 찌푸린 것이 못내 신경 쓰였는지 승조가 나섰다.

"병원은 무슨……."

"아니, 그게 맞는 말 같아. 가자고."

진희가 거절할 듯 말끝을 흐리자 서균이 단호하게 나섰다. 승조도 말없이 난아의 팔을 잡아 이끌었다.

이런 일이 소문나서 좋을 게 없기에, 그들은 승조와 연이 닿아 있는 병원으로 가 진료를 받았다. 진료를 마치고 나란히 병원을 나오는 그들은 화기애애하진 않았지만, 적어도 거북함과 불편함 등의 감정은 사그라지고 없었다.

"집으로 가는 건가?"

서균이 먼저 말문을 열었다.

"그래야지. 오늘 수고 많았어."

"수고는 뭘. 수고는 여기 계신 분들께서 하셨지."

서균과 승조가 동시에 진희와 난아를 바라보았다.

"정당방위였어요. 먼저 시작한 건 그 여자였다고요."

말을 하다가 맞은 곳이 욱신거리는지 진희는 인상을 찌푸렸다.

"폭력에 폭력으로 대응한 게 옳은 방법은 아니지만, 뺨 맞고서 다른 쪽 뺨도 마저 때리라고 내미는 흥부가 될 순 없었다고요."

왠지 억울한 심정이 된 난아가 투덜거렸다. 치고받고 싸운 게 잘한 행동은 아니었지만, 그 상황에선 어쩔 도리가 없었다.

"발길질까지 하신 분이 할 말은 아닌 것 같은데……."

"얼굴에 그림 그린 분이 할 말은 아니지 싶습니다만."

서균과 승조는 동시에 말을 하고는 결국 피식 웃어버렸다. 이젠 자국 난 것을 떠나 퉁퉁 부어오르기 시작한 얼굴로 비슷한 표정을 짓고 있는 두 여자의 모습이 묘하게 닮아 있었다.

병원 앞에서 헤어진 그들은 각자 갈 길로 움직였다.

비록 앞으로 유기적 관계를 형성해 나갈 수밖에 없는 사이긴 해도, 그들 사이는 서로 맞닿을 수 없는 평행선처럼 늘 일정 거리가 유지될 터였다.

❀

"정말 괜찮겠습니까?"

난아의 집 앞에 차를 세운 승조는 난아가 앉은 쪽 문을 열어주면서도 내내 걱정스러운 표정이었다.

"글쎄요. 혼이 나긴 하겠지만 일단 넘어져서 다친 거라고 우겨 보려고요."

별일 아니라는 듯 가볍게 말하고 있었지만, 내심 걱정이 되긴 했다. 하지만 절대 사실대로 이실직고할 수는 없었다.

"믿어주시겠습니까?"

"당연히 안 믿으시겠지요. 하지만 그렇다고 계속 추궁하실 분들은 아니세요."

난아는 어깨를 으쓱였다.

"같이 들어가 줄까요?"

마음이 놓이지 않는지 승조의 목소리에는 걱정이 가득했다.

"아니요, 그건 안 돼요. 분명 승조 씨에게도 사실을 물어보실 텐데, 그땐 뭐라 말하려고요?"

날카롭게 현실을 직시하고 있는 그녀의 예리함에 승조는 설핏 웃었다. 어른들이 그에게 자초지종을 물어오면 없는 말을 꾸며낼 수도 없으니 퍽 난감할 터였다.

"내일 일어나면 많이 아플 겁니다."

"생각보다 많이 안 맞았다니까요! 아마 그 여잔 내일 일어나지도 못 할걸요?"

어쩐지 고소해 보이는 표정의 난아가 사랑스럽고 안쓰러웠던 승조는 그녀를 부드럽게 끌어안았다.

"미안합니다. 나 때문에 이런 일까지 겪게 하고."

승조의 음성이 그녀의 귓가에 달콤하게 와 닿았다.

"그런 말 하지 말아요. 승조 씨가 그럴 때마다 내가 더 아프니까."

그가 미안해하는 게 싫었다. 그의 잘못이 아닌데도 미안해하고 사과하는 것을 볼 때면 마음이 쓰라렸다.

승조는 난아의 등을 위로하듯 쓸었다. 깃털을 가지고 놀 듯 섬세한 손놀림에 난아는 알게 모르게 쌓였던 긴장이 풀어짐과 동시에 다른 의미에서 신경이 곤두서기 시작했다.

"……이만 들어가 볼게요."

난아는 인내심을 발휘해서 그의 품 안에서 빠져나왔다. 조금만 더 있다간 만사 제쳐 놓고, 앞뒤 가늠조차도 않은 채 그에게 달려들 것만 같았다.

"들여보내기 싫습니다."

마음은 마음으로 통한다더니, 이심전심이었나 보다.

"……실은…… 저도 그래요."

말을 끌다가 뒷말을 빠르게 쏟아낸 난아는 후다닥 대문 안으로 사라졌다.

두근두근, 두근두근.

심장이 독립 시위라도 하는 듯 격하게 요동을 쳤다. 뛰어서 숨이 가쁜 게 아니었다. 마음이, 두근거리는 마음이 가라앉지 않고 있었다.

난아는 대문에 등을 기댄 채 잠시 숨을 깊게 들이마시며 심호흡을 했다.

"들여보내기 싫습니다."

"아, 어떻게 해, 어떻게 해! 너무 좋아! 너무너무 좋아!"

난아는 설레는 마음을 발을 마구 구르고, 온몸을 비트는 것으로 표현했다. 이렇게라도 에너지 발산을 하지 않으면 오늘 밤은 잠을 잘 수가 없을 것만 같았다.

"뭐 하느라고 안 들어오나 했더니 혼자 보기 아까운 쇼를 하고 있었네."

"초아야~ 나 너무 행복해."

초아의 비꼼마저도 달달하게 들렸던 난아는 뛰어가 동생을 덥석 안았다.

"가만가만, 내가 뭘 잘못 봤나? ……악! 언니, 얼굴이 이게 뭐야? 어디서 맞고 오기라도 한 거야?"

"어? 아, 아냐. 맞기는…… 아무것도 아니야."

깜짝 놀란 난아가 손으로 얼굴을 가렸지만 가려질 리가 없었다.

"대체 이 꼬락서니 어디가 아무것도 아닌 건데? 누구야? 누구한테 맞고 다닌 거냐고?"

입에서 불을 뿜어내는 용처럼 길길이 날뛰는 초아의 모습은 예전 어린 시절을 떠올리게끔 했다. 하지만 옛 추억을 되새김하기에는 장소도, 시간도 맞지가 않았다.

"입 좀 다물어라. 엄마 아빠 듣고 뛰어 나오실라."

난아는 고래고래 소리를 질러대는 초아의 입을 손바닥으로 막았다.

"그러니까 사실대로 불어. 형부 친구들 모임에 간다고 꽃단장까지 하고 나간 사람이 왜 이 꼴이 되어 나타난 건지를 말이야."

으르렁거리는 초아의 목소리는 거의 협박조에 가까웠다.

"그게…… 어떤 몰상식한 여자가 승조 씨와 나를 험담하잖아. 그래서 피치 못하게 조금 다툼이 있었어."

난아는 진희와 서균의 이야기는 쏙 뺐다.

"그래서 잔 다르크 출동하셨던 거야? 모양새 보아하니 병원은 다녀온 것 같고. 병원에서는 뭐래?"

"뭐라 하긴, 그냥 별거 아니라고 하지. 집에서 치료해도 되는 걸 굳이 승조 씨가 병원에 데려가더라고."

난아의 말에는 약간의 자랑도 포함되어 있었다.

"이 와중에도 자랑질을 하고 싶냐? 그리고 기왕 싸울 거면 이겼어야지, 이 꼴이 뭐야?"

눈치 빠른 초아가 그걸 모를 리 없었다.

"너 설마 지금 내가 맞기만 했다고 생각하는 거야? 내가 이 정도면 그 여자는 지금 어떻게 되었겠어?"

"뭘 어떻게 돼? 당연히 언니보다 멀쩡하겠지. 내가 언니를 몰라? 언니는 자신이 휘두른 주먹에 스스로 맞을 위인이야."

제법 으스대는 난아에게 초아는 비웃음의 콧방귀를 날렸다.

"야, 그러지 말고 엄마 아빠 거실에 계시나 살펴나 봐라~"

초아에게 윙크를 한 난아가 애교 있게 부탁을 했다.

"그따위 애교는 형부에게나 해!"

말은 그렇게 하면서도 초아는 별말 없이 현관으로 들어가 안을 살피고 나왔다.

"빨리 와. 지금 안 계시니까."

초아의 말에 집 안으로 빨려 들어가듯 들어선 난아는 잽싸게 방으로 갔다.

"휴…… 세이프!"

"내일 아침에는 어쩌려고? 설마 그 얼굴이 하룻밤 사이에 다 낫길 바라는 건 아니겠지?"

뒤따라 들어온 초아의 잔소리를 귓등으로 흘리며 난아는 옷을 갈아입었다.

"몰라, 몰라. 내일 두 분 일어나시기 전에 일찍 나가지 뭐. 그래서 하는 말인데, 아침에 나 일 있어서 빨리 나갔다고나 말해주라."

난아는 침대에 벌렁 드러누웠다. 방에 들어오니 긴장이 풀려선지 온몸이 나른하면서도 욱신거려 왔다.

"알았어. 그런데 진짜 괜찮은 거 맞긴 한 거야?"

초아는 대체 무슨 일이 있었던 건지 상세히 물어보고 싶었지만 참았다.

"괜찮다니까~ 걱정은 그만하시고 불이나 끄고 나가. 나 너무 피곤해서 그만 잘래."

난아는 이불 안으로 꼬물꼬물 기어들어 가고 있었다.

"적어도 화장은 지우고 자야지."

"몰라, 몰라. 내일 할래……."

난아의 목소리가 점차 작아지며 들리지 않게 되자 초아는 불을 끄고 방을 나왔다. 운동신경이라고는 전혀 없는 난아가 자신의 몸을 돌보지 않고 몸싸움을 했다는 게 좀처럼 믿기지 않았다.

"이제는 간 말고 다른 장기도 비대해지는 건지도……."

퉁퉁 부어오른 난아의 얼굴이 떠올라 초아는 피식 웃고 말았다.

29.
수용

온몸이 물에 젖은 솜마냥 무겁고 처지는 게, 유독 일어나기 싫은 아침이었다. 하지만 오늘만큼은 부모님이 깨시기 전에 빨리 집을 나서야 했던 난아는 평소보다 일찍 일어났다.

"으악!"

침대에서 일어나 무심코 거울을 들여다본 난아는 순간 터져 나오는 비명을 숨길 수가 없었다. 잽싸게 손으로 입을 틀어막아 나오는 비명을 삼킨 그녀는 묵직한 몸을 이끌고 거울 앞에 섰다.

"불어 터진 왕만두도 이보단 낫겠다."

그녀는 처절하게 절망했다. 얼굴의 부기는 어제보다 더 심했고, 얼굴에 수놓인 형형색색의 색감 또한 한층 더 화려해져 있었다.

"이 꼴로 출근해야 하는 건가……. 마주치는 사람마다 쳐다보고

수군거릴 텐데. 그런데 뭐라고 둘러대나. 그냥 계단에서 굴렀다고 할까?"

거울을 보며 한숨을 내쉰 난아는 간신히 몸을 일으켜 출근 준비를 했다. 세수하기 곤란한 상태라 따스한 물에 적신 수건으로 대강 얼굴을 닦아낸 후 화장대 앞에 앉았다. 우선 얼굴의 멍 자국이 조금이라도 흐려 보이게 파운데이션과 컨실러를 집어 들었다.

"급하긴 급했나 보네. 이렇게 이른 시각에 화장대 앞에 앉아 있는 걸 보면. 그런데 어디 그래갖고 되겠어?"

이제 막 일어났는지 부스스한 모습의 초아가 방에 들어오더니, 난아의 손에 들린 화장품을 뺏어 들었다.

"네가 마법 좀 부려 봐. 아주 없애긴 불가능한 거 아니까, 그냥 얼굴 들고 다닐 수 있게만 해주라."

"많은 걸 바라지마. 설령 해리포터가 온다 해도 그건 어려우니까."

"나쁜 년!"

난아가 투덜거리거나 말거나 초아의 손은 바쁘게 움직였다. 그래도 초아의 손놀림으로 멍 자국의 색감이 많이 옅어졌다.

"어쨌든 긴투를 빌어."

작업을 끝낸 초아가 하품을 하면서 방을 나섰다.

"엇? 시간이 벌써……."

부모님이 일어나실 시간이 임박해 있었다. 이 상태가 발각된다면 끝장이라는 생각에 난아는 재빠르게 옷을 껴입고 전력 질주해서 대문 밖으로 나왔다.

"응? 저 차는?"

이젠 멀리서 봐도 한눈에 알아볼 수 있는 승조의 차가 시야에 들어왔다.

"어쩐 일이세요?"

운전석에서 나온 기사가 인사를 하자, 난아는 얼굴을 가리듯 푹 수그리며 인사를 했다. 어쩐지 굉장히 부끄러웠다.

"몸 안 좋으실 테니 학교까지 모셔다 드리라고 하셨습니다."

"아…… 감사합니다."

난아는 염치 불구하고 차에 올라탔다. 그렇지 않아도 이 꼴로 전철에 버스까지 어찌 타나 생각했었는데 다행이지 싶었다.

차가 매끄럽게 출발하자 그녀는 승조에게 전화를 걸었다.

[탔습니까?]

나직하지만 웃음이 감돌고 있는 목소리를 듣자, 난아는 왠지 모르게 목덜미에서부터 찌르르르 전율이 일었다.

"네, 탔어요. 고마워요. 그렇지 않아도 전철이랑 버스 타는 걸 걱정했었거든요. 그런데 이렇게 아침 일찍 나올 걸 어떻게 알았어요?"

별말 하지 않았는데 어떻게 알았을까 신기했다.

[내가 아는 난아 씨라면 그럴 것 같았으니까요.]

가슴에서 몽글몽글 벅찬 감정이 피어올랐다. 이래서 이 남자가 매 순간 더 좋아지는 건가 보다. 그와 함께하는 모든 순간마다 그가 자신을 생각하고 있음을 느끼게 해주니 말이다.

보호막처럼 그녀를 감싸주는 그런 든든함과 따스함. 이 사람과 함께라면 불분명한 미래마저도 서슴지 않고 같이할 수 있을 것 같았다.

"저기 있잖아요. 나는 승조 씨가 있어 너무 좋아요."

뒷말은 마치 속삭이듯이 중얼거린 난아는 전화를 후다닥 끊었다. 전화를 끊었어도 마음은 여전히 바글바글 끓어올랐다.

승조 덕분에 일찍 출근해서 그런지 그녀는 마주치는 사람 없이 반으로 들어섰다. 물론 이제부터가 시작이긴 했다.

'적어도 오늘 하루는 닌자 놀이를 해야겠네.'

난아는 거울을 꺼내 얼굴을 다시 한 번 점검했다. 그래도 초아가 일찍부터 애써준 덕분에 자세히 들여다보지만 않으면 괜찮을 것도 같았다.

드르륵. 책상 위에 올려둔 전화기 진동음에 난아는 화들짝 놀랐다.

—멍 생긴 그다음 날엔 온찜질이 좋대. 그리고 가급적이면 나이 생각해서 쌈질은 하지 말자.

초아의 메시지였다. 시납게 굴긴 해도 역시 동생은 다정했다.

"온찜질이라…… 학교에 그런 게 있을 턱이……."

난아는 잠시 궁리를 했다.

"있네, 있어. 따뜻한 커피라도 뽑아야겠다."

불현듯 생각이 난 그녀는 자판기가 있는 1층 휴게실로 총총 걸어갔다. 그곳은 선생님들뿐만 아니라 직원들, 외부 손님들도 빈번히 이용하는 휴게실이라 특히 더 조심해야 했다.

"난아 씨!"

"으아악!"

조심스럽게 걷던 차에 누군가가 뒤에서 갑자기 어깨를 확 잡아오자, 난아는 너무 놀라 소리를 질렀다. 놀람의 정도가 클수록 발이 땅에 박힌 듯 오도 가도 못 한다더니, 과연 그 말이 딱 맞았다.

"하여간 언제나 빅재미 주신다니…… 어라? 김 쌤, 얼굴이 왜 그 모양이야?"

난아의 놀라는 모습에 깔깔 웃던 지영은 그녀의 얼굴을 보고 놀랐다.

"지영 씨, 제발 쉿!"

난아는 손가락을 지영의 입술에 갖다 대고 지그시 눌렀다.

"어찌 된 일이야? 혹시 맞았어?"

지영은 사방을 두리번거리더니 목소리를 낮추고 질문했다.

"그럴 리가 없잖아. 넘어진 거야."

'넘어진 건 넘어진 거지. 다만 얻어맞고 넘어져서 그렇지.'

난아는 강력하게 부인했다.

"넘어져서 생긴 멍치고는…… 알았어, 알았어. 일단은 넘어진 걸로 알고 있으면 된다, 이거지?"

의심스러운 눈초리를 보내던 지영은 난아의 절박한 표정에 한 수 접었다.

"다른 사람이 물어도 넘어져서 그런 거라고 말해주기다?"

"오케이. 접수!"

지영이 시원하게 답하자, 난아는 그제야 안심이 되었다.

"그런데 지영 씨가 이렇게 일찍 어쩐 일이야? 평소 출근보다 빠른 것 같은데."

"아, 맞다! 지난번 말했었던 교육 일정이 잡혔대. 어제저녁, 주임선생님께 듣고 너무 설레서 아침 일찍 눈이 떠졌지 뭐야?"

지영이 호들갑을 떨며 난아의 두 손을 잡고는 마구 흔들어댔다.

"정말? 그런데 무슨 교육이길래 설레서 잠을 다 못 잘 정도야?"

"아니, 교육 내용보단 장소가 설레."

"장소가?"

"응. 장소가 강릉의 경포로열리조트래."

지영의 눈동자는 마치 꿈꾸는 듯 몽롱하게 풀어져 있었다.

"그래? 그런데 그게 어때서?"

"경포로열리조트 몰라? 바닷가 절벽 위에 지어져서 경관 빼어나기로 유명한 그 리조트를? 도도한 가격에도 불구하고 연중 객실 예약이 모두 꽉 차서 잡기도 힘들다는 그곳을 정녕 몰라?"

지영은 무슨 외계인 바라보듯 난아를 쳐다보았다.

"이름은 들어봤지만 자세히는 몰라."

"정말 예은, 이곳은 너무 멋진 곳이야. 계약직 교육도 그런 럭셔리한 곳에서 1박 2일로 하다니. 그야말로 미리 가는 여름휴가 아니겠어?"

지영의 마음은 이미 경포로열리조트에 가 있었다.

"그런데 날짜는 언제래?"

난아는 조금 걱정되었다. 얼굴이 이 꼴이라 어딜 간다 해도 마음이 편할 것 같지 않았다.

"다음 주 토요일 아침 9시부터 저녁 6시까지 교육이래. 대부분 쌤들 집이 여기다 보니 늦게까지 교육받는 김에 하룻밤 쉬란 의미에서 숙소 제공까지 하는 거고. 그런데 그 숙소가 로열리조트라는 거지! 그건 그렇고 난아 씨, 우리 수영복 가져가자. 거기 수영장이 스파(Spa)라 아주 끝내준다더라고."

지영이 빛나는 눈동자로 달려들 듯 말했다.

"절대 싫어. 난 그때 그 일로 수영복이라는 것은 절대 입지 않겠다고 결심했거든."

난아의 뇌리에 일전에 지영, 승조, 유라와 함께 갔던 수영장에서의 아찔했던 순간이 떠올랐다.

"그래. 그건 그때 가서 따지자고. 근데 그 얼굴, 다음 주까진 괜찮아지겠지?"

지영은 난아의 얼굴 곳곳을 손가락으로 가리켜 보였다.

"괜찮아지게끔 노력해야지. 그렇지 않아도 온찜질이 멍 빼는 데 좋다고 해서 따스한 것 사서 마사지라도 해보려던 참이었어."

"빨리 나으란 뜻으로 내가 사줄게. 그런데…… 김 쌤이 졌지?"

지영은 자판기에 돈을 넣으며 지나가는 말로 질문을 던졌다.

"싸운 거 아니라니까!"

"그래, 그래, 얼굴은 비록 그 모양이 되었어도 이긴 걸로 쳐줄께. 하하하하."

난아에게 캔 음료를 건넨 지영은 붙잡힐세라 도망을 갔다. 그런 지영을 보던 난아도 결국 웃고 말았다.

"교육이라. 이게 웬 횡재람. 진짜 선생님이 된 것 같잖아."

생애 처음 받게 될 교육에 대한 기대로 그녀의 가슴이 설렘으로 빵빵하게 부풀어 오르기 시작했다.

퇴근 무렵이 다가오자, 난아는 벌써 여러 번째 전화를 확인하고 있었다.

"이상하다. 오늘은 왜 한 개도 없지."

이쯤 되면 승조에게서 메시지가 여러 개 와 있곤 했는데, 오늘은 한 통도 없었다.

'이것 좀 보라지, 내가 고백한 지 얼마나 되었다고. 벌써부터 다 잡은 물고기 취급이다 이거지?'

잡은 물고기엔 먹이 주는 법 없다더니, 그게 딱 맞는 말이었다.

'역시 생긴 거답게 타고난 낚시꾼이었어.'

투덜거리며 가방을 챙겨 교문으로 향하는 발걸음이 무거웠다. 교문까지도 꽤 걸어야 했지만, 버스정류장까지도 한참을 가야 했다. 학생들은 하교한 지 오래고, 선생님들마저 거의 빠져나간 터라 교내뿐 아니라 번잡했던 교문도 한적했다.

'역시 밀고 당기기를 좀 했어야 했나.'

어쩐지 온몸에 기운이 쏙 빠져나가는 게 뭘 하고 싶은 의욕도, 의지도 사라지고 껍데기만 남은 듯한 기분이 들었다.

부우우웅. 가방에 넣어둔 휴대폰이 요란하게 진동하자 난아는 잽싸게 전화를 꺼내 들었다.

"네……."

그러지 말아야지 하면서도 서운한 마음이 목소리에 담겨 나왔다.

[어딥니까?]

“어디면요?

그의 목소리에 온몸의 세포가 일어나 기립 박수를 치고 있는데도, 목소리는 여전히 부루퉁하게 나왔다.

[무슨 일 있었습니까?]

“아뇨~ 일은 무슨 일요. 아무 일도 없었어요.”

난아의 입술이 심술궂게 비틀렸다. 마음이 꽈배기 꼬이듯 배배 꼬여 갔다.

[그런데 목소리가 왜 그렇습니까?]

“제 목소리가 뭐 어떤데요?”

‘내가 궁금하긴 했어요? 그렇게 궁금한 사람이 어떻게 연락 한 번을 안 했대요?’

그를 몰아붙이고 싶었지만 그녀는 꾹 참았다. 그렇게 말하고 나면 분명 밑바닥을 다 드러낸 것 같은 기분이 들어 스스로 비참해질 것 같았다.

[지금 난아 씨 목소리는 내가 너무 보고 싶다고 말하고 있는 것 같습니다만.]

“아, 아니거든요! 전혀 아니에요. 전 하나도 보고 싶지 않았어요.”

웃음기마저 서려 있는 승조의 음성에 난아는 더욱 그가 얄미워졌다.

[그런 거였습니까? 내가 그러니 난아 씨도 그럴 것 같았는데 아니었나 보군요. 그럼 얼굴 봤으니 그냥 가야겠습니다.]

"자, 잠깐만요. 얼굴 봤으니 간다니요? 지금 여기 있어요?"

그제야 그의 말이 무언가 이상하다는 것을 느낀 난아가 주위를 두리번거렸다.

교문에서 버스정류장까지는 인도를 끼고 있는 일직선 도로였다. 그의 차가 세워져 있다면 분명 보였을 텐데, 시야가 미치는 그 어디에도 그의 차는 없었다. 아니, 주차되어 있는 차라고는 단 한 대도 없었다.

"지금 장난치는 거죠?"

난아는 급기야 화가 머리끝까지 뭉글뭉글 피어올랐다.

"그럴 리가 있겠습니까?"

갑자기 마법처럼 승조가 나타났다.

"어? 갑자기 어디서 나타난 거예요?"

너무 놀란 그녀는 여전히 전화기를 귀에 댄 상태로 눈앞의 그를 멍하니 바라보았다.

"난아 씨가 보이기 전까진 나무 앞에, 난아 씨가 보이고부터는 나무 뒤에 서 있었습니다."

온몸에 기름이라도 바른 듯 유들유들한 그가 얄미웠지만, 그 감정보다 반가움이 앞섰다. 난아는 승조에게 다가가 그를 꽉 껴안았다. 학교에 남아 있는 사람이 별로 없긴 해도 학교 앞이건만 그녀의 행동은 대범했다.

"거봐요, 내가 보고 싶었던 거 맞지 않습니까?"

승조는 낮게 웃으며 난아를 마주 안았다.

"퇴근 전까지 메시지 최소 세 개 이상! 퇴근 후 전화 두 번 이상!

그 이하는 절대 안 돼요."

여전히 그의 가슴에 얼굴을 댄 채, 그의 향기를 들이마시던 난아가 강경한 어조로 말했다.

"다음에는 지금 말한 사항들 가급적이면 지키도록 할게요."

그가 말을 꺼낸 이상, 무슨 일이 있어도 지킬 거란 것을 잘 알고 있는 난아는 안심했다.

"그런데 혹시 무슨 일이라도 있었어요?"

"일이 조금 많았습니다."

주말 시간을 완벽히 비우기 위해서 해외 지사에 혹시 생길지 모를 만약의 사태까지 대비하느라 바빴다는 말을 할 수는 없었다.

"좋아요, 그럼 오늘 일은 용서해 줄게요."

승조는 답삭 안겨오는 난아를 품 안에 가두고 그녀의 정수리를 턱으로 지그시 눌렀다.

그는 자신의 행동 하나하나에 큰 감정 변화를 보이는 난아를 보며, 앞으론 지금보다 더 섬세하게 그녀를 살펴야겠다는 생각을 했다. 지난번 미국에 어머니를 뵈러 갔을 때, 여자는 도자기와도 같으니 깨질까 금 갈까 늘 조심하며 섬세하게 다루어야 한다고 말씀하셨던 게 이제야 납득이 되었다.

"저녁 같이 먹으러 가요."

난아는 그의 품을 벗어나 이번엔 손을 깍지 껴서 잡았다.

"아까까지는 삐져 있느라 느끼지 못했는데, 이제야 슬슬 배가 고프네요."

"그랬습니까?"

승조는 난아를 사랑스럽게 내려다보았다. 불퉁거리며 말했어도 그만큼 그를 생각하고 원했다는 말 같아 그저 좋게만 들렸다.

"뭐, 별수 없지요. 승조 씨를 너무 좋아하는 내 탓이니까요. 원래 더 많이 좋아하는 사람이 손해보는 거래요."

"그 말이 사실이라면 난아 씨가 손해볼 일은 평생 없습니다."

승조는 걸음을 멈추었다. 그러자 그의 손을 마주 잡고 앞뒤로 장난스럽게 흔들며 걷던 난아의 걸음도 멈추었다.

"왜요?"

난아의 심장이 또다시 주인의 의지를 어기고 마구 뛰기 시작했다.

"언제나 내가 당신을 더 많이 좋아할 거니까……."

그를 바라보는 그녀의 눈빛이, 무슨 답변이 나올까 바짝 긴장하면서도 기대하는 듯한 그 눈망울이 너무도 사랑스러웠다.

승조는 손을 내밀어 난아의 얼굴을 부드럽게 감싸 쥐었다. 그러고는 이마, 눈, 코를 지나 입술에 입을 맞추었다.

"이런 건 초등학생도 안 한다면서요?"

둘 사이를 휘감고 도는 설렘 가득한 분위기에 난아의 음성이 다소 떨려 나왔다.

"나이에 맞게 뭔가를 하기에는……."

점점 다가오는 그의 얼굴, 난아는 눈을 꽉 감았다.

"……이곳은 올바른 장소가 아니니까요."

귓가에 살며시 속삭이는 그의 목소리에 또 한 차례 전율이 일었다.

"이봐요, 고승조 씨! 어디서 강습받죠? 그렇죠?"

아무렇지 않게 앞서 걸어가는 그의 태도에 난아는 잠시 멍해졌다가, 정신을 차렸다.

"강습이요?"

"여자의 마음을 들었다 놨다 할 수 있는 비법 전수해 주는 뭐 그런 거 받으러 다니는 거죠?"

어느새 쫓아와 팔짱을 꽉 낀 난아가 재잘재잘 잘도 떠들었다. 물론 자신의 말이 어이없다는 것쯤은 잘 알고 있었다. 하지만 이렇게라도 떠들지 않으면 심장이 몸 밖으로 탈출을 감행할 것 같았다.

"내가 그럴 시간이 어디 있습니까? 그런 거 들으러 다닐 시간 있으면 난아 씨랑 좀 더 같이 있겠습니다."

"이봐, 이봐, 입에서 나오는 한마디 한마디가 아주 내 맘을 들었다 놨다!"

난아가 눈을 곱게 흘기고 있을 때, 그녀의 가방 안 전화기가 또 한 차례 진동을 울려댔다.

"엄마예요!"

전화기를 들여다본 난아가 전화 받기를 다소 망설이자, 승조는 어서 받으라는 손짓을 했다.

[퇴근했니?]

"네."

[혹시 승조 군이랑 함께 있니?]

유독 얌전히 답하는 난아의 기색에 어머니는 금세 눈치를 챘다.

"네, 함께 있어요."

[저녁은 먹었고? 혹시 아직 안 먹은 거면 같이 와서 먹든지…….]

난아는 코끝이 찡해왔다. 대수롭지 않게 말하고 있었지만, 엄마 마음이 어떨지 가히 짐작이 갔다.

"우리 아직 밥 안 먹었어요. 집에 가서 먹을게요."

바로 곁에 있던 그도 내용을 다 들었는지 고개를 끄덕였기에, 난아는 편하게 답을 할 수 있었다.

[그럴래? 알았다.]

황급히 전화를 끊는 어머니의 태도에도 난아는 서운하지 않았다. 왜냐하면 엄마는 그들에게 맛난 것을 먹이기 위해서 바빠지실 테니 말이다.

"고마워요, 우리 집 가서 밥 먹는다고 해줘서."

눈가가 홧홧해져 왔다. 이제는 눈치 보지 않고 마음껏 사랑하며 지낼 수 있는데, 왜 이렇게 코와 눈이 찡한지 참 모를 일이었다.

"다음엔 우리 집에서 같이 먹는 겁니다."

"하여간, 빈틈이란 게 없어요. 네네~ 알겠습니다. 다음번에는 꼭 고승조 씨 댁에서 식사하도록 하겠습니다."

"……이제야 웃는군요."

승조는 손가락으로 그녀의 코끝을 살짝 건드렸다. 그러고는 그녀의 어깨를 부드럽게 끌어안았고, 난아는 그를 바라보며 햇살처럼 밝게 미소 지었다.

오래 걸리지 않아 집 앞에 도착한 그들은 예전과는 다르게 한 치의 망설임도 없이 집 안으로 들어섰다. 그런 자신들의 모습에 슬며시 웃음이 비어져 나온 난아는 정원을 가로질러 가면서 그에게 속삭였다.

"역시 이래서 사람 사는 게 재미있다고 하는 건가 봐요. 우리 집에 이렇게 당당히 들어설 수 있다니. 바로 얼마 전까지만 해도 상상도 못 했던 일인데 말이죠."

난아의 웃음 띤 말에 그는 그녀의 뺨에 붙은 머리카락을 정돈해 주었다. 그 다정한 손길에 난아의 웃음이 더욱 커졌다.

"어서 와요."

"어, 엄마!"

엄마의 목소리가 바로 앞에서 들리자, 난아는 화들짝 놀랐다. 그와의 다정한 모습을 들켜 부끄러워졌다.

"안녕하셨습니까?"

승조는 아무렇지도 않다는 듯 그녀에게 머물러 있던 손길을 자연스럽게 거두며 인사를 했다.

"죄지었니? 놀라긴. 어서 들어와요. 저녁이 늦어 시장하겠네."

"네."

아무 일 없다는 듯 어머니가 먼저 집 안으로 들어가셨고, 어머니만큼 태연해 보이는 승조가 그 뒤를 따랐다.

"뛰는 놈 위에 공중전, 우주전 하는 놈 있다더니……."

그런 그의 모습을 보며 담력부터 키울 필요성을 절실히 느낀 난아는 뛰는 가슴을 손바닥으로 지그시 누른 채 안으로 들어섰다.

"뭐야, 뭐야? 형부가 이 시각에 여긴 어쩐 일이야?"

그들이 집 안으로 들어서자, 초아가 달려들 듯이 다가와 그녀의 귓가에 속삭였다. 승조의 방문에 혹시 또 무슨 일이라도 생긴 걸까 싶어 놀란 모양이었다.

"엄마가 저녁 안 먹었으면 와서 먹으라 하셔서 왔어."

"그래? 휴, 난 또 뭐라고……."

초아는 한시름 놓았다.

"이젠 걱정 내려놔도 돼. 너도 그간 나 때문에 맘고생 많았다!"

한숨을 내쉬는 초아를 보며 난아는 미안해졌다. 파란만장한 자신의 연애 때문에 본의 아니게 동생에게도 많은 폐를 끼쳤다.

"됐어! 나중에 이 빚, 이자까지 쳐서 받아낼 테니까."

초아는 미안한 표정을 짓고 있는 난아의 등을 야무지게 팡팡 두들겼다.

"오냐~"

난아는 가방과 겉옷을 소파 위에 놔두고 부엌으로 들어섰고, 그 뒤를 초아가 따랐다. 승조는 이미 반듯한 자세로 식탁 앞에 앉아 있었고, 어머니는 부산스레 접시를 내오느라 바빴다.

"이야~ 뭘 또 이렇게까지 많이 하셨어요? 시간이 많지도 않았을 텐데, 그새 많이도 하셨네."

과장되게 두 팔을 걷어붙인 난아가 식탁으로 다가갔다. 그러자 승조가 우아하지만 빠른 몸놀림으로 일어나 옆자리 의자를 빼고는 앉으라는 듯 고개를 까닥였다.

"헤, 고마워요."

그의 행동에 난아는 눈매가 잔뜩 휘어지게 웃었다.

"으~ 형부, 언니는 의자 하나 제힘으로 어쩌지 못하는 그런 연

약한 과가 아니에요."

"승조 씨에게 있어 이런 건 숨 쉬는 것만큼이나 자연스러운 일이니 네가 적응하도록 해. 승조 씨, 난 누가 뭐라 해도 좋으니 신경 쓰지 말아요."

닭살이 돋아 닭이 되기 일보 직전인 초아의 사정 따윈 알 바 없다는 듯, 난아는 그저 해맑게 웃었다. 그가 자신에게 하는 모든 행동이 좋았다.

그 모습을 가만히 지켜보던 어머니는 희미한 미소를 지으며 짐짓 못 본 척, 자연스럽게 등을 돌렸다.

그가 난아를 세심하게 배려한다는 것쯤은 작은 행동을 봐도 알 수 있었다. 그에게 작다고는 할 수 없는 흠이 있어도, 사람 됨됨이와 난아를 아끼는 마음만큼은 다른 누구보다 나을 거란 보장이 있었다.

'그 마음에 기대 볼 수밖에…….'

"많이 들어요."

어머니는 승조 앞에 접시를 끌어다 놓았다. 체념이 반쯤 섞이긴 했지만, 곱게 보니 곱게 보였다.

"엄마, 저는요?"

"넌 손이 없니? 알아서 먹어라."

초아가 응석 부리듯 한 말에 대강 대답한 어머니가 자리에 앉았다.

"아이고, 서러워라. 하여간 형부 등장하고부터는 난 완전 찬밥 신세 되었다니까요!"

초아의 너스레가 분위기를 좀 더 가볍게 해주었다.

"원래 나이 찬 딸들 잘해주는 게 아니라더라. 너무 잘해주면 집 떠날 생각을 안 한다지 뭐니?"

수저질을 하는 어머니의 눈가에도 잔잔한 웃음이 걸렸다.

"우와, 이젠 아예 출가시킬 준비까지 하시는 거예요?"

초아의 너스레는 정점을 찍어 가고 있었다.

"갈 사람은 가야지. 그래야 그 뒷모습이 아름다운 법이야."

"들었지? 갈 사람은 빨리 가야 한다잖아."

"그런데 그 말을 왜 날 보면서 해? 짝 없는 네가 새겨들어야지."

난아는 자신을 보며 하는 초아의 말에 기가 막혔다. 먹는 모습마저도 잘나고 번듯한 자신의 짝이 동생의 눈에는 정녕 보이지 않는 건가 싶었다.

"내가 왜 짝이 없어? 내가 시도를 안 해서 그렇지, 마음만 먹으면 다음 달에라도 결혼할 수 있을 정도란 말이지."

"지랄 이단옆차기…… 크윽!"

초아의 뻔뻔한 말에 늘 하던 대로 어휘를 쏟아내던 난아는 발과 허벅지에 매섭게 왔다 간 발길과 손길 때문에 말을 더 잇지 못했다.

"캑캑, 사레가……."

"호호, 얘가 대체 뭔 소리를……."

사레들린 듯 기침을 하면서 발등을 밟은 건 초아였고, 허벅지에 왔다 간 호된 손길은 어머니였다.

"괜찮습니다. 저는 개의치 않으니 신경 쓰지 마세요."

슬그머니 눈치를 살피는 초아와 어머니에게 웃어 보인 승조는 난아가 좋아하는 반찬이 담긴 접시를 슬쩍 밀었다. 그런 그에게 응석 부리듯 입술을 삐죽여 보이며 소곤대는 난아의 모습은 행복해 보였다.

'그래, 사는 게 별거 아니지. 그렇게 서로 위해주며 사는 게 행복이야.'

어머니는 비로소 진심에서 우러나오는 웃음을 지을 수 있었다.

30.
열정의 밤

토요일 이른 새벽, 집 앞에서 지영의 차를 기다리고 있던 난아의 기분은 하늘로 솟구칠 듯 유쾌했다.

"김 쌤!"

지영은 난아의 집 앞에 차를 세우더니 창문을 내리곤 타라는 손짓을 해 보였다.

"지영 씨."

어제 보고도 뭐가 그리 반가운지 두 사람은 서로 마주 보고 신나게 웃었다.

"김 쌤, 결국 수영복 안 챙겨왔지?"

뒷좌석에 놓아둔 상당히 가벼워 보이는 난아의 가방을 흘끔 본 지영이 말했다.

"스파고 뭐고, 수영복 입고 하는 건 아무것도 안 한다니까."

"그럴 줄 알고 내가 그때 그 수영복으로 챙겨왔지롱~"

"지영 씨!"

"하하하, 그렇게 싫어하지 말라고~ 또 알아, 요긴하게 쓸 일이 생길지?"

질색하는 난아의 반응에 지영이 키득거리며 의미심장하게 말끝을 뭉갰다.

"하여간 짓궂은 건 타의 추종을 불허한다니까!"

결국 피식 웃어버린 난아는 가방에서 작은 손거울을 꺼내 얼굴 상태를 살폈다. 얼굴을 화려하게 수놓았던 멍 자국들은 이미 사라진 지 오래였으나, 오늘따라 자꾸만 거울을 들여다보게 되었다.

"토요일, 평창에 볼일이 있어 가니 난아 씨 교육 끝날 때쯤 만나러 가겠습니다."

어젯밤 승조가 한 말이 떠오르자, 거울 속 그녀의 얼굴이 기대와 설렘으로 발갛게 달아올랐다.

'드디어, 비로소, 급기야 올 것이 왔는가!'

오늘 밤을 그와 함께하리란 생각에 가슴이 왕창왕창 두근거렸다. 부모님은 교육이 늦게 끝나 제공된 숙소에서 하루 묵고 일요일에나 돌아오는 일정으로 알고 계셨다.

'실제로 그런 일정이니, 난 거짓말한 게 아니야.'

괜히 뭔가 찔리는 사람마냥 스스로에게 열심히 변명을 했다.

"……김 쌤! 어디 안 좋아? 얼굴이 왜 그렇게 빨개?"

"아, 아니, 안 좋긴. 그런데 조금 전에 뭐라고 했어?"

승조 생각에 빠져 있느라 지영의 말을 일부 놓친 듯해 난아는 미안한 표정을 지었다.

"오늘 일어날 모든 일에 대한 보은은 멋진 소개팅으로 하라고."

지영의 목소리가 자못 의미심장했다.

"내가 또 은혜를 모르는 그런 사람은 아니잖아? 그런데 승조 씨 대학 동창 모임 가보니까 다 커플이던데, 솔로인 사람이 있을지 모르겠네."

얼마 되지 않았지만 그때의 씁쓸한 기억이 떠올라 난아는 자신도 모르게 인상을 찡그렸다. 그 자리에 모였던 사람들은 겉으로는 괜찮냐, 다음에는 좋은 모습으로 보자 하면서도 자신을 은근한 무시와 비난의 시선으로 바라보고 있었다.

'에잇, 떠올리지 말자!'

난아는 기억의 잔재마저 털어내려는 듯 고개를 세게 흔들었다.

"하여간 이 세상에 괜찮은 남자들 씨가 말랐다니까. 그러고 보면 난아 씨는 전생에 나라를 구한, 아니, 인류를 구한 사람이었나 보다."

"하하, 그럼 지영 씨는?"

지영의 익살스러운 감탄사에 난아는 까르르 웃었다.

"나? 난 아무래도 이완용 같은 매국노였나 봐. 그렇지 않고서야 이럴 순 없는 거라고."

비탄에 젖은 지영은 운전대에 머리라도 박을 기세였다.

“좀 더 참고 기다려 봐. 언제고 인연이 꼭 나타날 거야. 요즘 들어 자주 느끼는 건데, 인연이란 게 진짜 있는 것 같거든.”

승조를 떠올리기라도 했는지 난아의 얼굴에 환한 빛이 깃들었고, 지영은 그 모습이 마냥 부러웠다.

“그래, 멋진 남자를 만나기 위해 일단 내실부터 다지는 의미에서 열심히 교육받아야겠어. 그리고 나머지 시간에는 힐링이나 하는 거지.”

“그래요, 우리 열심히 교육 듣고 힐링하고 가요.”

지영의 야망 가득한 포부를 들으며, 난아 또한 승조와 함께할 시간에 대한 기대로 들뜨는 마음을 맘껏 표출했다.

*

승조 역시 난아만큼이나 설레고 떨리는 마음으로 평창으로 향하고 있었다.

오늘을 위해 예은초등학교 이사장인 이모를 설득해서 임시 계약직 선생님들의 교육 일정을 잡았고, 가급적이면 난아에게 도움이 되는 교육이었으면 싶어서 유명 교수 초빙에, 기타 등등의 자잘한 문제까지 완벽하게 일을 처리해 놓았다.

그런 그가 교육 장소인 강릉이 아닌 평창으로 가는 이유는, 노천온탕이 딸린 지인의 별장이 그곳에 있기 때문이었다.

난아에게 특별한 추억을 만들어주고도 싶었지만, 그동안 알게 모르게 많이 힘들고 지쳤을 그녀에게 오늘 하루가 일종의 치유제가 되기를 바랐다.

꽤 오랜 시간 운전해서 도착한 별장은 2층 전체가 유리로 된 건물이 었다.

그가 별장을 돌아볼 생각으로 발걸음을 막 떼었을 때, 관리인으로 보이는 중년의 부부가 다가왔다.

"안녕하십니까? 사장님께 말씀 전해 들었습니다. 어떤 일을 해 드리면 되겠습니까?"

"처음 뵙겠습니다. 일단 여기 적힌 대로 준비해 주시면 됩니다."

간단하게 인사한 승조가 제법 큰 사이즈의 메모지를 내밀었다.

"필요한 것들을 준비하고 나면 조용히 물러가겠습니다."

이런 일에 꽤 익숙한 듯 부부는 잔잔한 미소를 지으며 조용히 사라졌다.

그들이 가자, 승조는 온천으로 짐작되는 유리 건물부터 살폈다. 건물의 입구는 2층 건물 내부에서만 들어갈 수 있게끔 되어 있었고, 유리벽 전체가 일방투명경(Magic Mirror)이라 밖에서는 안을 볼 수 없게끔 되어 있는 구조였다.

2층 건물 내부에 있는 입구를 통해 유리 건물 안으로 들어서니, 식물원과 노천온천이 결합된 느낌이었다. 중앙에 파란 타일로 만든 제법 큰 탕이 있었고, 그 주변을 에워싸듯 잎이 풍성한 각종 나무, 꽃, 식물들이 자라고 있었다. 거기다 선베드(Sunbed)와 작은 티 테이블, 편안해 보이는 라탄 그네의자까지 조화롭게 배치되어 있어 누가 봐도 감탄사가 나올 만큼 아름다운 정경이었다.

승조는 흡족한 마음에 미소를 지었다. 기대한 반면 걱정도 했는데 다행이었다. 시간을 확인해 보니 지금쯤 점심을 먹을 때였다. 승조는 난아에게 전화를 걸었다.

[승조 씨?]

밝은 목소리를 듣는 순간, 그의 기분은 전화를 걸기 전보다 더 좋아져 있었다.

"점심은 먹고 교육받는 겁니까?"

아무것도 모르는 척 질문을 던졌다.

[그럼요~ 지영 씨가 로열리조트 찬양을 하더니 음식이 엄청 맛있네요. 승조 씨는 평창이에요? 일은 잘 되어가고 있어요? 점심은 먹었고요?]

"평창 맞고, 일은 마무리 단계 중입니다. 밥은 끝내놓고 먹을 예정이고요."

그는 난아의 궁금증을 차근차근 풀어주었다.

[저…… 이제 다시 교육 들어가 봐야 해요. 그래서 말인데요…….]

"괜찮으니 들어가 봐요."

난처한 듯 말을 얼버무리고 있는 그녀의 모습이 눈앞에 있는 듯 생생히 그려졌다.

[교육도 교육이지만…… 승조 씨가 더 보고 싶어요.]

❀

사랑스럽고 깜찍한 고백을 쏟아낸 난아는 전화를 재빨리 끊었다. 비록 전화로 한 고백이었지만 그녀의 얼굴은 화끈 달아올랐다.

난아는 붉어진 얼굴에 손부채질을 하며 지영이 기다리고 있는 곳으로 갔다.

임시 계약직임에도 이런 양질의 교육을 받을 수 있다는 게 기쁘긴 했지만, 아침 9시부터 오후 6시까지의 강행군은 무리였는지 오후 3시가 넘어가고부터는 온몸의 근육들이 비명을 질러대기 시작했다.

"교육도 좋지만 또 이런 걸 하라고 하면, 난 싫을 것 같아. 빨리 끝나라, 끝나라~"

지영이 옆에서 주문을 외우듯 작게 중얼거렸다.

"그러게. 온몸이 근질거려 딱 죽을 것 같네."

난아는 자리를 고쳐 앉으며 허리를 똑바로 세웠다. 어쩐지 허리에서 우두둑 소리가 나는 것도 같았다.

"하긴, 난아 씨는 온몸이 근질거리기도 할 거야. 끝나고 바로 간다고 했었지?"

"미안. 같이 못 있어줘서."

난아는 지영의 말에 순간 움찔했다. 승조를 만나러 간다고 차마 말할 수가 없어서, 집에 일이 있어 바로 가봐야 한다고 말해놓은 참이었다.

"별걸 다 신경 쓰네. 다른 쌤들과 같이 있으면 되니 신경 끄시고 잘 가세요. 앗! 끝났나 보다."

드디어 끝이 났는지 강의를 마친 교수가 인사를 했고, 모두가 열심히 박수를 쳤다.

정각 6시. 난아가 시각을 확인하는 순간 전화 진동음이 울렸다.

—로열리조트 정문에서 왼쪽으로 200m.

승조의 메시지였다.

'약속은 칼같이 지키는 고승조 씨답네.'

6시에 끝난다고 했더니 시간에 딱 맞춰 와준 그가 너무 좋아서, 난아의 입가가 저절로 씰룩였다.

"가야 되나 봐?"

"응……."

난아는 어색하게 대꾸했다.

"어서 가봐, 급한 일이라면서. 그리고 김 쌤 가방에 내가 선물 하나 넣어놨어. 지난번 생일 못 챙겨준 대신이라고 여기고 기꺼운 마음으로 받아줘. 알았지?"

교육이 끝나고 바로 떠날 참이었기에 마지막 강의 시작 전 배정 받은 방에서 가방을 챙겨 나온 참이었다.

"선물? 그건 또 언제 집어넣었대?"

"급한 일로 빨리 가봐야 하는 거 아냐? 선물은 집에 가서 풀어봐도 되는 거니까 어서 가봐."

난아가 가방을 열어보려고 하자, 지영이 제지했다.

"그럼 가볼게. 먼저 가서 미안!"

지영에게 진심으로 미안해하며 인사를 한 난아는 누가 쫓아올세라 로비를 빠져나와, 승조가 말한 대로 정문에서 왼쪽으로 200m

쯤 걸어갔다. 건물 외형 때문에 정면에서는 잘 보이지 않는 곳에 그의 차가 세워져 있었다. 어떻게 이런 맞춤 장소를 찾아냈을까 싶을 정도였다.

어떻게 알았는지 가까이 다가가기도 전에 승조가 차에서 내렸다. 아침 햇살처럼 눈부신 자태로 미소까지 걸치고 있는 그에게 그녀의 심장이 미친 듯이 반응했다.

난아는 말없이 다가가 그를 꽉 껴안았다.

오늘 내내 지금 이 순간을 얼마나 기다렸는지 모른다. 비어 있던 단 하나의 조각이 딱 맞아떨어지는 듯한 기분에 그녀는 희열감마저 느꼈다.

"너무…… 보고 싶었어요."

벅차오르는 감정을 표현하고 나니 가슴이 한층 더 두근거렸다.

"내가 더 그랬습니다."

포근히 감싸 안아주는 그의 따스함에 난아는 고개를 들어 그의 얼굴을 올려다보았다.

"오늘…… 같이 있고 싶어요."

한 치의 흔들림도 없는 눈빛의 난아가 그의 눈동자를 똑바로 바라보며 말했다. 어떻게 여자가 먼저 그런 말을 서슴없이 할 수 있냐 말할 그가 아니었기에, 그녀의 솔직함을 가장 큰 매력으로 봐주는 그였기에, 난아는 자신의 마음에 솔직할 수 있었다.

"손만 잡고 자겠다는 말은 빈말로라도 못 합니다."

난아를 집에 들여보낼 생각은 애초부터 없었다. 부모님께도 합당한 이유를 마련하고, 그녀에게 도움도 되는 최선의 방법을 만들기 위해 전략적인 투자도 아낌없이 한 그였다.

"진짜 손만 잡고 잤다가는 그다음 날 되레 봉변당할지도 몰라요."

뻔뻔스러울 정도로 당당하게 말하고 있었지만, 난아의 얼굴은 보이는 부위 모두가 붉게 달아올라 있었다. 하지만 부끄럽다고 말을 하지 않거나, 에둘러서 표현하고 싶진 않았다.

"갑시다."

"어디로요?"

"상상해 봐요, 어디로 갈지……."

궁금해하는 난아의 귓가에 작게 속삭인 승조가 차 문을 열어주었다.

'아…….'

귓가에 살짝 닿았다 떨어진 그의 음성과 숨결에 소름 돋듯 전율이 일었다. 그는 운전하는 내내 한 손은 그녀의 손을 잡고 있었는데, 그 탓인지는 몰라도 긴장감이 차츰 늘어났다. 하지만 난아는 지금의 이 긴장감마저도 달콤했다.

"진짜 어디 가는 거예요?"

한참을 달린 것 같은데도 차는 멈출 기미를 보이지 않고 있었다.

"난아 씨 집으로 가는 건 아니니 안심해요."

그의 목소리에 담긴 작은 장난기로 인해 그녀의 긴장이 다소 풀렸다.

"유라, 이번 주는 다소 외롭겠는데요?"

긴장이 풀리니 뇌세포도 활성화되었는지 잊고 있었던 유라 생각도 났다. 어쩐지 승조를 독점하는 건 아닌가 싶어 미안한 마음도 들었다.

"심 여사님과 청평 별장에 놀러 갔습니다."

"청평? 아, 거기 진성이가 있었죠? 다행이네요. 어쩐지 승조 씨를 독점하고 있는 건 아닌가 해서 미안해지려던 참이었거든요."

난아는 유라가 세상에서 제일 예쁜 줄 아는 남자아이가 떠올라 살며시 미소 지었다.

"거의 다 왔습니다. 그리고 앞으로는 지금보다 좀 더 독점해도 됩니다. 이미 유라에겐 허락을 맡았거든요."

"허락이요? 무슨 허락이요?"

유라가 무엇을 허락했다는 건가 싶어 호기심이 생겼다.

"그런 게 있습니다."

"흥! 하나도 안 궁금하네요."

난아는 콧방귀를 뀌며 고개를 팩 돌렸다.

"내일 아침이면 말해줄 수도 있습니다."

승조가 말하는 '내일 아침'의 의미가 무척 은근하게 들려 난아의 얼굴이 다시금 붉어졌다.

'하여간 사람을 들었다 놨다, 밀었다 당겼다 하는 솜씨가 일품이라니까.'

속으로 투덜거리고 있긴 해도, 그녀의 얼굴에는 모든 감정이 고스란히 드러나 있었다.

차는 어스름이 깔리기 시작할 때쯤 멈추었고, 난아는 주변을 이리저리 휘둘러보았다.

"그럼 내리실까요?"
"설마 여기도 승조 씨 별장인 거예요?"
환하게 웃는 그의 손을 붙잡고 차에서 내린 난아는 그를 의심스럽게 바라보았다.
"아닙니다. 여긴 아는 분 별장인데, 난아 씨에게 보여주고 싶은 게 있어서 내일까지 빌렸습니다."
쿵쿵쿵.
요란스럽게 뛰는 심장 소리가 그에게까지 들릴 것 같아, 난아는 손을 꽉 움켜쥐었다.
'진정하자, 진정해. 나이 서른 넘어서 이러면 내숭이란 말만 들을 뿐이야.'
내 것이 아닌 양 뛰어대는 가슴의 고동을 들키고 싶지 않았다.
"괜찮습니까?"
"그, 그럼요. 안 괜찮을 리가 없잖아요?"
난아는 건물 안이 어떤지 궁금한 사람마냥, 그의 손을 자연스럽게 놓고는 재빠르게 움직였다.
"멋진데요? 음…… 하지만 승조 씨 청평 별장이 더 제 취향에 맞는 것 같아요."
밖에서 보던 것과 다르게 실내는 무척 화려했다. 하지만 그 화려함이 지나쳐 다소 부담스럽게 느껴졌다.
"……나와 있는 게 불편합니까?"
사방을 두리번거리는 난아의 모습이 어딘지 모르게 초조해 보였다. 그래서 승조는 난아의 어깨를 두 손으로 잡아 자신을 바라보게끔 했다.

“아, 아니요. 그런 게 아니라…….”

난아는 그의 눈을 똑바로 쳐다보지 못하고 머뭇거렸다.

“…….”

재촉한다고 진실을 들을 수 있는 건 아니란 걸 알고 있는 승조는 잠자코 그녀의 말을 기다렸다.

“그, 그게…… 실은 많이 떨려서요. 지금 제 말이 승조 씨에게 어찌 들릴지 모르겠지만, 실은…… 서균 씨를 오래 만나긴 했지만…… 저기, 그러니까…… 지금 이 과정까지 와본 적이 없거든요.”

“이 과정이요? 이 과정이 대체 뭡니까? ……라고 물으면 너무 눈치 없습니까?”

승조가 아무것도 모르는 척 질문해서 어쩔 줄 몰라 하던 난아는 그가 돌연 질문을 바꾸자 안도의 한숨을 내쉬었다.

“그런데 승조 씨, 나쁜 버릇 생긴 거 알아요? 왜 자꾸 사람을 놀려요?”

순간 팩 토라진 난아는 눈앞에 보이는 소파에 털썩 주저앉았고, 승조는 그녀가 앉은 소파 바로 앞에 놓인 테이블에 걸터앉았다. 그렇게 앉으니 무릎이 서로 닿았다.

“어쩌면 그럴지도 모르겠습니다. 당신이 가지고 있는 모든 모습들을 낱낱이 보고 싶은 마음에서 비롯된 나쁜 버릇이랄까요?”

“치…… 하여간 선수 같다니까. 그럼 이제 볼 거 다 본 거네요? 웃고, 화내고, 토라지는 거까지 몽땅 다 보여줬으니 말이에요.”

봄 햇살에 눈 녹아내리듯 마음이 나른해진 난아는 피식 웃어버렸다.

"아직 보지 못한 모습도 있지만…… 그건 오늘 보도록 하겠습니다."

의미심장한 눈빛과 말투. 그가 하는 말의 의미를 깨닫지 못할 정도로 순진하진 않았기에 난아는 또다시 얼굴이 달아올랐다.

"다, 다른 곳도 구경해 볼래요."

난아는 자리에서 벌떡 일어났다. 아직은 마음의 준비가 덜 된 것 같았다. 아니, 좀 더 솔직히 말하면 자신의 마음을 스스로도 잘 모르겠는 느낌이었다.

"시장하지 않습니까? 옆에 유리로 된 건물은 저녁 먹고 가보도록 합시다."

그가 천천히 일어서더니 그녀의 손을 잡고 어딘가로 이끌었다.

"승조 씬 좋겠어요. 탁월한 외모, 우월한 재력, 어디 한 군데 빠지는 것 없이 완벽하잖아요."

그의 이끌림에 순순히 따라가면서도 난아는 평범하디 평범한 자신이 불만스럽게 느껴져 투덜거렸다.

"그저 살아가기만 했던 나에게 훈김을 불어넣어 준 당신이 더 특별하고 완벽합니다. 내가 그리 여기는 것만으로는 부족한가요?"

"아니요. 그거면 충분해요. 어쩐지 안 먹어도 배가 부른 것 같네요."

온몸으로 따스한 감각이 아지랑이 피어오르듯 번져 나가는 기분을 그에게 전달해 주고 싶어, 그의 손등을 부드럽게 쓸었다.

"어, 엇!"

갑자기 그녀의 허리를 낚아채 끌어당긴 승조의 행동에 난아는 속절없이 그의 품에 안겼다.

"진짜 시장하지 않은 거라면 저녁 건너뛰고 다음 진도 나갈까요?"

'진도? 다음 진도? 다음 진도!'

늘 반 박자 내지는 한 박자씩 늦던 그녀의 이해력도 이럴 땐 남다르게 발휘되었다.

"왜 그런 표정입니까? 설마 도망가고 싶은 겁니까?"

난아의 얼굴에서 망설임을 읽은 승조가 허리를 감은 팔에 슬쩍 힘을 풀었다.

"그, 그럴 리가요. 나가요, 다음 진도!"

'설령 독박을 쓰는 한이 있어도 고! 무조건 고다!'

이때 아니면 언제 용기를 내나 싶어, 난아는 크게 외쳤다.

"훗. 따라와요."

난아의 허리에 감았던 팔을 푼 승조는 그녀의 손을 잡고 걸음을 다시 옮겼다.

'그런데 아침에 속옷은 뭘 입고 나왔더라? 설마 아래위 짝짝이로 입은 건 아니겠지? 앗! 맞다, 제모는 언제 했더라?'

난아가 심각한 표정으로 자신의 복장과 신체 상태를 정밀 분석하고 있을 때, 승조는 그런 그녀의 얼굴을 보며 간신히 웃음을 삼켰다.

"억! 뭐, 뭐예요?"

생각에 골몰해 있던 난아는 승조가 갑자기 눈을 가리자 깜짝 놀랐다.

"이 상태로 세 걸음만 걸으면 됩니다."

놀람을 가라앉힌 난아는 그의 말대로 걸음을 뗐다.

등 뒤에 바짝 닿아 있는 그에 대해서는 생각하지 않으려 노력했다. 귓가에 아련하게 들리는 숨결도, 은은하게 휘감기는 그의 향기도 초인적인 인내로 견뎌냈다.

"눈을 가리는 게 다음 진도인 거예요?"

'설마 눈을 가리고 하자는 건가?'

난아의 상상력은 이상한 쪽을 향해 달려가고 있었다.

"진도를 나가기 위한 하나의 과정일 뿐이니 너무 긴장하지 말아요. ……자, 이제 손 뗍니다."

파르르 떠는 난아를 더없이 사랑스럽게 바라보던 승조가 살며시 손을 내렸다.

"우와아!"

눈앞의 광경에 난아는 감탄했다.

진한 파란색 타일로 꾸며진 넓은 탕 안에는 더운 김이 올라오는 맑은 물이 가득했다. 물 위에는 종이배 모양의 양초들이 불을 밝힌 채 떠 있었는데, 어둠이 내리기 시작한 주변으로 인해 마치 보석으로 만든 것인 양 아름다운 빛을 내고 있었다.

"마음에 듭니까?"

"너무 예뻐요. 어? 저건?"

탕 옆에 놓인 테이블 위에는 먹음직스러운 음식들이 차려져 있었고, 테이블 옆 푸드 카트 위의 와인 트레이들에는 와인까지 준비되어 있었다.

"내가 준비한 진도는 일단 가볍게 먹고 온천욕을 즐기는 건데, 마음에 듭니까? 지금보다 좀 더 어두워지면 탕 안에서 감상하는 밤하늘이 멋질 겁니다."

난아는 테이블 위 음식들을 한 번 둘러본 후, 탕 근처에 바짝 다가앉아 물 위에서 반짝이는 종이배 양초들을 바라보았다.

"정말 그렇겠네요. 여긴 공기가 좋아서 별이 참 잘 보이겠어요. 하늘에는 별이, 땅에는 양초가 각기 다른 빛을 뿌리겠네요. 그런데 어떻게 이런 멋진 생각을 다 했어요? 설마…… 이미 예행연습해 봤던 건 아니겠지요?"

황홀한 표정으로 물 위의 불빛을 바라보던 난아가 돌연 날카롭게 눈을 빛내며 그를 노려보았다.

"다른 여자랑 해본 적 있냐는 뜻입니까?"

"네. 어쩐지 너무 능숙해서 의심스러운데요?"

"능숙해 보인다니 다행입니다. 처음 해보는지라 꽤 많이 고민했는데. 능숙해 보인다는 건 그만큼 마음에 들었다는 뜻이니 말입니다."

서로의 눈이 마주쳤다. 아니, 마음과 마음이 맞닿았다. 물 위로 아스라이 올라오는 수증기처럼 서로 맞닿은 자리가 훈훈하고 습윤해져 오는 기분이 들어 어쩐지 감동적이었다.

"그런데 오늘 여기 들어가는 건 좀 무리겠는데요?"

난아는 손을 내밀어 따스한 물을 가만히 만져 보았다.

"왜 무리입니까?"

"그게…… 수영복을 안 가져왔기든요."

아쉽다는 듯 웃은 난아는 지영이 수영복을 챙기라고 할 때 챙겨둘걸 후회가 되었다.

"샤워할 때 수영복 입고 하는 건 아니지 않습니까?"

"에엑. 설마 지금…… 그러니까 옷을 다 벗고 저, 저, 저기를 같이 들어가자고 하는 거예요?"

난아의 얼굴은 숫제 하얗게 질렸다.

"왜, 안 되겠습니까?"

"에, 에, 그게…… 그러니까, 당연히 안 되죠!"

너무도 천연덕스러운 그의 말에 난아는 몸 둘 바를 몰라 했다.

"하하하. 그렇게 당황할 거 없어요. 지영 씨가 난아 씨 가방에 넣어놨을 겁니다."

"에? 지영 씨요? 지영 씨가 뭘 넣었는데요? 수영복을요?"

난아는 그가 무슨 말을 하는 건지 영문을 모르겠다는 표정을 지었다.

"난아 씨를 깜짝 놀라게 해주고 싶어서 지영 씨에게 도움을 청했습니다."

"뭐예요? 그럼 지영 씨는 오늘 일을, 그러니까 제가 승조 씨를 만난다는 걸 다 알고 있었단 말이네요? 이를 어째……."

지영이 그녀의 거짓말을 알고도 속아줬다는 뜻이었다.

"다 이해해 줄 겁니다. 우리의 가장 큰 조력자 아닙니까?"

"그건 그렇지만…… 어쨌든 부끄럽게 됐네요. 휴……."

월요일엔 싫으나 좋으나 지영을 만나게 될 텐데 얼마나 민망할까. 새삼 그가 얄미워졌다.

"이리 와 앉아요."

그녀가 앉을 의자를 당겨놓고 부르는 승조의 환한 미소에 얄미웠던 감정이 먼지로 화해 사라졌다.

'월요일 일은 월요일에 고민하지 뭐.'

지금 이 순간은 그와 자신 이외, 그 어떤 것도 끼어들게 하고 싶지 않았다.

"간단하게 먹고 밤하늘 감상합시다, 바로 저기에서."

우아하고 긴 그의 손가락이 가리킨 곳은 여전히 뜨거운 김을 뿜어 올리고 있는 탕이었다.

"……네."

결코 도망가지 않으리라 결심한 난아는 작지만 단호하게 답했다.

음식이 입으로 들어가는지 코로 들어가는지 모르게 저녁을 먹은 난아는 소파 위에 올려놓은 가방을 뒤적이기 시작했다. 그리고 가방 맨 아랫부분에서 낯선 작은 상자를 발견했다.

'이게 생일 선물이자 승조 씨가 부탁한 수영복인가 보네.'

상자를 열자, 사각 메모지 한 장이 제일 먼저 보였다.

—둘 사이의 은밀한 추억을 선물하며. 필히 후덜덜한 시간을 보낼 것!

상자 안에 들어 있는 건 예전 수영장 사건 때 입었던, 낯 뜨거울 정도로 야했던 하얀 비키니 수영복이었다.

"정말 못 말린다니까."

난감한 듯 웃은 난아는 빈방으로 들어가 수영복으로 갈아입고는 몸 곳곳을 거울에 비춰 봤다. 걱정했던 제모 상태도 유심히 들여다보지 않는 이상 신경 쓰지 않아도 될 정도였고, 긴장이 되어 저녁을 가볍게 먹어선지 배도 나와 보이지 않았다.

"그나마 속옷 걱정을 안 해도 되니 그건 다행이라고나 할까."

속옷 차림이나 마찬가지인 헐벗은 차림을 하고 있기가 민망했던 그녀는 잠옷 대용으로 챙겨온 티셔츠를 꺼내 입었다. 셔츠가 헐렁해서 한쪽 어깨가 다 드러나긴 했지만, 안 입는 것보다는 나았다.

난아는 방을 나와 그가 있는 곳으로 갔다. 그에게 가는 걸음 하나하나가 설레고 두근거렸다.

유리 건물로 통하는 문을 밀치고 들어서자, 아까 전까지만 해도 느껴지지 않았던 아로마 향과 훈훈한 기운이 피부와 코를 감쌌다. 그리고 달라붙는 사각 수영복을 입은 그의 자태가 시야에 들어왔다.

"……이 향기는 뭐예요?"

시선을 어디다 둬야 할지 몰라 우왕좌왕하던 난아는 용기를 내어 그를 올려다보았다.

"향의 정체는 아로마 입욕제입니다."

그는 남자치고는 흰 피부, 울퉁불퉁하진 않지만 섬세하게 자리한 가슴 근육과 완벽한 복근을 가지고 있었다.

난아의 시선이 배꼽까지 내려갔다가 차마 더 밑으로 내려가지 못하고 다시 위로 향했다. 그리고 그녀는 손을 뻗어 자신과는 사뭇 다른 그의 쇄골 부근을 쓸 듯이 만졌다.

"……유혹하는 겁니까?"

"궁금했어요. 나랑은 어떻게 다른지……."

뭐가 어떻게 다르기에 이토록 멋있게 보이는 건지 알고 싶었다.

"어떻게 다른지는 이제부터 알아 나가면 됩니다. 이리 와요."

탕 가까이 가자, 그에게 정신이 팔려 보이지 않던 것들이 눈에 들어왔다.

"우와! 진짜 예쁘네요."

물 위에 떠 있던 종이배 양초는 그녀가 없는 사이 탕 가장자리로 옮겨져 있었는데, 주변에 가득한 수증기 덕분에 몽환적이면서도 아득한 분위기를 자아내고 있었다.

그녀는 그의 손을 잡고 탕 안으로 한 발 내디뎠다. 뜨거움과 따스함 사이를 오가는 온도의 물이 발, 종아리, 무릎을 차례대로 집어삼켰다.

"겉옷은 벗는 게 좋겠습니다."

낮아진 목소리와 다르게 그녀의 피부에 와 닿는 그의 체온은 물의 온도만큼이나 높아져 있었다.

난아는 헐렁한 윗옷을 그의 눈앞에서 천천히 벗었다. 의도하고 천천히 벗은 게 아니라 손이 떨려 그렇게 된 것이었지만, 그녀의 그런 행동은 그에게 있어 충분히 큰 자극이 되었다.

"하……."

갑작스레 터져 나온 그의 한숨 소리가 귓가에 닿은 순간, 난아의 목덜미로 한차례 전율이 흘렀다.

그녀가 벗어 손에 쥐고 있던 옷이 물 위로 떨어진 게 먼저였는지, 서로의 입술이 닿은 게 먼저였는지 모를 정도로 둘은 누가 먼저랄 것 없이 맞닿았다.

평소와 다르게 거칠고 조급하게 파고든 그의 혀가 매끄럽고 따스한 그녀의 혀를 감질나게 물었다 빨았다 하며 정신을 혼미하게 만들었다.

입안을 헤집는 달달한 움직임과 허락을 구하듯 비키니 가슴선을 부드럽게 쓸어내리는 그의 손놀림에 무언가가 척추를 타고 발끝까지 치고 내려갔다.

난아는 그의 목을 감싸고 있던 손을 풀어 직접 비키니 상의 매듭을 풀었다.

스르륵, 리본이 풀리며 비키니 상의가 벗겨지고 맨살이 드러난 순간, 그의 손이 그녀의 가슴에 가볍게 닿았다.

"아……."

머리의 각도를 달리해 가며 입맞춤의 농도가 점점 진해지는 것에 비해, 가슴에 닿아 있는 그의 손놀림은 무척 섬세하고 부드러웠다.

"앗! 아……."

그는 드러난 가슴의 정점을 살살 건드리고 누르며 그녀의 반응을 살폈다.

"예전부터 생각해 왔습니다. 지금의 모습을 말입니다."

그녀의 입술에서 입을 떼기가 아쉬웠는지, 윗입술과 아랫입술을 차례로 사탕 빨듯 빨아들이며 말하는 그의 목소리는 낮게 가라앉아 잘못 들으면 쉰 것 같이 들렸다.

"승조 씨…… 하으앙……."

입술에서 귀, 목덜미를 지나 쇄골로 입술을 옮기는 그의 행동에 난아는 애가 바짝바짝 탔다. 드디어 물기 머금은 이동을 끝낸 그의 입술이 정착한 곳은 가슴 중앙 함초롬히 불거져 나온 부분이었다.

"더 불러봐요, 내 이름……."

"아, 앗! 스, 승조 씨…… 하읏."

혀끝으로 가슴의 정점을 건드리는 통에 그의 이름조차 제대로 발음할 수가 없었다. 간지러운 듯하면서도 짜릿하게 퍼져 나가는 감각에 아득함까지 겹쳐 정신이 육체를 벗어나 버릴 것만 같았다.

서 있기가 어려워 그녀의 몸이 휘청거리자, 때맞춰 강인한 팔이 그녀를 붙잡았다. 그러고는 탕 가장자리, 계단식으로 만든 곳에 그녀를 앉혔다. 그곳에 앉으니 가슴까지 따스한 물이 닿았다. 난아를 앉힌 승조는 그녀의 정면에 섰다. 그녀의 앉은 위치가 다소 높았기에 그와 눈이 정면으로 닿았다.

"당신 목소리가 날 얼마나 자극하는지 모를 겁니다. 아니, 차라리 모르는 게 낫습니다. 알고 나면 도망가고 싶어질지도 모르니까요."

그의 말에 마음이 애잔해지면서도 깊은 공감이 일었다. 그의 마음을 십분 이해할 수 있었다. 바로 그녀 자신이 그러했으니 말이다.

서로를 가득 담고 있던 눈망울이 감기고, 다시 서로의 입술이 맞물리며 숨결이 얽혀 들어갔다.

"하……."

머리에 푹신한 베개의 감촉이 느껴지고 나서야 난아는 정신이 돌아왔다. 너무도 자극적으로 움직이는 그의 손과 입의 움직임이 닫혀 있던 모든 감각들을 일시에 열어젖히는 바람에 그녀의 뇌세포는 그 많은 것을 수용하기가 너무도 버겁고 바빴다. 그렇기에 언제 물속에서 나와 침실로 온 것인지, 언제 수영복 하의마저 벗고 알몸이 된 것인지 깨닫지 못했다.

"아, 앗……! 밤하늘의 벼, 별을 하나도 못 봤어요."

여러 방향에서 가슴을 탐하고 있는 그의 입술을 몽롱하게 바라보던 난아가 힘겹게 말을 꺼냈다. 그의 손이 은밀하게 감추어져 있던 그녀의 습지를 건드리고 있었기에 더욱 말을 잇기가 힘들었다.

"하늘의 별보다 당신이 내겐 더 빛나 보이니 상관없습니다."

듣기 좋으라고 그냥 하는 말이 아닌, 그의 진심이 배어 있는 말에 그녀의 마음은 행복으로 충만해졌다. 그래서 좀 더 용기를 내기로 했다.

그녀는 상체를 일으켜 쿠션에 기댔다. 그러자 그도 자연스럽게 몸을 일으켰다. 그리고 그와 시선을 마주한 채, 두 팔을 벌려 다가오란 신호를 보냈다. 물론 얼굴은 대담한 제스처와는 다르게 붉게 상기되어 있었다.

"하…… 위험한 행동이군요."

그의 눈빛이 위험스레 번뜩였다. 승조는 난아를 끌어안아 그녀의 다리가 자신의 허리를 감싸게끔 했다. 그렇게 되자 한 치의 틈도 없이 서로 끌어안은 자세가 되어, 서로가 느끼는 감각이 극에 달했다.

또다시 서로의 입술이 합쳐졌고, 그의 손이 그녀의 반듯한 척추라인을 따라 움직였다. 그리고 흥분으로 도톰하게 부풀어 오른 가슴의 정점도 슬쩍 건드렸다.

그녀의 입술을 벗어난 그의 입술이 아래로 내려가기 시작했다. 오목하게 파인 배꼽을 지나 흥분과 접촉으로 인해 도드라져 있는 그녀의 작은 돌기를 머금었다.

"승조 씨, 거, 거긴…… 하으윽!"

"쉿! 도망가지 않기로 했지 않습니까?"

다리를 오므리려 하는 난아의 허벅지를 손으로 쓰다듬은 승조가 한층 더 낮아진 목소리로 달랬다.

"그, 그래도……."

"그러면 말 많은 입을 닫아야 하겠군요."

여전히 긴장하고 있는 그녀였기에, 승조는 입술의 위치를 다시 위로 움직여 입을 맞추었다. 입안 깊숙한 곳까지 남김없이 휘감는 그의 혀만큼이나 그의 손가락도 그녀의 은밀한 입구로 파고들었다. 그곳은 촉촉하면서도 뜨거워, 그의 심장이 격렬히 반응했다.

"제발 그, 그만……."

허리를 비틀며 애잔하게 애원하는 그녀의 목소리가 뇌쇄적이었다. 그는 자신의 손길 하나하나에 반응하는 그녀를 조금 더 깊고 뜨겁게 맛보고 싶어졌다.

그는 다시 입술을 아래로 내려 은밀한 수풀 속 감추어진 존재를 혀로 건드렸다.

"아아아!"

민감해질 대로 민감해진 그녀의 몸이 위로 솟구쳐 올랐다. 그녀의 반응에 고무된 그는 이미 달아올라 촉촉한 물을 흘리고 있는 곳에 혀를 집어넣었다.

"아아읏!"

깊숙이 집어넣어 속을 휘젓는 혀의 움직임에 따라 그녀의 여성이 질척한 물을 흘려냈다.

"아! 안 돼……."

벼락같이 찾아든 쾌감에 정신이 아득해진 그녀가 그의 머리카락을 부여잡았다.

"난아 씨답게 당신의 비밀스러운 모습까지도 솔직하게 보여줘요."

그의 말에 용기를 낸 난아는 곁눈질로 쳐다만 보았던 그의 분신을 향해 조심스럽게 손을 뻗었다.

"이제 내게 와줘요."

단단하면서도 부드럽고 뜨거운 그 감촉에 목소리가 떨려왔지만, 그녀답게 솔직히 뜻을 전했다.

"……난아 씨."

그녀의 행동에 자극을 받았는지, 흠뻑 젖은 여성으로 그의 굵은 분신이 잠기듯 거칠게 들어왔다. 그녀의 것과 완벽하게 맞물린 듯한 느낌에 전신이 끈끈하게 녹아들었다.

찌걱찌걱. 들려오는 야한 마찰음 또한 신경을 자극해 왔다.

단단한 그의 것이 한층 더 깊이 들어왔다 빠져나갔다. 때로는 얕게, 때로는 깊게 그녀를 몰아붙이며 빈틈없이 한 몸이 되었다.

"승조 씨……."

난아는 그의 목을 끌어안고, 그의 입술을 집어삼켰다. 쾌감이 솟구쳐 올랐다.

"흐으읏."

그가 허리를 한층 더 깊게 들썩이자, 자지러지는 비명과도 같은 소리가 터져 나왔다. 스스로의 목소리에 부끄러움이 몰려왔지만, 참을 수가 없었다.

"흐윽…… 난아 씨, 사랑합니다."

남성을 감싸오는 뜨거운 열기에 그는 허리에 힘을 실어 그녀 안으로 더 깊게 파고들어 갔다. 아담한 몸을 세게 끌어안자, 그녀의 다리가 그의 허리에 꽉 얽혀 왔다.

"아아아…… 사, 사랑해요, 승조 씨……."

그녀가 느끼는 부분을 집중적으로 밀어붙이자 그녀의 애끓는 고백이 들려왔다. 미치도록 그 소리가 좋았던 그는 더욱 속도를 높였다.

"아아아, 하윽!"

그녀의 몸이 움찔하는 것 같더니 파르르 떨려왔다. 그리고 그 순간 그의 남성을 감질나게 옥죄는 내벽의 움직임이 느껴졌다.

"하아……."

그의 억눌린 신음 소리가, 자신의 깊은 곳에 남겨진 뜨거운 흔적이 얼마나 강렬한지 그만은 몰랐으면 좋겠다고 생각하며 난아는 나른함 속으로 잠겨 들어갔다.

잠시 잠이 들었던 건지, 아니면 난생처음 느껴보는 강렬한 자극에 잠시 혼절을 했던 건지도 모르겠다. 어찌 되었건 그녀는 지금 허벅지를 살살 문지르는 감각에 무겁디무거운 눈꺼풀을 간신히 들어 올렸다.

"깼습니까?"

흐릿한 시야에 그의 웃는 얼굴이 들어왔다. 분명 정신이 든 것 같은데, 여전히 허벅지에서 느껴지는 감각은 그대로였다.

난아는 상체를 일으키다가 화들짝 놀라 정신이 번쩍 들었다. 앉은 자세로 있는 그도 자신도 상체를 고스란히 노출하고 있었기 때문이다. 간단하게 말해, 실오라기 하나 걸친 것이 없었다.

"헉!"

난아는 허겁지겁 손을 내밀어 이불로 추정되는 뭉치를 끌어다 상체를 가렸다.

“가려봤자 이미 볼 건 다 본 뒤입니다만.”

장난스럽게 웃는 그의 얼굴이 예전보다 한층 더 눈부셨다. 아무래도 그녀의 눈을 가린 콩깍지 두께가 더 두꺼워진 모양이었다.

“그런데 지금 뭐 하고 있는 거예요?”

다시 허벅지를 쓸고 지나가는 무언가에 난아는 움찔했다.

“초인적인 자제력으로 닦아주는 행위만 하려고 노력하던 참이었습니다.”

그의 말에 또다시 얼굴로 화기가 밀려왔다.

“이리 줘요.”

난아는 그의 손에 들린 무언가를 빼앗아 들었다. 그건 따뜻한 물을 적신 수건이었다.

“이제 정신도 들었으니, 씻을까요?”

“안 그래도 그, 그럴 참이었어요.”

알몸으로 아무렇지도 않게 앉아 있는 그와는 달리 난아는 부끄러워 딱 죽고만 싶었다. 그럼에도 불구하고 자꾸만 벗은 그의 몸으로 시선이 갔다.

“자주 이러고 있어야겠습니다. 흘끔흘끔 몰래 봐주기도 하니 말입니다.”

“내, 내가 언제 몰래 봤다고 그래요?”

이젠 얼굴뿐만 아니라 목으로까지 홍조가 내려왔다. 이불로 최대한 가린다고 가렸지만, 그 행동으로 인해 가슴 계곡이 감질나게 보여 매우 유혹적이었다.

"으아아악!"

갑자기 그가 덮치듯 다가와 밀치는 바람에 난아는 도로 눕게 되었다.

"몰래 보지 말고 서로 제대로 봅시다. 아까는 급해서 제대로 못 봤으니 말입니다."

이불을 꽉 움켜쥐고 있던 그녀의 손을 떼어낸 그는 난아의 손목을 한데 모아 머리 위로 올렸다.

"이, 이게 뭐 하는 거예요?"

갑작스레 당한 일이라 난아는 경황이 없었다.

"뭐 하려는 것 같습니까?"

"그, 글쎄요."

그와 나누었던 은밀하면서도 자극적이었던 행위들이 자동으로 떠오른 난아는 말을 더듬었다.

"맞습니다. 당신이 생각하는 바로 그거, 그거 할 겁니다."

멋지게 미소 짓는 얼굴에 넋을 빼앗긴 사이, 그가 입술을 가르고 들어와 그녀의 숨결을 앗아갔다.

"하아, 흐으윽."

유륜 주위를 맴돌 듯 쓰다듬던 손이 가슴의 정점을 누르자, 그녀의 목에서 신음이 터져 나왔다. 색정적인 신음 소리를 기점으로 승조는 그녀의 허벅지 안쪽, 체모로 감추어져 있는 볼록한 살점을 감질나게 더듬었다.

"하으윽!"

그는 갈라진 틈새로 손가락을 밀어 넣었다. 몸을 바르르 떨면서도 달큼한 숨결을 뿜어내는 그녀가 미치게 사랑스러웠다.

"이런 식이면 아주 곤란합니다."

손가락을 움찔거리며 감싸오는 내벽의 움직임에 승조가 사납게 중얼거렸다.

"뭐, 뭘 어쨌다고…… 아으흡!"

여성을 자극하던 손가락이 빠져나가자, 자신도 모르게 아쉬움에 움찔했던 그녀는 곧이어 들이닥친 그의 남성에 숨이 꽉 막혀왔다. 그의 숨결이 목덜미에 닿자, 오소소 소름이 돋으면서 배 속이 꽉 당겨지는 느낌이 들었다.

"하…… 그렇게 조이면 안 되는 겁니다."

그는 말이 떨어지기가 무섭게 남성을 보다 더 깊숙이 밀어 넣음과 동시에 손으로 서로의 결합 부위 바로 위의 예민한 부분을 문질렀다.

"아으윽!"

절정으로 치닫는 그녀의 아찔한 신음 소리가 그의 감각을 크게 일깨웠다.

"흑!"

거친 단발음의 소리를 내지르며 사납게 움직이던 그의 허리놀림이 잦아들었다.

"하아, 하아……."

난아는 온몸의 기운이 전부 빠져나간 것만 같아 녹진하게 늘어졌다.

"씻는 건 아무래도 나중에 해야겠습니다."

상체를 팔로 지탱하며 난아를 보고 있던 그가 돌연 빙긋 웃었다.

"그건 왜요?"

손가락 하나 움직일 힘조차 남아 있지 않던 그녀는 그게 무슨 말인가 싶어 의아해했다. 그러다 아직 자신의 안에 머물러 있던 그의 남성이 기지개를 켜듯 존재감을 과시하자, 이내 질린 표정이 되어버렸다.

"에? 또, 또요? 시, 싫어요."

난아는 촉촉이 젖은 그의 상체를 밀었다.

"그동안 너무 참아온 탓이려니 여겨요."

"그, 그래도 싫어요. 너무 힘들단 말이에요. 꺄아아악!"

싫다는 말은 한 귀로 듣고 한 귀로 흘려 버린 건지, 난아의 두 다리를 들어 어깨에 걸친 그는 이미 단단히 솟아 있는 분신을 후퇴시켰다 깊숙이 묻었다.

"히에엑!"

자세 때문에 그런지 그의 남성이 가장 깊숙한 안까지 닿아 숨이 턱턱 막혔다.

"더 소리 내봐요. 당신의 소리가 너무 좋습니다."

귓가에 대고 속살거리며 허리를 튕기는 그의 움직임에 그녀는 다시금 짜릿한 감각에 녹아들어 갔다.

"스, 승조 씨…… 아으윽."

닿은 적 없던 부위를 찔러대는 남성의 강인한 움직임에 속절없이 흔들리던 그녀의 허리가 크게 휘었다.

"아, 아, 아하하앙……."

쉼 없이 밀려오되, 일정한 간격으로 움직이는 승조의 벗은 몸을 자신도 모르게 꽉 붙든 순간, 또다시 눈앞이 하얗게 타들어가는 느낌이 들며 그녀는 까무룩 정신을 놓았다.

31.
프러포즈

아침 햇살이 너무 환하게 쏟아지는지라 잠을 자고 있으면서도 어쩐지 눈이 부셔 난아의 얼굴이 찡그려졌다. 그런데도 몸은 물에 젖은 솜마냥 무거워, 손가락 하나도 움직일 수가 없었다.

"……아 ……아 씨, 난아 씨!"

은은하게 들려오는 낯익은 목소리에 그녀는 자신도 모르게 미소가 지어졌다.

'아침부터 승조 씨 목소리라니. 좋은 꿈이로구나. ……어라? 그런데 어째서 몸이 흔들리고 있는 거지?'

그런 깨달음이 든 순간, 난아의 눈이 번쩍 떠졌다.

"흐이익!"

난아는 코앞에 승조의 얼굴이 보이자 대경실색하여 상체를 벌떡 일으켰다.

"그렇게 갑자기 움직이면……."

"으…… 삭신이야."

그의 말이 채 끝나기도 전에 온몸 구석구석에서 통증이 몰려와 앓는 소리를 냈다. 몸이 자신의 것 같지가 않았다. 쑤시고 결리는 것은 물론이요, 은밀한 부위는 화끈거리고 뻐근한 게 무척 불편했다.

"그래서 갑자기 움직이면 안 된다 말하려 했던 건데, 괜찮습니까?"

"이, 이게 누구 때문인지 알고나 그래요?"

그가 가까이 다가오자, 난아는 이불을 턱까지 끌어 올린 채 눈을 흘기며 투덜거렸다. 밤새 이젠 안 된다고, 힘들다고 애원하는 그녀의 진기를 있는 대로 빼놓은 게 바로 눈앞에서 빙글빙글 웃고 있는 이 남자였다.

"그래서 뉘우치는 마음으로 아침까지 준비해 놓고 깨우던 참이었습니다."

이불 속에 파묻혀 얼굴만 내밀고 있는 그녀가 너무도 사랑스러워, 다시금 침대에 눕히고 탐하고 싶었지만, 지난밤 그녀를 많이 괴롭혔다는 것을 인정하는 바인지라 꾹 눌러 참았다.

"칫, 그런다고 내가 용서해 줄 줄 알아요?"

"말로 해서 용서가 안 되는 거면, 몸으로 용서를 구하면 되겠습니까?"

"모, 몸으로요? 아, 아니요! 용서해요. 당연히 말로도 용서가 되죠. 우리 사이에 무슨 몸 사과까지. 저 그렇게 속 좁은 사람 아니에요. 하하하하…….”

기겁하며 열심히 도리질을 치는 난아의 얼굴에 고운 붉음이 번졌다.

“그럼 내려와요. 가급적이면 빨리. 늦는다 싶으면 몸 사과가 필요한 것으로 알고, 바로 올 테니까요.”

그녀에게 준비 시간을 주려는 의도도 있었지만, 계속 침대 근처에 함께 있는 것 자체가 견디기 힘든 시험과도 같았기에 그는 자리를 피했다.

“하여간 말이나 못 하면…… 우에엑!”

승조가 시야에서 멀어지자, 난아는 조심스럽게 침대에서 일어섰다. 하체 저 깊은 곳이 욱신거리고 화끈거려 걷는 게 무척 부자연스럽고 불편했다.

난아는 비척거리며 방과 연결된 욕실로 갔다.

‘결국 밤하늘을 구경하긴 했었지. 단지 구경을 오래 못 했다는 게 함정이지만.’

사나운 맹수처럼 달려드는 그를 받아내느라 아주 녹초가 된 게 그녀의 마지막 기억이었다.

“결혼 때까지 참으라 했다면…… 으…… 생각하기도 싫다.”

난아는 혼잣말을 하면서도 입가엔 따뜻한 미소가 맺혔다. 밤새 귓가에 사랑한다고 속삭이던 그의 목소리가 떠오르자, 뱃속이 조이듯 욱신거리며 몸에 불이 확 지펴지는 것만 같았다.

“나…… 아무래도 굉장히 위험천만한 존재가 된 것 같아…….”

수증기가 맺힌 거울을 손바닥으로 쓸어내려 붉어진 자신의 얼굴을 비춰 보던 그녀는 난감하게 중얼거렸다.

씻고 나와 옷을 입으려고 둘러보니 언제 가져다 놓았는지 그녀의 가방이 침대 옆에 놓여 있었다. 그의 자상함에 다시 한 번 감복하면서도 어젯밤 무섭도록 파고들던 그의 영상이 한 조각 뇌리에 스치고 지나갔다.

"에잇! 음란마귀는 물렀거라! 훠이, 물렀거라."

고개를 좌우로 흔든 그녀는 옷을 입고 아래층으로 가는 계단에 섰다. 아무리 생각해도 여길 어떻게 올라왔는지 전혀 기억나질 않았다.

"안 내려올 겁니까? 내가 기어코 올라가야 하는 겁니까?"

어느새 그가 계단 아래에서 위를 올려다보며 서 있었다.

"내, 내려가요!"

계단을 거의 굴러 내려오는 난아를 바라보는 그의 시선은 여전히 다정하고 따스했다.

"설마 이걸 승조 씨가 만든 거예요?"

주방 식탁에 차려진 음식들을 본 난아가 깜짝 놀라 눈이 커다래졌다.

"그렇습니다, 라고 말했으면 좋겠지만 애석하게도 아닙니다. 여기 별장 관리인에게 미리 부탁해 놨던 것을 데우기만 했습니다."

그녀가 앉을 수 있게끔 의자를 빼며 싱그럽게 웃는 승조의 모습이 너무 좋았던 난아는 그의 뺨에 살짝 입 맞추었다.

"더 많이 웃어줘요. 나 때문에 웃는 당신이 너무 좋아요."

하지만 그녀는 자신의 행동을 즉각적으로 후회했다. 그의 표정이 바로 위험천만하게 바뀌면서 그녀를 싱크대 쪽으로 밀어붙였기 때문이다.

"자, 잠깐만요! 승조 씨, 저 배고프단 말이에요. 일단 허기부터 면하게 해주면 안 될까요?"

난아는 애교 있게 웃으며 그를 구슬렸다. 무조건 안 된다고 하는 것보다 이게 더 효과적일 것 같았다.

"분명히 먼저 시작한 쪽은 당신입니다. 그러니 내게 우선권이 있지요."

그의 뜨겁고 매끄러운 입술이 닿았다. 저항하듯 그의 가슴을 밀었지만 그런다고 관둘 그가 아니었다. 관두기는커녕 그녀의 입술을 부드럽게 빨아들이던 것을 그만두고, 아예 입안으로 들어와서는 치열을 쓰다듬으며 점점 더 깊은 입맞춤을 해 나갔다.

그녀는 대범하게도 두 손을 그의 목에 둘러 그를 더 가까이 끌어당겼다.

'어차피 피할 수 없는 거라면, 차라리 즐기는 게 낫잖아?'

얼마 후 싱크대 위에 걸터앉아 절정을 맞는 희한한 경험을 한 난아는 더는 꼼짝할 기운이 없어 그의 너른 어깨에 늘어지듯 기댔다. 승조는 그런 그녀를 번쩍 안아 들고 다시 어딘가로 걸어갔다.

"더는…… 진짜 안 돼요. 집에 걸어 들어가긴 해야 하거든요."

"하하하. 걸어 들어가게 해줄 테니 걱정 말아요."

그는 축 늘어진 그녀를 안고 걸으면서도 숨소리 하나 흐트러지지 않고 있었다.

그의 품에서 잠이라도 들 듯 편안히 기대 있던 난아는 자신을 내려놓는 듯한 느낌에 감고 있던 눈을 떴다. 바로 거실 소파 위였다.

"열어봐요."

그는 소파 앞, 테이블에 걸터앉더니 작은 상자를 꺼내 그녀에게 내밀었다. 그녀의 나른하던 감각이 일시에 사라졌다.

"이건 뭐예요?"

나른함이 두근거림으로 바뀐 그녀가 천천히 벨벳 상자를 열었고, 그 안에 눈부시게 빛나고 있는 팔찌가 나타나자 멍하니 바라보았다.

"마음에 듭니까?"

"……아, 네. 너무 예뻐요."

"다행입니다. 커플 반지를 목에 걸고 다니는 것으로 보아 끼는 것보다 거는 쪽을 좋아하는 것 같아서 이번에는 팔찌로 했습니다. 물론 다른 의미도 있고 말입니다."

그는 멍하니 자신을 바라보기만 하는 난아에게 팔찌를 채워주었다.

"다른 의미는 뭔데요?"

"평생 나와 함께해 달라는 간곡한 뜻이지요."

가벼운 어조와는 달리 그의 눈빛은 너무도 진지했다.

"설마……."

"설마?"

승조는 난아의 말을 그대로 따라 하고 있었다.

"프러포즈인 거예요?"

"프러포즈인 거지요!"

똑바로 직시해 오는 승조의 눈빛에 시선을 어디다 둬야 할지 몰라 난아는 고개를 떨어뜨렸다.

"뭐예요, 갑작스럽게……."

"믿기지 않겠지만 이 말 꺼내기가 참 어려웠습니다. 나 좋자고, 당신을 힘들게 할 게 뻔한 내 삶으로 들어오라고 하기가 미안했습니다. 하지만 이젠 당신 없는 내 삶은 생각도 할 수가 없기에 욕심을 내기로 했습니다."

난아는 어느새 아픈 눈빛이 되어 있는 그의 얼굴을 두 손으로 감싸 쥐었다.

"욕심내 줘서 고마워요."

"실은 별 구경하면서 청혼할 생각이었습니다. 한데 너무 경황이 없다 보니 짬이 나질 않더군요."

한 톤 낮아진 목소리, 착 가라앉아 있지만 위험한 눈빛. 한 마리의 야수로 돌변하기 직전의 냄새가 풍겨왔다.

"집에는 걸어서 들어가야 한다니까요!"

그의 얼굴에서 재빨리 손을 뗀 난아는 빛의 속도로 움직여 그에게서 제법 떨어진 자리로 옮겨갔다.

"……가급적이면 날짜를 빨리 잡아야겠습니다."

저음의 목소리. 지난밤과 조금 전까지 엄청난 자극 속으로 밀어 넣던 목소리가 한숨을 내쉬며 말하고 있었다.

"날짜요?"

"결혼 날짜 말입니다. 그동안은 잘 참아왔지만, 더는 참고 싶은 마음이 없어서 말입니다.”

“얼굴 재질이 의심스럽네요. 혹시 티타늄 뭐, 그런 걸 깔기라도 한 거예요?”

너무도 태연히 아무렇지도 않게 낯 뜨거운 말을 잘도 하는 그를 의심스럽게 바라보았다.

“하하하하. 검사를 할 거라면 지금이 좋겠는데…….”

“얼굴 검사는 나중에 하기로 하고 일단 뭐 좀 먹어요. 진짜 배고파서 쓰러지기 직전이라니까요.”

소파에서 일어나 주방으로 부리나케 걸어가던 난아는 결혼 전까지는 밀폐된 공간에 둘만 있는 것은 가급적이면 피해야겠다는 다짐을 했다.

결국 난아가 집 근처에 도착한 시각은 거의 오후가 다 되어서였다.

“교육 갔다 온 사람이 승조 씨 차를 타고 나타나면 얼마나 이상하게 생각하겠어요?”

집에서 꽤 멀리 떨어진 장소에 내려주는 것을 마뜩잖아 하는 승조를 달래는 것도 그녀의 몫이었다.

“마중 갔었나 보다 생각할 겁니다.”

“그렇게 생각해도 결국은 탄로 날 거예요. 알잖아요, 워낙 금방 들통 나는 거…….”

그제야 그녀의 말이 수긍이 가는 그였다.

“월요일에 봐요.”

가방을 고쳐 들고 등을 돌리려 할 때, 승조가 난아의 손을 잡았다.

"왜요?"

"빼면 안 됩니다."

"당연하지요~"

그의 당부에 환하게 웃은 난아는 주위를 살핀 후 그의 입술에 뽀뽀를 하고는 도망치듯 달려갔다. 또 붙잡히기 전에 도망가야지 하는 장난스러운 마음도 있었지만, 부끄러운 마음이 더 컸다.

멀찍이 떨어졌을 때, 뒤를 돌아본 그녀는 그가 아직도 그 자리에서 있음을 보고 울컥했다. 묘하게 감동적인 그 모습에 난아는 팔을 높이 들어 마구 휘저었고, 그녀의 움직임에 따라 팔목에 걸려 있던 팔찌가 함께 흔들리며 찬란한 빛을 뿌렸다.

"앗! 지금 시각이? 으아악!"

난아는 집을 향해 부리나케 뛰기 시작했다. 늦게 배운 도둑질에 날 새는 줄 모른다더니, 지금이 딱 그랬다.

"왜 이렇게 늦었어? 전화는?"

"배터리가 나가는 바람에."

집에 들어서자마자 도끼눈을 한 초아가 그녀를 닦달하기 시작했다.

"그러면 다른 쌤 전화로라도 연락을 했어야지, 엄마 아빠 기다리시잖아."

"미안, 미안. 그럴 경황이 없었어. 엄마랑 아빤?"

초아의 타박에 대충 사과한 난아는 사방을 둘러보았다.

"데이트 나가셨어."

"으이구! 넌 두 분 보면 뭐 느끼는 바 없냐?"

부모님이 안 계신다는 것에 크게 안도한 난아는 자신을 닦달해대는 초아를 마뜩잖게 바라보았다.

"내가 뭘 느껴야 하는데?"

"이 화창한 날에 집에서 썩고 싶냐고. 누구 만나는 사람도 없어?"

"어디의 누구 덕분에 연애할 마음이 싹 다 사라져서 그래."

"오호라, 그래? 그럼, 연애할 의욕 생기게끔 해줄까?"

승조가 선물해 준 팔찌를 자랑하고 싶어 입이 근질근질하던 차에 잘됐다 싶었다.

"무슨 수로?"

"이거 봐라~"

난아는 동생 앞에 팔을 쭉 내뻗어 보였다.

"어라? 그건? 특별 주문한 사람들에게만 판매한다는 까라띠에 클래식 다이아몬드 브레이슬릿? 세상에! 이걸 실제로 보게 되다니!"

난아의 손목을 낚아채 팔찌를 자세히 살피던 초아가 사납게 외쳤다.

"브랜드가 중요한 게 아니고, 나 프러포즈 받았다~"

"좋겠다, 4,800만 원짜리 팔찌로 청혼하는 능력 쩌는 남자를 만나서……."

"뭐, 뭐? 4,800만 원?"

초아의 말에 난아의 눈이 밖으로 튀어나올 듯 커졌다.

"역시 돼지 목의 다이아몬드지. 지난번 카디건이나 커플링도 그랬지만, 언닌 형부가 주는 선물의 가치를 절반도 모른다니까?"

"뭐, 난 그럴 만한 자격이 되니까."

이젠 정말 그렇게 생각하기로 했다. 그가 주는 선물의 값어치가 얼마인지는 생각하지 않기로 했다. 값의 고하를 떠나 그의 마음이 들어 있음이 분명했고, 그것을 받아 기뻤던 순간만을 생각하기로 말이다. 앞으로 그와 함께할 시간이 수두룩한데 매번 놀라고 부담스러워할 순 없는 일이었다.

팔찌를 들여다보며 행복한 미소를 짓는 난아의 얼굴은 그 어떤 순간보다 빛이 났다.

32.
결혼 허락 맡기

손바닥을 맞비비며 계속 현관문 쪽을 바라보고 있는 난아의 표정은 무척 초조해 보였다.

"어쩌지, 어쩌지……."

잠시 후면 승조와 유라가 저녁을 먹으러 올 터. 그래서 난아는 아침부터 내내 긴장을 했고, 급기야 지금은 아주 날카롭게 벼려진 한 자루의 검과 같은 상태가 되어 있었다.

"뭘 그렇게 긴장하고 그래? 형부가 우리 집 처음 오는 사람도 아닌데."

"걱정되는 건 승조 씨가 아니고 유라란 말이야. 이게 다 너 때문이야!"

난아는 편안한 자세로 앉아 TV 리모컨으로 이리저리 채널을 돌리는 초아에게 결국 소리를 지르고 말았다. 어제까지만 해도 프러포즈 받았다고 신나게 자랑질을 함으로써 동생의 염장을 질렀다고 여겼는데 이리 앙갚음 받을 줄은 미처 몰랐다.

"내가 뭘? 난 언니가 하기 힘든 말을 부모님께 대신해 준 죄밖엔 없는데?"

그래도 자신의 죄를 알긴 아는지, 초아는 난아에게서 조금 떨어진 곳으로 몸을 옮겼다.

"이게 그래도 뚫린 입이라고!"

입 싸기로 따지면 우주 최고인 초아가 부모님께 승조의 프러포즈를 이실직고하는 바람에 오늘의 일이 벌어진 참이었다.

"엄마~ 언니가 자꾸 괴롭혀요."

맹수처럼 으르렁거리는 난아를 피해 초아는 주방을 향해 쪼르르 달려가 버렸다. 난아는 쫓아가려다가 도로 자리에 주저앉았다. 초아 하나 응징하자고 전쟁터를 방불케 하는 주방까지 쫓아 들어갈 순 없었다.

"난아, 너는 주방에서 나가 주는 게 이 엄마를 도와주는 거야."

어머니는 오늘 저녁을 위해 회사에 월차까지 내고, 조금이라도 돕기 위해 팔을 걷어붙인 난아를 일찌감치 쫓아낸 터였다.

'그래도 초아는 도움이 되겠지.'

그녀보다는 요리에 소질을 보이는 초아를 주방으로 밀어 넣는 것에 성공한 셈이니, 그것으로 만족하기로 했다.

난아는 잠시 전까지만 해도 초아가 들고 있던 리모컨을 집어 채널을 돌리기 시작했다. 딱히 TV를 보고 싶은 게 아니었지만 이렇게라도 하지 않으면 긴장감에 소리라도 지를 것 같아서였다.

"난아야?"

"앗! 아, 아빠. 언제 오셨어요?"

갑작스럽게 들려온 아버지의 목소리에 난아는 깜짝 놀라 자리에서 벌떡 일어섰다.

"지금 막 왔다. 그런데 그거 계속 쥐고 있다간 손이든 리모컨이든 둘 중 하나는 망가지겠다."

"네? 아…… 그러네요."

자신도 모르게 들고 있던 리모컨을 힘껏 쥐고 있던 난아는 아버지의 말에 정신이 퍼뜩 들어 어색하게 웃었다.

"우리 따님께서는 무슨 근심이 이리도 많으실까?"

아버지는 난아의 손을 붙잡아 소파에 앉히고는 다정하게 웃었다.

"유라 때문에요. 혹시 상처를 받거나 하진 않을까 싶어서요."

"엄마랑 아빠가 행여 그 아이를 구박이라도 할까 봐서?"

"그건 당연히 아니고요. 어른들에게 아무렇지 않은 일이 아이에게는 상처가 될 수 있는 거잖아요. 그런데 오늘 상황 자체가 유라에게 상처가 되진 않을까 걱정이 되네요. 아빠랑 결혼하는 선생님을 어찌 받아들일지도 문제고요. 그동안 은연중 보고 들은 게 있으니, 아빠랑 제 관계가 어떤지 눈치채고는 있었겠지만 실감 나지 않았을 일이, 오늘은 피부로 느껴지는 날인 거잖아요."

어느새 어두워진 난아와는 반대로 아버지의 표정은 밝았다.

그동안 아이를 낳아 키워보지도 않은 난아가 남의 자식을 어찌 이해하고 키울지 이만저만 걱정이 아니었는데, 지금 보니 충분히 잘할 수 있을 것 같았다.

"그런 마음이라면 됐다. 설령 오늘 이 상황이 아이에게 상처가 된다 하더라도 너라면 충분히 잘 다독일 수 있을 것 같구나. 그리고 마음은 마음으로 통하는 법이라고 했다. 네가 그렇게 아이를 걱정하고 염려하는데, 그 마음이 아이에게 닿지 않을 리 없고."

"과연 그럴까요?"

그녀의 손을 정답게 토닥여 주는 아버지의 다정함에 난아는 배시시 웃었다.

"말도 많고 탈도 많은 딸내미 둘을 키워온 사람의 말이니 믿어도 된단다."

"아빠, 설마 그 말 많고 탈 많은 딸내미가 전 아닌 거지요? 그치요?"

언제 주방에서 나왔는지 초아가 냉큼 끼어들어 그녀와 아버지 사이를 파고들었다.

"글쎄다."

"에잉~ 아빠."

"넌 닭 털 그만 날리고 주방에 가서 엄마 도와드려. 아빠, 전 정원에 나가 있을게요."

초아의 애교를 묵살한 난아는 슬그머니 자리에서 일어서 밖으로 나왔다. 아버지 덕분에 그녀의 마음은 많이 안정되어 있었다.

난아는 정원을 가로질러 대문 밖으로 나왔다. 약속이라면 칼같이 지키는 승조의 성격을 잘 알기에 이쯤이면 당도했거니 해서 나왔는데, 진짜 그의 차가 다가와 서자 웃음이 나왔다.

"그렇게 좋습니까?"

차에서 내리는 승조의 얼굴에도 웃음이 가득했다.

"그럼요. 유라야~"

난아는 그에게 윙크해 보이고는 뒷좌석 문을 열면서 유라를 힘차게 불렀다.

"선생님~"

유라는 화이트와 핑크가 적절히 조화된 원피스를 입고 있었는데, 머리끈과 신발까지 색감을 통일해서 그런지 너무 귀엽고 예뻐 보였다.

"오! 오늘 유라 너무 예쁘다. 학교에서 봤던 모습과는 또 다른데?"

"심 여사 할머니랑 어떤 옷을 입을지 아주 오래오래 생각했어요. 그리고 머리도 오래오래 빗었어요. 힘들었지만 꾹 참았어요."

난아의 찬탄에 유라는 제자리에서 한 바퀴 돌아 보이며 활짝 웃었다.

"들어가자."

그저 밝기만 한 아이의 모습에, 이 모습이 변하지 않았으면 좋겠다고 여겼다.

"네."

난아는 유라의 손을 꼭 잡았다.

"난아 씨에게 나는 안 보이나 봅니다?"

유라와 함께 대문으로 들어서려던 차, 한 발 뒤에 서 있던 승조의 말에 유라와 난아는 똑같이 뒤를 돌아보았다. 그가 한쪽 손을 내밀고 서 있었다.

"선생님이 잡으세요. 비행기 타고 놀러 갔던 날이랑 똑같이요."

유라의 말에 그의 손을 잡으려고 손을 내밀면서도 난아는 새삼 얼굴이 붉어졌다.

"한두 번도 아닌데 뭘 그리 부끄러워합니까?"

그녀에 대한 것이라면 작은 변화도 놓칠 리 없는 그였다.

"이럴 땐 조금 모른 척해주는 센스!"

"모른 척하긴 왜 모른 척합니까? 난아 씨가 부끄러워할 때 얼마나 탐스럽고 예쁜지 몰라서 하는 말입니다."

시선은 정면을 향한 채, 두 여자와 보폭을 맞추어 걷는 그로 인해 난아의 얼굴이 더욱 붉어졌다. 그의 말은 긴장과 걱정으로 딱딱하게 굳어 있던 그녀의 마음을 노곤하게 풀어주고 있었다.

"형부, 오셨어요? 유라도 안녕?"

초아는 난아를 가운데 두고 그녀의 양손을 각기 나누어 쥐고 있는 똑 닮은 부녀를 바라보며 미소 지었다.

"안녕하세요."

쥐고 있던 난아의 손을 놓고, 두 손을 배꼽 부근에 올리고 공손히 허리를 숙이는 유라의 깜찍함에 초아의 낯빛이 확 밝아졌다.

"아유~ 귀여워! 씨 도둑질은 못 한다더니."

"야!"

난아는 잽싸게 유라의 귀를 양손으로 꽉 틀어막았다.

"아, 미안, 미안. 죄송해요, 형부. 제가 말이 좀 거칠었지요? 앞으로 공주님 안전에서는 특히 말조심할게요. 공주님, 미안~"

초아는 쿨하게 잘못을 시인하며 유라에게 윙크했다.

"공주님 아니고 고유라예요."

"그래, 유라야. 정식으로 내 소개부터 할까? 난 선생님 동생 김초아라고 해. 이모라고 부르면 좋고, 그게 좀 어려우면 언니라고 해도 좋아. 하지만 아줌마라고 하는 건 절대 안 돼요. 왜냐하면 난 꽃다운 아가씨니까~"

초아는 무릎을 숙여 유라와 시선을 맞추었다.

"음…… 언니 말고, 아줌마도 말고, 이모 할래요. 유라는 이모 없으니까요."

잠시 고민하는 것 같던 유라는 통쾌하게 호칭 정리를 마쳤다.

이제 겨우 첫인사를 나누었을 뿐인데도 어쩐지 기운이 빠져나가는 것 같은 기분에 난아는 아찔함을 느꼈다. 한 고비 넘어 두 고비라더니, 아직 켜켜이 쌓인 관문들이 눈앞에서 출렁거리고 있었다.

그때 손을 다정히 감싸는 따스한 감촉에 그녀는 정신이 돌아왔다.

"승조 씨?"

승조가 다정한 눈빛으로 그녀를 바라보고 있었다. 비록 말은 없었지만, 눈빛에 녹아 있는 다독임에 마음의 빈틈없이 메워졌다.

"레이저 남발은 둘만 있을 때 하시고, 일단 들어가실까요? 유라는 이모랑 같이 갈까?"

둘만의 세상에 빠져 있는 승조와 난아에게 일침을 가한 초아가 유라를 데리고 먼저 가주는 배려를 발휘했다.

"늘 느끼는 것이지만, 처제는 눈치가 참 빠른 것 같습니다."

갑자기 난아에게 바짝 다가오는 그의 행동에 그녀는 뒤로 두 발 물러섰다.

"아, 안 돼요! 여긴 우리 집…… 흡."

말을 미처 다 끝내지도 못했건만 유혹적인 그의 입술이 그녀를 덮쳐 왔다. 다디단 그의 입술이 그녀의 입술을 함빡 머금고, 이내 깊은 곳까지 밀고 들어왔다.

난아는 팔을 뻗어 그의 목에 감았다.

"아……."

그에게 열중해 있는 순간만큼은 모든 것을 잊었다.

"휴…… 갈수록 참 어렵군요."

갑자기 찾아들었던 것처럼 그의 입술이 순식간에 멀어졌다. 나직하게 가라앉은 그의 음성이 그녀의 내부를 움켜쥐었다가 놓아주는 듯 전율을 불러일으켰다.

"그러게요. 갈수록 어렵긴 하네요."

난아 또한 그 말에 공감했다.

"내 말의 진의를 파악하고 하는 말입니까?"

"그럼요. 사랑하는 사람을 만지고 싶고, 갖고 싶은 욕망이 남자들만의 전유물이라고 여기면 곤란해요."

다소 위험한 눈빛의 그에게 상큼한 미소를 날린 난아는 그의 귓가에 작게 소곤거리고는 도망치듯 현관으로 뛰어갔다. 그가 또다시 덤벼들까 무서워서 피하는 게 아니었다. 그녀 자신이 그를 덮칠까 두려워서 물러서는 것이었다.

"하하하."

그녀의 행동에 잠시 멍했던 승조는 호탕하게 웃으며 현관문 앞에서 그를 기다리고 있는, 늘 의외의 모습으로 자신을 즐겁게 해주는 난아에게로 한 발 두 발 다가섰다.

마침내 그녀 앞에 선 승조는 난아의 얼굴을 두 손으로 감싸 쥐고는 이마에 살짝 입맞춤을 했다.

"이건 약속입니다. 당신이 가진 욕망에 최대한 부합되도록 스스로를 갈고닦겠다는 약속 말입니다."

"에엣? 그, 그런 노력은 안 해도 돼요. 지금만으로도 입에서 단내가 날 지경인데, 무슨 노력을 더 하겠단 거예요? 그만 갈고닦아요!"

난아는 그의 말에 기겁하며 자신이 무슨 말을 하고 있는지도 모르고 횡설수설했다.

"하하하."

승조는 참을 수 없는 듯 웃음을 터뜨리며, 정신줄을 놓고 있는 그녀의 어깨를 감싸고 현관문을 열었다.

"어서 오게나."

"어서 와요."

그녀의 부모님은 유라랑 대화를 하고 있다가 둘이 등장하자 다정히 인사를 건네왔다.

"안녕하셨습니까?"

승조는 여전히 웃음기를 지우지 못한 채였다.

"둘이 무슨 일이 있었기에 언니 얼굴에 저런 붉은 꽃이 피었을까나?"

초아의 짓궂은 질문을 상큼하게 무시한 난아는 유라의 안색부터 살폈다. 아이는 호기심 가득한 표정으로 그녀의 부모님을 올려다보고 있었다.

"선생님, 선생님 아빠, 엄마는 유라에게 할아버지, 할머니라고 부르라 하셨어요."

"그, 그래? 유라는 어떻게 하고 싶은데?"

난아는 유라가 무슨 답을 할까 은근히 긴장되었다. 긴장은 그녀만 하는 게 아니라는 것을 승조의 표정에서 읽은 난아는 어쩐지 진한 동지애를 느꼈다.

"싫어요, 라고 했어요."

결국 일이 이렇게 되는 건가 싶어 난아는 머리가 순간 띵해왔다.

"유라야, 선생님께 왜 싫어요, 라고 했는지 이유도 설명해 드려야지."

난아의 안색이 급격히 안 좋아지자 초아가 나섰다.

"할머니, 할아버지는 머리도 하얗고 얼굴에 이렇게, 주름도 많아야 하는데 선생님 아빠, 엄마는 없잖아요. 그러니 할머니, 할아버지라고 할 수 없어요."

유라는 양손 검지를 이마에 올려 주름살을 만들어 보였고, 그런 아이의 모습에 난아와 승조는 마음이 놓였다.

"그렇지. 두 분 연세가 많지 않긴 해. 그럼 유라는 아저씨, 아줌마라고 부르면 되겠다."

유라가 지금 상황을 심각히 여기는 건 아닌 듯싶어 오히려 다행스러웠다. 굳이 지금 당장 무언가를 바꾸거나 조급해할 필요는 없었다. 급히 먹는 밥이 체한다고, 어쩌면 시간이 해결해 줄지도 모를 일이었다.

"유라가 자네를 참 많이 닮았네그려."

아버지는 유라의 머리를 쓰다듬으며 흡족하게 웃었다.

"그치요? 어쩜 이렇게 쏙 빼닮았는지……."

어머니 역시 유라의 깜찍함에 매료당한 듯 보였다.

"전 아빠 닮았는데 선생님은 누구 닮았어요? 음……."

평소 유라에게 예쁘다는 말을 들어본 적이 없었기에, 난아는 은근히 긴장됐다.

'그러고 보니 딱 한 번 있긴 했네. 수영복 입었을 때.'

새삼 그때가 떠오른 난아는 피식 웃었다. 그 당시 그렇게 끔찍했던 기억이 지금은 이렇게 웃을 수 있는 추억거리가 되었다는 것이 신기할 뿐이었다.

"음…… 선생님은 선생님의 할머니, 할아버지 닮은 거지요?"

"왜 그렇게 생각하는데?"

뜬금없이 할머니, 할아버지를 찾는 유라 때문에 모두가 호기심 어린 시선으로 아이를 바라보다가 초아가 질문을 했다.

"선생님은 아줌마, 아저씨 모두 안 닮았어요. 그러니 할머니, 할아버지 닮았을 거예요. 절대 어디서 데려온 아기는 아닐 거예요."

위로하듯 말을 건네는 유라의 표정은 자못 심각했다.

"하하하하."

"호호호! 그래, 걱정하지 마렴. 선생님은 이 아줌마가 낳은 게 분명하니 말이다."

"뭐, 굳이 데려왔다고 한다면 다리 밑에서라고나 할까?"

그 모습이 얼마나 깜찍하고 귀엽던지 모두가 큰 소리로 웃었다.

화기애애한 분위기 속에서 식사를 마치고, 후식으로 과일과 차를 함께하면서 곁들여진 유라의 재롱에 부모님과 초아는 흠뻑 빠져 있었다. 그래서 난아와 승조가 찻잔을 들고 정원으로 나가는 것을 제지하거나 붙잡는 사람이 아무도 없었다.

"유라의 매력에 푹 빠지실 줄 알았다니까요."

"저리 좋아하실 줄은 미처 몰랐습니다."

둘은 정원 한쪽 구석에 놓인 긴 의자에 나란히 앉았다.

"그치요? 괜한 걱정을 했었나 봐요. 이렇게 아무렇지 않게 섞이는 것을 말이에요."

난아는 차를 한 모금 마시며 등받이에 편안하게 기댔다.

"무슨 걱정을 했었는데요?"

"뭐, 그냥 이것저것이요."

"유라가 지금 상황을 받아들이지 못할까 봐, 행여 그게 상처로 작용될까 봐 걱정했습니까?"

승조는 대수롭지 않게 대꾸하는 난아의 턱 끝을 돌려 자신을 바라보게끔 했다.

"치…… 어차피 다 알고 있으면서 뭐 하러 물어요?"

다소 진지한 그의 눈빛에 난아는 새침한 미소를 지었다.

"다 알 것 같아도 묻고 답하는 과정은 꼭 있어야 합니다. 그 과정이 없으면 나중에는 서로 무심해지게 됩니다. 어련히 알아서 하겠거니, 말하지 않아도 알아주겠거니 여기다 상대방이 기대에 부응해 주질 않으면 크게 실망하고 멀어지게 됩니다. 저는 그걸 바라지 않습니다."

난아는 어쩐지 그의 말이 아프게 들려왔다. 그가 이런 속 깊은 깨달음을 얻기까지 잃어야 했던 것들이 얼마나 많았을까.

"앞으로 무슨 근심이나 걱정이 있으면 한 조각도 남기지 않고 말할게요. 그렇지만 근심, 걱정 모두를 승조 씨가 해결해 주길 바라고 말하는 것은 아니에요. 여자는 때론 근심, 걱정을 말하는 것만으로도 이미 마음이 가벼워지거든요. 한마디로 말을 함으로써 스트레스를 푸는 셈이에요. 그러니 제가 말하는 모든 걸 너무 심각하게 받아들이지는 말아요."

난아의 포근한 말이 그의 심장에 온기를 불어넣었다.

승조는 난아의 손에 들려 있는 찻잔을 말없이 받아 들어 한쪽으로 치웠다.

"어? 아직 다 안 마셨는……."

갑작스럽게 찾아든 그의 입술에 난아는 말을 끝맺지 못했다. 하지만 이내 적응한 듯 윗입술과 아랫입술을 달콤하게 빨아들이는 그의 행동을 순순히 받아들였다.

"학습 능력이 많이 향상되었습니다."

"훌륭한 선생님이 가르쳐 주고 계시거든요."

아쉽게 끝난 입맞춤이었지만, 마주 닿은 시선만큼은 애정이 넘쳐 났다.

"이제 그만 유라에게 가봐야겠어요."

난아는 의자에서 일어나 그에게 손을 내밀었다.

"들어갑시다."

맞잡은 손에서 전해지는 서로에 대한 마음이 그렇게 소중할 수가 없었다.

"그렇지, 그건 그렇게 살살……."

"어이쿠, 유라가 엄청 잘하는구나."

"아줌마, 그걸 빼면 무너져요!"

현관문을 열고 들어서자 시끌벅적한 소리가 둘을 맞이했다. 거실 테이블에 옹기종기 모여 보드게임을 하고 있었는데 어찌나 집중하고 있던지 둘을 쳐다보는 사람이 아무도 없었다.

"어머님, 아버님, 드릴 말씀이 있습니다."

그의 나직한 부름에 부모님은 드디어 올 게 왔구나 하는 표정으로 그를 바라봤다.

"안방으로 들어가지."

어머니에게 눈짓을 한 아버지가 먼저 움직였다.

"두 분께 할 말이 있었어요?"

부모님의 기색도 이상하고, 더없이 진지해 보이는 승조도 이상했던 난아는 고개를 갸웃했다.

"쯧, 눈치가 이렇게 없어서야! 형부가 이 시점에서 무슨 말을 하고 싶겠어? 감이 그렇게 안 와?"

초아는 유라와 게임에 열중하고 있으면서도 잘도 대화에 끼어들었다.

"그, 글쎄."

"그러고 보면 형부의 앞날도 썩 밝지는 않네요. 유라야, 아빠랑 선생님은 아줌마, 아저씨와 할 얘기가 있다니까 우리는 이거나 다시 해보자. 게임에 벌칙이 없으면 재미가 없으니까 진 사람이 이긴 사람 소원 들어주기! 어때?"

승조에게 의미심장한 미소를 지어 보인 초아가 본격적으로 유라에게 관심을 돌렸다.

"좋아요!"

처음 해보는 보드게임에 완전히 빠진 유라는 그들이 뭘 하건 관심도 없어 보였다.

"초아 재는 제가 가져야 할 눈치까지 몽땅 가진 모양이에요. 그러니 제가 눈치가 없더라도 승조 씨가 이해해요."

초아의 말이 심히 마음에 걸렸는지 난아는 어색하게 미소를 지었다.

"신경 쓰지 말아요, 그런 당신을 사랑하는 거니까."

승조는 난아의 손을 잡고는 안방으로 들어섰다.

"앉게나."

부모님은 나란히 앉아 둘을 기다리고 있었다.

"이미 예상하고 계시겠지만 난아 씨와 빠른 시일 내 결혼을 하고 싶습니다."

"아……."

난아는 그제야 감탄사를 내뱉었다.

확실히 자신이 눈치가 없긴 없는 모양이었다. 부모님은 물론 초아까지 짐작한 것을 당사자인 그녀만 한 박자 늦게 깨달았으니 말이다.

"난아 생각도 같고?"

아버지의 질문에 난아는 그를 바라보았다. 평창에서 그의 프러포즈를 받아들인 후, 언제고 지금과 같은 일이 있을 거라 짐작은 했지만, 그게 이리 빠르게 닥칠 줄은 몰랐다.

"네, 아빠."

그렇다고 한 번 정한 마음이 변하거나 하지는 않았다. 그래서 대답을 하는 난아의 음성은 고요히 흐르는 물처럼 담담했다.

"일단 양가 어른 상견례 날짜를 먼저 잡아야 할 성싶은데…… 모친 의향은 어떠하신가?"

"미국에 계신 어머니는 모레 들어오십니다. 그래서 글피쯤 날짜를 잡았으면 합니다만."

승조의 말에 난아의 얼굴이 밝아졌다. 그간 어딘지 모르게 껄끄러운 것 같던 모자지간이 조금은 부드러워진 모양이구나 싶었다.

"이 사람 급하긴 엄청 급한가 보이, 허허."

"네, 하루하루 시간 가는 게 너무 아깝습니다."

넉살 좋은 승조의 말에 모두가 웃었다.

"노파심에 하는 말이네만, 결코 쉽진 않을 걸세. 남들과 다른 여건이니 어찌 쉽다 할 수 있겠는가? 하지만 어떤 일이 있건 서로 상의하고 보듬고 그리 살게."

"지금 당장 떠나는 것처럼 말씀하지 마세요."

속 깊은 아버지의 말에 난아는 공연히 마음이 울컥해졌다.

"말씀, 깊이 새기겠습니다."

진중한 그의 말이 공기를 갈랐고, 실내 분위기가 조금 가라앉았다.

똑똑똑.

"선생님, 아빠, 아줌마, 아저씨."

이때 작은 노크 소리와 함께 문이 열리더니, 열린 틈으로 유라의 얼굴이 등장했다.

"유라로구나. 이리 온."

"이모가 놀아주지 않더냐?"

아이의 등장에 두 어른의 얼굴에 미소가 떠올랐고, 유라 역시 배시시 웃으며 들어와 두 분 사이에 냉큼 앉았다.

"게임을 이모랑 둘이서만 하니까 재미가 없어요. 아줌마, 아저씨랑 같이할 때가 더, 더 재미있었어요."

애교랑 응석을 섞어 말하는 유라의 온몸 어택에 부모님의 마음이 녹작지근하게 풀어지고 있는 게 보였다.

"유라가 재미없으면 안 되지. 자, 그럼 가서 한판 더 해볼까?"

"근데 아빠랑 선생님이랑 이야기는 끝났어요?"

어른들끼리 이야기한다 했는데, 자신이 방해를 한 건 아닌가 마음에 걸렸던 모양이다.

"중요한 이야기는 다 한 셈 아닌가? 나중에 상견례 장소와 시간이나 알려주게나."

유라의 손을 잡아 밖으로 이끄는 어머니도, 승조를 향해 한마디 하는 아버지 얼굴도 조금 전과 달리 유쾌해 보였다.

"유라가 효녀네요."

방 안에 둘만 남게 되자 난아가 한마디 했다.

"어머니가 오신다는 거 늦게 말해서 미안해요."

"괜찮아요. 단지 조금 늦게 말한 것이지 일부러 말 안 한 건 아니잖아요. 그래도 어머님과 많이 편해진 것 같아서 다행이에요."

그의 표정이 자못 심각해지자 난아는 그의 손을 잡고 토닥였다.

"이게 다 난아 씨 덕분입니다."

"네? 제가 뭘 한 게 있다고요."

난아는 그의 말에 무슨 큰일이라도 한 듯 괜스레 마음이 뿌듯해져 왔다.

"당신으로 말미암아 지금과 같은 결과가 되었으니, 당신 덕이 맞습니다."

미소 짓는 그의 표정이 홀가분하게 보여 난아의 마음 역시 가벼워졌다.

33.
상견례

"확실히 형부 안목이 뛰어나긴 하지요?"

상견례 준비를 위해 어머니의 머리를 손질하고 있던 초아는 옷장에서 슈트케이스를 꺼내며 흡족해하는 아버지를 보고 웃었다.

"안목도 안목이지만 눈썰미가 보통이 아니야. 어떻게 아버지 사이즈를 딱 알고 보냈는지."

지그시 눈을 감은 채 초아의 손놀림에 얼굴을 맡기고 있는 어머니의 기분도 좋아 보였다.

"그거야 형부가 워낙 철저한 사람이잖아요."

'그거야 언니가 사이즈를 알려줬기 때문이겠지요.'

사실대로 말해서 두 분의 흡족한 감정에 초를 치고 싶지 않았던 초아는 현명하게 답함으로써 가정의 평화를 지켜냈다.
"머리는 우아하게 업스타일로 할게요."
초아는 손에서 화장품을 내려놓고 활짝 미소 지었다.
이때, 안방 문이 거칠게 열리며 난아가 들어왔다.
"엄마, 아빠! 저 어때요?"
그녀는 모두가 볼 수 있게 제자리에서 한 바퀴 빙 돌아 보였다.
"음…… 뭐랄까, 조금 고전적이구나."
"딴 거 입어. 갓 상경한 시골 여자가 도시로 선보러 나온 것 같아."
단어 선택에 있어 신중함을 보인 어머니와 달리 초아는 거침없이 있는 그대로를 말했다.
"흥! 나쁜 년!"
난아는 초아를 매섭게 째려봐 주고는 방에서 나갔다. 그러고는 승조에게 전화를 걸어 지금 상황을 미주알고주알 일러바쳤다.
"글쎄, 초아가 시골 여자가 도시로 선보러 나가는 것 같다고 하는 거 있죠?"
옷장 앞을 아무리 왔다 갔다 해도 별 뾰족한 대책이 없던 터라 절로 한숨이 나왔다. 이럴 줄 알았으면 부모님 옷을 고르러 갔을 때 그녀 옷도 같이 고르자고 했던 그의 말을 거절하지 말걸 그랬나 보다.
[뭘 입어도 예쁘기만 하니 걱정 말아요.]
목소리만 들어도 그의 표정이 어떨지 상상이 갔다. 분명 그녀가

제일 좋아하는 미소를 짓고 있을 게 뻔했다.

"승조 씨 눈에만 그렇게 보이면 뭘 해요? 전 어머님께도 예쁘게 보이고 싶단 말이에요."

[어머니는 난아 씨를 만나는 것 자체만으로도 한없이 기뻐하고 계신 분이니 아무 걱정 안 해도 됩니다.]

그의 말에 처졌던 기분이 좋아지긴 했지만, 그래도 그의 어머니께 예쁘게 보이고 싶었다. 그녀의 소중한 사람을 이 세상에 있게 해준 분이니 당연했다.

"그런데 승조 씨, 신혼여행은 꼭 해외로 가야 하는 거예요?"

난아가 조심스럽게 말을 꺼냈다.

처음 상견례 이야기가 나오고, 그의 어머니의 귀국 일정이 조금 미뤄지는 바람에 둘은 그동안 열심히 결혼에 관련된 것들을 처리해 왔다. 남들은 결혼 준비하면서 싸우기도 하고, 심지어는 그 때문에 헤어지는 경우도 있다던데 난아는 조금의 어려움도 느끼지 못했다.

결혼식장은 M쇼핑몰에 있는 웨딩홀에서 하기로 한 데다, 결혼식 관련 소소한 문제들은 승조가 전부 알아서 하는 걸로 합의를 봤기에 신경 쓸 일이 없었다. 그리고 신혼집 또한 승조 네 별채를 사용하기로 했기에 집을 보러 다닐 일도 없었다. 다만 별채 인테리어를 새로 한다고 해서 그녀에게 인테리어 관련 책자 한 무더기가 배달되어 온 게 전부였다. 그 책자를 보며 맘에 드는 걸 선택하는 게 그나마 가장 어려운 일이었다. 심지어 가전제품이며 가구 등도 그렇게 선택만 하면 되었다.

[꼭 그런 건 아닙니다. 어디 가고 싶은 곳이 따로 있는 겁니까?]

"전 해외여행에 대한 환상이 없는 편이거든요. 그저 여행이란 가서 맘 편하고 몸 편하면 된다는 주의라서요. 그래서 말인데, 제주도 별장에 갔으면 좋겠어요. 유라 얘기를 들어보니 참 멋진 곳 같더라고요."

바닥에 널브러져 있는 옷가지들을 툭툭 걷어차 길을 만든 난아는 침대에 걸터앉았다.

[설마 신혼여행에 유라를 데려가려는 건 아니겠지요? 미리 말하지만 그건 절대 안 됩니다. 장인, 장모님 말씀처럼 일생에 단 한 번뿐인 여행이니까요.]

"아, 그건 아니에요. 유라는 여행 동안 여기서 지내기로 했으니, 안심하고 둘이 다녀오기로 했잖아요."

자신이 세운 은밀한 계획에 유라의 혁혁한 공이 있었기에 난아는 공연히 찔끔했다.

[……좋습니다. 제주도 별장으로 가되, 절대 유라와 함께는 안 되는 겁니다.]

"암요, 그렇고말고요. 유라는 안 데려가요. 맹세해요."

쐐기를 박는 승조의 말에 난아는 열정적으로 고개를 끄덕였다.

[유라가 부르는군요. 조금 이따 봐요.]

단호하게 말한 게 언제냐 싶게 그의 목소리는 다시 슈크림처럼 부드러워져 있었다.

"승조 씨!"

아쉬움에 불러놓고 딱히 할 말이 없었다.

[훗, 사랑합니다.]

"저도요."

그런 그녀의 마음을 눈치챈 건지 그가 선수를 쳤다.

"하여간 눈치가 너무 빠르다니까. 아니, 내가 너무 느린 건가?"

"눈치가 느리기만 하면 다행이게? 아예 없어서 문제인 거야."

통화를 끝내고도 아쉬움이 남아 전화기를 바라보며 중얼거리는 난아에게 어느새 방으로 들어온 초아가 타박을 했다.

"그런가?"

초아가 왔으니 이 난관을 해결해 주리란 생각이 들어 구박을 들어도 반가웠다.

"이 난장판은 대체 뭐야?"

방 안 곳곳을 점령한 옷들을 난아처럼 툭툭 걷어차며 들어온 초아가 인상을 찌푸렸다.

"노력의 결과물이지."

그것도 모르냐는 듯, 난아는 어깨를 으쓱해 보였다.

"실패의 결과물인 거겠지. 일단 앉아."

초아가 화장대를 가리켜 보이자, 난아는 날랜 동작으로 그녀의 지시에 따랐다. 아쉬운 자가 우물을 파는 법. 지금 이 순간 절대 갑은 바로 초아였다.

"날 믿고 화장 안 한 모양인데, 그건 잘했네. 했더라면 지우느라

번거로웠을 텐데.”

“그치? 그치? 나 잘한 거 맞지?”

“칭찬 아니거든!”

칭찬이라도 받고 싶은 어린아이마냥 애교 있는 표정의 난아에게 초아는 차갑게 쏘아붙였다.

“나쁜 년!”

“나갈까?”

“아주아주 좋은 년! 됐냐?”

“하하하.”

난아의 극과 극의 표정 변화에 결국 웃음이 터진 초아는 한바탕 웃고는 화장품을 손에 들었다.

“떨려?”

“조금.”

얼굴에 크림을 펴 바르며 묻는 초아의 질문에 난아는 대수롭지 않게 답했다.

“겁나지 않아?”

“겁나. 하지만 설레고 기대되는 게 더 많아.”

어릴 때부터 겁 많고 소심했던 건 주로 난아의 몫이었다. 하지만 밀어붙인 일에 대해선 기이할 정도의 추진력과 대담함을 보이곤 했다.

‘하긴, 그러니 지금 같은 선택도 할 수 있었던 거겠지만.’

시각을 확인한 초아는 조금 더 빠르게 손을 놀리기 시작했다. 시간이 얼마 남아 있지 않았다.

*

상견례 장소는 일전에 한 번 와본 적 있는 일식집으로 정한 탓에 난아네 가족들은 별 어려움 없이 도착할 수 있었다.

"나, 떨고 있냐?"

부모님은 벌써 들어가셨건만 난아는 일식집 문 앞에서 걸음을 멈추더니 영 들어가지 못하고 있었다.

"삽질 그만하고 들어가!"

그런 난아가 우스웠던지 초아가 그녀의 등을 떠밀었다.

"너, 나중에 두고 보자."

"흥! 나중에 두고 볼 일 없네요!"

콧방귀를 뀌는 초아를 보며 난아는 복수의 칼날을 갈았다.

"한 치 앞도 볼 수 없는 게 인생사. 앞일은 장담하는 거 아니랬다! 흐흐흐."

"역시 지나친 긴장은 인체에 해롭지, 해로워."

사라지는 난아의 뒷모습을 보며 초아는 혀를 찼다.

"이모!"

그때, 뒤에서 초아를 부르는 깜찍한 목소리가 들려왔다.

"유라야!"

"이모!"

오늘도 변함없이 깜찍한 모습으로 다가오는 유라의 모습에 초아는 두 팔 크게 벌려 반갑게 맞이했다. 마치 이산가족 상봉하는 모습과도 같아 주변인들의 시선이 모두 둘에게 향했다.
"이야~ 오늘도 변함없이 엄청 예쁜데!"
"이모도 예뻐요."
"하하, 고맙다. ……안녕하세요."
유라에게 신경 쓰느라 승조와 그의 어머니를 미처 보지 못했던 초아는 빠르게 허리를 숙여 인사했다.
"난아 씨 동생입니다."
우아하면서도 단아한 부인을 향해 소개를 하는 승조는 오늘도 근사해 보였다.
"다시 인사드릴게요. 김초아라고 합니다."
초아는 공손하게 허리를 굽혔다.
"반가워요, 승조 엄마예요."
승조의 어머니는 목소리까지도 고왔다.
"언니와 부모님께서는 자리에 가 계셔요."
왠지 난아를 찾는 듯 보이는 승조의 모습에 초아가 선수를 쳤다.
"어디, 어디요?"
유라가 팔랑거리며 어서 가자는 듯 손짓을 해 보였다.
"저~어~기."
초아는 승조 어머니께 다시 묵례를 하고는 유라의 손을 잡고 신나게 앞서 달려갔다.
"다행이로구나, 유라가 사랑받고 있는 듯 보여서."
그의 어머니는 한시름 놓은 목소리였다.

"어른들께서는 더 예뻐하십니다."

승조는 희미하게 미소 지었다.

"다행이다. 유라가 사랑을 받아야지만 네가 행복할 거 아니니."

손녀 걱정은 하지 않아도 된다는 뜻에서 한 말이었는데, 어머니는 그를 바라보며 웃고 계셨다. 그런 어머니의 모습에 응어리져 굳었던 마음 한쪽이 또다시 풀어져 내렸다. 아직은 단단하게 굳은 게 더 많긴 하지만, 언제고 모두 사라질 날이 반드시 올 것 같았다.

"가시지요. 모두 기다리고 계실 테니까요."

열 달 배 아파 낳고 키운 자식이지만, 여러모로 승조가 어려웠던 어머니는 그의 미소에 이젠 되었구나 싶어 안도감을 느꼈다. 피와 살로 이루어진 것 같지 않던 아들이 많이 변해 있었다. 저번에 갑자기 찾아왔을 때도 느꼈지만, 사랑이 그를 사람 냄새나게끔 바꿔 놓았다.

"그래, 그러자꾸나."

그렇지 않아도 승조를 변화시킨 여자가 누군지 참으로 궁금하던 참이었다.

"할머니, 여기요, 여기! 빨리 오세요."

느릿한 할머니와 아빠가 답답했는지 유라가 열린 미닫이문 앞에서 폴짝폴짝 뛰어가며 그들을 재촉하고 있었다.

"할머니, 어서 들어오세요."

유라가 밖을 향해 독촉의 말을 할 때부터 난아의 심장은 벌컥거리기 시작했다.

'드디어 오셨나?'

난아의 긴장감은 최고점을 찍었다.

"좀 늦었습니다. 어머니, 난아 씨 부모님 되십니다."

모두 일어서서 어머니와 그를 맞이하는 상황이라 승조는 바로 양측 부모님들 소개부터 했다.

"안녕하십니까? 초면에 늦은 듯해 실례가 많습니다."

"처음 뵙겠습니다. 저희가 일찍 왔을 뿐이니 괘념치 마세요."

서로 예를 차려가며 인사를 나누는, 조금은 어색하고 어려운 분위기가 흘렀다.

"아빠, 유라도 할래요. 안녕하세요? 고유라입니다. 처음은 아니고, 많이 만났습니다."

하지만 유라의 깜찍한 인사말에 분위기는 순식간에 부드럽게 풀어졌다.

"어머님, 처음 뵙겠습니다. 김난아라고 합니다."

그래도 유라가 긴장감을 많이 완화시켜 놓은 덕분에 난아는 조금 편히 말할 수 있었다.

"곱구나, 고와."

그녀의 두 손을 잡고 가볍게 토닥이는 승조 어머니의 눈빛에 물기가 서렸다.

"어머니, 제가 잘할 테니까, 너무 걱정 마세요."

그 모습에 순간 마음이 짠했던 난아는 이번엔 자신이 그의 어머니의 손을 꽉 잡았다.

“근데 우리 계속 서 있어요?”

어른들이 앉을 생각은 하지 않고 모두 다 서 있기만 하자, 유라가 고개를 갸웃거렸다.

“하하, 앉아야지. 자, 앉으시지요. 자네도 앉게.”

“네, 먼저 앉으시지요.”

유라를 보고 함박웃음을 터뜨리는 난아 부모님의 눈빛이 진실되어 보여 승조 어머니는 안심했다.

“앉자꾸나.”

승조 어머니는 난아의 손을 다시 한 번 꽉 잡았다가 놔주었다.

“어머니, 그리고 장인어른, 장모님. 결혼식을 서둘렀으면 좋겠습니다.”

“허허, 아직 음식도 나오질 않았네.”

서두르는 승조의 행동에 아버지는 어이없는 웃음을 지었다.

“송구스럽지만 제 생각도 같습니다.”

승조의 어머니는 아들의 말에 힘을 실어주었다.

“그래도 준비라는 게 있는데요…….”

상견례 자리에서 결혼식 얘기가 바로 나오니, 그동안은 피부로 느끼지 못했던 것이 와 닿았는지 난아의 어머니는 말끝을 흐렸다.

“따님 마음고생할 일 만들지 않겠으니, 너그러운 마음으로 허락해 주세요.”

승조 어머니는 머리 숙여 부탁했다. 자식 둔 부모 입장이기에 이해가 되었다. 전처소생(前妻所生)까지 있는 남자에게 귀한 딸 시집 보내는 그 마음이 어떠할지는 겪어보지 않은 이상 모르는 법이었다.

"엄마, 아빠, 죄송하지만 저도 승조 씨랑 같은 의견이에요."

예상하고는 있었지만 딸마저 결혼을 서두르자, 난아의 어머니는 몰아치는 여러 감정들로 결국 눈시울을 적셨다.

"여보, 그렇게 해줍시다."

시선을 아래로 내려뜨린 채 터져 나오는 눈물을 간신히 참듯, 입술을 깨물고 있는 어머니의 손을 잡아주는 아버지의 손길이 따스하고 믿음직스러웠다.

"아줌마, 울어요?"

분위기가 이상하게 침울해지고, 고개를 숙이고 들어 올리지 못하는 난아 어머니를 보고 유라가 자리에서 일어나 그쪽으로 향했다.

"아줌마, 어른은 울면 안 되는 거라고 했어요. 어른이 울면 아이가 우는 걸 배우게 된대요."

단풍잎을 닮은 작은 손을 들어 눈가를 쓱쓱 문질러 주는 아이의 행동은 섬세하진 않았지만, 마음을 풀어주는 데에는 크게 한몫했다.

"그럼, 그럼, 우리 유라가 그런 걸 배우면 안 되지. 암, 그렇고말고."

고운 마음이 그대로 드러나는 맑고 순수한 눈동자, 아빠를 쏙 빼닮은 이 아이라면 믿음이 갔다.

"자네, 유라 덕분에 허락한 줄이나 알게."

승조에게 그동안 말을 높여왔던 어머니가 처음으로 말을 낮추었고, 그 변화를 모두가 눈치챘다.

"감사합니다."

드디어 자신을 온전히 받아들여 주신 것만 같아 승조는 가슴이 벅차올랐다.

"사부인, 감사드려요."

"별말씀을요. 아무것도 모르는 딸, 조금이라도 가르쳐 보내려 했건만 결국 그러지 못해서 죄송스러운 마음뿐입니다."

감사를 표하는 승조 어머니의 태도에 난아의 어머니 역시 송구스러운 마음을 전했다.

"이모, 할머니랑 아줌마 많이 이상해요. 인사는 아까아까 다 했는데 왜 자꾸만 인사를 해요?"

질문을 받은 초아는 뭐라 답을 해줘야 하나 당황했다.

"유라야, 그건 말이지. 처음 만나는 사람들끼린 반갑다는 뜻을 그렇게 자주 전하는 거야."

"아, 네~"

초아의 말을 있는 그대로 수용하는 아이의 천진난만한 태도에 자칫 무겁고 어색할 수 있는 상견례 분위기가 밝아졌다.

'이제 정말 결혼을 하는구나.'

결혼을 향해 한발 내디딘 게 실감이 난 난아는 어디를 봐도 완벽한 승조를 보며 작게 결심했다. 언제 어느 자리에서나 최선을 다하는 그에게 어울리는 여자가 되자고 말이다.

'그러기 위해서는 일단 미뤄뒀던 임용고시 준비부터 시작하자.'

난아의 시선을 느낀 그가 환하게 미소 짓고 있었다. 그의 미소에 난아는 결심을 굳혔다.

34.
결혼 초읽기

결혼식이 한 달도 채 안 남았지만 난아는 할 일이 별로 없었다. 승조는 빈틈 많은 그녀와 다르게 매사 철두철미했기에 그녀가 신경 쓸 일을 아예 만들지 않았다. 그렇기에 그녀는 임용고시 공부에만 전념할 수가 있었다.

'이렇게 공부했으면 진작 붙었을 텐데.'

수업이 끝나고 퇴근까지 자투리 시간에도 그녀는 공부를 했다.

"김 쌤, 결혼 다시 한 번 축하해."

지영이 앞문을 열고는 얼굴만 내민 채 윙크를 하고 있었다.

"지영 씨, 어서 들어와."

난아는 언제나 유쾌한 지영을 보며 방긋 웃었다.

"그런데 김 쌤 청첩장을 왜 교감선생님이 나눠주게 된 거야? 교감선생님과 그렇게 친한 사이였어?"

지영의 호기심 어린 질문에 난아는 잠시 난감한 표정을 했다.

당초 그녀의 계획은 친하게 지내는 일부 선생님들에게만 청첩장을 전달하는 것이었다. 그런데 교무 회의를 마칠 즈음, 교감선생님이 청첩장 한 뭉텅이를 책상 밑에서 꺼내더니 교직원 전원에게 쫙 돌려 버렸다. 교감선생님의 돌발 행동에 가장 놀란 사람은 다른 누구도 아닌 바로 그녀였다.

'청첩장의 출처는 이사장실이겠지만.'

"뭔데? 무슨 사연인 건데? 나한테까지 말 못 할 일이야?"

한숨을 내쉬는 난아의 행동에 지영의 호기심이 폭발했다.

"그게…… 실은 승조 씨가 이사장님 조카야."

지금 입을 다문다고 해도 조만간 들불처럼 번져 나갈 이야기였다.

"우와! 대박! 나 이제 난아 씨에게 잘 보여야 되는 거 아냐?"

예상치 못했던 진실 앞에 지영도 깜짝 놀란 모양이었다.

"지영 씨, 제발."

"제발, 뭐? 아예 사모님이라고 불러 드릴까? 하하하."

지영의 너스레에 난아는 더욱더 부끄러워졌다. 그녀는 예나 지금이나 변함없이 김난아일 뿐인데, 사람들이 왜곡해서 볼까 봐 조금 염려스럽기도 했다.

"하여간 이렇게 놀리는 재미가 있으니 내가 김 쌤을 안 놀릴 수가 없어요. 그런데 김 쌤, 각오는 단단히 해야겠는데? 어차피 이 일이 알려지는 건 시간문제일 거고, 일단 알려지고 나면 말들이 많을 거야."

"그래서 요즘 열공 중이야. 이번에는 무슨 일이 있어도 임용고시에 꼭 붙으려고. 그래야 소문을 불식시킬 수 있을 테니까. 하지만 그전까진 각오해야지, 뭐. 결국 내 발등을 찍은 건 나니까."

갑자기 진지해진 지영의 표정에 난아도 덩달아 진지해졌다.

"그래도 내가 김 쌤 많이 도와줄게. 그간의 의리를 생각해서."

"고마워."

"그래서 말인데…… 결혼식 피로연 하는 거지?"

"글쎄. 요즘은 피로연을 많이 생략한다고 해서 생각도 안 하고 있었는데."

"김 쌤! 남들이 생략한다고 김 쌤도 그러면 되겠어? 피로연, 그거 꼭 해야 되는 거야. 우리 같은 사람들에게 부디 은혜를 베풀란 말이야."

역시 지영은 제사보다 제삿밥에 더 관심이 있었다.

"하하하, 알았어. 알았다고. 그동안 지영 씨에게 고마운 것도 많고 하니 지영 씨 봐서라도 꼭 할게."

"정말이지? 약속한 거다!"

난아의 질문에 얼굴 가득 미소를 짓던 지영이 갑자기 주변을 두리번거리더니 목소리를 낮추었다.

"그런데…… 그날 내 선물이 유효하긴 했던 거지?"

"어? 그게, 에, 또…… 그러니까……."

갑작스러운 질문에 난아는 당황해서 말을 더듬었다.

"그랬구나. 알았어."

"알긴 뭘 알아? 난 대답도 안 했는데."

"그거야 난아 씨 얼굴이 답을 다 말해줬으니까 알지. 조금 전 그 표정은 내 선물이 아주 유용하게 쓰였단 뜻이었잖아."

"지영 씨!"

능글맞게 웃으며 그녀를 놀리는 지영에게 난아는 소리를 빽 질렀다.

"날 탓하기 전에 김 쌤 얼굴을 탓해. 어쩜 그렇게 머릿속 생각이 고스란히 다 나타나?"

그녀 말마따나 누굴 탓하겠는가, 속마음을 매번 내보이는 자신의 탓이 컸다.

"자꾸 그렇게 놀리면 피로연이고 뭐고 확 다 안 하는 수가 있어요!"

그래도 당하고만 있을 수 없단 생각에 지영에게 가장 효과적으로 먹힐 협박을 했다.

"이런, 이런. 사모님, 노여우셨어요? 소인이 아주 무례했으니 너그러이 용서하세요."

난아는 생글생글 웃어가며 밉지 않게 구는 지영을 밝게 마주했다. 늘 만나면 한쪽은 놀리고 다른 한쪽은 팔짝 뛰고의 연속이었지만, 그래도 지영은 잘 알고 있을 터였다. 자신이 그녀에게 얼마나 고마워하는지를 말이다.

⁂

이제는 제법 더운 초여름의 날씨, 모두가 빠져나가고 없는 한적한 길을 난아는 홀로 걷고 있었다. 지영이 버스 타는 데까지 데려다주겠다고 했지만 그녀는 거절했다. 어쩐지 오늘만큼은 혼자 조용히 걷고 싶었다.

그를 만나 사랑을 하고 결혼을 앞둔 지금까지 긴 시간이 걸린 게 아니었다. 고작 4개월 동안 만나 연애하고, 결혼까지 하려는 것에 대해 주변의 우려가 컸지만, 그녀에겐 그 4개월이면 충분했다. 그만큼 그에게 확신이 있었다.

"바빠요?"

난아는 갑자기 그의 목소리가 너무 듣고 싶어 전화를 걸었다. 요즘 그녀의 생활 패턴은 퇴근 후 도서관이나 집으로 바로 가서 공부하는 것이었는데, 오늘은 이상하게도 그가 그리워 아무것도 하고 싶지가 않았다.

[아닙니다. 바쁘지 않아요. 그렇지 않아도 퇴근했다는 말이 없어서 연락해 보려던 참이었습니다.]

늘 느끼는 거지만 그의 목소리는 대낮에 들어도 너무 섹시했다. 아니, 유독 오늘 더 그렇게 느껴졌다.

"승조 씨, 오늘 바빠요? 오늘은 승조 씨가 너무 보고 싶어서 공부가 안 될 것 같아서요."

[지금 어딥니까?]

낮아진 그의 목소리에 전율이 일었다.

"학교 앞이요."

[퇴근 시간이라 내가 그쪽으로 가는 것보다 난아 씨가 이쪽으로

오는 게 더 빠를 것 같군요.]

"네, 그럼 제가 그리로 갈게요."

전화를 끊은 난아는 그의 회사로 가는 단거리 코스를 머릿속으로 계산하며 발걸음을 빠르게 놀렸다.

❀

부우우웅웅~

중역 회의 시간, 별안간 들려온 휴대폰 진동음에 김 비서의 미간이 찡그려졌다.

'회의실에 들어오면서 전화기 전원도 안 끄다니, 대체 누구야?'

김 비서는 날카로운 시선으로 주위를 살폈다. 조용한 가운데 울린 소음인지라 같은 생각을 한 사람이 많았는지, 주변인들 모두가 조금씩 동요하고 있었다.

"별일 아니니 계속 진행하세요. 급한 연락이니 잠시 나갔다 들어오겠습니다."

진동음을 내고 있던 전화기의 주인은 다름 아닌 승조였다.

"……아닙니다. 바쁘지 않아요. 그렇지 않아도 퇴근했다는 말이 없어서 연락해 보려던 참이었습니다."

심지어 그는 전화가 끊길 것 같아 불안했는지 문을 벗어나기도 전에 전화를 받았다.

"……."

그가 밖으로 사라졌음에도 불구하고 회의실 안은 정적에 휩싸여 있었다. 모두 자신들이 보고 들은 게 과연 현실이 맞는 건가 하는 눈빛들이었다.

"허허, 사장님 결혼하신다더니 그 소문이 사실이었나 봅니다."

나이 지긋한 중역이 꺼내놓은 한마디는 회의장 안을 금세 혼란 속으로 밀어 넣었다.

"사장님이 재혼을? 세상에……!"

모두 다 한마음 한뜻으로 놀라긴 했지만 웅성거림이 크진 않았다. 문밖, 멀지 않은 곳에 그 어떤 사람보다 무서운 사장이 있을 게 뻔했기 때문이다.

"상대가 누구래요? 첫 번째 부인은 어마어마한 재력을 가진 상속녀였잖습니까?"

"그랬죠. 모르긴 몰라도 이번 역시 그에 뒤지지 않는 집안의 영애겠지요."

"근데 사장님 분위기로 봐선 정략결혼은 아닌 것 같지요?"

"사장님 입에서 저런 말이 나올 줄은 상상도 못 했네요."

처음에는 승조의 결혼 상대가 누군지에 대한 추측이 난무하던 것이 급기야 사장의 확 달라진 모습에 초점이 맞추어졌다.

딸칵.

작게 소곤거리듯 대화를 나누던 그들은 문이 열리는 작은 소리에 거짓말처럼 다시 조용해졌다.

"시각을 다투는 급한 일이 생겨 나가야 하니, 회의 30분 안으로 끝냅시다."

들어오자마자 자리에 앉기도 전에 하는 그의 말에 장내는 또다시 소란스러워졌다.

"김 팀장? 뭐 하고 있습니까? 30분 안에 끝내자는 말 못 들은 겁니까?"

단상에 나가 상반기 마케팅 전략 보고 준비를 하고 있던 김 팀장은 그의 지적에 화들짝 놀랐다. 다른 사람들도 조용히 입을 다물고, 회의 진행에 차질이 없게끔 집중했다.

'대체 어떤 여자이기에…….'

다들 겉으로 말할 순 없었지만 속으로 하는 생각들은 다 같았다.

보고를 맡은 김 팀장은 연신 시계를 들여다보는 승조의 행동 때문에 멘탈이 붕괴되기 직전인 상태에서 간신히 발표를 마쳤다. 결국 중역 회의는 역대 최단시간 내 끝났다.

"사장님, 눈치 없는 질문인 건 알지만, 이후 일정은 어떻게 할까요?"

회의가 끝나자마자 성큼성큼 앞서 걸어 나가는 승조를 쫓느라 김 비서는 거의 뛰어가야만 했다.

"내일로 미루세요."

"이것도 무척 난감한 질문인데요. 신혼여행 기간은 며칠로 잡으셨나요?"

단호한 승조의 말에 김 비서는 잠시 망설이다가 가장 하기 힘들었던 질문을 했다. 어쨌든 자신은 그의 비서였고, 그의 일정이 곧 자신의 일정이었기에 꼭 알고 있어야 하는 사항이었다.

"다음 달 25일이 결혼식이니, 그날부터 31일까지 시간 비워놓으세요."

별일 아니라는 듯 답하는 그의 말에 김 비서의 낯빛이 하얘졌다.

"저…… 알고 계시겠지만 그때가 극성수기로 한창 쇼핑객들이 많은 시기인 데다, 각종 이벤트도 엄청 많거든요."

'한창 바빠 죽겠는 시기에 무려 7일이나 시간을 빼란 말입니까? 사장님 부재중에 생긴 일은 어쩌고요? 이번에도 저번처럼 잠수 타시렵니까?'

차마 하고픈 말을 하지 못한 김 비서의 속이 터져 나갔다.

"김 비서가 저번처럼 잘해내리라 믿습니다."

담담한 말로 사람 속 뒤집는 능력이 가히 천하제일이었다.

'제발 믿지 좀 말란 말입니다!'

이 말이 혀끝까지 밀고 올라왔지만, 김 비서는 도 닦는 심정으로 눌러 삼켰다.

"네……."

눈물을 머금고 답한 김 비서가 집무실 문을 열어젖혔다.

"오셨습니까? 손님이 기다리고 계십니다."

문을 열고 들어서자, 이 비서가 비서실 옆 접견 대기실 쪽을 가리켜 보였다.

"손님? 오늘 일정에 손님은 없었지 않습니까?"

혹시 자신이 착각했나 싶어 김 비서가 물었다.

"일정에는 없는 손님이신데 사장님과 약속을 하셨다고 하시더라고요……."

이 비서가 난감한 듯 말끝을 흐리고 있을 때 접견실 문이 열렸다.

"승조 씨."

"약속한 거 맞습니다."

반갑게 다가오는 여자의 손을 잡아 쥐는 승조의 모습에 두 비서 모두 화석이 되었다.

"제 아내 될 사람입니다."

"안녕하세요? 처음 뵙겠습니다."

'아내 될 사람? 아내 될 사람!'

그들은 얼결에 같이 고개를 숙여 인사하면서도, 사장이 안겨준 충격에서 헤어 나오질 못하고 있었다.

'저렇게 환한 표정의 사장님이라니.'

"그럼 나갈까요?"

부드럽게 미소 지으며 그녀의 어깨에 팔을 두르는 승조의 모습은 충격적이다 못해 무섭기까지 했다.

"처음 뵙는데 달랑 인사만 하고 가네요. 승조 씨 곁에서 가장 고생하는 분들인데, 조만간 식사라도 함께해요."

밝게 말하는 난아의 표정과는 달리 두 사람의 낯빛은 이상하게 창백했다. 사장님 바로 옆에 서 있는 난아의 눈에는 안 보였지만, 그들의 눈에는 싸늘한 눈빛을 보내는 그가 너무도 잘 보였기 때문이다. 그 눈빛은 확실하지는 않지만, 거절하란 의미 같았다.

"결혼 준비로 엄청 바쁘실 텐데, 그런 사소한 것까지 신경 쓰지 않으셔도 됩니다."

"네. 그럼요, 어차피 저희 일인걸요."

거절의 답변에 싸늘히 빛나던 승조의 시선이 평소대로 바뀐 것을 보고 그들은 안도의 한숨을 내쉬었다. 제대로 짚은 게 맞았다.
"난아 씨, 빨리 갑시다."
"아이 참, 그래도 인사는 해야죠. 그럼, 다음에 뵐게요."
승조를 타박하는 난아의 행동에 둘은 기겁을 했다.
"안녕히 가십시오."
"조심히 들어가세요."
눈치껏 황급히 인사한 두 비서의 생각은 다른 듯 같았다. 바로 새로운 보스가 등장했다는 점이었다.

"민망하게 비서분들 앞에서 왜 그랬어요?"
난아는 문밖으로 나오자마자 승조에게 고시랑거리기 시작했다.
"둘이서만 있고 싶으니까요."
그녀와 함께하는 시간은 온전히 그의 것이어야만 했다. 남과는 절대 공유하고 싶지 않았다.
"하여간 못 말린다니까!"
그의 말에 어이없어하면서도 은근히 그의 허리에 팔을 두르는 난아의 행동에 그는 조바심이 났다.
"가장 가까운 데로 가도 되는 겁니까?"
"가까운 데는 얼마나 가까운데요?"
성마른 어조, 어깨를 감싼 그의 손에 실린 힘. 그 모든 게 그녀의 깊은 심중에 있던 열기를 바글바글 끓어 넘치게 하고 있었다.
"바로 근처에 회사 레지던스 호텔이 있습니다."
"……네."

대놓고 호텔로 가자는 그의 말에 난아는 잠깐 망설였지만 응했다. 하지만 싫어서 망설인 것은 아니었다. 뭐랄까, 약간의 부끄러움이랄까? 민망함이랄까?

"갑시다."

그들이 도착한 호텔은 차로 5분 거리도 안 되는 곳에 위치해 있었다.

"바로 앞이란 말은 없었잖아요?"

난아는 순식간에 도착한 지금의 상황이 너무 어이가 없었다.

"바로 근처라고 말하지 않았습니까?"

"근처긴 한데, 너무 근처잖아요."

조금 뻔뻔해 보이기까지 하는 그의 답에 그녀는 그냥 웃고 말았다.

"어? 잠깐만요."

로비 중앙을 벗어나 엘리베이터가 밀집해 있는 쪽으로 움직였을 때, 난아가 놀란 음성을 내뱉더니 어딘가를 향해 잰걸음으로 사라졌다. 의아함을 느낀 그가 뒤를 쫓았고, 의외의 인물과 맞닥뜨리게 되었다.

"처제?"

고개를 잔뜩 수그리고 있는 사람은 분명 초아였다.

"죄송해요, 형부. 나중에 뵐게요."

그녀답지 않게 시선도 마주하지 않고 급히 자리를 떠나는 모습이 무언가에 쫓기는 듯 보였다.

"무슨 일입니까?"

"모, 모르겠어요. 초아가 우는 건 처음 봐서……."

난아 또한 어안이 벙벙해서 초아가 사라진 쪽만 멍하니 바라보았다.

"처제가 울고 있었단 말입니까?"

"네……. 무슨 일이라도 있었던 걸까요?"

난아의 얼굴 가득 근심이 서렸다.

"아무래도 오늘은 들어가 보는 게 좋겠습니다."

"미안해요……."

난아는 그에게 너무 미안해졌다.

"처제에게 가봐요. 난 괜찮으니까."

형제 없이 자라서인지 그는 자매의 깊은 유대감이 부러웠고, 그게 오래 유지되도록 지켜주고 싶었다.

"고마워요."

그녀는 그의 입술에 빠르게 입맞춤하고는 초아가 사라진 방향으로 뛰어갔다. 그런 그녀의 뒷모습을 한참 바라보던 승조가 뒤돌아섰을 때였다.

"아빠~"

엄마를 만나러 나간다고 했던 유라가 진희와 서균의 손을 잡고서 있었다.

"유라야!"

유라가 팔랑거리며 달려와 그의 품에 안겼고, 진희와 서균이 멋쩍은 표정으로 가까이 다가왔다.

"어떻게 여기서 다 만나네요."
"저녁 먹으러 온 건가?"
알은체하는 진희에게 승조도 가볍게 인사를 건넸다.
"여기 8층 레스토랑 파스타가 맛있다고 하기에 왔지. 그런데 여긴 어쩐 일이야?"
"약속이 있었는데 취소돼서 돌아가려던 참이었어."
서균의 질문에 답한 승조는 안고 있던 유라를 내려놓았다.
"괜찮으면 차 한잔 같이할까? 할 얘기도 있고."
"그래요, 둘이서 얘기 나누고 있어요. 그동안 유라와 난 단둘이 데이트 좀 하고 올게요."
서균의 제안에 진희가 거들며 나서는 것을 보면 유라가 들어서 좋을 이야기는 아닌 듯했다.
"이야~ 진짜요? 좋아요, 좋아요, 엄마, 빨리 가요. 네?"
유라는 잔뜩 신바람이 났는지 얼굴을 상기시키며 어서 가자고 재촉을 해댔다.
"그럼 우린 가볼게요."
"아빠, 아저씨, 안녕."
사라지는 두 여자를 배웅하고 둘은 8층 레스토랑 룸에 자리를 잡고 앉았다.
"우리 둘 문제로 할 이야기가 있어."
"무슨 이야기인데 표정이 그래?"
서균의 표정이 가라앉아 있는 게 신경 쓰였다.
"진희랑 결혼식은 올리지 않고 혼인신고만 하고 살림을 합치기로 했어. 그래도 너한테는 이야기해야 할 것 같아서."

"그렇군. 유라 엄마가 유라에게 잘 얘기하겠지만, 나도 말을 해 놓도록 하지."

왜 식을 올리지 않겠다는 건지 짐작이 갔기에 이유는 묻지 않았다.

"고마워."

서균은 진심으로 승조가 고마웠다. 그가 이유를 묻지 않았다는 사실 자체가 자신을 향한 배려처럼 느껴졌다.

"……그리고 결혼 축하해."

"훗. 나도 고맙다고 해야 하나?"

망설이듯 말하는 서균의 행동에 승조는 피식 웃음으로써 그의 마음을 가볍게 해주었다. 앞으로 두 사람은 유라의 존재로 인해 가족과도 같은 사이로 묶일 테고, 함께해 왔던 시간보다 더 긴 시간을 공존하게 될 터였다.

❀

난아와 승조는 결혼식을 10일 정도 앞두고부터는 하루하루가 어떻게 지나가는지도 모를 정도로 바빴다. 결혼식과 신혼여행 때문에 공석이 되는 7일간의 시간을 메우기 위해 각자 준비란 것을 해야 했기 때문이다.

난아의 수업을 지영이 대신하기로 되어 있어 수업 관련 준비를 도와야 했고, 승조 역시 자신이 빠지는 기간 동안 계획된 회사 일들을 미리 해놓느라 숨 돌릴 틈 없이 바빴다. 주말엔 또 주말대로 웨딩 촬영이다 신부 수업이다 뭐다 해서 눈 코 뜰 새가 없었다.

"엄마, 나 이러다 정작 결혼식 때 쓰러지면 어쩌지?"

어제 늦게까지 임용고시 공부를 한 탓에 피곤했던 난아는 연신 하품을 하며 투정을 부렸다.

토요일인 오늘의 계획은 약간의 늦잠을 잔 후 오전은 도서관에서 공부를 하고 저녁에 승조를 만날 계획이었다. 하지만 엄마의 손길에 의해 일정은 어그러져 버렸다.

지금 그녀는 김치 담그는 법을 속성으로 배우고 있는 중이었다.

"고 서방 네는 일하는 사람들이 수두룩하게 있다지만 네가 아무것도 할 줄 몰라서야 쓰겠니? 뭘 조금이라도 할 줄 알아야 사람도 부리는 법이야. 결혼해서 엄마 망신시키지 말고 빠릿빠릿하게 배워둬. 마음 같아선 하루 종일 특별훈련이라도 시키고 싶은 걸 간신히 참고 있는 중이니까 엄마 자극하지 말고 꾀부리지 않는 게 좋을 거야."

김칫소 만들랴, 그녀에게 협박하랴 이래저래 바쁜 엄마의 말이 빈말이 아님을 안 난아는 의자에서 일어나 팔을 걷어붙였다. 기왕 이렇게 된 거 빨리 해치우는 게 나았다.

"엄마, 3일 뒤가 결혼식인데 좀 봐주지 그러세요?"

초아는 주방에 들어온 김에 엄마를 말렸다.

'어차피 결혼하면 평소와 다른 환경 때문에 힘든 일 투성일 텐데, 결혼 전부터 저리 기운을 다 빼놔서야 되나.'

"휴…… 벌써 3일 후가 결혼식이라니. 안 되겠다! 오늘은 김치 담그기가 끝나면 소소한 것들 위주로 복습 한 차례 더 해보자."

본의 아니게 엄마의 투지를 불러일으킨 초아가 슬그머니 자리를 피하려 할 때였다.

"야, 이것아! 불난 집에 휘발유 들이붓고 그냥 튄다 이거지?"

난아의 절망적인 목소리가 뒤통수로 날아 들어왔지만 초아는 무시하고 주방을 나왔다.

"쯧쯧. 그러기에 평소에 좀 잘 배워두지. 그동안 화를 자초했다니까."

혼잣말을 하며 거실로 나온 초아는 그래도 측은한 마음이 들어 주방 쪽을 다시 한 번 바라보았다. 요즘 들어 제대로 된 데이트도 할 수 없을 정도로 바빴다는 것을 누구보다 잘 알고 있던 초아는 잠시 생각에 빠졌다.

"크큭. 그래, 그게 좋겠다."

무슨 기발한 생각이라도 났는지 싱그럽게 웃은 초아는 전화기를 들고 방으로 들어가 전화를 걸었다.

"유라니? 이모야~ 우리 유라 잘 있었어요? 그래그래, 토요일인데 집에서 뭐 해? 심심하지 않았어? ……그래? 그럼 유라 놀러 올래? ……그래그래. 하하, 그러자. 그런데 이모가 유라 오라고 했던 건 비밀이다! 그렇지! 우리 유라는 어쩜 이렇게 머리도 똑똑할까? 아주 아빠를 쏙 빼닮았어요."

초아의 잔꾀는 바로 유라였고, 유라의 등장으로 인해 난아는 간신히 한숨 돌릴 수가 있었다.

"휴우…… 유라 아니었으면 주방에서 야근할 뻔했네."

간신히 엄마의 손에서 벗어나 방으로 들어온 난아는 김치 담그느라 지저분해진 옷을 갈아입었다.

"언니! 어서 옷 입고 나가. 지금 나가면 밖에 형부가 기다리고 있을 거야."

그때 초아가 방으로 들어오더니 급하게 말을 전했다.

"어? 진짜? 오늘은 엄마랑 신부 수업 한다고 말해놔서 승조 씨도 딴 계획 잡았을 텐데 어떻게?"

"그런 것까진 모르겠고, 난 그냥 언니를 빼내줄 테니 오라고만 말했을 뿐이야. 지금 유라가 엄마 아빠 혼을 빼놓고 있으니까 빨리 튀어 나가."

초아는 방문을 열어둔 채로 거실의 동정을 계속 살피며 그녀에게 손짓을 해 보였다.

"그럼 유라를 부른 것도 너였어? 고맙다."

"저번 호텔에서의 일, 이걸로 갚는 거야. 뭘 꾸물거려? 빨리 가라니까!"

난아는 초아의 도움으로 밖으로 빠져나오면서도 그날의 일이 기억나 마음이 찜찜했다. 그때 초아는 참 많이도 울었다. 하지만 결국 그 이유를 듣지는 못했다.

"유라가 아주 잘하고 있나 봅니다?"

대문을 나오자 진짜 승조가 있었다.

"승조 씨!"

어쩐지 울컥한 기분이 된 난아는 그의 품으로 빨려 들어가듯 안겼다.

"뭔 일 있습니까?"

"뭔 일은요, 오늘 아침부터 하도 시달려서 그렇지요. 꼼짝없이 주방에 갇혀 있던 차에 구세주 강림하셔서 풀려난 거거든요. 유라가 안 왔으면 오늘 주방에서 야근했을지도 몰라요."

머리 위에서 은은히 들려오는 그의 목소리에 피곤과 스트레스가 싹 다 풀어지는 느낌에 난아는 배시시 웃었다.

"유라가 오는 내내 무척 신나 했습니다. 선생님 탈출이 성공하면 처제랑 수영장 가기로 했다면서요."

그는 우아한 동작으로 난아에게 차 문을 열어주었다.

"유라 오늘 완전 물 만난 고기처럼 신나겠는데요. 초아도 수영 엄청 잘하거든요."

차에 탄 그녀는 운전석에 앉는 그의 얼굴을 말갛게 바라보았다. 처음엔 그가 차 문을 열어주고, 앉을 때 의자를 당겨주고 하는 것들이 좋으면서도 부끄럽고, 어떨 땐 불편하기까지 했었는데 지금은 자연스럽게 익숙해져 버렸다.

"승조 씨?"

"왜 그렇게 그윽하게 부르는 겁니까? 잘 참고 있는 사자의 코털은 건드리지 마세요."

"뭘 참아내고 있는 중인데요?"

그가 뭘 참고 있는지를 난아도 잘 알고 있었다. 그러면서도 질문을 던졌다.

"안고 싶고 소유하고 싶은 것을 잘 견뎌내고 있는 중이지요. 물론 나 혼자만의 인내는 아니겠지만요."

듣고 싶었던 대답을 들은 난아의 표정이 만족감으로 충만해졌다.

"서로에게 완벽히 소속되어질 때까지 우리 잘 견뎌봐요."

그의 말이 맞았다. 그녀도 그를 마음껏 사랑하고 보듬어 감싸고 싶은 욕망을 잘 갈무리해서 깊은 곳에 넣어둔 참이었다. 누구 눈치도 볼 필요 없이 마음껏 사랑하고 사랑받을 그 순간을 위해서 말이다.

"그런 의미에서 우리 오늘 뭐 할까요?"

난아는 부러 밝게 말했다.

"요트 타러 갑시다."

"요트요?"

예상치도 못했던 답변에 그녀는 깜짝 놀랐다.

"실은 오늘 쇼핑몰 이벤트가 요트에서 있습니다. 난아 씨 바쁜 것 같아서 같이 가잔 말도 못 하고 있었는데 다행입니다."

"우와. 요트는 한 번도 타본 적 없었는데, 오늘은 정말 초아와 유라가 귀인이네요, 귀인!"

아이처럼 볼을 발그레 붉힌 채 손뼉까지 치며 좋아하는 난아의 모습에 승조의 얼굴에는 절로 미소가 지어졌다.

❊

주말인 데다 이벤트까지 있어 요트 선착장은 사람들로 발 디딜 틈 없이 붐볐다. 그 북적거리는 인파 속에서도 유독 활발한 움직임을 보이고 있던 M쇼핑몰 이벤트기획 팀장은 방금 들은 보고 때문에 혼이 나가 버렸다.

"뭐, 뭐라고요? 사장님이 직접 이리로 오신다고요?"

주말에 출근한 것도 억울해 죽겠는데 이젠 예상치도 못한 불운과 맞닥뜨려야 할 판이었다. 제대로 들은 게 맞나 귀라도 후벼 파고 싶었다.

"네, 그렇습니다. 그래서 저도 연락받고 나온 참입니다."

김 비서는 낯빛이 좋지 않은 이벤트기획 팀장의 얼굴이 왠지 남 같이 느껴지지 않았다.

"친히 기획안을 내셨단 건 알고 있었지만, 직접 오시기까지 할 줄은 미처 몰랐네요."

"저도 미처 몰랐지 뭡니까? 요즘 결혼 준비로 한창 바쁘신 분이 주말에 이벤트 현장까지 오시다니……."

이벤트기획 팀장의 말에 김 비서 또한 크게 공감했다. 대체 무슨 오지랖으로 한창 바쁜 이 시기에 여기까지 온다는 건가 싶어 한탄이라도 하고 싶었다.

"준비는 철저히 하셨으리라 믿습니다만, 혹시 모르니 다시 한 번 점검하는 게 어떠실는지요?"

사장의 성격을 그 누구보다 잘 알고 있는 김 비서로서는 괜한 노파심에 한마디 했다.

"아, 아무래도 그래야겠지요? 일이 틀어지는 것을 눈앞에서 직접 보기라도 하는 날에는……."

"……."

둘 사이로 북풍한설이 지나간 듯한 착각이 들 정도로 두 사람 동시에 오한이 일었다.

"그랬다가는 마왕 지상 강림이 있으시겠지요."

마왕은 회사 내 모든 이들이 쉬쉬하면서 부르는 승조의 별명이었다.

"네, 그러실 테지요."

김 비서와 팀장 사이에는 어느새 끈끈한 동지애가 넘실거렸다.

"사장님, 도착하셨습니다."

유유히 흐르던 감정이 쨍하니 깨져 나갔다.

"버, 벌써 오셨단 말입니까?"

다시 점검하고 말고 할 시간도 없단 생각에 마음이 급해진 이벤트기획 팀장은 옆의 직원에게 빠르게 지시를 내렸다. 옆에서 함께 걷고 있는 김 비서의 표정도 자못 비장했다.

"사장님, 오셨습니까?"

"휴일에도 수고가 많으십니다. 휴식 삼아 온 것이니 너무 긴장들 마시고 일 보세요."

하필이면 휴식을 취해도 여기까지 와서 할 게 뭐냐는 말이 목구멍에서 간질거렸지만 딸린 식구가 많은지라 꾹 눌러 참았다.

"그런데 이분은?"

그와 함께 다정하게 팔짱을 끼고 있는 걸로 보아 충분히 짐작이 갔지만 왠지 물어봐야 할 것만 같았다.

"아, 제 아내가 될 사람입니다."

결혼을 앞두고 있어선지 사장님의 얼굴이 예전 같지 않아 보였다. 늘 딱딱하고 차가운 낯빛을 한 채 사람 여럿 잡는 말발로 직원들을 몰아붙이는 모습만 보다 저리 옅은 미소까지 짓고 있는 표정을 보니 역시 사람은 오래 살고 볼 일이구나 싶어졌다.

"사모님, 처음 뵙겠습니다. 이벤트기획 팀장 안심해입니다."

"네, 처음 뵙겠습니다."

"우린 우리끼리 알아서 다닐 테니 신경 쓰지 마세요."

둘만 있게 방해하지 말란 뜻이었지만, 이벤트기획 팀장 입장에서는 그 말이 너무 반가웠다.

"네, 그럼 좋은 시간 되세요."

예비부부에게서 벗어난 그는 이벤트 당첨자들이 요트 승선을 마친 것을 확인하고 출발을 지시했다.

"티, 팀장님, 큰일 났습니다."

준비된 기획들의 마지막 점검을 하려고 막 움직이려던 차에, 직원 하나가 헐레벌떡 황급히 다가왔다.

"뭡니까?"

"승선하신 분 중 한 분이 테이블 위에 쌓아둔 샴페인 글라스 탑을 무너뜨리셨습니다."

"뭐라고요? 혹시 다친 사람이라도 있는 겁니까?"

유리로 된 샴페인 글라스 탑이 무너진 것이라면, 혹 다친 사람이라도 생긴 건가 해서 가슴이 철렁 내려앉았다.

"다행히 다친 분은 없는데 샴페인 잔이 깨지고 금이 간 게 많아 아무래도 잔이 많이 부족할 것 같습니다."

"이런…… 급히 공수해 올 곳을 알아보세요. 샴페인을 종이컵에 담아 먹을 순 없는 일 아닙니까?"

가는 날이 장날이라고, 사장님이 직접 방문한 날 이런 일이 생기다니, 이벤트기획 팀장은 기가 막혔다.

"대체 누가 그걸 무너뜨린 거야? 작정하고 중간에서 잔을 빼내지만 않으면 무너질 일은 없을 텐데."

완벽하기만 하던 계획에 오점을 남기게 될 판이라 파르르 분노가 솟구쳤다.

"작정하고 중간에서 잔을 빼낸 사람이 바로 접니다."

어쩐지 낯익은 기운과 서늘한 목소리가 등 뒤에서 들려왔다. 그는 천천히 뒤돌아섰고, 싸늘한 눈빛의 사장과 정면으로 마주하게 되었다.

"아…… 사, 사장님이셨군요. 그런데 어쩌다가 잔을 중간에서 빼내셨을까요?"

'그걸 모를 만한 분이 아닌데.'

이벤트기획 팀장은 별안간 궁금해져서 눈치 없게 질문을 하고 말았다.

"샴페인 글라스는 내가 알아서 할 테니 걱정 말고 일 보세요."

차가운 그의 눈빛에 공연한 질문을 했구나 싶어 식은땀이 났지만 스스로 벌인 일을 해결해 준다고 하니 고마워졌다. 지상도 아니고, 이미 물 위를 떠다니기 시작한 요트 위에서 뭘 어떻게 한단 건가 싶어 걱정이 되기도 했지만 일단 그의 손을 벗어난 문제였다.

"네, 그럼 사장님만 믿고 전 다른 일 보겠습니다."

언제 근심했냐는 듯 활짝 개인 얼굴로 떠나는 이벤트기획 팀장의 얼굴을 승조 곁에서 조용히 바라보던 난아가 조심스럽게 말을 꺼냈다.

"승조 씨, 미안해요. 제가 너무 조심성 없이 굴었어요."

잠시 전, 빛나는 조명 아래 화려하고 반짝거리는 잔들로 이루어진 샴페인 글라스 탑이 너무 예뻐서 무심코 잔을 빼 들었건만, 그게 그렇게 허무하게 무너질 줄은 상상도 못 했다.

"다치지 않은 것만으로도 다행입니다. 그게 넘어질 때 얼마나 놀랐는지 모를 겁니다."

승조는 미안해하는 난아를 품에 꼭 끌어안았다. 조금 전 일은 생각도 하기 싫었다.

"난 괜찮아요, 하나도 다치지 않았어요. 아무래도 악운에 강한 타입인가 봐요."

여전히 낯빛이 좋지 않은 그에게 너무 미안했다.

"그런데 샴페인 잔은 어떻게 하려고요?"

그가 알아서 한다곤 했지만, 그도 자신처럼 물 위에 떠 있긴 매한가지였다.

"요트에 타기 전에 김 비서 퇴근하라고 했었거든요. 김 비서에게 다시 오라고 해놨습니다."

"아…… 김 비서님께 미안해서 어쩌지요. ……그런데 어떻게 여기로 와요? 우린 지금 물 위 잖아요."

별일 아니라는 듯 답변하는 승조의 말에 난아는 김 비서에게 미안한 마음이 들었다. 그녀 때문에 퇴근 도중에 날벼락을 맞았으니, 얼마나 놀라고 당황스러웠을까 싶었다.

"김 비서는 능력이 출중한 사람이니 알아서 잘 올 겁니다."

사고는 자신이 치고 덤터기는 승조와 김 비서가 나눠 지는 모양새라 난아는 고개를 푹 수그렸다. 부디 너무 고생하지 않기만을 바랄 뿐이었다.

"자, 들어갑시다. 당첨자들 시상은 끝났고, 칵테일 파티가 시작됐을 겁니다. 날이 어두워지면 불꽃놀이도 있으니, 느긋한 마음으로 보면 됩니다. 그리고 그런 표정 짓지 말아요. 김 비서는 진짜 유능하니까요."

그녀의 손에 깍지를 끼고 천천히 걷는 승조의 입가가 위로 슬쩍 올라갔다. 지금쯤 김 비서는 어떻게 해서든 샴페인 글라스를 구해 이쪽으로 오고 있을 터였다.

"30분 내로 샴페인 글라스를 구해 이곳에 도착해 준다면 유급 휴가로 보답하겠습니다."

김 비서에게 먹음직스러운 떡밥을 드리워 놓았기에, 한 번 뱉은 말은 철저히 지키는 그의 성격을 아는 김 비서라면 배를 띄워서라도 제때 도착할 것을 믿어 의심치 않았다.

"사, 사장님."

난아와 여유롭게 거닐며 시원한 바람을 맞고 있을 때 사라졌던 이벤트기획 팀장이 헐레벌떡 뛰어왔다.

"김 비서가 조금 전 글라스 박스와 함께 도착했습니다."

"그렇습니까? 거봐요, 김 비서 유능하다고 하지 않았습니까? 그런데 김 비서는 지금 어디 있습니까?"

승조는 시각을 확인하고는 난아를 보며 미소 지었다.

"저, 그게…… 오자마자 쓰러져서 객실에 누워 있습니다. 글쎄, 오리보트를 타고 여기까지 왔더라고요."

그에게 보고하고 사라지는 이벤트기획 팀장의 얼굴에는 어이없고 기막히다는 표정이 가득 담겨 있었다.

"김 비서님 정말 대단하시네요. 지금 정박 중이긴 해도 선착장에서 여기까지 거리가 꽤 될 텐데……."

난아는 고개를 절레절레 흔들었다. 초록은 동색이라더니, 과연 그 사장에 그 비서였다.

퍼퍼퍼펑! 피유우우우웅! 퍼퍼퍼펑!

김 비서가 어렵게 공수해 온 샴페인 글라스를 손에 쥐고 불꽃놀이를 구경하는 난아의 얼굴은 행복감으로 반짝반짝 빛이 났다.

"정말 너무 예뻐요. 제게 이런 날이 있을 거라곤 상상도 못 했는데 말이에요."

난아의 시선은 하늘에서 화려한 색채로 피어나는 불꽃에 고정되어 있었고, 승조의 시선은 그런 그녀에게 못 박혀 있었다.

"실은 이곳에서 프러포즈하려 했었습니다."

"어머? 진짜요? 그것도 멋졌겠어요."

그의 말에 하늘을 향해 있던 난아의 시선이 그에게 내려앉았다.

"하지만 제 아이디어가 아니었습니다. 유라가 정보 제공을 했었지요."

“그러고 보니 아이들에게 그 비슷한 말을 했던 것도 같네요. 그런데 왜 안 했어요?”

그녀의 눈빛에 호기심이 가득 차올랐다.

“오늘의 이 기획 자체도 사심에서 비롯된 것이었는데, 어쩐지 마음을 다하지 못한 것 같은 느낌에 포기했습니다.”

“하하하. 그랬어요? 하여간 승조 씨 은근 귀여운 구석이 넘친다는 거 알아요? 음…… 승조 씨 프러포즈도 너무 좋았어요. 단지 남들에게 이렇다 말하기가 좀 곤란해서 그렇지.”

진득하게 사랑을 나누고 나서, 정신없는 상태에서 받았던 프러포즈. 지금 팔목에서 반짝이고 있는 팔찌를 보고 있자니, 그때 그 순간이 다시 떠올랐다.

“다른 건 몰라도 이거 하나는 약속하겠습니다. 늘 온 마음을 다해서 사랑하겠습니다.”

“네, 믿어요. 저도 늘 온 마음을 다해서 사랑할게요.”

서로의 눈동자 안에 서로가 담겨 있음을 너무도 잘 알고 있기에, 그저 함께하는 것만으로도 극상의 행복을 느끼는 두 사람 뒤로 피날레 불꽃이 터졌다.

35.
결혼

아침부터 후덥지근한 공기와 뜨거운 햇살이 내리쬐는 완연한 여름. 바로 난아와 승조의 결혼식 날이었다.

"아침부터 푹푹 찐다, 쪄. 식 끝나고 신혼여행 갈 때쯤이면 김쌤, 메이크업 가뭄에 논바닥 갈라지듯 다 갈라지겠는데?"

"에이, 그때까지 유지될 것 같지도 않은데요? 식장 들어서는 순간부터 긴장해서 막 땀을 흘릴 텐데, 아무리 특수 분장 버금가는 메이크업이라 해도 오래 못 버틸 거예요."

지영과 초아는 신부대기실에 앉아 있는 난아 옆을 맴돌며 가뜩이나 초조한 그녀의 마음을 더욱 불안하게 만들고 있었다.

"둘 다 조용히 못 해! 지영 씨, 자꾸 그러면 피로연 안 해. 그리고 초아 너도 내 방 안 줄 거야."

시시각각 다가오는 중압감에 난아의 신경은 아주 예민해져 있었다.

"에이~ 언니, 유부녀 되는 마당에 마음을 넓게 써야지. 특수 분장이 왜 특수 분장이겠어? 어떤 상황에서도 안 지워지고 아름다움을 유지하니까 특수 분장인 거지. 오늘 언니 짱 예뻐!"

"그럼, 그럼. 오늘 난아 씨 너무 예쁘고 빛이 나서 장난 한번 쳐 본 건데, 그걸 가지고 삐지고 그러면 안 되지. 오늘 같은 날은 자고로 덕을 베풀어야 복을 받는 거라고."

난아의 새된 목소리에 지영과 초아가 살살 달랬다. 나름 긴장을 풀어준다고 농담을 한 건데 그녀의 마음이 그걸 받아들일 정도로 여유롭지 않은 모양이었다.

"그렇게 많이 긴장돼?"

"어, 너무 긴장돼서 딱 죽을 것 같아. 나, 볼썽사납게 넘어지거나 하면 어쩌지?"

난아는 전설의 월궁항아가 이러했을까 싶을 정도로 아름다운 모습이었지만, 긴장감으로 얼굴이 파리하게 질려 있었다.

똑똑똑.

신부대기실 문을 두드리는 노크 소리에 세 여자의 시선이 동시에 문으로 향했다.

"어떡해, 벌써 시작했나 봐."

곧 예식이라 모두 식장으로 입장했기에 올 사람이 없었다. 식 진행을 돕는 도우미가 온 줄 안 난아의 얼굴이 급기야 푸르죽죽해져 갔다.

"난아 씨?"

"승조 씨!"

문을 열고 들어오는 승조의 모습에 난아는 의자에서 벌떡 일어나 그에게 다가갔다.

"기어이 식전에 신부 얼굴을 보러 오셨군요. 어쨌든 잘 오셨어요. 언니가 너무 긴장해서 어쩌나 하던 참이었거든요. 저희는 이만 식장으로 가볼게요."

초아는 지영에게 눈짓을 해 보이고는 조용히 신부대기실을 나갔다.

"얼굴색이 많이 안 좋은데, 괜찮은 겁니까?"

단둘만 남자 난아에게 가까이 다가간 승조는 그녀의 손을 부드럽게 잡고 토닥였다.

"이제야 괜찮아졌어요."

드레스 자락이 구겨지거나 말거나 그에게 바짝 다가선 그녀는 그의 가슴에 가만히 얼굴을 댔다. 규칙적으로 뛰고 있는 그의 심장소리를 잠시 듣고 있자니, 마음이 편안해졌다.

"역시 난 승조 씨가 있어야 하나 봐요. 헤헤."

가슴에서 얼굴을 뗀 난아가 그의 얼굴을 바라보며 부끄러운 듯 웃었다. 조금 전까지만 해도 온몸을 질주하던 불안한 감정이 어느덧 흐릿해져 있었다.

"신랑, 신부님, 이제 나가셔야 합니다."

"갑시다."

승조가 그녀에게 손을 내밀었다.

"네."

그녀의 손을 잡아 자신의 팔에 끼워 넣는 그의 동작에 난아는 조금 전보다 더 편안해졌다.

"언제까지고 이 손 놓지 않을게요."

"놔주지도 않을 예정입니다."

그의 팔을 세게 옥죄며 말하는 난아의 얼굴엔 미소가 가득했다.

"자, 신랑님 먼저 나갈게요."

그녀의 손을 한 번 세게 쥐었다 놓아준 승조가 앞서 나갔다. 넓은 어깨와 곧은 등이 만들어내는 그의 뒷모습이 우아했다.

"신부님은 이리로."

진행 도우미와 함께 간 곳에는 아버지가 초조한 표정으로 그녀를 기다리고 계셨다.

"아빠."

난아는 아버지의 손을 잡았다.

"우리 큰딸, 떨리지?"

"아빠가 더 떨리시는 것 같은데요?"

"하하, 그러게 말이다. 왜 이리 떨리는지 모르겠다."

"실은…… 저도 그래요."

무슨 비밀 이야기를 하듯 난아가 아버지의 귀에 대고 소곤거리고는 환하게 웃었다.

"……우리 딸, 잘 살아야 한다!"

그녀의 미소가 너무 환해서 울컥한 심정이 된 아버지의 목소리가 조금 떨렸다.

"잘 사는 모습 생중계로 자주 보여 드릴 거니까, 그렇게 섭섭한 표정 짓지 마세요."

난아는 아버지의 손을 꽉 잡았다.

"잠시 후 신부님 입장하셔야 하니, 이쪽에서 대기해 주세요."

진행 도우미의 안내에 따라 아버지의 손을 잡은 그녀는 천천히 식장 입구로 발걸음을 옮겼다.

"지금부터 신랑 입장이 있겠습니다. 신랑이 입장할 때는 뜨거운 박수로 격려해 주시길 바랍니다. 신랑 입장!"

사회자의 목소리에 사람들의 박수와 환호 소리가 들려왔다. 그녀의 심장도 그 소리만큼이나 시끌시끌하게 들썩였다.

"이어서 신부 입장이 있겠습니다. 오늘의 주인공인 신부가 우아하게 입장할 때 큰 박수로 맞아주시길 바랍니다. 신부 입장!"

아버지의 손을 잡고 음악에 맞춰 천천히 들어서는 그녀를 향해 박수와 환호가 들려왔다. 하지만 그녀의 눈에는 눈부신 조명 아래 더욱 빛나는 그만이 눈에 들어올 뿐이었다.

"오늘의 히어로 신랑 신부가 서로에게서 눈을 떼지 못하고 있습니다. 어이쿠, 신랑분이 잠깐도 못 기다리고 자리를 박차고 뛰어나왔습니다."

사회를 맡은 현준의 입담에 사람들은 각기 웃음을 터뜨렸다.

"늘 서로를 위하며 살게나."

어느새 성큼 걸어와 앞에 선 승조에게 난아의 손을 건네며 아버지가 한마디 하셨다.

"꼭 그러겠습니다."

난아의 손을 잡아 팔짱을 낀 승조는 천천히 걸어 주례선생님 앞에 섰다.

맞절을 한 후 혼인 서약을 할 때까지만 해도 긴장하고 있던 난아는 나른하게 높낮이 없이 계속되는 주례사에 이상하게 졸리기 시작했다.

"주례사는 간략하게 부탁드립니다."

그런 난아의 기색을 눈치챈 승조는 주례사를 맡은 은사님께 다른 사람은 들리지 않게끔 부탁을 했다.

"자, 그럼 이것으로 주례를 마치겠습니다."

주례를 맡은 은사님도 신부의 눈동자가 반 이상 보이지 않음에 너그러운 미소를 보이며 끝을 맺었다.

"다음은 축가와 케이크 커팅을 할 순서였습니다만, 내빈 여러분께서도 이미 보셨다시피 신랑이 아주 성격이 급합니다. 그래서 자잘한 것들은 전부 생략하고 양가 부모님과 하객 여러분께 감사 인사를 드리는 순서로 넘어가겠습니다."

현준의 말에 승조가 그에게 차가운 시선을 보냈지만, 마이크를 쥔 사람은 현준이었기에 달리 그의 입을 막을 방도가 없었다. 그래도 그 덕분에 난아의 졸음이 저 멀리로 달아났으니 그나마 다행이었다.

"자~ 다음은 신랑 신부의 행복한 미래를 위한 힘찬 행진이 있겠습니다, 라고 말하려 했으나 우리 성질 급한 신랑의 애간장 좀 태워볼까요? 노래 어떠십니까?"

양가 부모님께 인사를 드릴 때 잠시 울컥 눈물이 나오려 했던 난아는 예정에도 없던 현준의 말에 당황했다.

"노, 노래요?"

"아주 날을 잡은 모양입니다."

"할 수 있겠어요? 준비한 것도 없잖아요."

승조와 난아가 소곤거리거나 말거나 현준은 식장 안의 분위기를 노래를 듣지 않으면 식을 끝내지 않겠단 식으로 몰아가고 있었다.

"자, 신랑, 어떤 노래를 하실 건가요?"

"이석훈, 하고 싶은 말."

현준의 물음에 승조가 차갑게 말하자 곁에 있던 진행 도우미가 잽싸게 움직였다.

"우리의 성미 급한 신랑이 노래하겠답니다. 반주 준비되었습니까? 준비됐다는군요. 자, 그럼 귀를 열고 노래를 들어볼까요?"

현준의 너스레는 가히 천하일품이었다.

하객들 모두 그가 노래하는 기이한 현상을 꼭 보고, 듣고 말겠단 의지가 발현되어 주위는 바늘 떨어지는 소리도 나지 않을 만큼 고요해졌다. 그 때문에 반주 소리가 유독 크게 울려 퍼졌다.

그대라서 다행이라는 말.

그대라서 행복하다는 말.

나는 그대라서 늘 벅차오른다는 말.

내겐 차고 넘쳐서 미안하고

참 고맙다는 말. 사랑한다는 말.

늘 그립다는 말. 곁에 있으란 말.

그댈 만난 건 기적이라는 말.
세상이 휘청이고 눈물이 흐를 때도
나는 영원토록 그대 곁을
지키고 싶다는 말.

그의 마음이 고스란히 녹아 있는 것 같은 노래에 난아는 눈물이 흘렀다.

"……예상외의 노래 실력을 가진 신랑의 노래가 끝났습니다. 그럼 잠시 미루었던 신랑 신부의 행복한 미래를 위한 힘찬 행진이 있겠습니다. 하객 여러분, 열렬한 박수로 그들의 미래를 축복해 주시길 바랍니다."

현준의 말에 노래를 듣느라 고요했던 장내에 박수와 환호가 터져 나왔다.

"울라고 현준의 장단에 맞춰준 게 아닙니다."

사람들이 지켜보고 있거나 말거나 상관하지 않는 승조는 그녀의 눈가를 부드럽게 쓸어주었다. 그는 난아의 눈물 한 방울도 보기가 힘들었다.

"알아요. 하지만 이건 감동의 눈물이니 봐줘요."

배시시 웃는 난아의 얼굴이 얼마나 아름다운지 그녀는 모르고 있을 터였다.

"여러분, 신랑이 이제는 영화를 찍고 있군요."

"이이는. 이제 그만 좀 해요."

어느새 다가왔는지 승조 곁에 서서 끝까지 장난스럽게 이죽거리는 현준을 그의 와이프가 말렸다.

"제수씨, 다음에는 좀 일찍 말려주길 바랍니다."

승조의 진지한 말에 주변은 금세 웃음으로 시끌벅적해졌다.

"서균 내외는 너도 알다시피 여행 중이라 못 왔어."

소란스러운 와중을 틈타 현준이 그에게 나직하게 중얼거렸다. 왔어도 걱정이었을 거란 생각이 솔직한 현준의 심정이었다.

"알고 있어. 피로연 잘 부탁한다."

폐백은 생략하기로 하고, 친인척분들께 인사만 간략히 하고 비행기를 타야 했기에 피로연까지 챙길 수가 없어 현준에게 부탁을 해둔 참이었다.

"걱정 마. 내가 누구냐?"

현준이 그의 어깨를 두들기며 사라지자, 승조와 난아는 사진을 찍네 어쩌네 하며 한참을 들볶이다가 양가 친인척분들께 인사를 했다. 승조네 집안이 워낙 손이 귀하다 보니 인사드릴 만한 분이 몇 되지 않았고, 난아 쪽도 마찬가지라 모든 것이 순식간에 끝이 났다.

"도착하면 전화하고."

"언니, 형부, 결혼 축하드려요."

"즐겁게 지내다 오너라."

초아와 그녀의 부모님은 물론 승조의 어머니도 모두 담담하기만 했다.

"아가, 잘 다녀오너라. 너희가 올 때까지 여기 있고 싶은데, 승조 이모가 냉큼 여행 일정을 잡아놓는 바람에 못 보겠구나."

승조 어머니는 예은초교 이사장인 이모가 여행을 잡아놓는 바람에 그들이 신혼여행에서 돌아오기도 전에 떠나야만 했다.

"아빠, 선생님, 다녀오세요. 유라는 이모, 아줌마, 아저씨랑 잘 있을게요."

의젓한 유라의 인사까지 받고 나니, 비행기 시간이 진짜 얼마 남지 않았다.

"잘 다녀오겠습니다."

"조심히 다녀올게요."

모두의 환송을 받으며 이젠 부부가 된 난아와 승조는 화려하게 꽃으로 장식된 리무진 차량에 올라탔다.

"……그런데 사위 옷에 찍혀 있던 그 자국, 그냥 둬도 되나 모르겠네."

승조와 난아가 탄 차가 떠나자, 아버지가 웃음 띤 얼굴로 말씀하셨다.

"하하하, 언니 얼굴 탁본 아주 제대로 떴던데요. 뭐, 이제 식도 끝났겠다, 언니도 제정신 차릴 테니 금세 알아챌 거예요. 뭐, 양가 어른들 눈물 바람 막아준 비장의 한 수였던 건지도 모르고요. 크크크."

초아는 시원하게 웃으며 차가 사라진 방향을 바라보았다.

신랑 입장 전, 신부대기실에 들렀던 승조의 가슴에 특수 분장 버금가는 화장을 하고 있던 난아가 얼굴을 대고 있었기에, 대고 있던 부분이 검은 턱시도 재킷에 그대로 옮겨지게 되었으리라.

누군가 발견하고 지워줄 겨를도 없이 바로 식이 진행되었고, 하객들은 멀리서 보는지라 잘 보지 못했지만, 양가 어른들은 상대적으로 가깝게 있다 보니 그 자국을 또렷하게 보게 되었다. 그 자국이 어찌나 완벽하게 난아의 얼굴 반쪽을 옮겨놓았던지 웃음을 참기가 어려웠던지라 덕분에 눈물 없는 결혼식이 될 수 있었다.

물론 식이 끝나고 인사를 다닐 때 누가 알려줄 법도 했지만, 비행기 시간이 얼마 남지 않아 서두르는 기색이 역력한 그들에게 그런 말을 해줄 여유가 다들 없었다.

"저런 것도 다 추억이 될 테지요. 들어가시지요, 사부인."

"네. 그래도 부부 금실이 좋아 보여 참으로 흡족합니다."

한낮의 뙤약볕 속에서도 양쪽 집안 어머니들은 차가 사라진 방향을 바라보며 다정한 웃음을 주고받았다.

❀

"으아악! 승조 씨, 이게 다 뭐예요? 어머머! 이게 대체 언제부터 이랬던 거예요?"

초아의 말대로 난아는 차에 올라타고 여유를 찾자마자 승조의 턱시도 재킷에 찍혀 있는 자신의 얼굴을 발견하고 기겁했다.

"뭘 말하는 겁니까?"

"이거요, 이거! 아, 아무래도 신부대기실에서 묻었나 봐요. 이를 어째, 그럼 지금 이 모습을 모두가 다 봤단 거잖아요?"

패닉에 빠진 난아의 얼굴은 빨갛다 못해 아주 시뻘겋게 변해 있었다.

"신경 쓰지 말아요. 이미 지나간 일이잖아요."

"어떻게 그래요. 다들 얼마나 웃었겠어요?"

아무렇지 않다는 승조의 태도에 난아는 더욱더 흥분이 되었다.

"그렇게 신경이 쓰입니까?"

"당연하지요!"

"신경 안 쓰이게끔 해주면 되는 겁니까?"

"어떻……."

말문을 막듯 그의 입술이 그녀의 입술 위로 내려앉았다. 급작스러운 키스에 놀라긴 했지만, 그녀의 손이 익숙하게 그의 목을 감싸 안았고 그들의 입맞춤은 차츰 농밀해져 갔다.

"……자꾸 옷에 신경 쓰면 화낼 겁니다. 당신이 신경 쓸 대상은 옷도, 하객도 아닌 바로 나니까요."

"네네, 알겠습니다. 그렇지 않아도 승조 씨에게 초집중하려고 했었답니다."

투정부리는 것처럼 들리는 그의 말에 난아는 손을 뻗어 그의 입술에 묻은 립스틱을 지웠다.

"아직 공항 도착하려면 좀 남았지요? 그런데 김 비서님은 왜 리무진을 웨딩카로 예약했을까요? 그냥 승조 씨 차로 해도 되는데 말이지요."

"그거야 내가 그러라고 지시했으니까요."

"왜요?"

"이제부터 왜 리무진이 웨딩카로 적격인지 알려주겠습니다."

다시 그녀의 얼굴로 가까이 다가오는 승조의 얼굴에 난아는 얼굴을 확 붉혔다. 그의 말이 무슨 의미인지를 깨달은 탓이었다.

"사랑해요, 서방님!"

난아는 어느새 바짝 다가온 그의 눈빛을 똑바로 바라보며 마음의 소리를 고백했다.

서로가 서로로 인해 변해가는 과정조차도 아름답게 느끼게끔 해주는 눈앞의 남자가 얼마나 소중한지 모른다.

차갑고 싸늘하며 표정조차 없던 그가 변해 이렇듯 다정하고 장난스러운 모습을 보이고 있었고, 그녀도 그를 처음 만났던 때보다도 많이 변해 있었다. 그리고 앞으로 더 많이 변해가리라. 그 과정에 행복과 즐거움만 있을 순 없겠지만, 그마저도 그녀는 달게 받아들일 수 있을 터였다. 이토록 다디단 눈빛으로 바라봐 주는 그가 그녀의 인생에 늘 함께할 테니까.

외전

승조의 별장은 마치 바다 한가운데 불쑥 솟아나 있는 무인도 같은 느낌이었다.

"세상에! 여기 진짜 심하게 조용한데요?"

"사유지라 그렇습니다."

사방을 둘러보는 난아의 어깨를 끌어안은 승조가 그녀의 머리에 자신의 얼굴을 비볐다. 다소 거친 바닷바람에 머리카락이 휘날려 그녀의 향이 진하게 느껴졌다.

"우와~ 그럼 여기가 승조 씨 별장이란 말이에요?"

난아의 눈동자가 휘둥그레 커지며 놀라움이 담겼다. 세련되고 현대적인 2층 석조 건물이 떡하니 서서 주변을 압도하고 있었다. 난아의 입에서 절로 탄성이 흘러나왔다.

"이젠 난아 씨 것이기도 하지요. 자, 이제 들어갈까요?"

승조는 난아를 건물 안으로 이끌었다.

"잠깐만요!"

현관문의 보안 시스템을 해제하고 문을 열려 하는 승조의 손을 덥석 잡은 난아가 급하게 말했다.

"10분만, 아니, 5분만 여기 바깥에서 기다려 줘요."

"네? 뭐라고요?"

뜬금없는 난아의 행동에 승조의 눈빛이 의아하게 바뀌었다.

"묻지도 따지지도 말고 딱 5분만요~ 네?"

"훗. 알았습니다."

자신의 팔에 매달려 애교 있게 말끝을 늘이는 난아를 본 승조의 입가가 느슨하게 풀어졌다.

"하지만 5분만입니다. 지금 내게는 5분도 길거든요."

"아…… 알았어요."

승조의 눈빛에 담긴 열정이 고스란히 흘러들어 와 난아의 얼굴은 삽시간에 붉게 물들었다.

"바쁘다, 바빠!"

현관문을 닫은 난아가 2층으로 부리나케 올라갔다. 유라의 도움으로 승조의 집안 살림을 맡아 하는 심 여사와 연락이 닿았던지라 2층에 침실이 있다는 정보를 이미 들은 탓에 그녀에게 망설임은 없었다.

"음. 굿! 여기도 굿!"

침실로 들어간 난아는 방 안이 자신의 계획대로 꾸며져 있는 것에 회심의 미소를 지었다.

곳곳을 둘러보며 나름의 점검을 끝낸 난아가 별안간 침대 밑으로 기어들어 갈 듯 몸을 낮추었다. 그녀는 침대 밑에 놓인 꽤 큰 박스를 끄집어냈다. 그것은 결혼식이 있기 며칠 전 별장 관리인에게 미리 보내놓은 오늘을 위한 준비물이었다.

"헤헤. 이것도 역시 굿!"

박스 안에서 예쁘게 포장된 상자를 꺼낸 난아가 부리나케 내용물을 확인했다.

"세상에. 지영 씨는 이런 건 대체 어디서 구했담."

약간 당황한 표정이 된 난아가 낯 뜨거울 정도로 야한 속옷 세트를 상자에서 꺼냈다.

망사로 이루어진 빨간 티 팬티와 그것과 한 쌍인 입느니만 못한 브래지어, 그리고 역시 같은 재질로 되어 있는 가터벨트와 스타킹이었다.

"인생에 단 한 번뿐인 신혼 첫날인데 이 정도는 돼야지. 어쨌든 내가 준비한 것에 딱 맞는 준비물이니까."

난아는 잠시 망설였지만 굳게 결심하고는 야한 속옷을 차근차근 챙겨 입었다.

"그런데 티 팬티가 원래 이런 건가? 엄청 불편하네."

한 차례 모습을 점검한 난아가 불편한 표정을 지었다.

"불편해도 어쩔 수 없지."

떨떠름한 표정을 지은 난아는 승조에게 전화를 걸었다. 그를 더 이상 기다리게 할 수는 없었다.

"승조 씨, 1초에 한 걸음씩 걸린다는 생각으로 침실로 와줘요. 침실 도착해서는 꼭 노크를 다섯 번, 천천히 해줘야 해요. 잊지 말아요. 꼭 천천히 노크 다섯 번이에요!"

최대한 시간을 번 난아는 침대 옆에 세워진 스테인리스강[Stainless Steel]으로 만들어진 은색 봉을 쓸어보았다. 그녀가 결혼 이벤트로 준비한 것은 폴 댄스, 일명 봉춤이었다. 오늘을 위해 폴 댄스 학원을 속성으로 다녔다.

"후우…… 후우……."

난아는 심호흡을 하며 핸드폰에 받아둔 음악 파일을 언제라도 재생할 준비를 마쳐 두었다.

똑. 똑. 똑.

두근거리는 마음으로 얼마나 기다렸을까, 노크 소리가 들려왔다. 난아는 노크 숫자를 세다가 딱 세 번째에 이르렀을 때 음악 파일을 재생시켰다.

똑. 똑.

다섯 번의 노크를 끝낸 승조가 천천히 문을 열었다. 난아의 엉뚱한 요구에 꽤 어리둥절했지만, 신혼 첫날에 뭐든 못 해주랴 싶어 그는 그녀의 요구대로 행동했다.

"난아 씨?!"

문을 연 승조의 입이 떡하니 벌어졌다.

창문에 드리워진 암막 커튼이 초저녁, 남아 있는 희미한 빛마저 가려 사방이 온통 어두운 가운데 베드 테이블에 놓인 스탠드 불빛을 등지고 선 난아의 차림이 너무 자극적인 탓이었다.

그때, 잔잔한 듯 리듬 있는 재즈 음악이 흘러나왔다. 그리고 그 음악에 맞춰 난아가 천천히 움직이기 시작했다.

지난번에 왔을 때만 해도 없던, 침대 옆에 설치된 긴 은색 봉에 팔과 다리를 감았다 풀었다 하며 곡조에 맞춰 몸을 움직이는 그녀의 모습은 그야말로 팜므파탈(Femme Fatale), 그 자체였다.

"흐음……."

가만히 서서 난아가 하는 양을 정신없이 지켜보고 있던 승조는 그녀가 뒤돌아 등을 보이고 섰을 때, 다시 한 번 큰 충격을 받았다. 풍만한 엉덩이골에 끼워져 있는 빨간색 가느다란 끈이 그녀의 힙라인을 더욱 돋보이게 하고 있었다.

음악은 거의 클라이맥스를 향해 치달아가고 있는 듯 격렬해졌고, 그녀의 움직임도 한층 노골적으로 섹시해졌다.

드디어 음악이 멈추었다.

"……이리 와요."

거칠어진 숨을 가다듬은 난아는 승조를 빤히 바라보며 위아래로 봉을 쓰다듬었다.

"각오는 하고 나를 유혹하는 겁니까?"

"각오는 승조 씨가 해야죠."

난아는 도발하듯 혀로 입술을 천천히 쓸었다.

"후회는 아무리 빨라도 늦습니다."

맹수가 으르렁거리듯 낮게 울부짖은 승조가 난아에게 성큼 다가와 섰다.

"하압."

순식간에 거리를 좁혀 가까이 다가온 승조의 눈빛에 난아는 헛바람을 들이켰다. 이글이글 끓어오르는 것 같은 그의 눈빛이 너무 강렬해서 온몸에 오소소 소름이 돋았다.

승조의 손이 그녀의 얼굴에 닿았다. 그의 손이 빠르게 얼굴을 지나 목덜미와 쇄골을 스쳐 내려갔다.

"하아……."

섬세하고 긴 손가락이 가슴의 봉긋한 부분에 닿자, 난아는 자신도 모르게 옅은 신음을 토해냈다.

"나를 위해…… 준비한 겁니까?"

"앗!"

망사로 만들어진 브래지어 캡 부분을 손가락으로 더듬는 승조의 손길에 난아는 작은 탄성을 터뜨렸다. 가슴의 정점을 건드리는 그의 의도된 움직임이 찌릿한 전율을 느끼게 했다.

그의 손길이 차츰 아래로, 납작한 복부로 내려가기 시작했다.

"설마…… 이것도?"

승조의 손이 가터벨트와 연결된 스타킹의 밴드 부분을 느릿하게 더듬었다.

"하읏! ……네."

스타킹의 까슬까슬한 재질과 승조의 감촉이 합쳐져 묘한 자극이 되어 난아는 자신도 모르게 다시 신음을 터뜨렸다.

"혹시…… 이것도?"

승조는 가터벨트의 작은 집게를 풀어내고, 검은 숲을 감싼 손바닥보다도 작은 팬티를 손으로 감싸 쥐었다.

"흐읍!"

예민하게 벼려진 감각에 닿는 뜨끈한 접촉에 난아의 몸이 잘게 떨려왔다. 팬티를 젖힌 승조의 손가락이 마치 한 마리의 뱀처럼 그녀의 검은 숲 안으로 미끄러져 들어갔다.

"하으윽!"

검은 숲 예민한 돌기와 가슴의 정점을 거의 동시에 자극하는 승조의 손놀림에 난아의 몸이 휘청 흔들렸다.

"이 정도에 쓰러지면 안 됩니다. 난 이보다 더했으니까요."

난아의 허리에 팔을 감아 그녀를 지탱한 승조가 그녀를 침대에 쓰러뜨리듯 눕혔다.

"이제 유혹의 대가를 치를 차례입니다."

위에서 찌를 듯 내려다보는 승조의 시선에 난아는 눈을 감아버렸다. 흥분으로 오감이 잔뜩 자극되어서인지 그의 옷 벗는 소리마저도 크게 들려왔다.

'아, 미치겠다.'

심장이 터질 듯 두근거려 왔다. 이러다 심장이 풍선 터지듯 터져버리는 건 아닌가 하는 걱정이 들 정도였다.

"눈 떠요. 당신의 유혹이 어떤 결과를 초래했는지 똑똑히 봐둬야지요."

승조는 닫혀 있는 난아의 눈꺼풀을 느릿하게 쓰다듬었다.

"후읍!"

천천히 눈을 뜬 그녀의 시야에 실오라기 하나 걸치지 않은 그의 몸이 드러났다. 숨이 막힐 정도로 아름다운 그의 몸이 그녀로 하여금 숨 쉬는 것조차도 잠시 잊게 했다. 그리스로마신화에 나오는 남신의 모습이 실제 이러하지 않았을까 하는 생각마저 들었다.

"……아름다워요."

침대에서 상체를 일으킨 난아가 그의 몸을 홀린 듯 바라보다가 손을 뻗어 올올히 드러난 가슴 근육을 쓰다듬었다.

"가슴만 아름다운 겁니까? 다른 데도 아름다울 텐데요?"

가슴에 닿아 있는 난아의 손을 잡은 승조가 우뚝 솟은 자신의 분신에 그녀의 손을 가져다 댔다.

"아…… 이런……."

"왜요? 무서워요?"

"아니, 신기해서요. 이렇게 크고 단단한 게 어떻게……."

단단한 동시에 부드럽고 따뜻한 그의 분신의 느낌에 서슴없이 말을 이어가던 난아가 입술을 깨물며 말을 멈추었다. 말을 하다 보니 새삼 부끄러워져 얼굴이 후끈 달아올랐다.

"칭찬은 고맙지만 그렇다고 봐주진 않을 겁니다."

"……봐주지 마요."

천천히 다가오는 그의 입술을 바라보던 난아가 그의 목을 끌어안고 바짝 몸을 붙였다.

"하으으윽!"

승조가 입술을 비집고 들어온 순간, 검은 숲 좁은 틈새에도 그의 손이 닿았다. 난아는 자신도 몸을 부르르 떨었다.

"쉬잇! 아직 멀었어요."

그녀의 입안 곳곳을 헤집던 승조의 혀가 난아의 입술이 마치 사탕이라도 된 양 할짝거리며 지나갔다.

"하으응……."

망사 브래지어가 힘없이 떨어져 나가고 드러난 가슴에 그의 입술이 닿았다. 화인을 찍듯 지나가는 입술 감촉에 난아의 허리가 계속 꿈틀거리며 들썩여졌다.

"난아 씨, 당신의 소리를 더 들려줘요."

가슴의 정점을 혀로 누르고 비비던 승조가 맑은 액을 흘리는 그녀의 검은 숲 틈새로 천천히 손가락을 집어넣기 시작했다.

"하아아앙!"

은밀한 내부를 휘젓고 긁어내는 자극적인 율동에 난아의 입에서는 급기야 새된 소리가 튀어나왔다.

"더 소리 내고 움직여 봐요. 당신의 모든 게 내게는 자극이니까."

엉덩이를 들썩이며 자신의 손가락을 물어 삼킬 듯 조여대는 그녀의 치명적인 움직임에 승조의 미간에 주름이 깊게 새겨졌다.

"승조 씨…… 하아…… 제발, 제발…… 하으으윽!"

손가락을 세워 그녀의 내부 돌기를 건드리자 그녀의 몸이 작살에 맞은 물고기처럼 퍼덕이며 뜨거운 액을 듬뿍 쏟아냈다.

"이제야말로 내 차례로군요."

그녀의 내부에 박혀 있던 손가락을 빼낸 승조가 자신의 분신을 흠뻑 젖은 검은 숲에 대고 문질렀다.

"하윽! 승조 씨!"

한 번의 절정이 지나간 자리에 닿는 그의 분신이 너무도 자극적이라 난아의 몸이 크게 튕겨 올라갔다가 내려왔다.
“보채지 마요. 난 더 죽겠으니까.”
난아의 중앙에 자리를 잡은 승조는 티 팬티를 옆으로 슬쩍 밀친 채 그대로 자신의 분신을 밀어 넣었다.
“아아아윽!”
뜨겁게 달아오른 내부를 가르고 들어오는 그의 존재감에 난아는 다리를 뻗어 승조의 허리에 감았다.
“보채지 말라니까요.”
자신의 허리를 바짝 끌어당겨 더 깊은 접합을 시도하는 난아의 움직임에 승조는 허리를 세게 튕기며 내부 깊숙한 곳까지 단박에 치고 들어갔다.
“하으윽…… 하으앙…….”
그의 분신이 아니면 닿을 수 없는 곳에 리듬을 실은 자극이 시작되자 난아의 교성도 박자를 맞춰 흘러나왔다.
“하아…….”
승조의 입에서 낮은 탄성이 새어 나왔다. 자신의 분신을 감싸오는 내부는 뜨거운 동시에 부드러웠고, 무엇보다 자신이 주는 감각에 몸을 비틀며 반응을 보이는 난아의 모습이 시각적으로 큰 자극이 되었다.
“승조 씨, 승조 씨.”
난아의 손이 뭔가를 찾듯 크게 휘저어졌다.
“흐읍!”
승조는 그녀의 다리를 어깨에 걸치고는 더 깊이 파고들어 갔다.

"하아아아앙!"

자신의 내부를 내리찍어대는 그의 분신의 강맹한 공격에 난아는 다시 한 번 크나큰 절정을 맞이했다.

"하아……."

그녀의 내부가 크게 진동하며 뜨거운 액체가 분신을 뜨겁게 적셔왔다. 난아의 절정을 몸으로 느낀 승조의 허리가 더욱 강맹하게 튕겨졌다.

"하읍!"

난아의 내부에 자신의 정수를 쏟아낸 승조가 천천히 가쁜 숨을 고르며 모로 누웠다.

"하아하아……."

승조는 촉촉하게 젖은 난아의 미끈한 몸을 자신의 품에 가두었다.

"힘들었습니까?"

"하아하아…… 네."

자신의 등을 다정하게 쓰다듬는 그의 손길에 난아는 온몸이 나른해졌다.

"각오하고 날 유혹했던 게 아니었습니까?"

"각오를 하긴 했었는데…… 그러니까, 음…… 이렇게 힘들 줄은 몰랐지요."

난아는 단어를 신중히 골라 말했다.

"유감이로군요."

"네? 뭐가요?"

뭐가 유감이라는 건진 모르겠지만, 너무 나른하고 피곤했던 난아는 천천히 눈을 감았다.

"아무래도 그 각오를 더 해야 할 것 같거든요."

"네?"

"난…… 아직이라서요."

난아의 다리를 한쪽 팔에 걸친 승조가 젖어 있는 그녀의 검은 숲을 다시 헤집기 시작했다.

"하으읍…… 승조 씨!"

여러 번의 절정으로 예민하게 부푼 돌기를 어루만지는 그의 움직임에 몸을 떨던 난아가 그의 이름을 한 톤 높은 음성으로 불렀다.

"왜 부릅니까?"

"하앙…… 힘들단…… 하으응…… 말이에요."

그의 손가락이 주는 전율에 난아의 말은 중간중간 끊어져 나갔다.

"애원해도 늦었습니다. 그러기에 그런 걸 왜 한 겁니까? 나도 나를 통제하지 못하게."

"하으윽! 지금 그게…… 내 탓이란 말이에요?"

그가 쏟아낸 액으로 미끈거리는 틈새 안으로 승조의 손가락이 유영하듯 들어오는 통에 난아는 바르작거렸다. 다시 번지기 시작한 전율이 그녀의 감각을 재차 달아오르게 했다.

"아니, 내 탓입니다. 당신을 너무 사랑하는 내 탓……."

승조의 손가락이 그녀의 내부를 슬쩍 긁으며 빠져나왔다.

"아응."

그 저릿한 감각에 난아는 승조의 목에 팔을 둘렀다.

"……당신의 모든 행동을 치명적인 유혹으로 느끼는…… 바로 내 탓이지요."

난아의 다리를 높이 추켜올린 승조는 이미 벅차게 부풀어 오른 분신을 쑤욱 밀어 넣었다. 자신이 남기고 간 액체가 그의 진입을 훨씬 매끄럽게 하고 있었다.

"하으응…… 하여간 말이나 못 하면…… 하압!"

그의 허리 놀림에 보조를 맞추던 난아는 승조의 입술에 입을 맞추었다. 자신에게 몰입하는 그의 표정이 너무 사랑스러웠다.

'하여간 뭐든 진지하게 몰입한다니까. 심지어 사랑마저도…….'

승조의 입술을 깨물 듯 벌리고 그의 입안으로 들어간 난아가 그의 혀를 감싸고 깊이 빨아들였다.

"하압!"

한층 격렬하게 파고드는 그의 움직임이 자신에 대한 사랑의 크기인 것만 같아 난아의 가슴이 벅차올랐다.

"사랑해요, 승조 씨."

난아는 그의 눈을 똑바로 바라보며 말했다.

"하아아앗!"

하복부에서 일렁이기 시작한 격렬한 감각이 척추를 타고 머리끝까지 순식간에 치고 올라왔다. 이미 예열이 되어 있던 터라 절정의 순간이 빨리 찾아들었다.

"내가…… 더…… 사랑합니다."

승조는 난아의 내부에 다시 한 번 자신의 모든 것을 쏟아부으며 화려한 피날레를 맞이했다.

"……이제 내가 더 감당할 건 없는 거죠? ……진짜 졸리고…… 피곤해요……."

"난아 씨? 난아 씨! 눈 떠봐요."

'아이고, 내 팔자야. 괜한 짓을 해서 화를 자초했구나.'

자신을 가볍게 흔드는 승조의 행동에 난아의 감긴 눈이 충격으로 파르르 떨렸다.

"난아 씨? 진짜 자요? 오늘 우리 첫날밤인데요?"

승조는 치미는 웃음을 간신히 참았다. 긴장으로 굳은 입가와 눈꺼풀이 뻔히 보이는데도 필사적으로 자는 척을 하는 그녀의 모습이 그렇게 웃길 수가 없었다.

'첫날밤이 마지막 밤이 되지 않으려면 자는 척해야겠어. 이러다 여자도 복상사할 수 있다는 것을 보여주게 생겼다고.'

그런 승조의 사정을 모르는 난아는 필사적으로 자는 척을 했다.

"그래요. 그럼 자요. 유혹의 대가는 내일 아침에 받는 수밖에 없지요."

'젠장! 잘못 걸렸다!'

난아의 눈썹이 크게 꿈틀거리는 것을 보며 터지는 웃음을 간신히 참은 승조는 그녀를 품에 안고 마치 아기를 토닥이듯 등을 다독여 주었다.

"사랑해요. 사랑해요. 당신을 사랑해요."

자장가를 부르듯 계속 이어지는 그의 사랑 고백에 굳어 있던 난아의 입가에 어느덧 미소가 감돌았고, 얼마 지나지 않아 진짜 깊은 잠에 빠졌다.

"……나와 함께할 결심을 해줘서 고마워요. 평생 감사하는 마음으로, 당신 하나만 사랑하며 살게요. 그러니 당신도 평생 나를 봐주세요."

하지만 승조의 고백은 그 이후로도 한참 계속되었다.

〈The End〉

작가 후기

처음 이 작품을 연재할 당시에는 한창 아침 드라마에 빠져 있었는데요. 조연들의 사랑도 상세히 그려졌으면 싶은 마음에 조연인 서균과 진희가 많은 비중을 차지하게 되었어요. 물론 연재 당시 호불호가 많이 갈리긴 하더군요. 주인공들 이야기를 중점으로 해달라는 분들도 계셨고, 두 커플이 얽히는 부분이 많으니, 그 부분을 더 강조해 달라는 분들도 적지 않으셨지요. 하지만 종이책 출간을 하면서 승조와 난아의 이야기에 조금 더 비중이 실리게 수정이 되었어요.

생애 두 번째로 쓰기 시작한 작품이 드디어 끝을 보게 되어 감회가 새롭네요. 이 감정을 느낄 수 있게끔 독촉(?)과 응원을 겸해주신 여러분들, 너무 애정하고요. 집필에 전념할 수 있게끔 많은 도움을 준 가족 모두에게 고개 숙여 감사를 드립니다.